HERA LIND
Der Prinz aus dem Paradies

Der Roman
Eigentlich wollte Rosemarie ans Mittelmeer, aber nun findet sie sich in Sri Lanka wieder! Fasziniert von der buddhistischen Philosophie und der einfachen Lebensweise der zufriedenen Menschen, verliebt sie sich in einen bildschönen jungen Mann. Kasun fleht sie an, ihn mit nach Deutschland zu nehmen, wo er Arbeit finden will. Gegen die Mühlen der Bürokratie scheint die Liebe nicht anzukommen, und so heiratet Rosemarie den viel jüngeren Singhalesen. Nach der Traumhochzeit unter Palmen im Hause seiner Familie und mit dem Segen buddhistischer Mönche steht dem gemeinsamen glücklichen Leben in Deutschland nichts mehr im Wege. Doch Kasun, der sie all ihr Geld gekostet hat, verschwindet über Nacht. Stattdessen steht eine andere Frau vor ihrer Tür, die ebenfalls Anspruch auf ihn erhebt. Jahre später glaubt Rosemarie, ihren Ehemann im Fernsehen in den Trümmern, die der Tsunami angerichtet hat, zu erkennen. Sie folgt ihrem Herzen und macht sich noch einmal auf die Reise. Wird sie ihn wiedersehen? Und wird er das Geheimnis seines Verschwindens preisgeben?

Die Autorin
Hera Lind studierte Germanistik, Musik und Theologie und war Sängerin, bevor sie mit ihren zahlreichen Romanen von *Die Champagner-Diät* und *Verwechseljahre* bis *Eine Handvoll Heldinnen* sensationellen Erfolg hatte. Auch mit ihren Tatsachenromanen *Kuckucksnest*, *Die Frau, die zu sehr liebte* und *Mein Mann, seine Frauen und ich* eroberte sie die *SPIEGEL*-Bestsellerliste. Hera Lind lebt mit ihrer Familie in Salzburg.

HERA LIND

Der Prinz aus dem Paradies

Roman nach einer
wahren Geschichte

DIANA

Sollte diese Publikation Links auf Webseiten Dritter enthalten,
so übernehmen wir für deren Inhalte keine Haftung, da wir uns diese
nicht zu eigen machen, sondern lediglich auf deren Stand
zum Zeitpunkt der Erstveröffentlichung verweisen.

Von Hera Lind sind im Diana Verlag bisher erschienen:
*Die Champagner-Diät – Schleuderprogramm – Herzgesteuert –
Die Erfolgsmasche – Der Mann, der wirklich liebte – Himmel und Hölle –
Der Überraschungsmann – Wenn nur dein Lächeln bleibt –
Männer sind wie Schuhe – Gefangen in Afrika – Verwechseljahre –
Drachenkinder – Verwandt in alle Ewigkeit – Tausendundein Tag –
Eine Handvoll Heldinnen – Die Frau, die zu sehr liebte – Kuckucksnest –
Die Sehnsuchtsfalle – Drei Männer und kein Halleluja –
Mein Mann, seine Frauen und ich – Der Prinz aus dem Paradies*

Verlagsgruppe Random House FSC® N001967

3. Auflage
Originalausgabe 12/2017
Copyright © 2017 by Diana Verlag, München,
in der Verlagsgruppe Random House GmbH,
Neumarkter Straße 28, 81673 München
Umschlaggestaltung: t.mutzenbach design, München
Umschlagmotive: © Cultura/Philip Lee Harvey/GettyImages;
shutterstock_Galyna Andrushko; shutterstock_veronicka
Satz: Leingärtner, Nabburg
Druck und Bindung: GGP Media GmbH, Pößneck
Printed in Germany
Alle Rechte vorbehalten
ISBN 978-3-453-35927-7

www.diana-verlag.de
Besuchen Sie uns auch auf www.herzenszeilen.de
Dieses Buch ist auch als E-Book lieferbar.

1

DÜSSELDORF, AUGUST 1995

Nebenan saß ein junges Pärchen, eng aneinander gekuschelt auf den schmalen Flugzeugsitzen. Er las *Siddhartha* von Hermann Hesse, und sie blätterte in einem Reiseführer, *Sri Lanka – Insel der Träume*. Die junge Frau hatte ihren Wuschelkopf an seine Schulter gelehnt.

Na toll. Die hatten sich. Und ich? Nicht ohne Neid schielte ich zu ihnen hinüber. Ich hatte niemanden. Ich war eine geschiedene Frau mittleren Alters.

Verzweifelt atmete ich schwer gegen eine Panikattacke an. Sri Lanka. Zehn Stunden Nachtflug. Mein Sohn war doch verrückt, mir so eine weite Reise zu schenken!

Was lag denn da alles auf meinem Sitz? Ich zog eingeschweißte Decken, Kissen und Kopfhörer unter meinem Allerwertesten hervor. Wohin jetzt damit? Auch mein Handgepäck konnte unmöglich so vor meinen Füßen stehen bleiben.

Mühsam stemmte ich mich noch mal hoch, hielt tapfer dem Strom der nach mir hereindrängenden Passagiere stand und wuchtete meine prall gefüllte Tasche ins Gepäckfach. Eine hübsche Stewardess eilte herbei. »Darf ich Ihnen behilflich sein?«

»Ja bitte, ich glaub, mir wird schwindelig.« Eine Hitzewallung überkam mich, sodass ich mich schwer zusammenreißen musste, den Flieger nicht wieder fluchtartig zu verlassen.

Ruhig, Rosemarie!, beschwor ich mich. Ganz ruhig. Wir atmen tief in den Bauch, denken an etwas Schönes und entspannen uns.

»Vielen Dank.« Uff. Plumps. Wieder saß ich auf meinem Sitz.

Ich tupfte mir mit einem Erfrischungstuch die Schweißtropfen von Stirn und Oberlippe. »Schrecklich eng hier, was?«, sagte ich zu dem Pärchen. »Waren Sie schon mal in Sri Lanka?«

»Nein.« Die beiden schauten mich fragend an. »Und Sie?«

»Nein«, gestand ich. »Bis vorgestern wusste ich noch nicht mal, wo das überhaupt liegt!«

»Und wie kommt es dann, dass ...?« Das junge Glück wechselte erstaunte Blicke.

»Weil mein Sohn mir die Reise zum Geburtstag geschenkt hat. Der ist zwar erst im November, aber Mario, also mein Sohn, hat gemeint, die Preise wären gerade besonders günstig gewesen.«

Schwer atmend versuchte ich, den Sicherheitsgurt um meine weiblichen Rundungen zu zurren. Die zwei waren so schlank, dass ein Sicherheitsgurt für beide gereicht hätte.

»Er muss es ja wissen, er arbeitet in einem Reisebüro.«

Unter den prüfenden Blicken der Stewardess, die bestimmt überlegte, ob sie mir ein Verlängerungsteil oder ein Beruhigungsmittel bringen sollte, sprudelte es nur so aus mir heraus:

»Junge, hab ich gesagt, ich bin reif für die Insel. Du sitzt doch an der Quelle. Schau doch mal nach einem günstigen Angebot, Last Minute, nach einem schönen Ort, an dem deine alte Mutter mal zwei Wochen entspannen kann, bis es im Job wieder rundgeht.«

»Na, so alt sind Sie doch auch noch nicht ...«

»Was arbeiten Sie denn?«

»Bald neunundvierzig«, gab ich freimütig zu. »Als Psychologin leite ich Entspannungskurse für Erwachsene und Kinder. Mitte September geht es wieder los mit autogenem Training, Hypnose und Stressbewältigung, aber jetzt muss ich selber mal runterkommen.« Ich wich einem dicken Bauch aus, der sich in mein Gesichtsfeld schob. »Aber doch nicht so!« Jemand versuchte, sein Gepäck in das Fach über mir zu quetschen. Dabei sprang ein Hemdknopf ab, und ein haariger Bauchnabel stach mir ins Auge.

Ich drehte den Kopf, um dieses Grauen nicht sehen zu müssen. Lieber wandte ich mich wieder den appetitlichen jungen Leuten zu.

»Und dann ruft mich Mario gerade mal vor zwei Tagen an und sagt: ›Mutter, du fliegst dahin, wo der Pfeffer wächst‹. Darauf ich: ›Wo wächst denn der Pfeffer?‹ und er: ›An der Südspitze Indiens – in Sri Lanka.‹ – ›Junge!‹, brause ich auf, ›bist du verrückt? Da will ich doch nicht hin! Das ist doch in der Dritten Welt! Ich brauche Ruhe und Erholung und keinen Ärger mit Salmonellenvergiftung, Kriminalität und so ...«

Die jungen Leute machten große Augen.

»Und er sagt: ›Tja Mutter, ich dachte du wolltest so billig wie möglich so weit weg wie möglich! Also Sri Lanka!‹ – Darauf ich: ›Und was ist, wenn ich krank werde und in ein Buschkrankenhaus muss, wo mich keiner versteht und wo ich wegen der unsauberen Verhältnisse erst recht krank werde? Die haben da bestimmt nur ein Klo für alle.‹«

Die zwei lauschten mit offenem Mund. Kann sein, dass das Mädchen ein bisschen blass wurde.

»Menschenskind, ich kann ja noch nicht mal Englisch! Und auf das scharfe Essen da hab ich auch keine Lust! Davon krieg ich bestimmt Durchfall!« Endlich war der Dicke mit dem aufgeplatzten Hemd verschwunden. »Lieber Gott ...« Ich wischte mir erneut den Angstschweiß von der Stirn. Ich wollte ans Mittelmeer! Nach Italien, Spanien, meinetwegen auch nach Griechenland! Aber was macht Mario? Bucht mir dieses ›Superschnäppchen‹ am Ende der Welt! Hotelresort *Hikkaduwa Namaste* – ich deklamierte sorgfältig dieses exotische Zauberwort.

Um meine Panik in den Griff zu bekommen, redete ich immer weiter, ohne Punkt und Komma.

»Da hätte ich auch zu Hause bleiben können!« Ich tupfte mir den Schweiß von der Oberlippe. »Am Bodensee ist es jetzt im August doch auch schön! Aber ich habe einen neunzigjährigen Vater und einen behinderten Bruder, deshalb wollte ich wirklich mal weit weg von Baden-Württemberg!«

Ich versuchte ein tapferes Grinsen. »Aber was soll's, für irgendwas ist es bestimmt gut. Es gibt keine Zufälle im Leben! Zufall ist, was uns zufällt auf unserem Lebensweg!«, gab ich einen meiner Lehrsätze zum Besten. »Man muss einfach Vertrauen haben. Dem Schicksal voll und ganz vertrauen. Dann wird alles gut.«

In dem Moment ließ sich der Dicke mit dem Hemd auf den Sitz vor mir fallen und stellte seine Rückenlehne beim Anschnallen so weit zurück, dass sie mir fast an die Stirn knallte.

O Gott. Das Ganze hier war eine einzige Heimsuchung.

Trotzdem zitierte ich weiter aus meinem Psychologie-Repertoire. »Alles hat einen Sinn. Auch Menschen, die Prüfungen für einen sind. Man kann aus jeder Situation etwas lernen.« Ich stemmte meine Knie gegen die Vorderlehne und bohrte sie dem Dicken in den Rücken. »Das Einzige, was wirklich Zufall ist, ist, wenn man die Garagentür zuhaut und gleichzeitig fällt in der Küche die Uhr von der Wand.«

Die beiden lauschten mit offenem Mund. Inzwischen verließ der Riesenflieger bereits seine Position und rollte unerbittlich in Richtung Startbahn. Ich krallte mich in meine Armlehnen. Wie sollte ich die nächsten zehn Stunden in dieser Enge überleben, ohne durchzudrehen? Ohne einen Menschen, der mir liebevoll die Hand hielt?

O Gott, der Pilot gab Gas. Ich wurde von einer enormen Kraft in den Sitz gedrückt, und wir gingen in den Steigflug. Mit gefalteten Händen saß ich da und betete: »Lieber Gott, lass diese Reise zu etwas Gutem führen.« Vor lauter Aufregung kamen mir die Tränen. Es war wie Lachen und Weinen zugleich. Juhu! Wir flogen! Wie aufregend war das denn!

Mit zunehmender Höhe wurde ich ruhiger. Vielleicht weil ich mir einbildete, dem lieben Gott jetzt näher zu sein?

Endlich gingen die Anschnallzeichen aus, und die Maschine hatte ihre endgültige Flughöhe erreicht.

»Uff.« Mir entfuhr ein Stöhnen. »Das Schlimmste hätten wir schon mal geschafft.«

Erleichtert ließ ich meinen Gurt aufschnappen, als der Dicke vor mir seinen Sitz nach hinten fuhr. Jetzt hatte ich seine Halbglatze fast im Gesicht.

Rosemarie, liebe deinen Nächsten!, dachte ich stoisch. Das gilt auch für deinen Vordermann.

Schon wehten köstliche Düfte durch die Gänge, und die Stewardessen warfen uns zur Steigerung der Vorfreude schon mal einen heißen nassen Lappen in den Schoß.

Eifriges Geklapper von Seiten der jungen Damen in den hübschen Uniformen ließ mich erfreut den Kopf heben.

»Was darf es für Sie zum Trinken sein?«

»Och, ich genehmige mir zur Feier des Tages mal ein Sektchen.«

Den hatte ich mir jetzt verdient. Ich prostete dem reizenden Pärchen neben mir zu, und innerlich auch mir selbst. Rosemarie, du schaffst das!

Der Sekt beruhigte meine Nerven, und die Nüsschen, die man gratis dazu bekam, würden den schlimmsten Hunger lindern. Schließlich hatte ich erst mal den Zug nehmen und über Stuttgart zum Flughafen Düsseldorf fahren müssen. Ich war also schon eine ganze Weile unterwegs. Heißhungrig riss ich das Tütchen auf und stopfte mir die Nüsschen in den Mund. Ich kam mir vor wie der berühmte Pawlowsche Hund, mir lief das Wasser im Munde zusammen. So, Rosemarie. Ab jetzt entspannst du dich und genießt den Flug!

Das junge Glück hatte sich Kopfhörer aufgesetzt. Bestimmt hatten die beiden fürs Erste genug von meinem privaten Bordentertainment. Auch gut. So konnte ich endlich meinen Gedanken nachhängen.

Ich döste ein, als mich jemand behutsam antippte.

»Was möchten Sie essen? Pasta oder Rind?«

»Wie? Oh?! Ist es schon so weit?«

Seit einer Stunde hatte ich die Menükarte auf dem Schoß und noch keinen Blick hineingeworfen!

»Pasta bitte.«

Ganz heiß lag sie auf meinem Teller, dazu gab es Brötchen, Butter, einen Salat mit pikantem Dressing und zum Nachtisch Weinschaumcreme. O Gott, wie wundervoll.

»Danke!« Ich strahlte die Stewardess an, als hätte sie mir das alles persönlich gekocht. Begeistert machte ich mich über das köstliche Essen her. So königlich bedient zu werden, und das in zehntausend Metern Höhe!

Ich hätte nie so gelangweilt im Flieger hocken können wie manch anderer, der diesen Flug nur als notwendiges Übel ansah, das Essen gar nicht genießen konnte und auch die Freundlichkeit der Stewardessen nicht zu schätzen wusste.

Ich war dankbar für alles, was mir auf diesem Flug geboten wurde. Dankbarkeit ist die beste positive Energie, die man nur haben kann! Sie ist Voraussetzung für ein glückliches, erfülltes Leben. Ach, aber wem sagte ich das? Keinem. Nur mir selbst.

Nach einem zweiten Sekt war alle Panik verflogen, und ich schaffte es sogar, das Kopfhörerende in die richtige Buchse zu stecken! Genüsslich sah ich mir den Film *Green Card* an, mit der entzückenden Andy McDowell und dem damals noch schlanken attraktiven Gérard Depardieu. Gott, waren die süß! Ja, Liebe musste schön sein.

Ich wusste kaum noch, wie man das Wort schreibt. Hatte ich je geliebt? War ich je geliebt worden? Nein, in meiner Ehe, als die Kinder noch klein waren, hatte ich wohl eher funktioniert. Und war gebraucht worden. Nach der Scheidung vor zwölf Jahren war ich vollauf damit beschäftigt gewesen, beruflich Fuß zu fassen. Aber jetzt war ich frei. Wofür? Für ein neues Kapitel in meinem Leben? Schließlich war die zweite Halbzeit angebrochen. Kam da noch was?

Auf dem Monitor war zu sehen, wie unser Flieger über karge felsige Wüstenlandschaft kroch, und ich zwang mich, mir nicht vorzustellen, wie es wäre, hier notlanden zu müssen. Nicht schön.

Beim Gang zur Toilette riskierte ich einen kurzen Blick aus dem Bullauge neben dem Notausgang. Unter uns nichts als schwarze Ödnis.

In dem Moment kam die markante Stimme des Piloten durch den Lautsprecher: »Meine Damen und Herren, wir überfliegen soeben den Äquator. Wenn Sie bitte mal schauen wollen, links von uns ist er deutlich zu sehen.«

Auf einmal kam Leben in die verschlafene Bude. Alle rieben sich die Augen und starrten hinaus. Als hätten sie Angst, etwas zu verpassen. Manche rissen sogar den Fotoapparat heraus und knipsten in die Dunkelheit, was mit Blitzlicht gegen die Scheibe bestimmt kein gelungenes Foto ergeben würde. Dabei war wirklich nichts zu sehen! Ich musste grinsen, als ich da in meinen roten Frotteesocken aus dem Fliegertäschchen vor der Toilettentüre stand. Die Stewardessen kicherten und warfen sich verschwörerische Blicke zu.

Das war wohl mehr so ein Insiderscherz. Aber nun waren alle wieder wach.

Jetzt fielen mir auch die vielen dunkelhäutigen Passagiere auf, die ich in meiner Aufregung vorher gar nicht wahrgenommen hatte. Viele Familien mit entzückenden Kindern. Diese Inder – oder waren es Singhalesen? –

strahlten eine ganz besondere Gelassenheit aus. Während ich unauffällig ein paar Lockerungsübungen machte, ließ ich meinen Blick schweifen: Es waren auch einige gemischte Paare an Bord. Die Frauen waren meist älter und hatten eine weiße Hautfarbe, die Männer dunkelhäutig und jünger. Ach. Da schienen sich ja einige gefunden zu haben. Hatten die Damen sich ein exotisches Souvenir aus dem letzten Urlaub mitgebracht? Und reisten sie nun gemeinsam wieder hin, um seine Verwandten zu besuchen? Mit meinem psychologisch geschulten Blick nahm ich allerdings sofort zur Kenntnis, dass diese Paare sich offensichtlich nichts mehr zu sagen hatten. Die große Liebe schien das bei denen nicht zu sein. Sie wirkten nicht besonders glücklich, ja, noch nicht einmal zufrieden! Weder unterhielten sie sich angeregt, noch lachten sie schallend vor Freude, geschweige denn waren sie ineinander verkeilt wie das Liebespaar in meiner Sitzreihe. Bei näherer Betrachtung fiel mir auch auf, dass keine dieser älteren Frauen auch nur annähernd gut aussah. Hatten die jungen schlanken Männer diese Damen tatsächlich aus Liebe geheiratet? Oder eher aus Berechnung, um mit ihnen nach Deutschland kommen und Geld verdienen zu können? Wie anfangs in *Green Card,* wo Gérard Depardieu und Andie McDowell ja auch nur geheiratet hatten, damit er eine Aufenthaltsgenehmigung und Arbeitserlaubnis bekam? Allerdings hatten sie sich dann doch noch ineinander verliebt. Und wie! Die waren ja auch beide hübsch und jung und hinreißend. Aber diese älteren Damen hier, die alle doppelt so alt waren wie ihre zierlichen, samthäutigen und mandeläugigen Begleiter, die ließen sich doch bestimmt ausnehmen wie eine Weihnachtsgans, oder?

Ach, Rosemarie!, dachte ich, das geht dich doch gar nichts an.

Endlich stolperte jemand aus der Bordtoilette, der sich da drin wohl ausgiebig für die Nacht zurechtgemacht hatte, und ich durfte rein.

Wieder an meinem Platz stellte ich fest, dass an Schlafen nicht zu denken war. Die Zeit wollte einfach nicht vergehen! Unser Flieger auf dem Monitor schwebte seit Stunden auf der Stelle, über Orten wie Ahmedabad und Hyderabad, und selbst wenn sich das »Bad« irgendwie einladend anhörte, hatte es sicherlich keinerlei Ähnlichkeit mit einem netten Seebad, in das ich ja eigentlich wollte!

Auf meiner Armbanduhr war es halb drei Uhr nachts, und allmählich bekam ich dicke Füße. Böse Ahnungen von Thrombose und Lungenembolie stahlen sich in mein sonst so positives Denken, und ich musste mir schöne Traumbilder von weißen Stränden, Palmen, blauem Himmel und einem kühlen Drink vergegenwärtigen, um wieder zur Ruhe zu kommen. Bloß keine Panik, Rosemarie! Du lustwandelst gerade barfuß durch erquickende Wellen des Indischen Ozeans, und der ist so klar und türkisfarben, dass du die bunten Fische darin siehst. Du spürst den warmen, weichen Sand zwischen den Zehen. Ein wunderschöner, junger dunkelhäutiger Mann folgt dir. Er reitet auf einem Elefanten. Er sieht dich mit seinen geheimnisvollen Augen sehnsüchtig an und fragt, ob er dich ein Stück mitnehmen kann. Du würdest ja gern, kommst aber nicht auf den Elefanten. Er springt leichtfüßig in den Sand und hebt dich mit seinen starken Armen auf das dickhäutige Tier ...

Plötzlich ging das Licht im Flugzeug an.

»Wie? Sind wir schon da?«

»In Sri Lanka ist es jetzt halb acht Uhr morgens«, erklärte mir die Stewardess lächelnd und reichte mir ein feuchtheißes Handtuch.

Überall gingen die Fensterrollos hoch, und die Sonne wärmte mein Gesicht.

Halleluja! Es war fast geschafft! Ich fuhr mir mit dem Tuch übers Gesicht und fühlte mich auf Anhieb erquickt. Jetzt kam auch das Cremedöschen aus meiner Bauchtasche zum Einsatz. Lustvoll verteilte ich die duftende Lotion auf Gesicht und Händen. So, Rosemarie, duftend und strahlend wirst du sri-lankischen Boden betreten, und nicht bleich und verschlafen. Man muss sich doch nicht gehen lassen!

Dankbar genoss ich das Rührei, ein paar Stückchen Obstsalat und ein Marmeladenbrötchen, schlürfte zwei Tassen Kaffee mit Milchpulver aus dem Plastikbecher und trippelte noch einmal zum Zähneputzen.

Durch das Bullauge sah ich aufs tiefblaue Meer hinaus! Und was war das? Ein weißes winziges Schiff, das wie ein Spielzeugboot durch die Wellen pflügte! Bestimmt eine Privatjacht von einem indischen Prinzen. Gebannt starrte ich hinunter, erkannte sogar schon die Schaumkronen vor einem palmenumsäumten Traumstrand, und erst als die Stewardess mich energisch aufforderte, mich wieder hinzusetzen und zur Landung anzuschnallen, erfasste mich nicht nur Vorfreude, sondern auch Aufregung. Der Druck auf meine Ohren wuchs. Schlucken, Rosemarie, schlucken! Kinder weinten, Mütter suchten nach Schnullern und Trinkflaschen. Oh! Meine reizende Stewardess verteilte

Bonbons! Jeder bekam eines, wie aufmerksam! Also diese Mädels hatten ja wohl einen Riesenapplaus verdient.

Wir überflogen einen dichten Palmenwald, ich erkannte ein mit Stacheldraht abgesperrtes Gelände aus staubigem Schotter, und dann senkte sich die Schnauze unseres Riesenvogels Richtung Landebahn. Die Luft sirrte und flirrte, als er aufsetzte und noch ein paarmal auf und ab hüpfte wie ein Seeelefant, der schnaubend ans Ufer gleitet. Der Pilot hatte es geschafft, dieses tonnenschwere Metallmonster sicher auf sri-lankischen Boden zu bringen! Frenetischer Beifall füllte die Kabine.

Vor lauter Neugierde und Tatendrang konnte ich es kaum erwarten, endlich aufzustehen und meine Tasche an mich zu raffen! Ich musste mich mühsam beherrschen, nicht zu drängeln. Ich bedankte mich noch einmal bei den Stewardessen, die sich an der inzwischen geöffneten Tür verabschiedeten.

Dann kniff ich geblendet von der sengenden Sonne die Augen zusammen. Der heiße Wind Sri Lankas haute mich fast um. War das hier immer so? Wie sollte ich das nur zwei Wochen lang aushalten?

Ich straffte die Schultern und schritt tapfer die eisernen Stufen hinunter.

2

COLOMBO, SRI LANKA, AUGUST 1995

Im tumultartigen Chaos der Ankunftshalle stand ich erst mal schweißgebadet da und wünschte mir, mir die Klamotten vom Leib reißen zu können. Tausende von dunkelhäutigen Abholern hielten ihre Schilder hoch und schrien durcheinander.

In der Flughafentoilette hatte ich mir zwar einiges ausgezogen, aber offensichtlich nicht genug. Ein kleines hutzeliges Weiblein im Sari hatte das Waschbecken geputzt, und ich hatte ihr einen Dollarschein geben wollen, aber sie hatte abgewehrt: »Mark *please,* Mark!«

Na, das fing ja schon mal gut an. Dollars wollte sie nicht, aber Mark? Schon bei meiner ersten Begegnung mit einer Einheimischen schien ich etwas falsch gemacht zu haben.

So. Was nun? Die verschnörkelte Schrift auf den Anzeigetafeln konnte ich nicht lesen. Das Englische auch nicht. Ich fächelte mir mit meinem Pass Luft zu.

»Taxi! Madam, Taxi!« Schon wollten eifrige Hände nach meinem Koffer greifen und mich irgendwohin zerren.

»Nein, nein, nicht doch!«, wehrte ich freundlich ab. Mario hatte ja ein All-Inclusive-Paket für mich gebucht! Da war ein Hotelbus mit drin! An meinem Koffer klebte der entsprechende Aufkleber.

Da kam auch schon ein dünner Mann im knielangen

Oberhemd über Pumphosen barfuß angerannt und nahm meinen Koffer.

»Halt! Der Koffer ist schwer ... Den kann man ziehen, das ist ein Rollkoffer ...«

Unbeirrt schleppte der Mann das sperrige Teil bis zu einem kleinen Hotelbus, der wartend am Seitenausgang stand. Darin verstaute er ihn tapfer und grinste mich fast zahnlos an.

»Mark *please*.«

»Ich hab nur kleine Dollarscheine!«

Das hatte Mario mir extra geraten: viele kleine Dollarscheine mitzunehmen.

»No, Mark *please!*«

»Tut mir leid. Hab ich nicht. Mein kleinster Markschein ist ein Zwanziger, und Sie hätten den Koffer ja ziehen können.«

Kopfschüttelnd stieg ich in den kleinen Bus. Die Hitze war wirklich unerträglich.

Neben mir saß ein deutsches Ehepaar, das sich ebenfalls völlig schachmatt Luft zufächelte. Sie war auch etwas mollig, was ich auf Anhieb sympathisch fand, und er groß und stark. Das fand ich noch viel sympathischer. Wir alle passten kaum in die schmale Sitzreihe, die eher für hiesige Körpermaße gedacht zu sein schien.

»Hallo, ich bin Rosemarie Sommer, reisen Sie auch ins Hotel *Hikkaduwa Namaste?*«

Auf ihrem Handgepäck prangte derselbe Aufkleber.

Endlich hatte ich Gesellschaft gefunden! Erleichterung machte sich breit.

»Wir sind die Neumanns aus Unna. Am Kamener Kreuz rechts ab!«, ertönte der mächtige Bass des Mannes.

»Bärbel und Eberhard.«

Endlich tuckerte der Busfahrer los, und eine Art Klimaanlage ging an. Kochend heiße Luft kam aus der kleinen Luke über meinem Kopf und föhnte mir die schweißnassen Haare.

Ups, hier herrschte ja Linksverkehr! Daran musste ich mich erst mal gewöhnen.

Der Ausblick aus dem Busfenster war herrlich! Üppige orangefarbene, lila und blutrote Blütenpracht überall, grüne Palmen, die sich im Wind wiegten, hübsche Häuser und auffallend schöne Menschen. Bildschöne, zierliche Frauen schritten anmutig in ihren bunten Saris über die Straße, die leider von Abfällen und Plastikmüll nur so übersät war.

Fasziniert starrte ich aus dem Fenster und verrenkte mir den Hals. Quietschgelbe Tuktuks knatterten hupend durch staubige Schlaglöcher, darin bis zu vier schlanke Menschen, die mich mit blitzend weißen Zähnen anstrahlten. Ich winkte, und sie winkten freundlich zurück.

»Gucken Sie mal, Eberhard und Bärbel, ein Elefant!« Ich konnte kaum fassen, was auf dieser Straße alles unterwegs war.

Je mehr wir uns von der schillernden Großstadt Colombo entfernten desto ländlicher wurde die Gegend. Von einfachen Bretterbuden aus verkauften Händler Berge von rohem Fleisch, das von schwarzen Schmeißfliegen umschwirrt wurde. Bei dieser Hitze!

Wer wollte denn so was essen? Mir wurde fast übel.

Auch Bärbel und Eberhard sparten nicht mit Kommentaren. »Das ist ja so was von unhygienisch! Da hätte unser Metzger in Unna aber sofort das Gewerbeaufsichtsamt am Hals!«

Trotz der herrlich exotischen Pflanzenwelt ließen sich die einfachen, ja ärmlichen, von Müll umgebenen Hütten leider nicht übersehen. Dazwischen winzige Geschäfte mit wenigen Waren, meist Früchte, Gemüse, Haushaltswaren, Plastikzeug und Autoersatzteile.

Es wirkte nicht sehr ansprechend, aber die Menschen schienen sich daran nicht zu stören.

»Hier müsste mal ordentlich aufgeräumt werden«, fand Eberhard. »Warum greift denn hier niemand mal zum Kärcher?«

»Und ich würde einfach mal die Müllabfuhr hier durchschicken«, meinte Bärbel konstruktiv.

»Andere Länder, andere Sitten«, sagte ich begütigend.

Müdigkeit übermannte mich, aber ich hatte Angst zu schnarchen und wollte es mir mit Bärbel und Eberhard schließlich nicht gleich verderben.

Die unruhige Busfahrt von Colombo in unser Resort dauerte ganze vier Stunden. Längst waren die beiden neben mir eingenickt, und Eberhard schnarchte laut. Endlich steuerte der Busfahrer unser Hotel an.

Namaste Hikkaduwa, stand in geschwungener Schrift über der blumenumrankten Einfahrt. Zwei bezaubernde mandeläugige Schönheiten standen grüßend vor der Tür und legten der zerzausten Bärbel und meiner erschöpften Wenigkeit weiße Blütenkränze um den Hals, während der schwitzende Eberhard und der schmächtige Busfahrer die Koffer aus der Gepäckluke zerrten. Wir bekamen einen exotischen Drink, der nach Ananas, Mango und Zitrone schmeckte. Dankbar stürzten wir ihn hinunter. Köstlich!

»Na, dann auf einen schönen Urlaub!«

Bärbel und Eberhard prosteten mir zu.

Staunend betraten wir die kühle, elegante Eingangshalle. Mehrere Ventilatoren surrten an der Holzdecke, die mit kunstvoll geschnitzten Ornamenten verziert war. Auf niedrigen Holztischchen standen Vasen mit schnabelförmigen orangefarbenen Blüten, und hinter der Rezeption flatterten zwei zierliche Damen herum wie Schmetterlinge.

Hier bin ich Mensch, hier darf ich's sein!, schoss es mir durch den Kopf.

»Oh, da hinten ist der Pool!«, rief Bärbel.

»Und dahinter Palmen und Meer – endlich!«

Ich konnte es kaum erwarten, meinen müden verschwitzten Körper in die kühlen Fluten zu tauchen.

»Na dann bis später, wir sehen uns!«

Bärbel und Eberhard zogen ab, und ich folgte einem Halbgewicht in Uniform zum Aufzug. Mein Zimmer lag im zweiten Stock. Es war spartanisch eingerichtet: ein Bett, ein Stuhl, ein Schrank und ein Ventilator.

»Danke.« Als ich dem Hotelangestellten einen Dollar geben wollte, murmelte er wie aufgezogen: »Mark, *please*, Mark!«

Na meinetwegen. Jetzt musste der Zwanziger dran glauben. Die Dienste dieses Mannes würde ich noch länger in Anspruch nehmen. Irgendwann würde ich auch herausfinden, warum die einheimische Bevölkerung keine Dollars haben wollte.

Nach einer halbwegs erfrischenden Dusche nahm ich den geblümten Badeanzug aus dem Koffer, zog ein Strandkleid drüber, schlüpfte in die Badelatschen und machte mich auf zum Strand.

Oje, was für eine Enttäuschung. Alles voller Korallenbänke! Der dunkelbraune Sand war voller spitzer Steine. Barfuß konnte man hier gar nicht laufen, auch nicht ins Wasser gehen! Und das milchig-warme Wasser war so flach, dass man kilometerweit reinstiefeln hätte müssen, um endlich schwimmen zu können. Nein, das war hier überhaupt nicht zum Baden gedacht.

Toll gemacht, Mario. Vielen herzlichen Dank. Soviel zum Traum vom Sandstrand unter Palmen und einem türkisblauen Meer.

Zurück am Pool, der schmucklos in der prallen Sonne lag, hielt ich meine große Zehe hinein. Pipiwarm!

»Och nee, Mario, also wirklich!«

Dafür war ich jetzt so weit gereist? Vierundzwanzig Stunden war ich jetzt unterwegs?! Von meinem Dorf nach Stuttgart, von dort mit dem Zug nach Düsseldorf, dann der lange Flug und anschließend noch vier Stunden Busfahrt!

Ich zwang mich, nicht an das gepflegte Strandbad zu Hause mit seinen weißroten Sonnenschirmen, den schattenspendenden Kastanien und bequemen Liegestühlen zu denken. Ganz zu schweigen von dem netten Kiosk, an dem es Würstchen, Bier und Zeitschriften gab! Ganze fünfzehn Minuten Fußweg von meinem Zuhause entfernt!

Ein Leguan kroch unter einem vertrockneten Busch hervor und beäugte mich schadenfroh. »Das hättest du am Bodensee billiger haben können!«, schien er mich zu verspotten. »Da sind es jetzt angenehme fünfundzwanzig Grad, und die Leute sprechen deutsch, und die Laubbäume spenden luftigen Schatten.«

Enttäuscht ließ ich mich auf einen kaputten Liegestuhl sinken, und meine vor Müdigkeit brennenden Augen füllten sich mit Tränen.

»Hier bleibe ich höchstens eine Woche«, murmelte ich leise vor mich hin. Nun hatte sich auch noch die Sonne verzogen. Es war zwei Uhr mittags, und ich starrte in dumpfes Grau.

»Dann muss ich mich wenigstens nicht eincremen«, waren meine letzten Gedanken, bevor ich in einen totenähnlichen Tiefschlaf fiel.

Als ich mich abends in meiner düsteren Kemenate auszog, stellte ich fest, dass ich mir einen schrecklichen Sonnenbrand zugezogen hatte. Ich war feuerrot.

»Aber es war doch gar keine Sonne? Autsch!«

Schon wieder kamen mir die Tränen. Selbst das kühle Wasser aus der tröpfelnden Dusche brannte wie flüssige Lava auf meiner Haut! Mein Gesicht leuchtete wie eine reife Tomate, bis auf zwei weiße Flecken um die Augen. Ich war wohl mit Sonnenbrille eingeschlafen. Ich sah aus wie ein Kürbis an Halloween!

»Wo krieg ich denn jetzt eine After Sun Lotion her?«

Mir wurde schlecht, und meine Zähne schlugen aufeinander. Mühsam schleppte ich mich zum Bett, doch das Laken marterte meine empfindliche Haut.

Diese Nacht würde ich nicht durchstehen! Mein Jetlag und mein Sonnenbrand brachten mich schier um den Verstand. Noch mehr quälte mich Heimweh.

Es klopfte.

»Ja?!«

Der milchbraune Kofferboy von heute Mittag schob sich schüchtern herein.

Auf Englisch fragte er mit sanfter Stimme, ob alles okay sei. Das Wort okay verstand ich zum Glück und schüttelte vehement den Kopf. »*No!* Nix *is okay!* Gucken Sie mal, was mir heute passiert ist!« Ich hielt ihm mein brennendes Gesicht hin und zupfte am Ausschnitt meines Nachthemds.

Dem armen Jungen fielen fast die Augen aus dem Kopf. »*Sunburn*«, sagte er sanft. »*Wait, Madam, I'll help.*«

Ja bitte. Bring einen rollenden Kühlschrank, der von innen mit Magerquark ausgeschlagen ist und fahr mich damit zum Flughafen. Ich will sofort nach Hause, dachte ich. Mir war so schlecht, heiß und kalt, ich zitterte und hatte Durst und wollte nur noch sterben.

Nach kurzer Zeit kam der Hotelboy wieder und brachte ein Blatt von einer Aloe Vera-Pflanze.

Wollte er mir jetzt die ganze Nacht damit Luft zufächeln? Mein Zwanzigmarkschein schien ihn echt beeindruckt zu haben! Er schnitt das Blatt jedoch vorsichtig durch und schälte das glibbrige Fleisch mit dem Messer heraus. Aha!, dachte ich angewidert. Wenn ich das essen soll, kann er gleich wieder gehen.

Doch zu meinem Erstaunen kniete sich der junge Mann vor mein Bett und strich mir behutsam das Gesicht damit ein. So schnell, dass ich nicht mehr zurückweichen konnte. Es war mir unangenehm, diese intime Berührung durch einen fremden Mann. Mal ganz abgesehen davon, dass ich nicht gerade liebreizend aussah mit der grünen Pampe im Gesicht, und mein kurzes Nachthemd meine knallroten Schenkel auch nicht gerade verdeckte.

Und das Zeug stank! »Lassen Sie das, ich möchte das nicht …«, stieß ich hervor.

»*Relax*«, murmelte der junge Hotelboy. »*It's good for you!*«

Ja. Wahrscheinlich. Was hatte ich schon zu verlieren? Meine Würde jedenfalls nicht mehr.

Ich versuchte mich zu entspannen. Wollte er etwa weiter unterhalb ... Nein das würde ich nicht zulassen.

»NUR die Nase!«, sagte ich streng.

»*Relax!*«

Oh, war das wohltuend! Der erste Mensch in diesem Land, der sich meiner fürsorglich annahm! Aber wohin sollte das führen? Ich sah wieder die ungleichen Paare aus dem Flugzeug vor mir. Hatte das bei denen auch so angefangen?

»Können Sie mir nicht eine Kollegin schicken?«

»*Relax.*« Na ja, viel mehr Vokabular hatte der auch nicht im Repertoire.

»*Turn around.*«

»Wie jetzt?«

Ich sollte mich umdrehen? Offensichtlich. Er machte eine entsprechende Geste. Nein. Wirklich nicht.

»Das ist mir unangenehm«, sagte ich freundlich, aber bestimmt. »Wir kennen uns ja gar nicht.« Vehement schüttelte ich den Kopf. »*No. Go away.*« Mehr Englisch konnte ich leider nicht.

Der Angestellte zuckte bedauernd die Schultern und trollte sich.

Ich öffnete das Schiebefenster, um erst mal kühle Luft reinzulassen. Ach, was hatte ich mich auf die lauen Nächte gefreut! Meeresrauschen, Mondschein, Sternenhimmel!

Wegen meiner Erschöpfung schlief ich trotz Sonnenbrand ein und merkte nicht, wie sich die Mücken auf mich stürzten. Der Duft nach Aloe Vera und Menschenschweiß muss für sie ähnlich verführerisch gewesen sein wie der nach gebrannten Mandeln oder einer warmen Zimtschnecke.

Am nächsten Morgen war ich zusätzlich zum Sonnenbrand völlig zerstochen. Zu allem Überfluss saßen die vollgesogenen Biester jetzt überall an den Wänden und freuten sich auf die nächste Nacht.

»Verdammt!« Ich schleppte mich zur Tür und rief nach dem Hotelboy. »Gucken Sie sich das an!« Vorwurfsvoll zeigte ich auf die Ansammlung von Moskitos.

»*You must shut window!*« Kopfschüttelnd schloss er das Fenster.

»Ja, aber dann krieg ich Zustände ...« Ich machte ihm vor, wie sich so eine Hitzewallung anfühlt. In Verbindung mit Sonnenbrand.

»Nur Höllenfeuer ist schlimmer!«

Er schenkte mir ein strahlendes Lächeln und zeigte mit dem Kinn auf den Ventilator.

»*Air condition!*«

Sein indischer Akzent war hinreißend, aber was nützte mir das jetzt? Immerhin war mein Gesicht nicht mehr rot, wie ich beim Blick in den Spiegel feststellte. Das Glibberzeug aus den Blättern hatte geholfen! Hätte der junge Mann mir auch noch den restlichen Körper damit eingerieben, wäre ich jetzt schön braun!

Aber ich hatte verständlicherweise Berührungsängste. Seit zehn Jahren hatte mich kein Mann mehr angefasst. Und schon gar nicht zärtlich oder fürsorglich. Das kannte ich gar nicht.

In den nächsten Tagen hielt ich mich nur im Schatten auf und starrte auf die Leguane, die hier in Scharen zu Hause waren. Und die Leguane starrten zurück. Sie hatten hier ältere Rechte, und es interessierte sie nicht, dass ich von weit her angereist war, um diese schäbige Pracht mit ihnen zu teilen.

Am Abend brachte mir der fürsorgliche Boy ein schlangenförmiges grünes Etwas.

»Was ist das?« Misstrauisch beäugte ich das Ding. »Lebt das?!«

»No, it's against the moskitos.«

Er zündete das eine Ende an, und sofort roch es intensiv nach Räucherstäbchen.

»It will burn the whole night.«

Was hatte er gesagt? Ich verstand kein Wort.

»Moskitos go away«, erklärte er.

Tatsächlich schlief ich in dieser Nacht tief und fest. Ich träumte, dass ich wieder jung war und mit einem wunderschönen bronzehäutigen Mann am Lagerfeuer lag. Ich hatte meinen Kopf in seinen Schoß gebettet, während er mir etwas zur Gitarre vorsang.

3

HIKKADUWA, SRI LANKA, AUGUST 1995

Tagelang konnte ich mich an die Hitze nicht gewöhnen. Ich schwitzte furchtbar, das T-Shirt klebte mir am Körper, der sich jetzt schälte. Für die jungen Männer, die hier arbeiteten, war ich bestimmt keine Augenweide. Der Pool kam mir vor wie eine heiße Badewanne, und so hockte ich weiterhin leidend im Schatten. Zwei öde Wochen lagen noch vor mir!

Ich durfte nicht darüber nachdenken. Stattdessen besann ich mich auf meine vielgepredigten Tugenden: Geduld, Dankbarkeit, positives Denken und fröhliche Neugierde auf alles, was da kommen mochte.

Zu den Mahlzeiten machte ich mich halbwegs fein und gesellte mich zu Eberhard und Bärbel an den Tisch. Morgens am Frühstücksbüfett gab es herrliche Früchte, die ich noch nie gesehen hatte, und Säfte in jeder Farbe, die göttlich schmeckten und bestimmt sehr gesund waren. Das tröstete mich über so manches hinweg. Der Speisesaal lag unterhalb des Pools mit Blick auf den Strand. Es war immer schön, dort zu sitzen, denn ein kühler Wind strich durch das palmblattgedeckte Lokal. Bunte kleine Vögel flogen ein und aus und machten sich auf den bereits verlassenen Nachbartischen über Essensreste her, bis jemand vom Personal sie klatschend verscheuchte. Dass sie zehn

Sekunden später wieder da saßen, schien niemanden zu stören. Auch wir wurden freundlich-distanziert betrachtet, wie seltene Vögel. Aber wenn wir etwas brauchten, waren sie sofort zur Stelle.

»Warum steht hier soviel Personal herum? Ich fühle mich irgendwie beobachtet.« Ich löffelte das gelbe Fruchtfleisch aus einer Papaya. »Die schauen mir beim Essen zu, und das stört mich.«

»Das ist Security«, meinte Eberhard kauend. »Das ist in diesem Land leider nötig.«

»Deshalb auch der hohe Stacheldrahtzaun rings um das Hotel? Man kommt sich ja vor wie im Gefängnis!« Ich nahm mir eine reife Kiwi. »Habt ihr gesehen? Wenn einer rein oder raus will, öffnen sie eine gesonderte Schranke. Einheimische dürfen gar nicht erst herein!«

»Wahrscheinlich hat das was mit dem Bürgerkrieg im Norden des Landes zu tun.« Eberhard vertilgte sein drittes Rührei. »Da sind jetzt Unruhen, und die wollen keine Touristen verlieren.«

»Aber hier im Süden des Landes ist doch alles friedlich. Wer will uns denn hier was tun?«

»Das ist schon ziemlich unheimlich«, fand Bärbel und rührte Süßstoff in ihren Kaffee. »Dass hier überall bewaffnete Sicherheitskräfte rumlaufen.«

»Dabei würde ich mich so gern mal außerhalb des Resorts umsehen.« Genüsslich nahm ich einen Schluck von meinem Ananas-Mango-Papaya-Drink. »Die Leute interessieren mich: wie die hier leben, und dann das Umland! Ich möchte so gern mal in den Dschungel und auf einem Elefanten reiten, wo ich schon mal hier bin. Auf dem Hinflug hab ich nämlich davon geträumt.«

»Das ist wohl nicht vorgesehen«, unterbrach mich Bärbel, die inzwischen einen Joghurt löffelte. »Aber sie bieten einen organisierten Ausflug ins Landesinnere an. Eberhard und ich überlegen, ob wir den buchen sollen.«

»Der geht über drei Tage«, schnaufte Eberhard und wischte sich mit der Serviette über die Stirn. »Aber bevor wir uns hier langweilen, werden wir das wohl machen.«

»*Finished, Madam?*« Eine bronzefarbene Hand zog meinen Teller weg und der dazugehörige junge Mann entfernte sich diskret.

»Die sind hier alle so aufmerksam, findet ihr nicht?« Ich sah mich unter den hübschen Kellnern um.

»Ja klar, aber die spekulieren auch auf ein sattes Trinkgeld.« Eberhard zündete sich eine Zigarette an.

»Nur einer nicht!« Ich zeigte unauffällig mit dem Kinn auf einen besonders Schönen, der sich immer im Hintergrund hielt. »Habt ihr den gesehen? Den finde ich hinreißend.«

Die beiden grinsten. »Rosemarie hält nach einem jungen Prinzen Ausschau.«

»Ach Quatsch!« Wurde ich etwa rot? »Der Mann ist doch mindestens zwanzig Jahre jünger als ich!« Ich verschwieg den beiden, dass mein letzter Sex etwa genauso lange her war.

Mein Lieblingskellner, den ich heimlich »Der Schöne« nannte, äugte wie ein scheues Reh hinter einer Säule hervor.

»Der drängt sich wenigstens nicht auf. Den finde ich sehr sympathisch.«

»Schüchtern wie ein Schuljunge«, flachste Eberhard. »Das gefällt Rosemarie.«

»Blödsinn«, verteidigte ich mich sofort. »Ich hab eine schwierige Ehe hinter mir. Ich bin so scheidungsgeschädigt, dass ich keinem Mann mehr traue.«

Deshalb kam mein heimliches Interesse für diesen Schönling für mich selbst überraschend. Aber das sagte ich den beiden natürlich nicht. »Ich habe seit Jahren mit der Männerwelt abgeschlossen und komme hervorragend allein zurecht«, beteuerte ich beiden. »Meine Kinder sind längst erwachsen, und ich habe so viele Interessen, auch beruflicher Art, dass ich mir gar nicht mehr vorstellen kann, wieder mit einem Mann zusammenzuleben. Der würde bloß alles durcheinanderbringen.«

»Bis jetzt hast du uns nur von deinem Sohn Mario erzählt!«

»Ich habe auch noch eine Tochter, Stephanie. Sie ist verheiratet und hat schon eine kleine Tochter«, schwärmte ich den beiden vor. Währenddessen fing ich den Blick des scheuen Schönen auf, der hinter der Theke Gläser putzte.

Es traf mich wie ein Blitz. Schnell schaute ich weg. War das eine Hitzewallung, die mich da durchzuckte oder die Spätfolge meines Sonnenbrandes? Mein Herz setzte einen Schlag aus. War ich etwa verknallt?

»Ähm, ich muss dann jetzt gehen«, beeilte ich mich zu sagen. »Ich muss zur Bank, Geld tauschen.« So galant wie möglich schälte ich mich aus meinem Sitz und strich mir den Rock glatt, der an meinen Schenkeln klebte.

»Pass bloß auf dich auf, Rosemarie«, riefen die zwei noch hinter mir her. »Verlauf dich nicht und lass dich nicht von fremden Männern anquatschen!«

Todesmutig verließ ich das sichere Hotel und bestieg ein gelbes Tuktuk.

»*Bank, please.*«

Der Fahrer rumpelte los und hielt nach einiger Zeit tatsächlich vor einem niedrigen, schlecht verputzten Bankgebäude. Na bitte. Ging doch!

»*I go with you.*« Der Fahrer lief einfach neben mir her.

»Was? Wieso?«

»*For defense.*«

»Wie? Ich kann allein gehen«, wehrte ich energisch ab, aber er begleitete mich bis zum Bankschalter, wo er stoisch mit mir in der Schlange stand. Erst als ich ihm einen bösen Blick zuwarf, wich er zwei Meter zurück.

»Du glaubst doch nicht, dass ich dich hier bei meinen Geldangelegenheiten zugucken lasse«, murmelte ich. »*Change hundred Marks in Rupies please!*«, wies ich den Bankangestellten an. Dabei sah ich mich nach dem Taxifahrer um. Er war rausgegangen. Na bitte.

Als ich mit dem Bargeld im Brustbeutel das Bankgebäude wieder verließ, sprang er jedoch sofort herbei.

»*Back to hotel*«, sagte ich forsch. Dabei hätte ich so gerne etwas von der Umgebung hier gesehen! Ob ich ihm trauen konnte?

»*Glasbottomboat?*« Der Fahrer schien meinen sehnsüchtigen Blick bemerkt zu haben. »*It's safe here.*«

»Nee, für so was habe ich jetzt keinen Sinn!« Ich wollte so schnell wie möglich meine Beute in Sicherheit bringen!

»*Glasbottomboat*«, drängte der Taxifahrer mit heller Stimme.

»*I escort you!*« Er zeigte aufs Meer.

Na meinetwegen! Jetzt, wo ich schon mal hier war! Scheiß drauf!, dachte ich mutig. Ich will endlich was erleben! Fahr ich eben eine Runde mit dem Glasbodenboot.

Warum soll ich dem Mann nicht vertrauen? Er tut mir doch nichts.

Der Fahrer winkte eines der Boote heran und half mir eifrig beim Einsteigen.

»Oje, das schaukelt!«, quietschte ich, um mein Gleichgewicht ringend. Amüsiert ließ ich mich auf die Holzbank fallen, woraufhin das Boot sofort ziemliche Schlagseite bekam.

Der Tuktukfahrer lachte. Mit dem Bootsmann wechselte er einige aufgeregte Worte, und der warf die Leinen los.

O Gott, Rosemarie, was machst du da? Mich befiel ein eigenartiges Kribbeln, das ich zuletzt gespürt hatte, als ich als Achtzehnjährige mal per Anhalter gefahren war.

»*I wait! Don't worry!*«

Na meinetwegen. Hatte ich also einen Beschützer. Oder lauerte der nur auf mein Geld?

Neugierig schaute ich durch den Glasboden, aber während der nächsten halben Stunde erspähte ich nur einige kleine Fische.

Als ich wieder zum Strand kam und die Fahrt bezahlen wollte, sagte der Tuktukfahrer, der ganz entspannt im Sand gehockt hatte: »*Twenty Marks, Madam.*«

»Wie? Zwanzig Mark? Seid ihr verrückt?«

»*Twenty Marks, Madam.*«

»Na, das ist ja wohl reichlich dreist …« Umständlich kramte ich in meinem Brustbeutel. »Zwanzig Mark habe ich nicht, aber einen Fünfer.«

Jetzt kam auch noch ein einbeiniger alter Mann auf Krücken angehumpelt und streckte bittend seine Hand aus. Dem hätte ich glatt was gegeben, aber der Tuktukfahrer und der Bootsmann jagten ihn davon.

Die beiden bestanden auf den zwanzig Mark! Frechheit.

»*I have not!*«, patzte ich sie wütend an. »*Too much!*«

Da erdreistete sich der Tuktukfahrer doch tatsächlich, die Hand nach meinem Brustbeutel auszustrecken: »*Yes! I see you have!*«

Hilfesuchend sah ich mich um. War denn hier weit und breit kein Tourist, der diese unverschämte Belästigung mit ansah? Nein. Niemand. Ich war allein mit den Einheimischen, und so blieb mir nichts anderes übrig, als dem Tuktukfahrer den Zwanziger auszuhändigen.

Wütend stapfte ich davon. »Das passiert dir nicht noch einmal, Rosemarie«, schimpfte ich laut mit mir selber. »Das war ja wohl ein ganz abgekartetes Spiel! Und Eberhard hat noch gesagt, ich soll mich nicht von fremden Männern ...«

»*Madam! Come to see!*« Ein neuer Einheimischer verstellte mir freundlich lächelnd den Weg. »Fabrik! *Batik factory! Nice clothes!*«

»Nee, nix da. *I go Hotel.*« Ich versuchte ihn wegzuscheuchen. Energisch stapfte ich durch den Sand an ihm vorbei.

Doch der junge Mann ließ sich durch nichts vertreiben. Gestikulierend lief er neben mir her. Da es sowieso mein Weg war, konnte ich ihn auch nicht daran hindern.

»*Look! Factory!*«

»Leute, lasst mich in Ruhe«, wehrte ich ab. »Ihr wollt ja alle nur das Eine!«

Doch plötzlich packte mich doch die Neugier. Willst du jetzt tagelang im Resort rumsitzen, oder willst du was erleben, Rosemarie? Die paar Meter kannst du jetzt auch noch mitgehen! Du hast sowieso nichts anderes vor!

Der Einheimische geleitete mich über verrostete Bahnschienen, und plötzlich befanden wir uns in dichtem Dschungel. In den Bäumen kreischten Affen und spielten Fangen.

»Ups«, lachte ich verlegen und zog den Kopf ein. »*Dangerous?*«

»*No dangerous*«, lachte mein neuer Reiseführer. »*Harmless monkeys, just playing!*«

Jaja, das sagen alle, dachte ich. Die beißen nicht, die wollen nur spielen.

Ich bewunderte mich für meinen Mut. »Da! *Bananas!*«, rief ich ganz aufgeregt. Ganze Stauden quollen unter den Palmen hervor. Die Affen hangelten sich blitzschnell zu ihnen herunter und mopsten sich welche.

Wow!, dachte ich. Wenn ich das Eberhard und Bärbel erzähle! Der Wahnsinn! Ich bin im Dschungel!

Aus den umliegenden kleinen Hütten kamen nun magere Kinder mit pechschwarzen Haaren hervor und bettelten um Bonbons.

»Kinder, ich hab keine.« Bedauernd hob ich die Hände. Meinen Brustbeutel hatte ich wohlweislich unter dem T-Shirt verstaut.

»*You give money, I bring sweets!*« Mein findiger Begleiter streckte fordernd die Hand aus.

Ach, diesen bittenden Kinderaugen konnte ich wirklich nicht widerstehen!

»Aber nur ausnahmsweise!« Schon ließ ich mich erweichen und rückte einen Tausendrupienschein heraus.

Wie lehrte ich doch immer in meinen Kursen zu Hause an der Volkshochschule? Vertrauen ist immer hundertprozentig, nicht 51 Prozent oder 70 Prozent, auch nicht 98 Prozent. Immer hundert. Sonst ist es nämlich kein Vertrauen.

Ich konzentrierte mich ganz auf meine positive Energie. Der Glaube versetzt Berge, Rosemarie! Wenn ich geglaubt hätte, der Mann käme vielleicht nicht wieder, dann wäre er vielleicht auch nicht wiedergekommen. Aber er KAM wieder! Bewaffnet mit einer großen Tüte Bonbons!

»He, super! Gib her!« Ich lachte erleichtert.

»*No, Madam. Let me give.*«

Warum denn das? ICH war doch die edle Spenderin! Aber dann sah ich, dass er jedem Kind nur ein Bonbon gab, und das reichte am Ende immer noch nicht. Ich hätte bestimmt mit vollen Händen Süßigkeiten verteilt und am Schluss gar keine mehr gehabt.

Dann wären die Kinder enttäuscht abgezogen. So aber bedeuteten sie mir, ihnen in ihre Hütten zu folgen. Mütter standen lächelnd im Türrahmen und boten mir Tee an.

Oh, wie süß ist das denn!, freute ich mich insgeheim. »Danke nein«, wehrte ich freundlich ab. »Wir wollen ja zur Batikfabrik.«

Inzwischen waren wir aber schon weit in den Dschungel hineingegangen, und noch immer war keine Batikfabrik in Sicht.

»*I show you my house*«, bot mein Dschungelführer plötzlich an. »*My family is waiting for you.*«

Wie? Also keine Batikfabrik? Hatte der Schlawiner mich nur in den Dschungel gelotst, weil er wusste, dass ich die Tasche voller Rupien hatte?

Wären die vielen netten Kinder nicht gewesen, hätte mich nackte Panik gepackt.

Aber meine innere Stimme sagte: »Hallo? Rosemarie? Vertrauen ist hundertprozentig!«, und so ging ich beherzt mit.

Wir kamen an dem einzigen Brunnen vorbei, der die ganze Gegend mit Wasser versorgte. Entsetzt starrte ich hinein: Das war ja einfach nur ein Loch im Boden! Mitten auf dem Weg, mit ungefähr eineinhalb Meter Durchmesser!

Damit man nicht hineinfiel, hatten sie Holzstöcke darum herum gesteckt.

An einem davon hing ein Eimer. Eilfertig zeigte mir mein Führer, wie man ihn herunterließ.

»Da kann doch Dreck reinfallen, eine Maus, sonstiges Getier oder Schlimmeres!«

Erschrocken schaute ich ihn an, aber er lachte mit blendend weißen Zähnen, als ob er das beste Zahnputzwasser aller Zeiten hervorgezaubert hätte.

»Drink!« Er hielt mir eine blecherne Kelle vor die Nase.

Na, das konnte ich mir gerade noch verkneifen! Entsetzt winkte ich ab.

»Wieso ist hier nicht schon längst einer auf die Idee gekommen, einen Brunnen zu bauen? Für uns Touristen wäre das doch finanziell ein Klacks.« Der Einheimische nickte froh und trank die ganze Kelle leer.

Auch die Kinder labten sich erfreut an der Drecksbrühe.

»Here we are! Welcome!« Der junge Mann wies mir stolz den Weg durchs Gestrüpp, und schon standen wir vor der ärmlichen Hütte seiner Familie.

Die Frau lächelte scheu und winkte mich hinein.

Sie hatte nur noch ein paar Zähne, obwohl sie bestimmt erst Mitte dreißig war. Die dazugehörigen Kinder tobten um mich herum.

Im Eingang zur Hütte lag ein alter Mann am Boden.

»Ist der tot?«, fragte ich entsetzt.

»No, he is just sleeping!« Der junge Mann reichte mir die

Hand, und ich stieg über den knochigen Opa. In der fast fensterlosen Behausung roch es nach Feuerholz und Moder, und ich musste mich erst an die Dunkelheit gewöhnen.

»Habt ihr keine Möbel?« Ratlos sah ich mich um. Nur eine Feuerstelle, ein paar verrostete Kessel, ein Plastikeimer mit brackigem Wasser – ein wackeliger Plastikstuhl. Die Mutter wies lächelnd darauf, ich möge mich setzen. Das traute ich mich allerdings nicht. Nicht dass ich denen noch ihr einziges Sitzmöbel kaputt machte!

»Kein Bett, kein Schrank, was ist hier los?«

»*Please, take a seat.*«

»Wo schlaft ihr?« Ich machte eine entsprechende Geste.

Er deutete auf ein paar alte Reisstrohmatten. Entsetzt schlug ich die Hände über dem Kopf zusammen. »So würde ich keine einzige Nacht überstehen!«

»*Kitchen! Look kitchen!*« Der winzige Anbau mit der rußgeschwärzten Feuerstelle sollte die Küche sein! Darin konnte man ja nicht mal aufrecht stehen. Entsetzen, Mitleid und schlechtes Gewissen überrollten mich.

Ich hatte wohl das, was man einen Kulturschock nennt. Warum zeigten die mir das alles? Damit ich sehen sollte, wie sie hier lebten? Damit ich es allen erzählte? Damit ich jetzt mein ganzes Geld dalieẞ?

Oh, Rosemarie, was hast du hier gesehen!, schoss es mir durch den Kopf. Jetzt kannst du nicht mehr wegschauen! Wie kann eine Regierung so was zulassen?! Dass die Leute nicht mal das Nötigste haben? In Colombo habe ich doch riesige Bankgebäude gesehen! Sollen die Kinder hier hausen wie die Tiere, obwohl sie doch die Zukunft des Landes sind? Und wir verwöhnten Touristen stopfen uns dreimal täglich am Büfett voll, schlafen in weichen Betten, umsurrt von einem Ventilator? Sind deshalb so viele Security-Leute im Resort? Damit die Einheimischen nicht sehen sollen, was wir Touristen alles haben?

Vor lauter Verlegenheit und Scham stammelte ich einige Abschiedsfloskeln. Dann stolperte ich ins Freie. Die grelle Sonne hatte mich wieder.

4

»Du warst WO?« Bärbel und Eberhard musterten mich entsetzt, als ich vier Stunden später das Restaurant betrat.

»Bei den Einheimischen im Dschungel und später in einer Batikfabrik.«

»Was hast du denn da an?«

»Einen Sari. Wie steht er mir?« Strahlend drehte ich mich um die eigene Achse. Täuschte ich mich, oder spähte der schöne Schüchterne hinter seiner Theke hervor?

Ich fühlte mich wie eine Einheimische, würdevoll und wunderschön, ja leicht und frei wie ein Schmetterling.

»Du bist ja völlig verrückt!«

»Wir haben dich schon überall gesucht!«

Die beiden waren ehrlich besorgt gewesen. »Nachdem du zur Bank wolltest und stundenlang nicht wiederkamst, haben wir schon an der Rezeption Bescheid gesagt.«

»Ach Ihr Lieben, ich hatte so einen traumhaften Nachmittag. Mit einer Touristengruppe hätte ich das nie erlebt!«

Mit heißen Wangen vor Aufregung ließ ich mich auf meinen Stuhl plumpsen und griff nach Messer und Gabel. Ein uniformierter Angestellter näherte sich geräuschlos von hinten und legte mir sanft eine Serviette auf den Schoß.

»Das war saugefährlich«, schimpfte Eberhard mit vollen

Backen. »Mit voller Geldtasche mit einem Fremden in den Dschungel zu gehen! Rosemarie, das war mehr als übermütig und naiv!«

»Es ist ja noch mal gut gegangen«, beschwichtigte ich meine neuen Freunde.

Dann erzählte ich detailliert, was ich erlebt hatte.

Kopfschüttelnd starrten meine beiden Reisegefährten mich an.

»Die Batikherstellung ist eine sehr interessante, aber unheimlich aufwändige Arbeit!«, berichtete ich über der Vorspeise, bestehend aus pikanten Fleischbällchen in scharfer Sauce. »Die Stoffe werden in Bottiche mit Farbe getaucht, nachdem vorher mit Wachs Ornamente aufgemalt wurden. – Hm, das schmeckt köstlich, kann ich noch so was haben?«, fragte ich den Kellner, der bereits mein Schälchen abräumte. Dabei fing ich einen bewundernden Blick vom scheuen Schönen auf. Tja, mein Lieber!, dachte ich stolz. Nicht jede Alleinreisende traut sich raus in die Fremde und kommt abends mit einem Sari zurück. Da staunst du! Ich warf ihm einen kurzen Blick zu und wandte mich erneut meinen deutschen Freunden zu. »Dann kocht man das Wachs wieder aus und kann mit einer anderen Farbe weiterarbeiten. – Oh, danke!« Ich strahlte den Kellner an. »Das raucht und stinkt, das könnt ihr euch gar nicht vorstellen. Die armen Frauen, die das den ganzen Tag machen müssen!« Ich zog das neue Fleischbällchen vom Spieß. »Da sieht man schon von Weitem, wie gesundheitsgefährdend das ist!«

»Und wo hast du dann den Sari gekauft?« Bärbel stocherte in ihrem mit Blüten angerichteten Bambussprossensalat herum.

»Nach der Besichtigung haben sie mich in den Verkaufsraum geführt.«

»Klare Masche«, brummte Eberhard und kippte sein zweites Bier. »Das machen sie in der Türkei auch. Weißt du noch Bärbel, wie sie uns den Teppich aufgeschwatzt haben?«

»Eberhard, jetzt lass sie doch mal erzählen!«

»Leute, ich war überwältigt, wie schön die Stoffe sind! Zwei zierliche Damen haben mich im wahrsten Sinne des Wortes eingewickelt! Aber in diesen schönen Sari. Eine Umkleidekabine gab es nicht, aber das war mir egal. Ja, und als ich das hier anhatte, wollte ich es natürlich nicht mehr ausziehen!« Ich lachte verschämt. »Sie haben gesagt, das sei ein besonders schöner Festtags-Sari, vielleicht ziehe ich ihn zu Hause mal im Fasching an!«

Der Schöne starrte mich an. Ich streifte ihn mit einem kurzen Blick und schaute dann schnell wieder weg. Gott, was hatte es mich erwischt! Der sah aus wie ein junger Gott! Wäre ich dreißig Jahre jünger gewesen, hätte ich gesagt, ich bin schockverliebt!

»Auf dem Rückweg habe ich noch eine schicke Villa gesehen«, zwang ich mich, meine Aufmerksamkeit wieder Eberhard und Bärbel zu schenken. »Mitten in diesem tropischen Dschungel stand ein großes Haus mit Holzveranda und Schaukelstuhl, wie aus einem Film. Und auf dem Dach war eine fette Satellitenschüssel. Mein Dschungelführer hat mir erzählt, dass es einem Deutschen gehört, der hier lebt.«

»Hier überwintern viele Europäer«, wusste Eberhard zu berichten. »Man kann hier für einen Appel und ein Ei leben.«

»Für uns wär dat nix.« Bärbel legte die Hand auf Eberhards Arm. »Wir brauchen unsere Ruhe und Ordnung zu Hause in Unna, und unseren Schrebergarten, woll? Und der Eberhard muss immer wat zu kärchern haben!«

»Am Ende hat er mir noch das Waisenhaus gezeigt«, beendete ich meinen Abenteuerbericht. »Eine Nonne kam raus, und ich hab ihr all mein Geld gegeben ...«

»Du hast was?«

»Bist du verrückt?«

»Ich konnte nicht anders«, gab ich zu. »Nach dem, was ich heute hier gesehen habe, konnte ich das Geld einfach nicht behalten. Ich habe Vertrauen gehabt, und das Vertrauen ist nicht missbraucht worden. Heute war mein erster wirklich schöner Urlaubstag.«

Entwaffnend lächelte ich die beiden an. Zum ersten Mal hatte ich mich nicht nach Hause zurückgesehnt. Mein Blick huschte wieder zu dem schönen Kellner hinüber.

Und der sah mich immer noch an.

Drei Tage später machte ich mit Eberhard und Bärbel die Tour ins Landesinnere. Nun hatte ich Feuer gefangen. Alles interessierte mich hier.

Während wir im Bus über die unebenen Straßen schaukelten, konnte ich nicht aufhören, an den scheuen Schönen zu denken. Hatte ich mich tatsächlich auf meine alten Tage verknallt? Wir hatten noch kein Wort miteinander gesprochen, sondern uns nur angeschaut. Aber mit was für intensiven Blicken! Das bildete ich mir doch nicht ein?

»Rosemarie, kommst du? Wir steigen aus!«

»Oh. Natürlich. Ich war in Gedanken.«

»Wir sind in Pinnawela, hier ist das Elefanten-Waisenhaus.«

Tatsächlich! Wir durften miterleben, wie Elefanten in allen Größen zum Oya-Fluss hinuntergetrieben wurden. Prustend und trompetend weideten sich die behäbigen Dickhäuter am schlammigen Gewässer und traten begeistert von einem dicken Bein aufs andere. Die Wärter, die barfuß auf ihren spindeldürren Beinen im Wasser standen, sahen daneben wie Spielzeugfiguren aus! Eberhard zückte sofort seine Videokamera, und Bärbel fotografierte. »Schaut nur, der da hinten legt sich hin! Jetzt wälzt er sich in der braunen Brühe!«

»Oh, jetzt werden sie von ihren Pflegern abgeschrubbt!« Eberhard kommentierte seinen Film. »Das bereitet denen sichtlich Vergnügen!«

»Wellness für Elefanten!« Bärbel lachte verzückt. »Sie schnauben vor Wonne! Eberhard, hast du das?«

»Das Waisenhaus dient der Aufzucht von Elefanten, die ihre Mütter oder ihre Herde verloren haben«, erklärte uns der deutschsprachige Reiseleiter. »Elefanten verehrt man hier als Symbol für Weisheit und Kraft. In der Wildnis leben noch ungefähr dreitausend Elefanten. Etwa fünfhundert Arbeitselefanten sind zum Holztransport und im Straßenbau eingesetzt.«

Wir nickten und schwitzten und zwängten uns wieder in den Bus. Dann ging es weiter zum Botanischen Garten Peradeniya.

»Der Park gilt als der schönste Botanische Garten der Welt«, sprach der Reiseleiter mit seinem weichen Akzent ins Busmikrofon, und berechtigter Stolz schwang in seiner Stimme mit.

Staunend stapften wir durch die exotische Blütenpracht.

»Das duftet so herrlich, dass man den ganzen Tag hier verbringen will«, schwärmte ich begeistert.

»Aber nur mit Sonnenschirm und Wasserschlauch«, ächzte der filmende Eberhard. Hier war es noch feuchtschwüler als bei uns im Resort.

»Schaut mal, die Flughunde!« Dutzende von dunklen Fledermäusen hingen mit dem Kopf nach unten in den Bäumen.

»Die sehen aus wie Pflanzenfrüchte!«, fand Bärbel.

»Nachts flattern die euch um die Ohren, das sag ich euch!« Eberhard zoomte eine pennende Fledermaus heran.

»Stell dich mal davor, Rosemarie, ich mach mal eins mit deinem Apparat ...«

»Hier musst du drücken, aber nicht wackeln ...« Ich warf mich in Positur und zog den Bauch ein. – »Lächeln!«

In dem Moment strömten Scharen von Schulkindern in blitzsauberen Schuluniformen in den Garten. Die Jungen trugen kurze blaue Hosen und weiße Hemden, die Mädchen blaue Röcke zu weißen Blusen. Alle hatten rote Krawatten, weiße Kniestrümpfe und weiße Schuhe. Ich unterdrückte ein Jubeln. »Sind die nicht alle entzückend?«

»Sehr adrett«, fand auch Bärbel.

»Ob die armen Mütter wohl Waschmaschinen haben?« Ich dachte an das Brackwasser im Eimer.

Unauffällig machte ich ein paar Schnappschüsse von ihnen.

In Kandy, einer Großstadt mit hundertvierzigtausend Einwohnern, besichtigten wir das religiöse Zentrum und

Heiligtum von Sri Lanka, den Sri Dalada Maligawa Zahntempel.

»Dieser Tempel beherbergt die kostbarste Reliquie der Buddhisten«, erklärte uns Nirmal, der deutschsprachige Reiseleiter. »Den Eckzahn Buddhas. Dieser Zahn ist fünf Zentimeter lang und ruht auf einem goldenen Lotussockel.«

Andächtig schritten wir barfuß an dem reich verzierten Schrein vorbei. Mönche in orangefarbenen Gewändern beweihräucherten ihn und achteten darauf, dass niemand von uns sich ungebührlich verhielt. Wir Frauen hatten uns Tücher auf Kopf und Schultern legen müssen, Eberhard dagegen musste sich eines um seine kurze Hose wickeln.

»Wo ist denn der Zahn?«, fragte Eberhard, die Videokamera auf das kleine Guckloch gerichtet.

»Er ist von sieben vergoldeten Umhüllungen verborgen«, erklärte Nirmal ehrfürchtig. »Die passen ineinander wie diese russischen Puppen.«

»Na, da kann ja jeder behaupten, dass da Buddhas Eckzahn drin ist ...«

»Eberhard, sei nicht ungerecht. Bei uns im Kölner Dom liegen angeblich die Knochen der Heiligen Drei Könige«, wandte Bärbel ein. »Und? Kannst du's beweisen?«

»Hauptsache, die Leute glauben dran«, brummte Eberhard.

Um uns herum verneigten sich die Einheimischen demütig und legten Blütenkränze vor dem verborgenen Zahn nieder.

Ich war leider nicht so beeindruckt wie die Pilger hier. Das stundenlange barfüßige Stehen und das für unsere Ohren unmelodische Getrommel und Geflöte setzten mir ziemlich zu.

»Ich warte draußen!« Da war mir die sengende Sonne noch lieber! Geschafft zog ich meine Schuhe wieder an und beobachtete das Treiben vor dem Tempel: So viele schöne Menschen, und alle wirkten so zufrieden und mit sich im Reinen.

Danach fuhren wir weiter und sahen noch eine Tanzvorführung, die mir sehr gefiel. Wieder war ich ganz verzaubert vom Anblick solch zierlicher Tänzerinnen und Tänzer in ihren farbenfrohen Kostümen. Von ihrer Anmut und Beweglichkeit. Zum Abschluss gab es einen Feuerlauf. Es faszinierte mich, wie mutig diese Männer barfuß über glühende Kohlen liefen, ohne sich die Füße zu verbrennen.

Ich wusste, dass sie es unter Hypnose taten. Aber es war trotzdem eine heldenhafte Überwindung!

Am Abend erreichten wir ein schönes Hotel im Hügelland um Kandy, in dem wir übernachteten. Am nächsten Morgen ging es zu üppig-grünen Teeplantagen, auf denen wir die Pflückerinnen mit ihren großen Sammelbehältern auf dem Rücken beobachteten.

»Wenn man erfährt, wie wenig Lohn die dafür bekommen, können sie einem schon leid tun«, murmelte Bärbel, während Eberhard stoisch seine Videokamera draufhielt.

»Weiter geht's nach Matala, wo wir einen Hindutempel besichtigen werden.« Nirmal scheuchte uns wieder in den Kleinbus. Von Weitem sah der Riesenbau sehr imposant aus, und mich beeindruckte der reich ornamentierte Tempelturm, der mit Unmengen von bunten Szenen verziert war. Doch bei näherer Betrachtung fielen mir die eindeutig sexuellen Motive auf, und ich bekam ziemlich rote Ohren.

»Jetzt wird's interessant!«, freute sich hingegen Eberhard, der jede noch so verknotete Stellung verewigte. »Bärbel, hier können wir noch was lernen!«

Ich räusperte mich und ging schnell weiter. Ich wollte hier überhaupt nichts mehr lernen! Jedes Kind konnte diese schamlosen Darstellungen sehen, ganz zu schweigen von den übertrieben großen Phallussen! Pah! Wenn die wüssten, wie jämmerlich die oft in Wirklichkeit aussehen!, dachte ich.

Wir besichtigten noch weitere Sehenswürdigkeiten wie die Königsstädte Polonnaruwa und Anuradhapura. Es war alles sehr beeindruckend, aber auch anstrengend. Das schwüle Klima machte mich fertig, und ich stolperte irgendwann nur noch durstig durch die Anlagen.

»Ich kann nicht mehr.« Völlig entkräftet ließ ich mich auf eine Betonplatte sinken.

Aaah, tat das gut, die geschwollenen Beine ein bisschen auszustrecken! Ich machte ein paar Lockerungsübungen.

Hello! Madam!« Ein schmächtiger, kleiner Aufseher kam aufgeregt herbeigeeilt und verscheuchte mich.

Huch! Ich sprang auf. Hatte ich mich in Elefantenköttel gesetzt?

Der Aufseher schimpfte auf mich ein.

»Not allowed?«, fragte ich schuldbewusst.

Eberhard filmte die Szene erst mal, kam mir dann aber in Anbetracht der Lage zu Hilfe geeilt.

»Rosemarie, ein bisschen mehr Respekt, wenn ich bitten darf!« Grinsend zog er mich mit sich fort.

»Was hab ich denn falsch gemacht?« Immer noch zitternd vor Schreck klopfte ich mir den Popo ab. »War da frisch gestrichen oder was?«

»Nee, das war die allerheiligste Tischplatte von Buddha. Da hat der von gegessen.«

Jetzt wurde ich knallrot. »Oh, das konnte ich ja nicht ahnen.«

Ich gab dem erzürnten Aufseher Zeichen: »Entschuldigung, kommt nicht wieder vor!«

Der stieß nach wie vor wüste Drohungen aus, und ich eilte hastig weiter. Wenn sich bei uns in der Kirche ein indischer Tourist auf den Altar schwingen würde, um seine Lockerungsübungen zu machen, würde er vom Küster bestimmt auch was zu hören kriegen! Ich schüttelte den Kopf. »Das muss einem doch jemand sagen«, murmelte ich erschüttert. »Da könnte doch ein Schild dran sein: *Do not sit!*«

Bei der nächsten Sehenswürdigkeit hieß es wieder Klettern, Laufen, Schwitzen und Durchhalten. Der Berg, auf den sie uns scheuchten, hieß Dambula. Also los, Rosemarie. Nur keine Müdigkeit vorschützen. Doch als ich auf dem Weg zum Tempel die Stufen heraufkletterte, verlor ich die anderen aus den Augen. Plötzlich kamen von allen Seiten zerlumpte Lahme und Blinde auf mich zu, die mich anbettelten. Es war wie in einem Jesus-Film! Kommt her, alle die ihr mühselig und beladen seid, ich will euch erquicken! Leider waren es zu viele, ich fühlte mich umzingelt und geriet in Panik. So schnell mich meine geschwollenen Beine trugen, eilte ich die Stufen hinauf und keuchte mich einem Herzinfarkt entgegen.

»Gott! Nie wieder!«, entfuhr es mir, als ich endlich oben und ihnen entkommen war.

Bärbel und Eberhard lachten mich aus. Es war schon peinlich, wenn einen sogar Lahme und Blinde einholten!

Wir besichtigten die dunklen schwarzen Höhlen, in denen die Buddhafiguren alle gleich aussahen. Sie wirkten wie geklont. Nicht für viel Geld wollte ich weitere Höhlen und Buddhas sehen.

Draußen im gleißenden Licht der gnadenlosen Sonne hüpften Affen herum. Bevor ich jetzt wieder was falsch machte und ihnen eine Banane anbot, erklärte Nirmal mit ernstem Gesicht, sie seien heilig.

Endlich wieder am Bus, umringten uns Scharen von Kindern und auch Erwachsenen, die nicht etwa bettelten, sondern Münzen gegen Scheine tauschen wollten.

»Warum geht ihr nicht zur Bank?«

»Sie dürfen ohne Konto keine Bank betreten«, erklärte Nirmal. »Sie können ihre Münzen aber auch nicht bei den Händlern gegen Ware tauschen, die nehmen nämlich nur Scheine.«

Und da nur sehr wenige Amerikaner hier Urlaub machten, bekamen die Einheimischen ihre Dollarscheine nicht eingetauscht. Deshalb wollten sie alle Mark. Damit war dieses Rätsel auch gelöst.

Nach drei Tagen war ich komplett platt. Ich sehnte mich nach unserem staubigen Hotelgarten in Hikkaduwa, sogar der pipiwarme Pool wäre inzwischen eine Wohltat für meine müden Knochen gewesen. Aus den restlichen Unternehmungen klinkte ich mich aus. Im Schatten des Busses schrieb ich an meinem Reisetagebuch und ertappte mich dabei, wie ich mich auf den scheuen Schönen freute, der mich hoffentlich schon schwer vermisste!

Auf der Rückfahrt kamen wir noch an einem Platz vorbei, wo man auf Elefanten reiten durfte.

»Rosemarie, wie sieht's aus?« Nirmal grinste mich aufmunternd an.

»Nicht für Geld dabei!« Ich schüttelte den Kopf.

»Aber Bärbel und ich, wir machen das!« Forsch stieg Eberhard aus und drückte mir seine Videokamera in die Hand. Unternehmungslustig schritt er auf einen Riesenelefanten zu.

»Komm Bärbel!«

Behangen mit Filmkamera und Fotoapparat schaute ich den beiden zu. Sie kletterten eine Leiter hinauf und schwangen sich dann auf den behaarten Elefantenrücken, wobei sie regelrecht Staub aufwirbelten. Bärbel saß hinter Eberhard und klammerte sich mit schmerzverzerrtem Gesicht an ihn. »Au, das tut weh!«

»Nix, jetzt wird geritten!«

Ein Mann nahm den Elefanten am Strick, ein weiterer schlug dem Koloss von hinten auf die Beine, und schwankend wie ein Schiff setzte sich das Tier in Bewegung. Dabei ruderte es so mit dem Rüssel, dass ich lieber in Deckung ging. Ich ließ mich auf einen Zementtisch sinken und versuchte zu filmen. »Bitte recht freundlich!«

»Ich spüre jeden Wirbel dieses Viehs in meinem Hintern!«, jammerte Bärbel.

»Außerdem kratzen mich die borstigen kurzen Haare an meiner ... Das willst du nicht wissen!«

Ach du lieber Gott!, dachte ich. Gut, dass ich mir das erspart habe!

Während ich noch mit den Apparaten herumhantierte, näherte sich mir ein riesiger Elefantenpopo. Ein schwankender Elefant parkte rückwärts ein. Leider ohne Rückspiegel.

»Rosemarie? Haste? Zoom mal!«

»Autsch, ich will runter! Eberhard, das mach ich nie wieder!«

Ich konzentrierte mich voll auf die mir anvertrauten Gerätschaften, und plötzlich sah ich nichts mehr durch die Linse. Nur noch einen riesigen, behaarten Elefantenarsch.

Der näherte sich unaufhörlich. Schon war ich in einer stinkenden Staubwolke gefangen. Der würde doch nicht... aber ich saß doch hier!

Platsch! Ächzend sank der Elefant auf seinen angestammten Platz.

Keinen Zentimeter rechts von mir ließ sich das Riesentier auf dem Zementtisch nieder.

Er setzte sich neben mich! Wie ein dicker Konzertbesucher!

Ich war vor Schreck so gelähmt, dass ich nicht mal aufspringen konnte.

Ich konnte es nicht fassen. Was machte denn dieser Wärter! Hatte der mich etwa nicht gesehen? Jetzt grinste er auch noch!

Oder war das etwa SEINE Bank? Und ICH saß verkehrt?

Zum Glück hatte sich der Elefant nicht auf meinen Schoß gesetzt.

Scheu spähte ich zu meinem neuen Sitznachbarn empor, der mich ebenfalls aus den Augenwinkeln betrachtete. Bitte dreh dich jetzt nicht zu mir um und hau mir deinen Rüssel um die Ohren!, flehte ich innerlich. Doch der Elefant war friedlich gesinnt.

Er schien zu grinsen. Wie gern hätte ich ihm jetzt eine

Banane gereicht, zum Dank für sein Verständnis! Aber ich hatte keine parat.

Was mich allerdings wirklich erfreute, war das Gefühl, im Vergleich zu ihm ein ganz filigranes Wesen zu sein. Das hatte ich schon lange nicht mehr gehabt.

5

Wieder im Hotel *Namaste* angekommen, hielt ich als Erstes unauffällig nach dem scheuen Schönen Ausschau, der normalerweise hinter der Theke Gläser putzte oder Tischdecken faltete, aber er war nicht zu finden.

Das ist bestimmt auch besser so, Rosemarie, versuchte ich mir meine Enttäuschung schönzureden.

»Vielleicht hat dein Prinz heute frei«, mutmaßte Bärbel, die meinen sehnsüchtigen Blick sehr wohl bemerkt hatte.

»Wisst ihr was?«, meinte Eberhard. »Lasst uns morgen mal nach Unawatuna fahren, da ist ein wunderschöner Sandstrand. Der Hotelbus fährt uns hin!« Unser Landausflug hatte uns mutiger gemacht, wir saßen nun nicht mehr wie eingesperrt im Resort herum.

Gesagt, getan. Ich war ganz begeistert von der herrlichen Bucht. Weißer Sandstrand und türkisfarbenes, klares Wasser. Auf einmal machte mir dieser Urlaub Spaß!

Den ganzen Tag warf ich mich begeistert in die Wellen oder sonnte mich am Strand. Bärbel cremte mich freundlicherweise ein, damit ich nicht noch einen Sonnenbrand bekam. Zwischendurch aßen wir in einem Strandlokal herrlich zarten Fisch mit frischem Salat und tranken dazu frisch gepresste Säfte.

»Oh, wie köstlich! Genau so habe ich mir den Urlaub

vorgestellt, lieber Sohnemann! Ach, hättest du mich doch nur fünfzehn Kilometer weiter einquartiert!« Aber ich wollte nicht undankbar sein. Ohne Mario säße ich jetzt überwiegend zu Hause in meiner Wohnung, und Bärbel und Eberhard hätte ich auch nie kennengelernt. Inzwischen waren wir unzertrennlich. Und was meine Unterbringung betraf: Die Blicke des scheuen schönen Prinzen dort waren mindestens ebenso viel Balsam für meine Seele wie dieser Strand hier.

Abends nach dem Duschen verabredeten wir uns noch auf einen Drink in der *Moon-Bar,* einer kleinen Kneipe gegenüber dem Hotel. Man musste nur die belebte Straße überqueren. Dort kletterte man eine steile Holztreppe hinauf, um dann unter einem Blätterdach zu sitzen, in dem tausend Lichter funkelten.

»Oh, wie romantisch«, schwärmte Bärbel, und ich sah mich instinktiv nach dem scheuen Schönen um.

Eberhard, der inzwischen abgecheckt hatte, wo es hier überall was zu kärchern gab, erfreute sich an einem kühlen Bier aus der Flasche. »Mein Leitspruch ist ja: Kein Bier vor Einbruch der Dunkelheit, aber die kommt hier wirklich ruckzuck!«

»Weißt du noch, Rosemarie, wie wir bei unserer Tour ins Landesinnere einmal bei strahlendem Sonnenschein in einen Laden rein sind und fünf Minuten später bei totaler Finsternis wieder rauskamen?«

»Ja, und dann ist auch noch der Strom ausgefallen und wir mussten uns mehr oder weniger zu unserem Hotel zurücktasten.« Lachend ließen wir unsere Abenteuer Revue passieren.

»Und wie du dann in was Warmes Weiches getreten bist

und deinen Schuh gar nicht mehr rausgekriegt hast aus dem Kuhfladen …«

»Während du plötzlich geschrien hast wie am Spieß, weil dich was Warmes Weiches angehaucht hat …«

»Ja, wie hätte ich denn wissen sollen, dass neben der Straße Kühe frei herumlaufen!«

»Herumliegen! Die *wohnen* da! Kühe sind hier heilig!«

»Genau wie Affen.«

»Ich frage mich nur, wieso ich in letzter Zeit so unheilige Gedanken habe …«

Wir hatten einen Riesenspaß.

»Das passiert hier öfter mal, dass der Strom ausfällt.« Eberhard hatte sich ein zweites Bier geholt und von unserem schlüpfrigen Wortspiel nichts mitbekommen. »Das nehmen die Singhalesen gelassen hin.«

»Von ihrer Gelassenheit könnten wir Europäer uns ruhig mal eine Scheibe abschneiden.«

»Hast du den Lebensweg Buddhas in diesem Kloster gesehen? Nein, Rosemarie, du warst ja nicht dabei …« Eberhard zeigte mir seine Videoaufnahmen.

»Stell dir vor, der hat seine Frau verlassen, um auf eine spirituelle Reise zu gehen, und zwar als die gerade ihr erstes Kind bekam.« Bärbel war ziemlich erzürnt.

»Ist ja nicht gerade die feine Art, Frau und Neugeborenes zu verlassen, um auf eine spirituelle Reise zu gehen! Typisch Mann!« Bärbel und ich kicherten über unseren exotischen Drinks.

»Später hat er den siebenjährigen Knaben dann ins Kloster nachgeholt«, wusste Eberhard zu berichten.

»Ist ja auch nicht nett.« Bärbel verschränkte die Arme vor der Brust. »Nimmt der der jungen Mutter einfach das

Kind weg, von wegen jetzt muss der Knabe meditieren und so. Darüber war der Kleine bestimmt auch nicht glücklich.«

»Erzählt es bitte keinem, aber ich finde diese Buddhaverehrung hier auch etwas übertrieben«, flüsterte ich verschwörerisch. »Genau wie die Verherrlichung der Sexualität in diesem Hindutempel ... Habt ihr diesen Riesenphallus aus Stein gesehen?«

»Ja, die Frauen übergießen den bei Kinderwunsch nachts mit heißer Butter!«

»Rosemarie, nicht hinschauen.«

»Wohin denn?«

»Da ist er.«

»Wer?« Natürlich fuhr mein Kopf sofort herum.

»Da unten! Auf der Straße!«

Ich warf fast den Barhocker um, als ich neugierig aufsprang.

»Rosemarie! Unauffällig«, raunte Bärbel.

Da sah ich ihn. Den scheuen Schönen. Diesmal in Zivil. Jeans, T-Shirt, Flipflops. Noch nie hatte ich Flipflops an einem Mann so sexy gefunden. Er schlängelte sich durch den Straßenverkehr, als gehörte ihm die ganze Welt. Zackig und doch elegant.

»Na, der hat ja einen Schritt drauf«, unkte Bärbel. »Bestimmt sucht er unsere Rosemarie.«

»So wie der Mensch geht, so geht er auch durchs Leben«, sagte ich verzückt.

»Der hat noch was vor, das kannst du mir glauben«, meinte Eberhard.

Ich gab ihm recht. »Ja, der ist noch auf der Suche. Der ist noch nicht am Ziel«, sagte ich weise. Und als ich mich später schlafen legte, stahl er sich wieder in meine Gedanken ...

Am nächsten Morgen prallte ich direkt mit ihm zusammen, als ich aus dem Hotel wollte, und er mir mit einem vollen Tablett entgegenkam. Ein Teller ging scheppernd zu Bruch.

»*Sorry, Madam*«, murmelte er gesenkten Blickes.

Wir bückten uns beide nach den Scherben und wären fast mit den Köpfen zusammengeknallt.

»*No sorry*. Es ist meine Schuld ...« Meine Badetasche glitt mir von der Schulter und fegte auch noch den Rest des Geschirrs vom Tablett.

Solche Szenen sieht man eigentlich nur in kitschigen Filmen, doch das passierte jetzt tatsächlich! Ich wollte vor Scham schier im Boden versinken. Und tat es auch. Nun hockten wir hier und sahen uns tief in die Augen. Mein Herz raste wie eine Dampflok. Verlegen wandte er den Blick ab.

Gemeinsam sammelten wir die Scherben auf und legten sie auf das Tablett. Dabei berührten sich unsere Hände – meiner Meinung nach nicht nur zufällig.

Mir schoss eine solche Hitze ein, dass ich knallrot wurde. Das bemerkte auch der Schöne, und ein winziges Lächeln schlich sich auf seine vollen Lippen.

»*Thank you. It's okay, Madam, my job.*«

»Ja, dann – geh ich jetzt mal.« Ich stemmte mich hoch. Oje, die Knie. Galant half er mir auf die Beine. »*Have a nice day.*«

Und ob ich den daraufhin hatte! Ich schwebte regelrecht zum Pool und hatte Schmetterlinge im Bauch wie ein junges Mädchen.

Den ganzen Tag über äugte ich verstohlen zur Bar hinüber, konnte mich gar nicht mehr auf das Buch konzentrieren, das ich zur Tarnung in den Händen hielt. Gut, dass er nicht merkte, dass ich nicht umblätterte! Er hätte es allerdings wohl noch nicht mal bemerkt, wenn ich es falsch herum gehalten hätte!

Mich beschlich die Erkenntnis, etwas lang Verlorenes wiedergefunden zu haben. Warum bescherte es mir nur solche Glücksgefühle, ihn in meiner Nähe zu wissen? War ich verliebt in das Verliebtsein? Aber so haltlos verknallt war ich überhaupt noch nie gewesen. Was war bloß mit mir los? Immer wieder musste ich an seine schönen schmalen Finger denken, mit denen er meine Hand berührt hatte. Ich schloss die Augen und stellte mir vor, mit diesem wunderschönen jungen Mann Hand in Hand den Strand entlang zu spazieren. Als ich mir ausmalte, wie er mich küsste, schreckte ich auf und sprang in den Pool.

Diese Gedanken waren nun doch zu heiß für meinen Kreislauf. Energisch verscheuchte ich die mädchenhafte Schwärmerei mit heftigen Arm- und Beinstößen.

Rosemarie, lass gut sein!, ermahnte ich mich. Du fliegst übermorgen nach Hause und siehst den süßen Knaben nie wieder. Du weißt ja noch nicht mal, wie er heißt.

Dennoch spürte ich ein schmerzhaftes Ziehen, wenn ich daran dachte, ihn nie wieder zu sehen. Aus der Traum, bevor er überhaupt begonnen hatte?

»Hallo Rosemarie! Hier bist du also!« Bärbel und Eberhard kamen von einem Mittagsschläfchen. »Na? Schön am Flirten?«

»Quatsch!« Ich hielt mir die Nase zu und tauchte unter.

»Die sind ja hier schon fleißig zugange.« Eberhard hielt

seine Filmkamera auf die überall herumwuselnden Kellner. »Heute Abend veranstalten sie zum Abschied eine Poolparty für uns.«

»Ach so ...?« Mein Herz fing wieder an zu klopfen. Ob ER wohl dabei war?

»Ja, und außerdem gibt es im Nachbarort ein Fest der Buddhisten. Mit Elefantenumzug. Und zwar um Mitternacht, weil da Vollmond ist.« Bärbel wedelte mit einem Prospekt. »Der lag an der Rezeption.«

Ich kletterte aus dem Pool. »Darf ich mal sehen?«

»Bitte, kannst du haben. Eberhard und ich gehen da sowieso nicht hin. Das ist uns zu spät, wir müssen ja noch Koffer packen.«

Ich vertiefte mich in den Prospekt. Singhalesische Schnörkel, daneben die englische Übersetzung. Ich reimte mir aus den ansprechenden Bildern zusammen, was da auf mich zukommen würde: majestätische Elefanten, beritten von lauter kleinen Mucks mit goldenen Turbanen, umgeben von Tausenden weiß gekleideter Menschen, badend im Mondlicht. Im Hintergrund das funkelnde Meer.

Was für ein schöner Urlaubsabschluss!, dachte ich verzückt. Aber alleine trau ich mich da nicht hin ...

»Wir haben gehört, dass da zweitausend Singhalesen zum Feiern kommen«, meinte Eberhard, der sich soeben genüsslich auf seinem Liegestuhl niederließ. »Das wird ein Riesenspektakel, die ganze Stadt steht Kopf. Aber wer weiß, ob da nicht auch ein paar Langfinger dabei sind. Ich würde meine Videokamera da lieber daheim lassen.«

Ach Eberhard, dachte ich. Das sind doch nur Vorurteile. Während der ganzen Zeit hier hatte noch keiner der freundlichen Einheimischen Anstalten gemacht, uns zu beklauen oder übers Ohr zu hauen. Ja, manche hatten gebettelt, aber das war ja nicht kriminell, sondern nur allzu gut nachvollziehbar.

Plötzlich beschlich mich der aberwitzige Gedanke, meinen scheuen Schönen zu fragen, ob er nicht mit mir dort hingehen wolle.

Wenn er heute Abend bei der Poolparty Dienst hatte, würde ich ihn vielleicht fragen können ...

Den ganzen Nachmittag über plante ich meinen kleinen Überfall auf ihn, wurde von Angst und Vorfreude hin und her geschüttelt und schwankte zwischen »Ja, das mache ich« und »Rosemarie, du hast einen Knall«.

Währenddessen platzierten die Kellner, darunter auch mein Schwarm, Tische und Stühle um den Swimmingpool. Sie hängten Girlanden und Luftballons in die Palmen. Verzückt sah ich zu, und der Schöne merkte ganz genau, dass ich ihn beobachtete. Als es um sechs Uhr schlagartig dunkel wurde, machte ich mich schön. Heute Abend sollte es noch mal der festliche bunte Sari sein.

»Bärbel, hilfst du mir, mich darin einzuwickeln?« Scheu klopfte ich an die Zimmertür meiner Freunde.

»Wirfst du dich für IHN so in Schale? Komm rein, Eberhard duscht noch.«

Kichernd zog sie mich in ihr Gemach.

Auf den Betten meiner Freunde lagen schon die halb gepackten Koffer, und ich hörte Eberhard im Bad laut singen. »Der freut sich auf die Heimreise, was?!«

»Na ja, zwei Wochen waren jetzt auch genug.«

»Komisch, am Anfang dachte ich, dass dieser Urlaub hier nie vorbeigeht und habe die Tage gezählt, endlich nach Hause fliegen zu können. Aber jetzt ...«

»Liebelein, du bist ja ganz rot geworden!« Bärbel umarmte mich. »Weißt du, dass du richtig strahlst und irgendwie ganz mädchenhaft aussiehst?«

Sie schob mich vor den Spiegel, und jetzt konnte ich es auch sehen. Als wäre ich über Nacht zehn Jahre jünger geworden! Meine Haut war gebräunt, was der grünbunte Sari noch betonte, und meine Figur wirkte weiblich begehrenswert. Ich versuchte, mich mit den Augen des schönen Kellners zu sehen.

»Du glaubst es nicht, Bärbel, aber ich hab Schmetterlinge im Bauch …«

»Das brauchst du mir nicht zu sagen, Rosemarie!« Sorgfältig hüllte Bärbel mich in die bunt schillernden Stoffbahnen. »Ich beneide dich …« Dabei warf sie einen Blick auf die Badezimmertür. »Genieß es einfach!«

»Meinst du, er findet auch was an mir?«

»Würde er dich sonst die ganze Zeit ansehen?«

»Ich weiß nicht, wie ich ihn ansprechen soll.«

»Hier auf dem Gelände schon mal gar nicht.« Bärbel wusste wieder mehr als ich. »Die Angestellten dürfen nicht mit den Gästen reden. Also nicht privat.«

Sie begann, meine Haare zu bürsten. »Wollen wir dir eine schöne Hochsteckfrisur machen?«

»Aber wie soll ich ihn denn dann treffen?«

»Ich weiß was! Eberhard gibt ihm heute Abend sowieso ein Trinkgeld. Dabei steckt er ihm einen Zettel zu. Er kann ja Englisch. Treffpunkt wann und wo …?«

»Kein Ahnung, wann der frei hat! Und ob er überhaupt will.«

Verschwörerisch flüsternd, hatten wir gar nicht gemerkt, dass Eberhard inzwischen aus dem Bad gekommen war. Er hatte nur ein Handtuch um seinen Bierbauch geschlungen. »Lasst mich nur machen, Mädels.« Er grinste breit. »Rosemarie, du siehst hinreißend aus. Der Prinz aus Sri Lanka wird sich auf der Stelle in dich verlieben!«

Als Eberhard fertig war, gingen wir gemeinsam zum Pool. Obwohl man wirklich ein prächtiges Büfett für uns aufgebaut hatte, hatte ich zum ersten Mal absolut keinen Appetit. Eberhard raunte mir über seinen überladenen Teller hinweg verschwörerisch zu: »Um zehn Uhr in der *Moon Bar!* Er hat mit einem Kollegen die Schicht getauscht!«

Sofort bekam ich weiche Knie. »Echt? Und du nimmst mich auch nicht auf den Arm?«

»Schrei doch nicht so.« Grinsend weidete sich Eberhard an meiner Nervosität. »Ich hab doch gesagt, ich deichsel das!«

Nun war es vollends um mich geschehen. Unter dem Sternenhimmel, den im lauen Wind schaukelnden Lampions und dem riesigen Mond konnte ich mich vor lauter Aufregung kaum beherrschen. Was für ein Märchen! Ich schloss die Augen. Gierig sog ich die samtene Nachtluft ein. Außer einem Glas Wein konnte ich nichts zu mir nehmen. Ich fühlte mich wie zuletzt als Teenager vor meiner ersten Tanzstunde.

»Du siehst hinreißend aus«, raunte Eberhard mir noch ins Ohr, bevor er mit seinem vollen Teller einen Tisch ansteuerte. »Der kann sich glücklich schätzen, so eine tolle Frau zu treffen.«

Bärbel zwinkerte mir ebenfalls verschwörerisch zu. Mein Schöner bediente die Gäste und tat so, als würde er mich nicht kennen. Unauffällig machte ich ein Foto von ihm. Zu Hause, nahm ich mir vor, würde ich ergründen, warum dieser Mann so eine Wirkung auf mich hatte. Es gab doch noch andere gut aussehende junge Männer. Warum ausgerechnet er?

Ich hatte mich noch nie für jüngere Männer interessiert. Dieser hier dürfte im Alter meines Sohnes sein. Mir entfuhr ein hysterisches Lachen. Ich könnte seine Mutter sein! Was war dann nur mit uns? Wir können nicht bestimmen, in wen wir uns verlieben, dachte ich. Gefühle werden uns ins Herz gepflanzt.

Das Foto hier würde mir jedenfalls beweisen, dass ich ihn nicht nur geträumt hatte.

Langsam wurde es zweiundzwanzig Uhr. Mein schöner Kellner eilte nach wie vor beflissen zwischen den Gästen umher. Da! Hatte er geguckt? Galt der Augenaufschlag mir?

Eberhard und Bärbel warfen mir einen Blick zu. Hatten sie es auch gesehen? Eberhard tippte unauffällig auf seine Uhr.

»Viel Spaß!«, formte Bärbel mit den Lippen.

Verstohlen warf ich den beiden eine Kusshand zu. Völlig aufgelöst eilte ich in mein Zimmer und machte mich noch mal frisch. Aus dem Spiegel schaute mir eine attraktive Frau mit strahlenden Augen und einem geheimnisvollen Lächeln an. Der Sari stand mir wahnsinnig gut! Diese Mode war wie für mich gemacht. Er zeigte genau an den richtigen Stellen meine gebräunte Haut und umspielte meine weiblichen Rundungen äußerst vorteilhaft. Ich kam mir vor wie ein sorgfältig verpacktes kostbares Geschenk.

Jetzt nur noch einen Hauch Lipgloss, einen Tupfer Parfüm und los. Rosemarie!, dachte ich, mit meinem Spiegelbild kokettierend. Vor zwei Wochen hast du noch mit deinem Schicksal gehadert, doch nun nimmst du es in die Hand!

6

Als ich mit klopfendem Herzen die *Moon Bar* betrat, sah ich ihn schon im Schein der Lampions da sitzen. Er hatte sich bereits umgezogen und trug die Landestracht, ein weißes knielanges Hemd zu Pluderhosen. Er sah aus wie ein Prinz. Gott war das romantisch!

Strahlend schritt ich auf ihn zu, und er sprang auf.

»*Hi!*«

»*Hello. How are you?!*«

»*Very good.* Hast du schon was gegessen?« Ich machte entsprechende Handbewegungen, und er nickte scheu.

»Ja, wie? Schon gegessen oder Hunger?« Erneutes Gestikulieren mit imaginärem Löffel.

Er nickte. »*Yes, I'm hungry.*«

Oh. Da hatte er jetzt stundenlang Teller abgeräumt und selbst nichts gegessen?

Na gut, ich ja auch nicht. Aber ich war ja auch über beide Ohren verknallt!

»*You eat. I invite ...* bestell dir was!« Ich winkte dem Kellner. »*This man hungry.*«

Mein Schöner bestellte sich ganz bescheiden nur *Fried Rice*. Ich saß da, strahlte ihn an und sah ihm beim Essen zu. Hach, war der schön!

»Gut?«

»*Yes. Very good.*« Er mampfte, als gäbe es kein Morgen. »*You looking nice.*« Er schenkte mir einen bewundernden Blick. »*Pretty.*«

»Sari«, sagte ich errötend.

»*Yes. Sari.*« Er lachte.

Ich hatte nach wie vor Herzklopfen. Was sollte ich jetzt mit ihm reden? Er sprach ja nur seine Landessprache und vielleicht ein bisschen mehr Englisch als ich. Dabei wollte ich ihn doch fragen, ob er mich zu dem mitternächtlichen Elefanten-Spektakel begleiten würde!

Als er fertig gegessen hatte, kramte ich den Prospekt hervor. »*You know?*«

»*Yes.*« Er nickte und erklärte mir dann etwas in seinem weichen, gebrochenen Englisch, das ich nicht verstand. Vielleicht sagte er, dass er das Fest ganz doof finden und auf keinen Fall so einen Touristenkram mitmachen würde? Oder aber das genaue Gegenteil? Ich starrte ihn an.

»Gehen wir zu dem Fest?«, wagte ich einen Vorstoß. Jetzt oder nie, Rosemarie. Übermorgen sitzt du im Flieger. »*We go – together?*« Ich hatte ganz feuchte Hände vor Aufregung.

Er erklärte wieder was. Vielleicht, dass er morgen schon sehr früh arbeiten musste? Dass seine Verlobte auf ihn wartete? Dass das Fest dieses Jahr ausfiel?

Keine Ahnung. Die Zeit lief. Bald würde es Mitternacht sein!

Ich muss ihn wohl sehr verzweifelt angesehen haben, denn plötzlich sprang er auf.

»*I bring translator.*«

Er würde einen Übersetzer holen? Ratlos sah ich, wie er bereits barfuß über die Straße rannte und auf der Dschungelseite im Dunkeln verschwand. Hoffentlich brachte er jetzt nicht irgendeinen Störenfried mit! Ich wollte ihn doch für mich alleine haben. Ich wartete.

Vielleicht kam er überhaupt nicht wieder?

Nervös klammerte ich mich an meinen Drink. Und warf einen unauffälligen Blick auf die Uhr: viertel nach elf. Ich wollte zu den Elefanten! Mit IHM! Lieber Gott, mach dass dieser Traum in Erfüllung geht.

Wenige Minuten später eilte mein Schöner wieder herbei und hielt mir strahlend ein kleines gelbes Buch unter die Nase. Langenscheidts Wörterbuch. Deutsch–Englisch, Englisch–Deutsch. Im Schein der Lampions warf ich einen Blick hinein und stellte fest, dass ich ohne meine Lesebrille gar nichts lesen konnte.

»Ich geh mal kurz ...« Jetzt war es an mir, die Wendeltreppe hinunterzueilen.

Als ich wie von Furien gehetzt durch die Hotelhalle flitzte und statt des Aufzugs die Treppe nahm, sah mir die Hotelmanagerin erstaunt nach.

Ahnte sie, mit wem ich gerade ein Rendezvous hatte? Der Reiz des Verbotenen beflügelte mich. Ich kam mir vor, als würde ich gerade mit meinem schönen Kellner ein Pferd stehlen.

Fünf Minuten später saß ich wieder bei meinem Angebeteten und setzte meine Brille auf.

»So. Jetzt müsste es klappen.« Auf einmal konnte ich das Kleingedruckte lesen, und unsere Finger glitten suchend über die Vokabeln. Lachend steckten wir die Köpfe zusammen und entwickelten unser eigenes Kommunikationssystem.

»*Party! Elephants! I want to go there! You accompany me? I will not alone!*«, radebrechte ich eifrig.

Zu meinem Erstaunen öffnete mein Prinz den Mund und sagte in entzückendem Deutsch:

»Ja natürlisch, das mache isch gern.«

»Na dann, nichts wie hin! *Soon goes it loose!*«

Ich zahlte, wir sprangen auf und eilten auf die Straße hinunter.

»My friend has ... bus. You wait.«

Hastig sah sich mein Prinz um, ob ihn auch niemand beim privaten Gespräch mit einem Hotelgast ertappte und verzog sich dann in den Schatten des Dschungels, um mit jemandem zu sprechen. Erwartungsvoll ließ ich die hupenden Tuktuks, Mopeds, Fahrräder, Eselskarren und aufgeregten Menschenmassen an mir vorüberziehen. Die hatten bestimmt alle dasselbe Ziel. Aufgeregt trat ich von einem Bein aufs andere. Ein unwirklicher, orangefarbener Vollmond tauchte die Szenerie in märchenhaftes Licht.

Da hielt auch schon der mir bekannte Kleinbus mit dem mir bekannten Fahrer am Steuer! Ich traute meinen Augen nicht, aber mein Prinz saß schon hinten drin!

Hastig stieg ich ein und ließ mich auf den Vordersitz fallen. Der Fahrer gab Gas, und mir entfuhr ein begeistertes Lachen. »Hurra! Es geht los!«

Mein Prinz lachte auch. Es war ein befreites, jungenhaftes Lachen, und genau so fühlte ich mich auch: Wir beide waren wie zwei Verschwörer, die heimlich etwas Verbotenes ausgeheckt hatten. Ich musste mich in den Arm kneifen, um festzustellen, dass ich nicht träumte. Dass er dieses Risiko auf sich nahm, für MICH!

Wir fuhren direkt am Hotel vorbei, unter den strengen Blicken der uniformierten Wachmänner. Mein Schöner duckte sich.

Kurz dachte ich an Eberhard und Bärbel, die jetzt schon in ihren Hotelbetten lagen und dieses wunderbare Abenteuer verpassten. Aber, ganz ehrlich – wären sie dabei, wäre es auch kein wunderbares Abenteuer mehr gewesen!

Der Bus schlängelte sich hupend durchs Gewühl und hielt schließlich am Rande eines belebten Platzes, direkt am Meer. Schillernd spiegelte sich der Mond in den sanften Wellen. Mein Prinz reichte mir die Hand und half mir beim Aussteigen. Samtweiche Luft umfing mich. Es duftete nach köstlichen Gewürzen. Tausende von Singhalesen liefen in Landestracht herum. Aus den Lautsprechern quakte ein ewiger Singsang von heiligen Gesängen, die mich fast in Trance versetzten. Mein samtäugiger Prinz hielt mich fest an der Hand und zog mich in die Menge hinein.

Ich spürte ein herrliches Kribbeln. Ja, das war der ultimative Kick! Das hätte ich mich ohne meinen Beschützer nie und nimmer getraut. Selbst Eberhard und Bärbel hätten diese Erfahrung geschmälert. Weit und breit keine Touristen in Sicht, nur Einheimische. Der Vollmond stand nun ganz hoch am Himmel und hatte einen weißen Hof gebildet. Ich starrte verzückt zu den Sternen hinauf und wollte jede Sekunde festhalten.

Glücklich schwebte ich an der Hand meines Prinzen zum Strand. Genau so hatte ich mir das in meinen Tagträumen vorgestellt! Und da, da waren sie! Viel schöner als im Prospekt, majestätisch, geheimnisvoll, die festlich geschmückten Elefanten! Ich erwiderte den Händedruck des Prinzen und stieß ein Jubeln aus.

»O Gott, die sind wunderschön!« Ganz nah standen wir vor den riesigen Dickhäutern, die das ganze Getümmel stoisch über sich ergehen ließen und gelassen die Rüssel hin und her schwangen.

»Sieh nur, der hier schaut genau MICH an!«

Mein Prinz lachte. »*You beautiful.*«

»Ja, du auch! Wenn du wüsstest, wie *beautiful* du bist!«

Hoffentlich wurde jetzt nicht einer der Dickhäuter nervös und zertrampelte die aufgedrehte Menschenmenge! Wie gern hätte ich jetzt fotografiert, aber ich hatte zu viel Respekt. Das Blitzlicht hätte sie erschrecken können.

»*Come!*« Mein Prinz führte mich ans Meer. Ich streifte die Schuhe von den Füßen und spürte den warmen weichen Sand. Mein Traum war wahr geworden. Oh, Rosemarie!, dachte ich beseelt. Obwohl der Mond sich im Meer spiegelte und wir uns hier nicht aus den Augen verlieren konnten, ließ der Prinz meine Hand nicht los.

Wir setzten uns nebeneinander in den warmen Sand, Schulter an Schulter. Ich glaubte, seine warme Haut an meiner zu spüren.

Mein Gott, ich wusste ja immer noch nicht, wie er hieß! Zum Glück brauchte ich den Langenscheidt für diese Frage nicht.

»*What's your name?*«

»Kasun.«

Er beugte sich vor und schrieb seinen Namen in den Sand. Und der gute alte Mond leuchtete.

»Kasun«, wiederholte ich, als wäre es ein Zauberwort für eine Schatzsuche. Das war es ja auch. Für meinen heimlichen Schatz, den ich ganz allein gehoben hatte. »Kasun.« Ich nickte. »*Wonderful name.*«

»*And you?*« Er sah mich fragend an.

Ich schrieb »Rosemarie« in den Sand.

»*Rose*«, sagte er auf Englisch, ganz weich und zärtlich. »*Rose.*« Den Rest wischte er mit der Hand weg.

»*Rose*«, wiederholte er und sah mich an, als wäre ich eine kostbare Blume. »*You are beautiful, Rose.*« Wieder nahm er meine Hand und sah mich ganz merkwürdig an.

Meine Seele wollte fliegen vor Glück! Er stand auch auf mich? Nicht nur ich auf ihn?

Bei näherem Hinhören gefiel mir mein neuer Name sogar ausgesprochen gut. Schließlich sah ich in meinem grüngolden schimmernden Sari im Mondlicht tatsächlich ein bisschen aus wie eine Rose. Wo war nur die schwerfällige Rosemarie geblieben, die noch vor zwei Wochen im Flugzeug solche Platzangst gehabt hatte?

Ich war in einer neuen geheimnisvollen Welt, mit einem schönen dunkelhäutigen Prinzen und fühlte mich wie neugeboren.

»Ich glaube, ich will doch nicht übermorgen heimfliegen«, sagte ich leise, um den Zauber dieser Nacht nicht zu stören.

Kasun saß nur neben mir und hielt meine Hand. »*You stay. Stay with me.*«

Wir verstanden uns, auch ohne die Worte zu begreifen.

Nach und nach nahm ich andere schmusende Pärchen wahr, die neben uns im Sand lagen.

»*What are they waiting for?*« Die Elefantenparade ging nicht los. Seit Stunden harrten die Tänzer mit ihren Blumen und Instrumenten schon hinter den Tieren aus.

Kasun bemühte den Sprachführer mithilfe einer kleinen Taschenlampe.

»Warten Leute auf Schiff. Große Schiff mit viele Lichter. Bringen heilige Reliquie von Buddha.«

»Aha.«

»Reliquie auf Elefant. Dann Parade. Viel singen, viel beten, viel Meditation.«

Für diese Information brauchte er fast eine halbe Stunde. Aber wir hatten ja Zeit.

»»Es kommt ein Schiff, geladen««, nickte ich verständnisvoll. »Das singen und beten wir bei uns in Deutschland. Zu Blockflöten, Adventskranz und Glühwein. Statt Elefanten müssen Ochs und Esel herhalten. Aber die Lichter sind die gleichen.«

Er lächelte, hatte nichts verstanden. Egal.

Ich beobachtete sein wundervolles Profil, seine fein geschwungene Nase und den schlanken, schönen Hals, der aus dem Stehbündchen seines Hemdes hervorblitzte.

Niemand hier störte sich daran, dass das erwartete Schiff nicht kam, alle waren entspannt im Hier und Jetzt.

Aber eines musste ich unbedingt wissen.

»Are you married? Do you have children?«

Mein Herz polterte so laut, als ich diese alles entscheidende Frage stellte, dass ich glaubte, es müsste das Wellenrauschen übertönen.

Lächelnd verneinte er. *»I'm a free man.«* War das ein Angebot?

»Why not?« Ich räusperte mich nervös. »Schließlich haben doch alle jungen Männer in deinem Alter hier Familie!«

Wieder blätterte er minutenlang im Wörterbuch. Dann deklamierte er feierlich:

»Ja, Rose. Ich weiß. Aber meine Seele gehört meinen Eltern.«

»Wie?« Seine Seele gehörte seinen Eltern? »Aber das ist

doch nicht dein Ernst! Du hast doch ein Recht auf ein eigenes Leben.« Ich schüttelte verständnislos den Kopf.

»Nein, ich arbeite und verdiene Geld. In diesem Leben gehöre ich meiner Familie.«

Ach, so sah er das also. Und im nächsten Leben? Würde er da an sich denken? Und an seine eigenen Bedürfnisse?

Gott, was war ich verknallt in diesen wundervollen Mann!

Plötzlich legte er den Arm um mich. Ich erstarrte. Wohin sollte das führen? Angesichts der vielen Liebespärchen um uns herum war das nicht allzu schwer zu beantworten.

Rosemarie!, meldete sich die Stimme der Vernunft. Bevor der arme Junge auf dumme Gedanken kommt. DU bist die Ältere. Du musst vernünftig sein! In sechsunddreißig Stunden bist du schon in der Luft. Du wirst ihn nie wiedersehen. Verletze seine Seele nicht.

Ich rappelte mich auf. *»It's late.«*

Verwirrt kam auch er auf die Füße und sah mich schuldbewusst an. *»Did I do something wrong, Rose?«*

Nein, Junge!, dachte ich hingerissen. Du hast so was von gar nichts falsch gemacht. Allerdings wollen wir mit dem Falschmachen gar nicht erst anfangen.

»We should go home.« Ich machte ihm ein Zeichen: *»Sleep.«*
»You want go back?«, sagte er verunsichert.

Kurz darauf standen wir wieder am Kleinbus. Der Fahrer lehnte rauchend davor.

»Yes. Sleep.«
»You sleep at my home?«

Da schien er was missverstanden zu haben.

»Wie?« Jetzt war ich doch erschrocken. *»Hotel has closed?«* Ich warf einen ängstlichen Blick auf die Uhr. Zwei Uhr dreißig! Gott, wenn die jetzt geschlossen hatten, stand ich auf der Straße!

Kasun lachte sein weiches Lachen. »*No! Not closed. Hotel open whole night.*«

Erleichtert ließ ich mich auf den Sitz gleiten. Das hätte mir gerade noch gefehlt, jetzt mitten in der Nacht mit meinem Angebeteten bei dessen schlafenden Eltern in der Hütte aufzutauchen.

Beim Hotel schälte ich mich so anmutig wie möglich aus dem Sitz.

Wieder half mir Kasun beim Aussteigen, ohne jedoch selbst den Bus zu verlassen. Die Nachtwachen durften ihn ja nicht sehen.

»*Good night, Kasun.*«

»*Good night, Rose.*«

Er legte die Hand an meinen Hals, spürte, wie mein Puls raste wie ein Schnellzug. Die Berührung ging mir durch und durch.

»*You come to my house.*«

»*No! I go to bed now!*« Rasch drehte ich mich weg, damit er meinen knallroten Kopf nicht sah.

»*Tomorrow!*«, beharrte er sanft. »*Tomorrow you come to my house. Eat with my family.*«

»Ach so, ja, gern. Morgen.«

Aufgewühlt trippelte ich auf die Sicherheitsleute vor dem Hotel zu. Sie mussten das schwere Gitter für mich öffnen. Klirrend glitt es zur Seite. Ich hatte Angst, das ganze Hotel aufzuwecken.

»*Thank you, good night!*« Wie auf heißen Kohlen eilte ich in die Lobby. Hatten sie was gemerkt? Hatten sie meinen Prinzen gesehen?

Immer zwei Stufen auf einmal nehmend, stürmte ich in den zweiten Stock. Hinter der Tür meiner Freunde hörte ich Eberhard schnarchend ganze Wälder zersägen. Arme Bärbel.

In meinem Zimmer fühlte ich mich plötzlich wie der Zauberlehrling.

»Die ich rief, die Geister«, murmelte ich, die heiße Stirn an die kühle Fensterscheibe gelehnt, »... werd ich nun nicht los?«

7

Beim Frühstück am nächsten Morgen reichte Eberhard mir augenzwinkernd einen zusammengeknüllten Zettel.

»Dein Prinz hat eine Nachricht für dich hinterlassen.«

Sofort raste mein Herz wieder los. Ich hatte die ganze Nacht kein Auge zugetan und nur an meinen sanften Kasun gedacht. Die ganze Nacht hatte ich seine leise, schmeichelnde Stimme gehört. »*You beautiful. You sleep in my house. I'm a free man.*«

Verstohlen warf ich einen Blick darauf. »*Tuktuk 14 pm.*« stand da in seiner schnörkeligen Schrift.

Kasun machte sich derweil an der Theke zu schaffen und tat so, als hätte es Gestern nie gegeben.

»Wie war's?« Bärbel zupfte neugierig an meinem Ärmel.

Zwischen zwei Tassen mit herrlichem Milchkaffee und einem großen frischgepressten Saft, den Kasun mir mit leicht zitternden Fingern servierte, erzählte ich meinen beiden Verbündeten von der Nacht.

Allerdings ließ ich meine überbordenden Gefühle weg. Das nicht stattgefundene Elefantenspektakel reichte ja.

»Die Leute hatten die Ruhe weg, keiner hat sich beschwert. Bei uns hätte man den Veranstalter verklagt.«

»Und, hast du schon Koffer gepackt?«, fragten sie nach meinen abgemilderten Schilderungen.

»Wieso denn. Wir fliegen doch erst heute Nacht. Inzwischen habe ich sri-lankische Gelassenheit gelernt.« Ich grinste. »Wartet nicht mit dem Essen auf mich!«

»Na, die hat Nerven«, hörte ich Eberhard sagen, als ich mich kurz vor zwei davonstahl.

Das quietschgelbe Tuktuk stand schon knatternd vor der Tür. Aufgeregt stieg ich ein, und der Fahrer fuhr los, ohne mich nach dem Ziel gefragt zu haben. Ich fühlte mich wie in einem James-Bond-Film.

Er tuckerte über die holprige Landstraße in den Dschungel hinein. Mein Herz polterte. Diesmal hatte ich keine Angst vor dem Unbekannten wie bei meinem ersten heimlichen Ausflug. Stattdessen freute ich mich auf Kasun, meinen sanften Prinzen. Wie er wohl wohnte? Etwa auch in so einer ärmlichen Bretterbude? Musste er vielleicht sogar auf dem Boden schlafen?

Nach wenigen Minuten hielt das Tuktuk. Vor einer halb verputzten Steinmauer, die den Blick auf einen steinigen Vorhof und ein kleines, hellblau gestrichenes Ziegeldachhäuschen freigab.

»Hier?« Neugierig kletterte ich hinaus. Vor dem Haus, umgeben von einem verwunschenen Garten mit farbenfroh blühenden Büschen, wartete eine zierliche Frau meines Alters mit einem dunklen Haarknoten. Sie trug ein schlichtes, geblümtes Kleid und strahlte mich liebevoll an.

Mit ausgestreckten Händen kam sie barfuß auf mich zu. »*Welcome, Rose.*«

O Gott, war das entzückend! Ohne groß nachzudenken, beugte ich mich zu der kleinen Dame herunter und nahm sie in den Arm. »*You mother?*«

»*Yes.*« Sie lachte. »*Mother.*«

Hinter ihr tauchte nun Kasuns Vater auf, ein dunkeläugiger schwarzhaariger Mann, der mir etwa bis zur Schulter ging. Er hatte ein markantes Gesicht und ein Grübchen am Kinn, genau wie Kasun. Er trug einen Sarong, eine Art Wickelrock, und darüber ein kariertes Hemd. Kerzengerade ging er vor mir durch den Garten. Sein Gang erinnerte mich auch an Kasun. Der hatte mir inzwischen erzählt, dass er lange beim Militär gewesen war – sein Vater früher bestimmt auch.

Doch das war noch nicht das ganze Begrüßungskomitee: Mit Kasun quollen noch zwei junge Männer aus dem Haus, seine zwei Brüder: der eine älter, der andere jünger. Sie trugen lässige bedruckte T-Shirts, Jogginghosen und Flipflops, mein Kasun dagegen zur Feier des Tages ein weißes Oberhemd und Jeans. Mein Blick saugte sich an Kasun fest. Er war eindeutig der Schönste von allen! War er noch heute Morgen in seiner Hoteluniform herumgelaufen und hatte mich kaum beachtet, strahlte er mich jetzt liebevoll an. Ich war sein Ehrengast.

»*Come in!*« Herzlich bat man mich hinein. »*What do you want to drink?*«

»*Water please. Just water.*« Mein Mund war wie ausgedörrt.

Heute hatte ich bereits meine Reisekleidung an: ein olivgrünes weites T-Shirt, eine weite olivbraun gemusterte Hose und bequeme Sandalen.

Ich knetete mir vor Aufregung die feuchten Hände und sah mich unauffällig in der bescheidenen Behausung um. Die Wände waren unverputzt, und vor den Fenstern hingen selbst genähte Gardinen, die sich im Winde bauschten. Das hintere Fenster ging direkt auf den Dschungel hinaus.

Es gab tatsächlich ein paar spärliche Möbel, aber die Couch bestand nur aus einem nackten Lattenrost. Drei fein gedrechselte dunkelbraune Stühlchen standen locker drapiert im Raum herum, es sah alles ein wenig improvisiert aus. Auf einem kleinen Beistelltischchen stand eine Flasche Wasser und ein Glas neben einem Schälchen mit Nüssen. War das alles für mich? Extra eingekauft?

Sofort schenkte der Vater mir Wasser ein. Nur mir. Die Mutter eilte geschäftig in die Küche.

Ach Gott, sie hatten mich ja zum Essen eingeladen! Vor lauter Aufregung war mir der Hals wie zugeschnürt.

»*Take a seat!*« Der Vater zeigte auf den Schemel am Tischende, und die Mutter schoss herbei und schob mir schnell ein grünes Schaumstoffpolster unter den Po. Ich hätte auch Angst gehabt, mich auf die morschen Holzlatten zu setzen. Es war mir geradezu peinlich, so groß und gut genährt zu sein, während diese Familie so zierlich und hager war.

Während die Mutter und Kasun in der kleinen Küche mit Töpfen klapperten, aus der es vielversprechend duftete, ließ ich verlegen den Blick durchs kleine Wohnzimmer schweifen. An der unverputzten Wand stand ein kleines Sideboard mit Glastüren, hinter denen sich gerahmte Fotos der Familienangehörigen befanden.

»*Sister?*«, fragte ich. Eine junge schwarzäugige Frau mit vollen Lippen und dickem, schwarzem Haar, das ihr zu einem Zopf geflochten auf den Rücken fiel, stand barfuß inmitten ihrer Kinderschar. »*Yes, sister and family.*«

»*And another brother?*«

»*Yes. Brother with family. He is a teacher. But no work.*«

Moment. Der war Lehrer und hatte keine Arbeit? Aber drei Kinder?

Also, wenn ich jetzt richtig rechnete, gab es fünf Geschwister mit bereits sechs Nachkommen, die alle einen hungrigen Eindruck machten. Und für die alle musste Kasun mit seinem spärlichen Kellnergehalt sorgen?

Die Wände waren kahl, bis auf ein Kalenderblatt von Quelle, dem deutschen Versandhaus. Sie schienen also bereits Kontakt zu Deutschen zu haben.

Eifrig trugen sie nun eine Schale Reis mit Gemüse und eine Schüssel mit Fleischstücken auf, die in einer Currysauce schwammen.

»*Please.*« Stolz zeigte die Mutter auf die Köstlichkeiten, die ich normalerweise sehr genossen hätte, aber die Aufregung schnürte mir den Magen regelrecht zusammen. Dennoch ließ ich mir von Kasun, dessen Finger genauso zitterten wie heute morgen, Speisen auf meinen Teller legen.

»*Thank you.*« Unsere Hände berührten sich flüchtig.

Während des Essens versuchte ich, mit der Familie Konversation zu betreiben, aber es gelang mir nicht.

»*Sorry, my English is too bad.*«

»*We have German neighbour, Wilma!*« Schon sprang Kasun auf, um besagte Nachbarin zu holen. Aha!, dachte ich. Daher das Kalenderblatt von Quelle.

Doch Wilma war nicht da. Ich wusste nicht, ob ich darüber betrübt oder erleichtert sein sollte. Einerseits hätte Wilma sicherlich Klarheit in das eine oder andere Geheimnis gebracht, andererseits hätte sie die prickelnde Stimmung zerstört.

»*Why does Kasun no speak German?*« Ich wandte mich an den Vater. »*Most of the waiters in Hotel speak a little German.*«

»*No money.*« Der Vater schüttelte bedauernd den Kopf. »*Privat teacher expensive.*«

Okay, sie hatten also kein Geld, um Kasun Deutsch lernen zu lassen. Das beschämte mich. Warum diese Wilma ihm kein Deutsch beibrachte, war mir schleierhaft. Wäre ich hier die Nachbarin gewesen, ich hätte ihm mit Sicherheit gratis Unterricht gegeben.

Spontan griff ich in meine Handtasche, die über der Stuhllehne hing, und leerte mein Portemonnaie. Hundertachtzig Mark, mein allerletztes Urlaubsgeld. Eigentlich hatte ich davon Mitbringsel kaufen wollen, aber diese Familie brauchte das Geld ja wohl dringender.

»*This is for German lessons for Kasun.*«

Das war ja wohl das Mindeste, das ich für diese entzückende Familie tun konnte. Erleichterung durchflutete mich, als ich ihre dankbaren Gesichter sah.

»*Thank you, Rose!*« Kasun schenkte mir einen liebevollen Blick.

Die Mutter sprang sofort auf und eilte mit dem Geld in die Küche, als müsste sie es so schnell wie möglich in Sicherheit bringen.

Nach dem Essen zeigten sie mir noch das Haus und den hinteren Garten. Ein kleiner Hund rannte aufgeregt kläffend vor seiner Hundehütte an einer Kette hin und her. Ich bückte mich und streichelte den kleinen Stromer, der ganz verrückt vor Freude meine Hand leckte. In diesem Moment fing ich Kasuns Blick auf. Er schien zu sagen: Wie gern würde ich jetzt mit diesem Hund tauschen. Hastig senkte ich den Blick. Der arme Hund war struppig und sein Fell staubig. Bestimmt war er weniger Schoßhund als eine lebende Alarmanlage.

Rechts vom Haus befand sich eine Art Anbau, darin zwei spärlich eingerichtete Schlafzimmer mit je einem

Lattenrostbett und dünner Schaumstoffmatratze. Auch eine Toilette und eine spartanische Dusche gab es zu besichtigen.

Ein Eimer stand auf dem grün verputzten Betonboden. Das war alles.

Hier schlief also mein angebeteter Kasun!

»*If you visit us, you sleep here*«, meinte er sogleich mit einladendem Grinsen. Seine Eltern nickten eifrig dazu. »*For guests!*«

Nee, Leute!, dachte ich beim Gedanken an mein schmerzendes Kreuz, das bereits auf dem durchgelegenen Hotelbett gelitten hatte. Bei aller Liebe! Trotzdem nickte ich und sagte: »*Perhaps later.*«

Kasun zog mich in den hinteren Teil des verwunschenen Gartens und zeigte mir ein paar bräunliche Bananenstauden.

»*For you, so you can feed the elephants*«, flachste er. »*Next time.*«

Ich lachte verlegen. Dann hielt ich es für angebracht, mich zu verabschieden. Für eine echte Unterhaltung fehlte mir der Wortschatz, und ich hatte einen ersten Eindruck gewonnen.

Zum Dank für das Essen drückte ich den Eltern die Hand und nahm sie herzlich in den Arm. Das schienen die hier nicht gewöhnt zu sein, sie machten sich ein bisschen steif.

»*You call taxi?!*« Bittend wandte ich mich an Kasun. Mein Herz polterte. Jetzt war wohl der Moment des endgültigen Abschieds gekommen. Ich würde ihn bestimmt nie wiedersehen.

Das gelbe Tuktuk knatterte herbei, und zu meiner freudigen Überraschung kletterte Kasun zu mir auf die enge Rückbank.

»*You – bring me?*«

»*I escort you to hotel.*« Er sah mich so zärtlich an, dass mir ganz flau wurde.

Aber er durfte da ja nicht rein!

Die Rückfahrt über die gewundene Dschungelpiste dauerte keine zehn Minuten. Mein Herz raste, als wir vor dem Hotel zum Stehen kamen.

Jetzt. Abschied. Adieu mein Prinz. Vergiss mich nicht.

»*You come this evening to the beach?*«

»Kasun, ich reise ja um Mitternacht ab! *Bus comes!*«

»*We just say good bye!*«

»Okay.« Schnell stieg ich aus und eilte in mein Zimmer, um endlich Koffer zu packen. Kasun eilte gleich wieder davon, um nicht entdeckt zu werden.

Ich sollte ihn doch noch einmal wiedersehen!

Versonnen presste ich ein T-Shirt an mich und schaute ein letztes Mal aus dem Fenster. Doch dann kamen die Zweifel. Fast wurde mir die Sache zu heftig. Ein netter Abschied hätte doch gereicht. Ich musste Abstand gewinnen. Was dachte sich dieser Kasun jetzt! Von wegen wiederkommen, bei uns wohnen und Elefanten füttern.

Ich warf die Klamotten in den Koffer. Das sagte der doch nur so dahin. Das war doch nur Geplänkel. Morgen kamen neue Gäste, und nächste Woche nahm er die nächste Touristin mit nach Hause. So ein hübscher Bengel blieb nicht lange allein. Jede Frau würde doch ihr letztes Geld auf seiner Plastiktischdecke ausleeren, nach so einer netten Einladung. Oder? Energisch warf ich meine letzten Utensilien in den Koffer und klappte ihn endgültig zu.

Als ich in die Hotelhalle kam, saßen Eberhard und Bärbel schon wartend auf dem Sofa. Noch eine Stunde. Sie wussten Bescheid und würden nicht ohne mich abfahren.

Ich ging zum Strand und setzte mich neben Kasun in den Sand. Leise schaukelnde Fischerboote schickten Lichtsignale herüber. Um meine Nerven zu beruhigen, konzentrierte ich mich auf die rhythmisch an den Strand schlagenden Wellen.

Es herrschte eine wunderbare Stimmung. Nachtvögel schossen lautlos über unsere Köpfe hinweg – oder waren es Fledermäuse? Im milchigen Licht des Mondes sah ich Strandkrebse über den Sand krabbeln. Warum gelang es mir erst jetzt, am letzten Abend, die Schönheit und Exotik dieses Orts wahrzunehmen?

Das Herz flatterte mir in der Brust, als Kasun mir sein schönes Gesicht zuwandte. Es war jetzt ganz nah. Viel zu nah! Wir seufzten gleichzeitig, und das brachte uns zum Lächeln. War das denn möglich? Dass wir füreinander bestimmt waren?

»*Why now?*«, hörte ich mich erstaunt fragen.

»*Why not?*«, kam es sanft zurück.

Mehr nicht. Nur diese vier dahingehauchten Silben, die das Meeresrauschen sofort verschluckte.

Jetzt bloß kein falsches Wort sagen. Unsere Lippen waren ganz nah beieinander. Ich schloss die Augen und wartete auf den Kuss. Er würde mich doch jetzt küssen? Sonst würde ich es tun. Schließlich war ich die Ältere. Ich würde ihn nur ein einziges Mal küssen. Und die Seligkeit dieses Kusses mit nach Hause nehmen.

Plötzlich sagte er auf Deutsch: »Wir kennen uns aus einem früheren Leben, weißt du?«

Das war ja unfassbar! Wo hatte er denn das gelernt? Und es stimmte! Genau das spürte ich auch die ganze Zeit! Das erklärte dieses Wunder hier, diese Vertrautheit und dieses Zusammengehörigkeitsgefühl. Diese verrückte Freude bei jeder Begegnung. Stimmt, schon lange hatte sich mein Herz zusammengezogen vor Glück, wenn ich ihn nur durch den Poolgarden gehen sah, wusste, dass er hinter mir an der Theke stand, während ich aß. Jedes Mal spürte ich sie, diese selbstverständliche Verbundenheit!

Wäre ich eine stinknormale Touristin gewesen, hätte ich mit seinen Worten jetzt vielleicht nichts anfangen können. Dann hätte ich ihn ausgelacht oder mich blöd angemacht gefühlt.

Aber er sprach nur aus, was ich selbst spürte!

Kasun zog einen zusammengeknüllten Zettel aus der hinteren Jeanstasche, strich ihn sorgfältig glatt und deklamierte mit heiligem Ernst: »Gott schläft im Stein, träumt in der Pflanze, atmet im Tier und erwacht im Menschen.«

»Wo hast du das her, Kasun?«

»Indisches Sprichwort.«

»Kasun, du bist so klug«, entfuhr es mir. »Warum studierst du nicht? Du könntest doch eine große Zukunft haben.«

Kasun starrte auf seine Hände, die den Zettel hielten und sagte etwas, dem ich entnahm, dass er gern was mit Technik studiert hätte. Aber die Familie brauchte ihn. Deshalb war er zum Militär gegangen. Air Force. Sagte er etwas von dem Bürgerkrieg?

Mein Herz zog sich in Liebe zusammen.

»*Military, good money.*« Er rieb Daumen und Zeigefinger

aneinander. »*But hard. Now work in Hikkaduwa, Hotel Namaste.* Nix viel Geld.«

»Und, arbeitest du denn gern?«

»*Rose*«, sagte er flehentlich. »*Please help me.* Ich komme Deutschland, *I can work hard* und kann meiner Familie *send money* und habe mit dir *a wonderful life.*«

Uff. Das war genau das, wovor ich mich gefürchtet hatte! Die ich rief, die Geister!

»Wie soll das gehen, Kasun.« Ich winkte ab. »Ich kann doch nach so kurzer Zeit nicht die Verantwortung für dich übernehmen! Und für deine ganze Familie gleich mit!« Abwehrend hob ich die Hände. »Ich würde ihnen ja den Ernährer entziehen«, redete ich weiter auf ihn ein. Keine Ahnung, ob er mich verstand. Meine Körpersprache war jedenfalls eindeutig. »Bei uns herrscht auch Arbeitslosigkeit, Kasun! Ich wohne in einem kleinen Dorf an der Schweizer Grenze, von dort aus ist es sehr schwierig, in die nächste Stadt zu kommen. Und da gibt's noch lange keinen sicheren Job für dich.«

Er schien mir aufmerksam zuzuhören, hatte den Kopf schiefgelegt.

»*What's your job, Rose?!*«

»Ich bin selbständig«, wehrte ich ab. »Mit meinen Kursen kann ich gerade so meinen eigenen Unterhalt verdienen.« Okay, dachte ich. Für meinen schönen Prinzen aus Sri Lanka würde es schon noch reichen. Aber nicht für seine ganze Familie.

»*No way, Kasun.*« Entschlossen stand ich auf. Mit einem Blick auf meine kleine Armbanduhr stellte ich erschrocken fest, dass es fünf vor zwölf war! Plötzlich hörte ich schon den kleinen Bus vor der Hotelhalle tuckern.

Wenn das kein Grund für einen überstürzten Aufbruch war!

»Mach's gut, Kasun. *I must go.*«

Abrupt drehte ich mich um und wollte zur Straße hinaufeilen, als er mich von hinten festhielt. Ich drehte mich um und strich ihm übers blauschwarze Haar. In dem Moment sank er weinend an meine Schulter.

O Gott!, dachte ich bestürzt. Er vertraut mir schon, ich habe ihm DOCH Hoffnungen gemacht durch mein Verhalten. Natürlich! Ich habe mich mehrfach mit ihm getroffen, seiner Familie Geld gegeben und mit ihm geflirtet! Und jetzt will ich einfach gehen?

Das kann ich ihm doch nicht antun! Er hat so gar kein leichtes Leben, ich bin seine einzige Hoffnung!

Wie oft sagte ich in meinen Kursen, man müsse nur positiv denken, dann würden sich auch Türen öffnen? Die Hoffnung starb doch zuletzt!

Warum hatte ich denn so liebevolle Gefühle für ihn? Doch nicht, weil ich auf einen Jüngling aus war, ich war doch keine Sextouristin – im Gegenteil, weit davon entfernt!

Es gab doch eine höhere Macht, die mir diese tiefen Gefühle für Kasun eingepflanzt hatte! Und dieselbe Macht würde mir auch einen Weg zeigen, ihm zu helfen! Vielleicht sollte ich seine Glücksbotin sein?

Vielleicht würde er durch meine Hilfe wirklich Arbeit finden und später sogar ein nettes junges Mädchen, das zu ihm passte? Ich hatte ihn schon so lieb, dass ich ihm eine junge, hübsche Braut von Herzen gönnte!

Plötzlich hörte ich mich sagen: »Kasun. *I promise you,* ich werde versuchen, dich nach Deutschland zu holen. Gib mir Zeit. Du bist in meinem Herzen.«

8

ZU HAUSE AUF DEM DORF, NOVEMBER 1995

»Du willst WAS?« Mario stapfte mit hochgezogenen Schultern in einem riesigen Kapuzenshirt mit mir durch den Park, die Hände tief in den Hosentaschen vergraben. Seine langen Haare wehten im Novemberwind. Es war schon ziemlich kalt bei uns. »Einen Flüchtling aufnehmen?«

»Na ja, nicht direkt einen Flüchtling, mehr so einen arbeitsuchenden – Asylanten«, sagte ich schnell. »Ich habe ihm versprochen, ihn zu unterstützen und ihm einen Job zu besorgen.«

Dieses Gespräch kostete mich viel Mut, aber an meinem neunundvierzigsten Geburtstag hielt ich den Zeitpunkt für geeignet.

»Den hast du in Sri Lanka kennengelernt, stimmt's?« Mario warf mir einen alarmierten Blick zu. Als einziger Sohn einer alleinstehenden Mutter sah er sich wohl in der Beschützerrolle.

»Wie stellst du dir das denn vor?!«

Er trat eine leere Coladose vor sich her, die jetzt scheppernd an eine Parkbank stieß. Die sommerliche Pracht unseres herrlichen Landstriches an der Schweizer Grenze war vorüber; ich hatte bei meiner Rückkehr im September nicht mehr viel davon mitbekommen. Jetzt bedeckte welkes Laub unseren Spazierweg, und ein paar letzte Blätter klammerten sich an die Bäume.

»Na ja, ich hab mich natürlich schon ein bisschen umgehört…«

Das war leicht untertrieben. Gleich nach meiner Rückkehr hatte ich Himmel und Hölle in Bewegung gesetzt, um herauszufinden, wie das Projekt Kasun zu stemmen war.

Es hatte sich als verdammt schwierig erwiesen. Beim Landratsamt hatte man mich ans Ausländeramt verwiesen, dort hatte man mir gesagt, dass ich eine Art Bürgschaft für meinen Schützling übernehmen und außerdem eine Kranken- und Unfallversicherung für ihn abschließen müsse. Natürlich alles auf meine Kosten.

Dafür musste ich zu meinem Steuerberater, der wiederum dem Finanzamt darlegen musste, dass ich mit meiner Selbständigkeit insoweit solvent war, um für mich und meinen »Schützling« sorgen zu können.

Das alles hatte ich bereits erledigt und mit dem Visumantrag für Kasun bei der Ausländerbehörde eingereicht.

Und jetzt war es an der Zeit, meinen eventuell zu erwartenden Besuch meinen Kindern anzukündigen.

»Mutter! Einen Asylbewerber aufzunehmen ist ja wohl die größte Schnapsidee seit Langem! Was machst du, wenn der keine Arbeit findet? Untertaucht? Drogen nimmt oder solche Sachen?«

Nachdenklich lief ich neben ihm her. Ich hatte mich bei ihm eingehakt, aber seine Schritte wurden immer schneller, daher blieb ich erschöpft stehen.

»Ich hab es mir wirklich nicht leicht gemacht, Mario. Aber glaube mir, so viel Menschenkenntnis kannst du deiner alten Mutter schon zutrauen. Der Kasun ist ein arbeitswilliger, feiner Kerl. Er hat sich mir nie aufgedrängt, im Gegenteil. Er will wirklich nur Geld verdienen, um seine Familie in Sri Lanka zu unterstützen.«

Mario raufte sich die Haare und zündete sich eine Zigarette an.

»Mama, der nutzt dich aus!«

»Quatsch!«

»Du kannst doch nicht einfach einen Sri Lanker hierherholen, ohne jede Grundlage! Der wird dir auf der Tasche liegen und sich an dich heften wie eine Zecke.«

»Mario, so hab doch mal Vertrauen! Vertrauen ist immer hundertprozentig. Das habe ich euch Kindern beigebracht.«

Mario seufzte. »Hätte ich dich doch bloß nach Mallorca geschickt!« Er spuckte einen Tabakkrümel aus. »Oder nach Griechenland!«

»Hast du aber nicht.« Ich grinste ihn schelmisch an.

»Da stehen die jungen Götter in Stein gemeißelt auf einem Sockel, und meine Mutter Theresa kann sie nicht mit nach Hause nehmen.«

Da ich mich um meinen alten verwitweten Vater und meinen geistig behinderten Bruder kümmerte, noch dazu seit Jahren alleinerziehend war und mich beruflich ständig der Sorgen anderer annahm, war »Mutter Theresa« mein liebevoller Spitzname. Alle wussten, dass ich das Helfersyndrom hatte und jeden verletzten Spatz nach Hause trug, um ihn zu retten.

Ich musste lachen. Mario hatte einen köstlichen Humor, nahm aber selten ein Blatt vor den Mund.

»Du solltest den einfach vergessen, Mama. Komm, im

Urlaub macht man manchmal Versprechungen, aber im Alltag sieht die Sache dann wieder ganz anders aus. Schreib ihm einfach nicht mehr zurück.«

Kasun schickte mir regelmäßig entzückende Briefe in seiner Schnörkelschrift, in denen stand, dass er mich liebte, dass seine Eltern mich auch liebten, und dass er vor Freude ums Haus getanzt sei, als er die erste positive Nachricht von mir erhalten hatte.

Ich hatte ihm geschrieben, dass ich alles tun würde, um ihn herzuholen, es aber ein mühsamer, steiniger Weg sei. Trotzdem werde ich zu meinem Versprechen stehen.

»He, Mario, renn doch nicht so! Ich will dir ja gerade erklären ...«

Abrupt drehte er sich zu mir herum. »Hast du etwa einem Kerl aus der Dritten Welt den Kopf verdreht?«

»Entschuldige mal!« Jetzt kam aber Leben in mich. »Es gibt keine Dritte Welt! Wer hat denn so einen Unsinn erfunden! Es gibt nur EINE Welt«, entrüstete ich mich. »Und wir leben zufällig in der reicheren Hälfte! Da können wir überhaupt nichts für!« Jetzt trat ich gegen die Coladose und ließ mich auf eine Bank fallen. »Die deutschen Urlauber hocken dick und bräsig in ihren eingezäunten Hotelburgen, schlafen in weichen Betten und bedienen sich dreimal täglich am reichhaltigen Büfett, ohne sich dafür zu interessieren, wie diese Leute leben!«

»Ja«, sagte Mario knapp. »Dafür bringen sie richtig Geld ins Land.«

»... während wenige Meter weiter die Bewohner dieses ach so schönen, freundlichen Landes nix zu essen haben!« Ich atmete hörbar aus.

»Bringen Geld ins Land? Pah! Zu der Familie, die ich

besucht habe, haben sie jedenfalls nichts gebracht. Die leben in einfachsten Verhältnissen und waren trotzdem extrem gastfreundlich und herzlich ...«

»Aber du, nicht wahr, Mutter?« Mario sah mich scharf an. »Ich kenne dich. Du hast dein letztes Hemd gegeben.«

»Na ja.« Mist, er hatte mich sofort durchschaut. »Ich habe ein bisschen Starthilfe gegeben, damit mein Schützling Deutsch lernen kann.«

»Und ›dein Schützling‹« – Mario malte mit den Fingern Anführungszeichen in die Luft – »kommt also demnächst nach Deutschland.« Mario stellte ein Bein auf die Bank. »Zu meiner wohltätigen Mutter.«

»Ach, was heißt hier wohltätig.« Ich sprang wieder auf und marschierte weiter.

»Es widerstrebt mir einfach, in einem solchen Land Urlaub zu machen, mich bedienen zu lassen und dann zu vergessen, was ich dort gesehen habe. Die meisten Urlauber wollen gar nicht wissen, wie es diesen Menschen wirklich geht. Die gehen höchstens mal auf den Straßenmarkt und handeln dann noch brutal den Preis von irgendeinem hübschen Andenken runter. Dann kehren sie wieder in ihren Wohlstand zurück und denken nicht mehr an die Menschen dort.«

»Aber Mutter Theresa schon«, sagte Mario sarkastisch.

»Ganz genau. Diese Menschen haben unsere Hilfe verdient.«

»Mutter, das ist im Prinzip auch echt anständig von dir.« Mario legte den Arm um mich und drückte mich. Ich ging ihm gerade mal bis zur Schulter. »Aber bist du sicher, dass du die Verantwortung für den ... Wie heißt er noch gleich?«

»Kasun«, entfuhr es mir.

»… Kasun übernehmen willst?«

»Ja, das bin ich.« Ich bückte mich nach der Coladose und trug sie mit spitzen Fingern vor mir her. »Ein Mann, ein Wort, das kennst du doch, oder?«

»Ja. Und?«

»Eine Frau, eine Tat.«

Mit diesen Worten warf ich die Dose in den nächsten Mülleimer.

Meine Tochter Stephanie reagierte gelassener. Sie war mit ihren achtundzwanzig Jahren schon sehr reif und hatte eine dreijährige kleine Tochter, meine Enkelin Amelie. Auch sie besuchte mich später zu meinem Geburtstag und brachte Kuchen mit.

Durch meine voll ausgebuchten Kurse, die ich sogar heute gegeben hatte, war ich selber zu nichts gekommen.

»Mamilein, was hat mein Bruder mir da eben erzählt? Du nimmst einen Sri Lanker auf?«

»Mario hat ja recht, mich zu warnen. Aber ich habe vollstes Vertrauen – entweder zu hundert Prozent oder gar nicht.«

»Ich weiß doch, Mama!« Stephanie nahm mich liebevoll in den Arm. Sie sah sich in meiner gemütlichen Dreizimmerwohnung um. Der Balkon war bereits winterfest gemacht. Im Sommer war meine Wohnung im alten Zollhaus am Rhein ein Traum, im Winter wirkte sie wirklich ein bisschen beengt.

»Wo willst du ihn unterbringen?«

»Hier, neben dem Esstisch«, stellte ich sofort klar. »Schau, ich kann ihm die Couch ausziehen, so ….« Meine kleine

Enkelin Amelie schlief manchmal darauf, und für ihre Maße reichte sie auch.

»Ach? Ist der so klein?« Stephanie sah mich mit einem spitzbübischen Blick an.

»Ja«, beeilte ich mich zu sagen. »Die Einheimischen sind alle sehr grazil da drüben. Der Kasun passt hier locker drauf.«

Stephanies Mundwinkel zuckten. »Du kümmerst dich also um Opa, um Onkel Henry und demnächst auch noch um einen armen Asylbewerber.«

»Das ist im Prinzip richtig.«

Stephanie sah mich prüfend an, während Amelie bereits über die Ausziehcouch tobte und sich unter einem Kissen versteckte.

»Mami, du weißt, wie sehr ich hinter dir stehe.« Sie nahm mich bei den Schultern und sah mir fest in die Augen. »Wenn dich das glücklich macht, freu ich mich für dich. Aber du bist immer nur für andere da und denkst nie an dich selbst.«

Ich wich ihrem Blick aus. War das so? Auch in diesem Fall? Ein bisschen dachte ich vielleicht doch an mich selbst. Ich hatte mich in meinem ganzen Leben noch nie so aufgeregt und übermütig gefühlt. Es war, als würde ich heute nicht älter, sondern jünger.

»Vertrau mir«, sagte ich und erwiderte die Umarmung meiner Tochter. »Ich tue nichts Unüberlegtes.« Na, da war ich mir gerade nicht so sicher.

»Wenn du meinst«, sagte Stephanie, und dann packten wir den Kuchen aus. Nachdem ich meine neunundvierzig Kerzen ausgeblasen hatte, wobei mich meine Enkelin mit viel Spucke unterstützte, zog ich Kasuns letzten Brief hervor. Der Umschlag war mit exotischen Marken versehen und beinhaltete eine Ansichtskarte von einem herrlichen Traumstrand.

»Hier, lies mal.« Mit geheimnisvoller Miene reichte ich Stephanie den Brief.

Sie las laut vor: »Rose, du gibst mir eine große Chance, was meine Eltern mir nie geben können. Dafür lieben sie dich. Und ich liebe dich auch.« – Fragend sah meine Tochter mich an.

»Wer ist Rose?«

»Na ich!« Ich wischte Amelie mit einer Serviette über den Mund. »Rosemarie kann er nicht aussprechen.«

Stephanie hustete, es hörte sich an wie ein Prusten. »Sorry. Nur verschluckt. Zuviel Sahne.«

Ich klopfte ihr auf den Rücken und bot ihr ein Glas Sekt an. Wir tranken.

»Woher kann er so gut Deutsch?«

»Ich habe ihm – also seiner Familie – etwas Geld dagelassen.« Ich räusperte mich und suchte nach den richtigen Worten. »Damit er Deutsch lernt.«

Stephanies Lid zuckte. »Du hast denen Geld geschenkt? Wie viel denn, Mama?« Besorgt sah sie mich an und legte ihre Hand auf meine, die nervös mit der Kuchengabel spielte.

»Hundertachtzig Mark«, murmelte ich schuldbewusst. »Ich weiß, das klingt viel, aber es könnte das Leben dieses jungen Mannes ändern! Er hat eine Chance verdient!« Mir fiel ein Spruch ein, den mein Professor in Basel mal gesagt hatte: »Nichts fördert deine Seele so, als wenn du einen anderen Menschen förderst.«

Stephanie schluckte. »Das ist für deren Verhältnisse ein kleines Vermögen.«

»Ja.« Ich sah sie Verständnis heischend an. »Was du für einen anderen Menschen tun kannst, das tust du für dich. Er ist es wert, Stephanie. Er ist ein ganz feiner junger Mann, der sich nichts sehnlicher wünscht, als in Deutschland zu arbeiten, um seine Familie unterstützen zu können.«

Sie sah mich prüfend an.

»Mama, du bist verknallt bis über beide Ohren.«

Wir grinsten beide. »Und wenn dem so wäre, Steffi? Steht mir das etwa nicht zu?« Ich nahm ihr den Brief wieder aus der Hand, weil Amelie, die auf ihrem Schoß saß, mit ihren Kuchenfingern danach griff.

»Mami, natürlich, ich gönne dir alles Glück der Welt. Aber ich will nicht, dass jemand mit deinen Gefühlen spielt!«

»Liebes, irgendeine höhere Macht hat uns zueinander geführt ...« Unentwegt strich ich diesen Brief an meinem Herzen glatt und hatte wahrscheinlich Herzchen in den Augen.

»Und du hast nicht das Gefühl, dass diese Familie dich aus finanziellen Gründen ...«

Diese Frage musste ja kommen. Aber ich war doch gar nicht reich! Da hätte sich der schöne Kasun doch eine ganz andere aussuchen können!

»Steffi, das sind fromme Buddhisten. Die würden nie was aus Berechnung tun.«

Ich zwang mich, ganz fest daran zu glauben. Welche verliebte Frau möchte so einen hässlichen Gedanken weiterspinnen?

»Mama, ich weiß, dass dieser Gedanke dir wehtut, und ich würde es auch nie so drastisch ausdrücken wie Mario. Aber willst du mir nicht mal erklären, was da genau zwischen euch ist, wenn nicht ... finanzielle Bedürftigkeit auf deren und emotionale auf deiner Seite? Amelie, bitte fahr nicht mit dem Finger im Kakao rum.«

Ich legte automatisch die Haushaltsrolle in Amelies Hand, die sie begeistert zerpflückte und auf ihren Kuchen rieseln ließ.

»Da ist einfach diese tiefe innere Verbundenheit«, versuchte ich Steffi zu überzeugen. »Glaub es oder nicht, aber wir haben beide das Gefühl, uns aus einem früheren Leben zu kennen.«

»Guckt mal Mami und Omi, es schneit!«

»Ja, es schneit, Liebes. Toll machst du das. – Ich erwarte nichts von ihm, Steffi. Er könnte mein Sohn sein, und auch wenn es nicht gerade mütterliche Gefühle sind, die ich für ihn hege ...« Ich brach ab.

Stephanie sah mich warmherzig an. »Und was glauben sie, warum du es tust?« Sie drückte Amelie ein Bilderbuch in die Hand, das sie allerdings missachtete, weil sie jetzt die Zuckerdose zweckentfremdete.

»Kasun schreibt, er hat seine Mutter schon gefragt, warum ich das für ihn tue, und die Mutter hat gesagt, sie betet viel und hört die Stimme Buddhas.«

»Sie hört die Stimme Buddhas.« Stephanie sah mich fragend an und nahm ihrem Kind die Zuckerdose weg.

»Ja! Die buddhistische Religion ist ja eher eine wunderbare Lebenshaltung als eine Religion in unserem Sinne. Die friedlichste die es gibt! Buddha hat in seiner Erleuchtung die Göttlichkeit im Menschen erkannt«, redete ich mich begeistert in Rage. »Sie legen bei der Begrüßung immer die flachen Hände vor der Brust zusammen und sagen *Namaste.* Das heißt so viel wie: ›Meine göttliche Seele grüßt deine göttliche Seele.‹«

Sofort wollte Amelie auch *Namaste* sagen, und wir begrüßten uns, indem wir uns in alle Richtungen verbeugten. Beziehungsweise das Göttliche in uns.

»Buddha hat Kasuns Mutter gesagt, dass eine deutsche Touristin kommen und ihn nach Deutschland holen wird. Deshalb muss er frei bleiben und darf nicht heiraten. Weil er der Auserwählte ist.«

»Sagt Buddha.« Stephanie musterte mich. »Zu der Mutter.«

»Steffi, glaub mir einfach! Sie kann seine Stimme hören. Es ist genau das, was ich selbst fühle! Warum hat mich Mario denn so mir nichts dir nichts nach Sri Lanka geschickt? Das war göttlicher Wille.«

Sie hatte gerade das Sektglas angesetzt, ließ es jetzt aber wieder sinken. »Das hat GOTT gesagt? Zu wem jetzt?«

»Na ja, also Buddha. Zu Kasuns Mutter. Und meine innere Stimme zu mir.«

Stephanie nickte. Sie kannte mein grenzenloses Vertrauen in das Gute im Menschen und meine Überzeugung, dass alles im Leben einen Sinn hat. Sie kannte aber auch mein Helfersyndrom.

»Da bist du ja echt an die Richtigen geraten ...«

»Das sind wirklich anständige Leute«, beteuerte ich. »Die Mutter betet jeden Tag über eine Stunde vor dem kleinen Altar, den sie im Garten haben. Und der Vater geht jeden Morgen früh um fünf los und besorgt frische Blumen, um sie auf dem Altar zu opfern. Zusammen mit Räucherstäbchen und Früchten. Die sind sehr spirituell, also alles andere als berechnend! Kasun schreibt, seine Mutter hat auch hellseherische Kräfte. Wenn sie wieder mal mit Buddha geredet hat, muss die ganze Familie tun, was sie sagt.«

Jetzt lachten wir beide. »Eine unschlagbare Erziehungsmethode!«

»Amelie! Gott sagt, du sollst den Zucker nicht auf den Teppich streuen.«

»Aber Gott will, dass es schneit!«, wehrte sich das Kind.

»Lass sie. Es gibt Staubsauger.«

»Gott sei Dank.« Stephanie aß unbeeindruckt ihren Kuchen. »Du meinst also, es gibt eine innere Verbindung.«

Ich nickte nachdenklich. »Du bist vielleicht die Einzige, die mich versteht, Steffi. Aber ich spüre einfach, dass es meine Aufgabe ist, diesem Mann das Tor zu einem neuen Leben zu öffnen.«

Stephanie legte den Kopf schief und hörte auf zu kauen. »Liebst du ihn?«

»Wen liebt die Oma?«, quakte Amelie dazwischen. Mit ihrem Teelöffel haute sie in die Sahne, dass es spritzte.

»Dich natürlich, mein Schatz.« Ich drückte ihr einen Kuss auf den Scheitel und zog die Sahneschüssel außer Reichweite. »Steffi, ich liebe ihn als Mensch. Nicht als Mann. Das musst du mir glauben.«

Sie hob ihr Glas und prostete mir zu. »Du machst schon alles richtig, Mamilein. Hör einfach auf dein Bauchgefühl. – Und jetzt holen wir den Staubsauger, was Amelie?«

Wir rappelten uns auf. »Und außerdem schläft er ja auf der Ausziehcouch«, sagte ich.

9

ZU HAUSE AUF DEM DORF, JANUAR 1996

Außer Stephanie konnte ich niemandem sagen, wie sehr ich mich freute. Meine bis dahin recht eintönige Welt hatte sich um hundertachtzig Grad gedreht. War ich früher abends erschöpft aus der Praxis gekommen, hatte ich nach meinem Vater und meinem Bruder geschaut und mir dann lustlos etwas zu essen gemacht, um mich mit dem Teller vor den Fernseher zu setzen. Natürlich gab es an den Wochenenden meine Kinder und die süße Amelie, aber einen Mann hatte ich schon lange nicht mehr an meiner Seite gehabt. Im Grunde hatte ich längst mit der Männerwelt abgeschlossen: »Rosemarie, du hast das Gröbste hinter dir«, lautete mein Wahlspruch.

Und jetzt? Überkam mich eine so heftige, flirrende Vorfreude, dass ich mich schon wieder so verzaubert fühlte wie damals mit ihm am weichen Strand.

Ich wollte ihm meine Welt zeigen. Im Frühling sollte er kommen! Das würde dann auch mein zweiter Frühling! Ich wollte schöne Ausflüge mit ihm machen und das Leben genießen. Er würde sein Deutsch verbessern. Mein südbadischer Akzent aus seinem Munde – wie sich das wohl anhören würde?

Plötzlich sah ich meinen Heimatort mit seinen Augen. »Unser Dorf liegt ganz idyllisch im südlichsten Zipfel

Deutschlands und ist von drei Seiten von der Schweiz umgeben«, schrieb ich begeistert an Kasun. Der Kugelschreiber flog nur so über das Papier. »Nicht weit von Schaffhausen, wo der berühmte Rheinfall ist! Wilma wird dir erklären was das ist. Das Wasser des aufgestauten Flusses schießt mit Macht zu Tal, und Regenbogen schillern in der wilden Gischt.«

Ob Wilma wohl in der Lage sein würde, meine Begeisterung für die Heimat zu übersetzen? »Als 1945 der Krieg zu Ende war, hat man glatt vergessen, die Dorfbewohner zu benachrichtigen, so versteckt liegt es!«

Dazu legte ich eine Ansichtskarte, auf der sogar unser Wohnhaus zu sehen war. Ich versah es mit einem Pfeil. Direkt davor floss der noch jungfräulich schmale Rhein, und links davon führte eine uralte überdachte Holzbrücke in die Schweiz. Dort stand ein schlanker Kirchturm, der die grüne Hügellandschaft überragte.

Ob Kasun schon mal einen Kirchturm gesehen hatte?

»Mein neunzigjähriger Vater lebt in der Wohnung über mir«, schrieb ich eifrig weiter. »Seit vor sechs Jahren meine Mutter gestorben ist, kümmere ich mich um ihn. Er ist aber geistig und körperlich fit und nimmt voll am Leben teil. Ich freue mich schon darauf, wenn du ihm die indische Küche näherbringst und ihr beide um die Wette kocht!«

Lächelnd hing ich meinen Gedanken nach. Das wäre einfach wunderbar, wenn die beiden sich verstehen würden! Doch weil Kasun so ein Familienmensch war und so viel Achtung vor seinen Eltern hatte, würde er auch meinem Vater Respekt entgegenbringen. Ich schenkte mir ein Glas Tee ein und schrieb weiter. »Er war früher hier Vorsteher des Zollamts an der deutsch-schweizerischen Grenze, deshalb leben wir auch im Zollhaus. Ich bin die jüngste von sechs Geschwistern, aber bis auf meinen Bruder Henry die Einzige, die im Dorf geblieben ist. Die anderen sind entweder nach Australien oder nach Amerika ausgewandert.« Ich hielt inne und überlegte, inwieweit ich Kasun mit diesem ganzen Familienkram überforderte. Andererseits hatte er mir ja auch seine Familie vorgestellt. Familie war ihm wichtig.

»Für meinen Vater bin ich immer noch ›die Kleine‹«, schrieb ich lächelnd. »Er muss immer wissen, wo ich bin und wann ich wiederkomme.« Jetzt musste ich doch kichern. Grinsend kaute ich am Kugelschreiber. »Und er sitzt wahnsinnig gern bei mir auf dem Balkon. Ihr werdet euch bestimmt gut verstehen.«

Apropos Vater: Wann würde ich ihm eigentlich von unserem Familienzuwachs erzählen? Bis jetzt hatte sich der richtige Zeitpunkt einfach noch nicht ergeben.

Während meiner ganzen Kindheit musste ich mir den Spruch anhören: »Was werden da die Zöllner denken?« Vater hatte eine Vorbildfunktion, und seine Familie musste eine Vorzeigefamilie sein. Das war für mich als jüngste Tochter nicht immer einfach gewesen. Wahrscheinlich hatte ich deshalb irgendwann den ersten besten Mann genommen und war mit ihm davongelaufen. Aber da war ich vom Regen in die Traufe gekommen.

»Grüß bitte deine Familie lieb von mir, ich zähle die Tage bis du kommst, deine Rosemarie«, beendete ich den Brief. Dann schüttelte ich den Kopf, strich »Rosemarie« durch und schrieb lächelnd »Rose«.

Ich war dabei, ein neuer Mensch zu werden.

»Klopf, klopf! Jemand zu Hause? Hallo Mutter!«

Im Nu war es Ende Januar, und mein Großer stand in der Tür. Er klopfte den Schnee von den Stiefeln und bückte sich, um mich in den Arm zu nehmen. Irgendwie fühlte er sich anders an als sonst. Was war denn das für eine seltsame Ausbuchtung unter seinem Parka?

»Hallo, Mario! Komm doch rein ...«

Ein Fiepen drang aus seinem Mantel. Bestimmt zauberte er wieder irgendeine Überraschung aus dem Hut. Oder ein Kaninchen aus dem Ärmel?

»Was hast du da, mein Junge?«

»Ja, ähm, Mutter, ich dachte, wo du doch so merkwürdige Ideen hast in letzter Zeit ...«

Er zog den Reißverschluss seiner Winterkleidung herunter, und heraus schaute eine winzige feuchtschwarze Hundeschnauze.

»Oh, ist der süß!« Sofort riss ich das putzige Hundekind an mich. »Schwarzweiß, und so weich! Guck mal, wie das Schwänzchen rotiert ... Ach Gott, was freut der sich ...«

»Sie«, meinte Mario und zog den Mantel aus. »Es ist ein Mädchen.«

»Ja, und wem gehörst du denn?« Ich steckte die Nase ins weiche Fell, und vier weiche Beinchen strampelten vor Wonne.

»Dir.«

Ich hielt im Hundeschmusen inne. »Wie, mir?«

»Na ja, ich dachte, du brauchst irgendwie Gesellschaft. Und bevor du mit einem Ausländer zusammenziehst, tut es vielleicht auch ein Hund?«

»Mario!« Ich stand da, das fiepende Knäuel im Arm, und starrte meinen Sohn sprachlos an.

»Mutter, nichts für ungut, aber du wolltest dich doch mehr bewegen!« Er kraulte das Wesen unter der Schnauze. Das ganze Hundemäulchen bestand aus Milchzähnchen und einer roten hechelnden Zunge.

Bevor ich etwas darauf erwidern konnte, hatte das Fellknäuel bereits mein Gesicht abgeschleckt.

»Ja schon, aber ich ...«

»Na siehst du. Geht doch!« Mario förderte eine Leine und andere Utensilien zutage, die er mit seinem Auto hergebracht hatte. »Wo soll das Körbchen stehen?«

»Äh ... Keine Ahnung ...?«

»Ich stell es mal hier hin. Neben die Esszimmercouch.«

Ich schluckte. Mit der hatte ich eigentlich andere Pläne.

»Und die Futternäpfe in die Küche?«

»Ja, aber Mario ...«

Während ich noch innerlich mit mir kämpfte, hatte das Hundewesen mein Herz bereits erobert. Es war aber auch so putzig und entzückend! War das jetzt wieder ein Zufall? Es fiel mir zu, und ich konnte mich nicht dagegen wehren!

»Wie willst du sie nennen?« Die kleine Hündin rannte neugierig durch meine Dreizimmerwohnung, schnüffelte hier und scharrte dort, um sich schließlich im Körbchen zusammenzuringeln.

Mario stand neben mir, den Arm um mich gelegt, und betrachtete das Welpenkind wie ein Neugeborenes in der Wiege.

»Cindy«, entfuhr es mir. »Sie sieht so vorwitzig und keck aus ...«

Cindy schlug mit dem Schwänzchen auf den Boden

ihres Körbchens und schien mit ihrem Namen sehr einverstanden zu sein.

Dann hüpfte sie wieder raus, schnüffelte am Tischbein, drehte sich ein paar Mal um sich selbst, ging in die Hockstellung und schaute angestrengt.

»Cindy! Pfui!«

Schon lag ein bleistiftschmaler schwarzer Köttel auf dem Teppich.

»Also Mario, wirklich!«

»Na, stubenrein ist sie natürlich noch nicht!«

»Ja, soll ich jetzt etwa bei der Kälte …«

»Natürlich, Mutter. Viermal täglich am Rhein entlang, bis zum Strandbad und zurück!«

Mario grinste, während ich mit der Haushaltsrolle das kleine Malheur beseitigte.

»Na dann, ich muss mal wieder, Mutter. Übrigens …« Er schlüpfte wieder in seinen Parka und schlang sich den langen Schal mit dem Logo seines Fußballvereins dreimal um den Hals.

»Du siehst verdammt gut aus. Hast du abgenommen?«

Ja, ich war energiegeladen wie noch nie. Eifrig trieb ich die Sache mit dem Visum voran.

»Juhu, da ist ein Parkplatz. Cindy, sitz!«

Zügig strebte ich die freigewordene Parklücke vor dem Landratsamt in Konstanz an und lenkte den großen Opel Kombi gekonnt rückwärts hinein. Cindy verlor auf dem Rücksitz das Gleichgewicht und kullerte hin und her.

»Tja. Von wegen Frau am Steuer!« Triumphierend lächelte ich einen Mercedesfahrer mit Hut an, der es wohl auch auf die Lücke abgesehen hatte.

Ich nahm meine Unterlagen vom Beifahrersitz und öffnete die Tür. »Cindy, warte!«

Aber noch ehe ich die Beine aus dem Auto geschwungen hatte, war mein tapsiges Hundemädchen schon davongestürmt, direkt unters Fenster der Ausländerbehörde, und legte sehr gepflegt einen Haufen ab.

»Cindy!«

Entsetzt rannte ich in meinen Winterstiefeln hinterher. »Wir wollen doch einen guten Eindruck machen! Musst du mich denn immer blamieren!«

Cindy tat so, als würden wir uns nicht kennen. Dabei waren wir doch schon so ein eingespieltes Team!

Hastig entsorgte ich die Bescherung mit Hilfe eines Beutelchens. »Das ist bestimmt ein gutes Omen, Cindy! Das bringt Glück!«

Drinnen nahm die gute Fee am Schalter freundlich lächelnd meine Papiere an sich.

»Hier isch die private Krankenkassenanmeldung …«, sprach sie in ihrer Konschtanzer Mundart, »und hier die Leistungsfähigkeitsbescheinigung von Ihrem Steuerberaaaader, dann henn mer hier der märseidige Visumsantraaaag. Des sieht alles gut aus.« Sie heftete mit ihren glänzenden Fingernägeln alles schön säuberlich ab und faltete die Hände auf der Tischkante.

»Ja, liebe Frau Sommer, dann steht der Einreise Ihres Schützlings Kasun nichts mehr im Wege!«

Sie sah mich so merkwürdig an.

»Is des a Manderl oder a Weibi?«

»Wer? Also der Kasun …«

»Ich meine doch das kleine Hundsvieh.« Sie stand auf und streichelte mein kleines Hündchen.

»Ein Mädchen.«

Es war vollbracht! Nach monatelangem Papierkram und Behördengängen hatte ich es geschafft!

»Darf ich mal telefonieren?« Ich drückte der netten Dame meine Cindy in den Arm und rannte zum öffentlichen Telefon neben dem Eingang.

»*Kasun?! I have good news!*« Mein Herz raste, und mein Englisch lief zur Hochform auf: »*Kasun, you can come!*«

Nun musste Kasun seinerseits alle Hebel in Bewegung setzen, um eine Ausreisegenehmigung zu bekommen. Mehrfach musste er die vierstündige Busfahrt nach Colombo antreten, um dort bei der deutschen Botschaft vorzusprechen. Oft war die Schlange draußen vor dem Gebäude so lang, dass er abends unverrichteter Dinge wieder nach Hikkaduwa zurückfuhr, denn er hatte ja Dienst im Hotel. Das Warten wurde für beide Seiten unerträglich, zumal ihn seine Kollegen im Hotel jetzt mobbten. Der Neid hatte um sich gegriffen, schließlich würde Kasun ja bald nach Germany zu seiner Goldlady fliegen und dort reich werden! Bestimmt würde er eines Tages mit einem BMW zurückkommen!

Das alles musste sich mein armer Kasun anhören, und ich fühlte mit ihm.

Es wurde Frühling – und es wurde Sommer. Meine Reise nach Sri Lanka war nun fast ein Jahr her. Oft spazierte ich versonnen mit Cindy am Rhein entlang und dachte über dieses turbulente Jahr nach. Wie viel hatte sich getan! Ich freute mich auf jeden Tag, sprang morgens unternehmungslustig aus dem Bett, rannte mit Cindy zum Rhein hinunter und sprühte nur so vor guter Laune und Lebenslust. Immer wieder hörte ich Komplimente, wie gut ich aussehe und wie schlank ich geworden sei. Aus der erschöpften Rosemarie war die selbstsichere, jugendliche Rose geworden!

An einem herrlich warmen Julitag hatte ich einen überglücklichen Kasun am Telefon:

»Rose, ich könnte am siebten August fliegen! Kannst du mich einen Tag später am Munich Airport abholen, um zwei Uhr mittags?«

O Gott, nun gab es kein Zurück mehr!

»Brauchst du Geld, Junge?!« Was für eine Frage. Ich griff mir an den Kopf. Natürlich brauchte er Geld für den Flug!

»Bitte überweise mir auch das Geld für ein Rückflugticket!«, kam es aus dem Hörer.

»Rückflugticket? Wieso denn das?«

Ich dachte, er wollte bleiben? Einen Job suchen? Mit mir leben?

»Sie lassen mich nur raus, wenn ich ein Rückflugticket vorweise! Das Visum ist auf drei Monate begrenzt, Rose! Ich habe mich schon erkundigt, es kostet eintausendzweihundert Mark!« Er nannte mir eine Kontonummer. Hastig kritzelte ich mit.

»Das heißt, du kommst in vier Wochen!«

»Ja, Rose! Ich freue mich!«

Seine Stimme klang so glücklich!

»Meine ganze Familie liebt dich!«

Mein Herz klopfte, ich presste das Ohr an den Hörer. Dann schob er ein zärtliches »Ich liebe dich!« hinterher.

Meine Knie wurden weich. »Ich liebe dich auch, Kasun!«

O Gott, was hatte ich da gesagt? Liebte ich IHN oder

die Idee, ein guter Mensch zu sein? Das Gefühl verliebt zu sein? War ich denn komplett durch den Wind? Aber selbst wenn – es war das beste Gefühl der Welt! Mit zitternden Fingern steckte ich den Zettel mit den Bankdaten ein und sah auf die Uhr. Kurz nach drei! Das würde ich noch schaffen! Ich war eine Frau der Tat! Jetzt wollte ich auch noch die letzte Amtshandlung vornehmen, die für unser gemeinsames Glück vonnöten war. Das Geld überweisen. Auch wenn es mein Konto ein bisschen ins Minus bringen würde. Egal.

»Komm, Cindy! Gassi!«

Begeistert und mit wehenden Ohren rannte Cindy kurz darauf neben meinem Fahrrad her, zur Bank meines Vertrauens. Kurzerhand hatte ich das Rad aus dem Schuppen gerissen, um bloß nicht zu spät zu kommen. Morgen war Samstag, und ich wollte Kasun keinen Tag länger auf das Geld warten lassen.

»Cindy, bei Fuß!«

Na ja, »bei Rad!« war nicht in ihrem Repertoire. Das hatten wir noch nie gemacht, aber ich dachte nicht weiter darüber nach. Bloß noch rechtzeitig zur Bank kommen!

Kasun, Kasun, Kasun, hörte ich das Rad surren. So kräftig hatte ich noch nie in die Pedale getreten!

Begeistert bellend fetzte mein Hundemädchen an der Leine neben mir her, als uns auf Höhe des Gailinger Strandbades zwei Männer mit großen Hunden entgegenkamen.

Mir schwante nichts Gutes. Natürlich wollte Cindy mal eben Hallo sagen, aber dass Cindy den kurzen Dienstweg nehmen und VOR meinem Rad rüberpreschen würde, das kam mir nicht in den Sinn.

»Cindy nein!«, war das Letzte, was ich von mir geben konnte, als ich auch schon über den Lenker flog und auf den asphaltierten Weg knallte. Das Rad fiel auf mich drauf, und Cindy, in der Leine verheddert, hielt das wohl für eine Aufforderung zum Spielen und tollte bellend um mich herum.

Der Schock war so groß, dass ich erst mal keine Schmerzen spürte. Nur Schwindel. Wo war oben, wo war unten? Und warum war meine Hose zerrissen? Warum sickerte Blut unter meinem Sturzhelm hervor?

»Haben Sie sich wehgetan?«

»Ist alles okay?«

Zwei Fragen, die nur Männer stellen können. Erstens Ja und zweitens Nein!!

Die beiden Männer entwirrten Fahrrad, Hund, Leine, ihre eigenen Viecher, die sich bellend auf die Gesamtkatastrophe stürzen wollten, und versuchten mich hochzuziehen. Ich schrie vor Schmerzen. Dennoch behauptete ich: »Danke, mir geht's gut.«

»Das war aber auch sehr unvorsichtig von Ihnen«, versuchte mich der eine zu belehren.

»Also unsere Schuld war das nicht«, stellte der zweite klar. MÄNNER!!

»Lassen Sie mich ...«

Ich schmeckte Blut, und vor meinen Augen tanzten Sterne. Meine Handflächen waren aufgeschürft. Ich wollte nur hier sitzen und erst mal wieder Luft bekommen.

»Lassen Sie mich einfach ...«

Die beiden trugen mein Rad an den Wegesrand und banden Cindy an eine Parkbank.

»Wie Sie meinen ...« Schon machten sie sich davon. Sie

waren ja auch wirklich nicht schuld an meinem Unfall. Sondern Cindy.

Jede Faser meines Körpers brannte wie Feuer. So, da saß ich nun. Drei weitere Radfahrer kamen an mir vorbei, halfen aber nicht. Als wäre es das Normalste von der Welt, dass eine Frau mit zerrissenen Hosen und blutenden Knien neben einem bellenden Hund und einem zerbeulten Fahrrad auf der Erde sitzt!

Vorsichtig versuchte ich mich am Fahrrad hochzuziehen. »Autsch! Verdammt tut das weh!«

Auf dem linken Bein konnte ich noch stehen, das rechte zog ich unter heftigen Schmerzen nach.

Unmöglich konnte ich jetzt das Rad nach Hause schieben und gleichzeitig Cindy an der Leine führen, also machte ich Cindy los. Sie stob sofort mit fliegenden Ohren in Richtung Wohnung davon. Mit zusammengebissenen Zähnen betete ich, dass sie nicht noch mehr anrichten würde. Unendlich langsam schleppte ich mich nach Hause. Dabei kämpfte ich mit den Tränen.

Tja, Rosemarie, schimpfte meine innere Stimme. Liebe macht blind.

Cindy stand schon schwanzwedelnd vor der Tür und stieß ungeduldige Laute aus, als wollte sie sagen: Wo bleibst du denn? Schließ doch endlich auf!, nur um dann ungestüm die Treppen nach oben zu hopsen.

Im Badezimmer schälte ich mich stöhnend vor Schmerz aus der blutverklebten Hose.

Augen zu und durch, Rosemarie. Mit einer Pinzette zog ich die Steinchen aus den Wunden, desinfizierte und verband sie.

Zum Glück war ich nicht aufs Gesicht gefallen. Grünblaugelbliche Blutergüsse zogen sich von der Hüfte bis zu den Füßen.

Auf einmal hörte ich mich reden wie früher mein Vater, wenn wir Kinder hingefallen waren. »Bis du heiratest, ist es wieder gut.«

10

AUF DEM WEG NACH MÜNCHEN, 8. AUGUST 1996

»Oh, Gott, warum regnet das denn jetzt?« Ich stellte die Scheibenwischer auf die höchste Stufe. »Das gießt ja wie aus Eimern!«

Cindy lag auf der Rückbank und schlief den Schlaf der Gerechten. Ich war schon seit drei Stunden mit dem Auto unterwegs zum Flughafen München, war extra pünktlich aufgebrochen, aber jetzt sah man die Hand vor Augen nicht mehr!

Ausgerechnet heute musste mein Prinz aus Sri Lanka kommen!

Noch nie war ich diese lange Strecke über Lindau allein im Auto gefahren – und nun auch noch in diesem Zustand! Mein Bein schmerzte immer noch wie Hölle, und meine Blutergüsse waren alles andere als attraktiv! Ich biss die Zähne zusammen und fuhr tapfer weiter, meinem lang ersehnten Glück entgegen.

In diesem Zustand humpelte ich zwei Stunden später mit der soeben erwachten Cindy über den riesigen Münchner Flughafenparkplatz und kam mir noch viel älter vor als damals, am Strand von Sri Lanka.

Welch miserable Voraussetzungen für ein Wiedersehen! Ich sah wirklich nicht besonders zauberhaft aus. Nass, strähnig, blass, mit einem Humpelbein. Was würde er denken, wenn er mich so sah? Er hatte mich als braungebrannte Urlauberin in Erinnerung.

Na ja, dafür war ich jetzt deutlich schlanker. Aber vielleicht gefiel ihm das ja gar nicht? Vielleicht waren meine Rundungen für ihn ein Zeichen des Wohlstands gewesen?

Was war nur mit meinen Gefühlen los?! Mir war danach, sofort wieder nach Hause zu fahren. War ich eigentlich verrückt, hier einen fast Fremden abzuholen, für den ich jetzt die volle Verantwortung hatte? Und der im Alter meiner Kinder war? In was hatte ich mich denn da im Lauf des letzten Jahres reingesteigert? Mario hatte mich deutlich gewarnt, Stephanie etwas einfühlsamer. Aber beide hatten mir zu verstehen gegeben, dass sie meine Hauruckaktion für mehr als fragwürdig hielten.

Dabei liebte ich ihn doch! Oder etwa nicht?

Plötzlich befiel mich die Angst, dass ich nicht mehr dasselbe für ihn empfinden könnte wie damals. Keine Sonne, keine Palmen, kein Strand. Nichts als öder Asphalt, Kälte, Regen und Langeweile. Vielleicht war er jetzt nur noch peinlich und lästig? Was, wenn er keinen Job finden würde? Dann saß er ab jetzt rund um die Uhr in meiner Wohnung herum!

Beklommen betrat ich die Ankunftshalle, meinen zerrenden Köter an der Leine.

»Cindy sitz!«

Vielleicht waren wir uns inzwischen fremd geworden? Vielleicht würden wir uns in meiner kleinen Wohnung anöden, oder noch schlimmer, richtig auf den Geist gehen?

Vielleicht würde ich seine Nähe nicht ertragen, es nicht aushalten, mein Badezimmer mit ihm teilen zu müssen … Ein Fremder, in meinen vier Wänden, meinem privaten

Rückzugsort, der immer meine letzte Zuflucht gewesen war?

Und wie würde ER es finden? Spießig, öde, kalt, langweilig? Vielleicht würde er sich gar nicht wohlfühlen und sofort das Weite suchen. Aber dann war ich verantwortlich für alles, was er tat. Wenn er ein Auto knackte oder eine Handtasche klaute ... O Gott. Ich musste mich setzen. Nein, er war ein anständiger junger Mann. Ich hatte ihm doch in die Augen gesehen. Rosemarie, verlass dich auf deinen gesunden Menschenverstand!, beschwor ich mich und zwang mich wieder aufzustehen.

Schließlich schaffte ich es, das richtige Gate zu finden.

»Frankfurt gelandet«.

Kasun hatte bereits dort umsteigen müssen. Vielleicht hatte er es nicht geschafft? Passagiere strömten aus der Glastür, immer mehr, und kein Kasun war zu sehen. Er war doch noch nie geflogen! Aber dann sah ich ihn plötzlich, er winkte mit beiden Händen. Sein strahlendes Gesicht war noch schöner, als ich es in Erinnerung hatte!

In dem Moment machte sich auch schon wieder diese unbändige Freude in mir breit, und die Schmetterlinge begannen zu fliegen. Ich liebte ihn noch!

Er war da! Mein Prinz aus Sri Lanka!

Da kam er, ein glücklicher, junger, bildschöner Mann. Auf seinem Gepäckwagen hatte er nur einen winzigen Koffer, dafür aber Unmengen von herrlichen Blumen, Strelitzien, die aussahen wie exotische Vögel. Lachend kam mein Prinz von Sri Lanka auf mich zu und sank in meine ausgebreiteten Arme. »Rose.«

In dieser Sekunde fielen alle Zweifel von mir ab. »Kasun!« Ich vergrub mein Gesicht an seinem weichen Hals, spürte seine blauschwarzen Haare an meiner Wange, roch seinen exotischen Duft, spürte dieses unbändige Verlangen, ihn zu halten und für ihn zu sorgen. Er gehörte zu mir! Und ich zu ihm.

Als hätte jemand einen Schalter umgelegt, waren alle meine Gefühle für ihn wieder da.

»Kasun! Willkommen!«

Kasun lachte auch. »Rose! Ich habe dich!«

Jetzt konnten wir uns anschauen, in aller Ruhe, soweit Cindy, die an uns beiden hochsprang, es zuließ. Natürlich fehlten uns die Worte, aber unsere Augen sprachen Bände.

Das putzige Hundemädchen tat ein Übriges, die erste Verlegenheit im Keim zu ersticken. Schmunzelnd beugte sich Kasun zu Cindy hinunter und streichelte sie. Auf einer Wolke des Glücks zogen wir gemeinsam ab. Unter wildem Gestikulieren mit Händen und Füßen fand ich schließlich mein Auto wieder und schloss es zitternd vor Aufregung auf. Während ich die Blumen vorsichtig in den Kofferraum legte, schritt Kasun prüfend um meinen dunkelblauen Opel Astra Kombi herum und raunte anerkennend.

Ich öffnete ihm die Beifahrertür. »So einen wirst du dir hier auch verdienen, Kasun!«

Cindy sprang ihm sofort auf den Schoß und leckte ihm begeistert über das Gesicht.

Ich ertappte mich dabei, meinen Hund um beides zu beneiden.

Kasun lachte verzückt. »So eine lustige Hund ich noch nie gesehen!«

So. Nun kam der schwierigste Part. Nämlich, meinen schönen Prinzen aus Sri Lanka heil nach Hause zu bugsieren. Zum Glück hatte der Regen wieder aufgehört, aber ich war so aufgeregt, dass ich zweimal die falsche Ausfahrt nahm, bis ich wieder auf der richtigen Autobahn Richtung Lindau war. Mit einem Seitenblick auf den staunenden Kasun stellte ich fest, dass er nichts von meinen Eskapaden bemerkt hatte.

Mario hätte mich zur Schnecke gemacht bei der orientierungslosen Rumkurverei! Aber leider konnte ich meinem Prinzen keine Straßenkarte in die Hand drücken und ihn um Hilfe bitten, und Navis gab es damals noch nicht.

So fuhren wir schweigend und uns immer wieder gegenseitig verstohlen ansehend durch die verregnete Landschaft.

»Ich zeig dir was!« In Lindau setzte ich den Blinker und fuhr auf die wunderschöne Halbinsel, auf der ich einmal drei Jahre gelebt und gearbeitet hatte. »Hast du Hunger?«

Kasun nickte. »Hunger. Ja.« Er lächelte mich dankbar an.

Mir war auch dringend nach einer Pause.

Kurz darauf saßen wir im Romantikhotel Helvetia am Ufer des Bodensees. Die Panoramascheibe gab den Blick auf die Uferpromenade frei, auf der sich Spaziergänger mit Regenschirmen und Gummistiefeln tummelten.

Ich betrachtete meinen Prinzen und versuchte, die Schönheit dieses Landstriches durch seine Augen zu sehen.

Da war dieser riesige See, der im Moment graue Wellen schlug, mit seinen großen Ausflugsschiffen. Und der steinerne Leuchtturm mit vor sich auftürmenden Wolken.

Es war kalt und windig. Hatte sich mein sanfter Prinz den deutschen Sommer so vorgestellt?

»*Not always bad weather*«, teilte ich ihm mit. Dann beschloss ich, von nun an nur noch Deutsch mit ihm zu sprechen. »Normalerweise ist bei uns das Wetter im August ganz wunderschön«, lockte ich ihn mit verheißungsvollen Versprechungen. »Du wirst sehen! Wir werden noch zusammen im Gailinger Strandbad schwimmen gehen!«

»Was darf ich Ihnen bringen?« Ein Kellner hatte sich von hinten genähert.

»Kasun, was möchtest du?« Plötzlich fühlte ich mich peinlich berührt. Was mochte wohl der Kellner von uns denken?

»Cola«, sagte Kasun.

»Keinen Kuchen? Ich denke, du hast Hunger?«

»*Just Coke.*« Erging es Kasun ebenso wie mir, dass er sich plötzlich vor dem Kellner schämte? Plötzlich bekam unsere Stimmung einen Dämpfer. Schämten wir uns beide? In Sri Lanka sahen alle jungen Männer so aus wie dieser exotische junge Mann hier. Aber hier war er die Ausnahme. Und ich? Eine zwanzig Jahre ältere Deutsche. Störte uns die Meinung anderer? Ich wollte Kasun doch Sicherheit geben! Darauf hätte ich gefasst sein müssen.

Doch plötzlich brach die Sonne durch die dunklen Wolken, und der See lag herrlich blau vor uns. Als hätte uns das Universum ein Zeichen geschickt.

Kasun strahlte mich an. Ich legte meine Hand auf seine. Und sagte einen Spruch, den Nina Ruge später täglich im ZDF sagen sollte: »Alles wird gut.«

»So, Kasun. Aufwachen. Wir sind da. Hier wohne ich.«

Bei strahlendem Sonnenschein erreichten wir mein idyllisches Dorf an der Schweizer Grenze. Der Rhein zog als blau schillerndes Band an unserem Haus vorbei.

»Komm schnell rein, wir tragen die Sachen hoch.«

Innerhalb meiner vier Wände fühlte ich mich sofort sicher vor fragenden Blicken.

Kasun ließ seine Taschen fallen und stand staunend in meiner blitzsauber geputzten Wohnung. Ich gab mich geschäftig und verteilte die Blumen erst mal in verschiedenen großen Vasen. Ich wollte ihm Zeit geben, anzukommen.

»Kasun, jetzt hat die Wohnung gleich ein exotisches Flair!«

Er lachte, zog die Schuhe aus und lief barfuß durch die Räume. Auf einmal überflutete mich wieder die schiere Seligkeit, meinen jungen Gott bei mir zu haben! Er war da! Er war wirklich da! Wenn Bärbel und Eberhard das wüssten!

»Magst du meinen Vater begrüßen?«

Beschwingt liefen wir die Treppe hinauf.

»Ja, wen haben wir denn daaaa!« Mein alter Vater stand in kurzen Hosen und kariertem Hemd neugierig in der Tür. »*Welcome in Germany, young man!*«

Kasun musste lachen. Das südbadisch gefärbte Englisch meines Vaters war aber auch zu komisch. Wie erhofft, verstanden sich die beiden auf Anhieb. In gebrochenem Englisch erzählte Kasun meinem Vater von seinem Militärdienst, der daraufhin die Hacken zusammenknallte. Na, da hatten sich ja zwei gefunden!

»Kasun, lass uns runtergehen und deiner Familie ein Fax schicken, dass du gut angekommen bist!«

Ich hatte fast Mühe, Kasun meinem Vater zu entreißen. Dieser freundliche Exot war eine willkommene Abwechslung für ihn.

»Hier, Kasun. Papier, Kugelschreiber ... Ich räum dir den Tisch frei, dann kannst du schreiben.«

Andächtig begann der junge Prinz, seine singhalesischen Kringel aufs Papier zu malen, und ich sah ihm genauso andächtig dabei zu.

»Wir schicken es ins Hotel, okay? Ein Kollege bringt es dann zu deinen Eltern.«

Nachdem das erledigt war, stand Kasun auf und fragte: »Wo ich schlafen?«

Ich räusperte mich. »Ach ja, genau. Du bist bestimmt wahnsinnig müde. Also schau, hier, die Couch, die kann man ausziehen ...«

Geschäftig bückte ich mich und wollte das Bettzeug hervorholen, als ich nicht nur seine Augen auf meinem Hintern spürte, sondern auch seine Hand.

Wie von der Tarantel gestochen fuhr ich herum.

Kasun ließ sich auf die Couch fallen und zog mich mit sich.

Und plötzlich wurde aus dem leisen Knistern zwischen uns ein loderndes Feuer. Mein Herz raste. Er begehrte mich?! Er fand mich schön?!

Er zog mich zu sich heran und küsste mich zärtlich auf den Mund.

Pure Seligkeit! Ich hielt die Augen geschlossen.

Seine vollen Lippen waren ganz weich, und auf einmal wurde der Kuss immer inniger.

Verwundert sah ich ihn an. Meinte er es ernst?

In seinen dunklen Augen entdeckte ich Erregung und Leidenschaft. Du lieber Himmel. Was sollte das nur werden! Ging das nicht alles ein bisschen schnell?

Ich straffte mich, setzte mich auf und zog meine Bluse

glatt. »Wir haben noch gar nicht Kaffee getrunken«, versuchte ich mich aus der Affäre zu ziehen, »oder möchtest du lieber Tee?« Schon stand ich wieder auf den Beinen, wenn auch ziemlich wackelig. Nervös pustete ich mir eine Strähne aus der Stirn. »Ich hätte auch ein Bier da, dann wirst du müde ...«

Kasun lachte. Wieder griff er nach meinen Handgelenken: »Ich liebe dich, Rose. Weißt du das nicht?«

Energisch schüttelte ich den Kopf. »Aber doch nicht wirklich, Kasun. Wir können doch einfach gute Freunde sein, mehr erwarte ich wirklich nicht ...«

Schon hatte Kasun mich erneut zu sich herabgezogen. Mit einem Arm hielt er mich umschlungen, mit der anderen Hand streichelte er ganz sanft mein Gesicht und schob mir die widerspenstige Strähne hinters Ohr, die immer aus der Reihe tanzen wollte.

»Rose, ich nicht kommen in fremde Land ohne Liebe. So weit weg von meine Familie, ich kann nur mit große Liebe in mein Herz.«

»Tja, ähm, wenn das so ist ... Ich liebe dich natürlich auch, aber du sollst dich zu nichts verpflichtet fühlen ...« Mein Herz polterte so heftig, dass ich glaubte, es würde mir aus dem Mund fallen. Aber dazu kam es gar nicht: Er verschloss mir den Mund mit einem weiteren Kuss. Und dieser war noch fordernder als der erste.

Gott, schmeckte der wunderbar! Ich hatte noch nie so leidenschaftlich und sanft geküsst! Es fühlte sich so gut an, so richtig. Alles passte. Wir waren zwei Puzzleteilchen, die endlich zusammenfanden.

Wir streichelten und küssten uns, wie ich es im Leben noch nicht erlebt hatte.

»Wo schläfst du?«, fragte Kasun plötzlich.

»Na, da hinten, also im Schlafzimmer ...«

Wieder verschloss er mir den Mund mit einem süßen langen Kuss.

»Ich schlafe da, wo du schläfst«, bestimmte er.

Huch! Was war nur aus dem schüchternen Kellner des Hotel *Namaste* geworden? Bisher hatte ich immer bestimmt, wo es langging, und über unser Zusammenleben hatte ich mir wirklich Gedanken gemacht.

Meinen Protest überhörte er. Er nahm seine Tasche und trug sie ins Schlafzimmer.

O Gott, wie peinlich! Meine rosa-grau-geblümte Bettwäsche, mein hochgeschlossenes Nachthemd auf dem Kopfkissen, meine frotteeüberzogene Wärmflasche ... Gott, hoffentlich sah er jetzt nicht die Lockenwickler.

»Welche Seite du schläfst?«

»Lass uns erst mal was essen«, versuchte ich noch einmal ein Ablenkungsmanöver. Die süße Schmuserei war wirklich schön gewesen, aber noch hatte ich die Zügel in der Hand! Noch konnte ich Grenzen setzen!

Völlig verwirrt hantierte ich mit Töpfen und Pfannen. Für heute Abend hatte ich ein tolles Willkommensessen geplant. Wo war nur der Safranreis und dieses indische Gewürz? Meine Finger zitterten.

Auf einmal kam singhalesische Musik aus der Stereoanlage. Es duftete nach Räucherstäbchen. Meine ganze Wohnung hatte sich in einen indischen Liebestempel verwandelt. Gestern war es noch eine ganz normale Wohnung gewesen, doch jetzt hatte mein Prinz sie verzaubert. Und nicht nur die Wohnung! Auch mich ...

»Rose! Ich will dich! Jetzt!«

Plötzlich stand er hinter mir und küsste mir den Nacken. Er nahm meine Hände und schaltete den Herd aus.
»Ich habe Hunger. Auf dich!«
Mit diesen Worten zog er mich ins Schlafzimmer. Leider sah es immer noch so aus wie vorhin.
War ich noch zu retten?
Ja! Von Cindy! Die hatte bis jetzt lieb in ihrem Körbchen gelegen und gepennt, kam aber jetzt angeschossen und stürzte sich auf meinen vermeintlichen Angreifer.
Kasun erkannte blitzschnell die Situation. Hund oder Mann? Klare Verhältnisse schaffen!
Er packte Cindy, verfrachtete sie ins Wohnzimmer und knallte die Schlafzimmertür zu.
»Mann wichtiger als Hund.«
Ich konnte nur noch errötend nicken.
Kasun küsste mich immer fordernder. Längst war das eine oder andere Kleidungsstück zu Boden gesegelt. Cindys wütendes Kläffen überhörten wir.
»Rose, ich liebe dich! Du bist eine wunderbare Frau!«
Mein Widerstand erlahmte, und meine Leidenschaft entflammte mehr und mehr. Seine Hände erkundeten mich.
»Du bist schön, Rose! So schön!«
Fast musste ich lachen. Ich und schön? Warum hatte ich eigentlich meine praktische Baumwollunterwäsche angezogen und diesen ausgeleierten BH? Weil ich mich für die lange Fahrt bequem angezogen hatte, deshalb!
Kasun schien es egal zu sein. Er sah nur den Inhalt, nicht die Verpackung. Dabei stand ein solches Verlangen in seinen tiefschwarzen Augen, dass ich mich plötzlich selbst unwiderstehlich fand. Ja, ich war weiblich, rund, sexy, eine reife Frau!

Und er war erst recht sexy! Dieses schöne Gesicht, sein wundervolles Lächeln, sein Eroberungsstolz, als ich schließlich nackt unter ihm lag. Hingerissen bewunderte ich seinen sehnigen, schlanken Körper, bronzefarben und muskulös. Wie in Trance ließ ich mich fallen, öffnete mich vertrauensvoll. Gemeinsam erreichten wir einen Höhepunkt, wie ich ihn noch nie erlebt hatte.

Danach lagen wir keuchend nebeneinander, lachten vor Glück und küssten uns immer wieder.

Völlig betört von den Räucherstäbchen, der singhalesischen Musik, dem Blumenduft und der Gewissheit, von diesem Mann geliebt zu werden, wünschte ich mir, dass dieser Moment nie vorüberging.

Längst hatte Cindy es aufgegeben, an der Tür zu kratzen und bellend Einlass zu begehren. An diesem Abend hatte Kasun ein klares Zeichen gesetzt. Er war jetzt das Alphatier in diesem Haushalt, mein sinnlicher Gebieter.

Bald hörte ich seine gleichmäßigen Atemzüge. Ich stützte den Ellbogen auf und betrachtete meinen schlafenden Prinzen. Es war, als wäre hier schon immer sein Platz gewesen.

Doch langsam regte sich bei mir ein schlechtes Gewissen. Dieser junge Gott hier hatte noch so viele Träume! Er war zweiundzwanzig Jahre jünger als ich! Durfte ich seine Liebe überhaupt annehmen? Er hatte doch noch alles vor sich, was ich schon hinter mir hatte! Liebe, Hochzeit, ein Zuhause, einen Job, Kinder ... War es wirklich Gottes Wille, dass wir füreinander bestimmt waren?

Oben hörte ich die Klospülung rauschen. O Gott, wenn mein Vater wüsste! Er dachte, dass ich mich nur aus Hilfsbereitschaft um diesen jungen Mann kümmerte! Wie sollte ich ihm nur beibringen, dass wir jetzt ein Liebespaar waren!

Vorsichtig drehte ich mich auf den Rücken und schloss die Augen. Und wenn schon, Rosemarie! Wie viele ungleiche Paare gab es andersherum? Bei denen der Mann älter war und die Frau jünger? Das wurde gesellschaftlich akzeptiert.

Wieder überrollten mich Zweifel. Das war nicht vergleichbar! Kasun war völlig abhängig von mir. Ich war doch bisher so vernünftig und pragmatisch gewesen! Wie hatte ich mich dazu hinreißen lassen können …

Leise tapste ich ins Wohnzimmer, wo Cindy mich erst mal erschrocken anknurrte.

»Ruhig, Cindy, ich bin's nur.«

Dann ertappte ich mich dabei, mir selbst die Besuchercouch zurechtzumachen.

Ich wollte erst mal Abstand gewinnen. Mich erst mal sortieren. Nachdenken. Über den Mann, der mich vorhin zur glücklichsten Frau unter der Sonne gemacht hatte.

Cindy kuschelte sich sofort erfreut an mich.

»Was hab ich da nur angerichtet, Cindy? Glaubst du, ich bin verrückt?«

»Keine Ahnung«, hechelte Cindy mir ins Gesicht. »Hauptsache, du kümmerst dich endlich wieder um mich.«

Ratlos blickte ich aus dem Fenster. Und der gute alte Mond leuchtete. »Warum habe ich das getan?« Ich horchte in mich hinein. »Universum, sag es mir: *Why?*«

Und plötzlich hörte ich das Universum mit Kasuns sanfter Stimme flüstern: »*Why not?*«

11

ZU HAUSE AUF DEM DORF, AUGUST 1996

Als ich am nächsten Morgen ins Schlafzimmer spähte, um mich zu vergewissern, dass ich das alles nicht geträumt hatte, lag mein schöner Prinz immer noch da. Sein Haar glänzte blauschwarz, seine bronzene Haut schimmerte in der Morgensonne. Er öffnete die Augen und strahlte mich an.

»Rose!«

O Gott, jetzt warf er die Bettdecke beiseite! In seiner ganzen männlichen Pracht schwang er sich aus dem Bett und kam auf mich zu. »Warum bist du nicht bei mir?«

»Ich habe draußen geschlafen, ähm ... Ich hatte Angst, dass ich schnarche und dich dann wecke.«

Ich schaute schnell woanders hin, denn er hatte eine beachtliche Morgenlatte. O Gott, diese Jugend!

Er lachte. »Rose! Du kannst mich gar nicht wecken! Ich schlafe wie ein Stein, wenn ich glücklich bin!«

»Und – bist du glücklich?«

»Sehr glücklich, Rose!« Er zog mich schon wieder zu sich ins Bett, und ich hatte ja gesehen wie es um ihn bestellt war.

Allerdings hatte er auch gesehen, wie es um mich bestellt war! Bei Tageslicht! Die nackte Wahrheit musste ihm doch ins Auge stechen!

Aber ihn störte nichts weiter außer Cindy, der er klar zu verstehen gab, dass sie das Weite suchen sollte.

Wieder liebten wir uns zärtlich, und nach ein paar Minuten gelang es mir, die blöden Hemmungen abzustreifen und mich ganz fallen zu lassen.

Es knisterte einfach zwischen uns, jede Berührung war erotisch aufgeladen und entzündete eine nie gekannte Leidenschaft. Wieder kamen wir gemeinsam zum Höhepunkt, und ich lachte und weinte in seinen Armen. Ich hatte überhaupt noch keinen Mann erlebt, der sich solche Mühe gab, mich glücklich zu machen, und dem das auch auf der Stelle gelang!

»Was hast du denn da, Rose!«

»Autsch! Nicht gucken!«

Meine blauen Flecken und Hämatome waren mir peinlich! Der rechte Fuß war immer noch dick, und selbst beim Liebesspiel musste ich den Schmerz bewusst unterdrücken.

Kasun kniete sich hin, nahm die Salbe, die auf dem Nachttisch stand und massierte mir damit den schmerzenden Knöchel. Er hatte wirklich Zauberhände.

Ich wollte die Zeit anhalten. Hatte ich heute Nacht noch gezweifelt, ob ich seine Liebe überhaupt genießen durfte, war ich mir jetzt sicher. Ich durfte.

»Verdammt, warum gerade jetzt?!«

»Verdammt?« Kasun stand neben mir und sah mich fragend an. Er sah hinreißend aus in den Boxershorts von Karstadt, die ich ihm inzwischen besorgt hatte, und auch mir selbst hatte ich hübsche Wäsche gegönnt und das hochgeschlossene Rühr-mich-nicht-an-Nachthemd der ersten Nacht entsorgt.

Ich stand gerade am Küchentisch und sortierte die Post.

»Meine Schwester kommt aus Australien zu Besuch. Mit ihrer Tochter, also meiner Nichte!«

»Das schlimm?«

»Nein, das ist eigentlich sehr schön, ich freu mich natürlich, aber du bist doch erst seit ein paar Wochen hier und wir haben es gerade so schön …« Wie sollte ich meinem Prinzen erklären, dass meine Schwester Adelheid war wie ein Wirbelwind? Wenn sie zu Gast war, stand nachher kein Ding mehr an seinem Platz, weil sie meinte, sofort alle Möbel umstellen und Bilder umhängen zu müssen.

»Adelheid ist die Älteste von uns«, erklärte ich Kasun. »Sie glaubt immer noch, für mich verantwortlich zu sein, zu wissen, was das Beste für mich ist.«

»Ich gut für dich.«

»Ja, womit wir schon mal zwei sind, die das glauben!« Ich musste lachen. »Aber der Rest meiner Familie weiß das noch nicht!«

»Bestimmt Schwester nett! Nichte auch nett!«

Ich dachte daran, wie jung und schön meine Nichte war. Musste ich mir Sorgen machen? Ach was, Kasun liebte nur mich!

Ich trug das Geschirr auf den Balkon, und Kasun war sofort zur Stelle. Er war ausgesprochen hilfsbereit und nahm mir im Haushalt jeden Handgriff ab. Gemeinsam genossen wir in der Morgensonne unser Frühstück.

»Michaela ist Stewardess«, erklärte ich dem aufmerksam lauschenden Kasun, während ich mir ein Marmeladenbrötchen machte. »Sie hat oft die Möglichkeit, vergünstigt mit einer Begleitperson zu reisen. Das entscheidet sich aber immer erst kurzfristig. Und jetzt landen sie schon morgen in Zürich!«

»Holen wir ab?! Wo schlafen?«

Ich seufzte. »Kasun. Erstens kannst du leider nicht mit nach Zürich, weil du kein Visum für die Schweiz hast. Und zweitens schlafen sie oben bei meinem Vater.«

Er sah mich kopfschüttelnd an. »Wo dein Problem?«

Mein Problem war, dass Adelheid so distanzlos war. Meine Befürchtungen bewahrheiteten sich. Meine Schwester schlief zwar oben bei meinem Vater, stand aber ab morgens um neun bei uns auf der Matte. Mit Michaela und meinem Vater natürlich.

Ganz zu schweigen von Adelheids Jugendfreundinnen, die sie alle wiedersehen musste. Für diese Zusammentreffen war unser Balkon ganz besonders geeignet, wie sie fand, denn der Blick auf den Rhein und die vorüberziehenden Schiffe war einfach einmalig.

Der Balkon ging allerdings vom Schlafzimmer ab. Alle mussten durch unser Allerheiligstes stiefeln. Natürlich hatten Kasun und ich sämtliche verräterische Spuren getilgt und mit geradezu militärischem Drill die Tagesdecke darüber drapiert. Gleichzeitig lagen immer ein paar Kissen und Decken auf dem Esszimmersofa. Wir waren ja keine Anfänger! Allerdings endeten unsere Nächte von nun an schon um acht Uhr früh. Dann wuselten wir wie Heinzelmännchen durch die Wohnung und brachten alles auf Hochglanz. Wir amüsierten uns zwar dabei wie zwei verliebte Internatsinsassen, aber auf die Dauer ging das ganz schön auf die Nerven. Mir jedenfalls.

Und da saßen sie nun, die Australierinnen samt Vater und zwei alten Freundinnen, wälzten Fotoalben und mampften Kuchen.

»Ach, der Kaffee ist schon wieder alle! Wie heißt dein Bimbo, Rosemarie?«

Ich schluckte. Hatte sie gerade Bimbo besagt? »Kasun.«

»Kasun, bring frischen Kaffee bitte und hol noch mehr von dem Kuchen. Und dann bring auch noch ein frisches Gedeck, meine Freundin Inge kommt gleich noch.«

Hielt sie Kasun für meinen Hausboy?

Beunruhigt zuckte mein Blick zu Kasun hinüber, der aber brav mitspielte und in die Küche ging.

»Wo hast du den denn her?«, fragte Adelheid kauend.

»Aus Sri Lanka.«

»Über welche Agentur? Ich könnte auch so jemand brauchen.«

»Ähm ... das war kein Agentur, ich ...«

»Den hat sie sich selbst ausgesucht«, krähte mein Vater. »Der ist ihr zugeflogen!«

Ich errötete und krabbelte unter den Tisch, um irgendwas aufzuheben, was Cindy dort liegen gelassen hatte.

»Der ist ja ein Leckerchen.« Michaela biss in ihr Frühstücksbrötchen, dass es krachte. Sie hatte noch Jetlag und war gerade erst runtergekommen, in einem kurzen Schlafanzug mit Herzchen drauf.

Trotzdem, Kasun hatte nur Augen für mich.

»Und den hältst du dir jetzt hier einfach so.« Adelheid sah mich prüfend an.

»Na ja, er will Deutsch lernen und ...«

»Kann er putzen, einkaufen, Auto fahren, kochen?«

»Wie?«

»Na ja, ist er gründlich? Also, mein Filipino zu Hause in Sydney ist ja ein Goldstück. Der kann zupacken.«

»Also, Kasun kann auch ... äh ... zupacken.«

Bevor das Gespräch jetzt eine merkwürdige Wendung nahm, eilte ich in die Küche, um nach meinem armen Schatz zu sehen. War er gekränkt?

Kasun machte sich an der Kaffeemaschine zu schaffen. »Ich hab dich ja vorgewarnt wegen Adelheid ...«, sagte ich entschuldigend.

»Angst«, war seine einsilbige, aber treffende Antwort.

Ich brach in hysterisches Gelächter aus. »Da triffst du den Nagel auf den Kopf! Genau das spüre ich auch!« Ich musste den Armen schnell an mich drücken. »Du bist mein Schatz und kein Hausangesteller, ich liebe dich!«

»Ich dich auch liebe, Rose.«

»Na, was gibt's denn hier zu tuscheln?!«

Schon stand sie da, meine ältere Schwester und musterte uns prüfend.

Wir stoben auseinander wie zwei ertappte Schulkinder.

»Hausarbeit schwer«, sagte Kasun. »Wir auch große Familie zu Hause, aber mehr Platz!«

»Du Rosemarie, sei mir nicht böse, aber da oben bei Vati kann ich wirklich nicht schlafen.« Adelheid wandte sich an Kasun: »Kannst du uns kurz mal alleine lassen?«

Kasun trollte sich willig.

»Der Vati wandert nachts rum und kocht sich Maggisuppen. Michaela hat Jetlag und schläft erst gegen Morgen ein, deshalb sieht sie nachts fern, und ich krieg kein Auge zu. Außerdem bin ich in den Wechseljahren und brauch dringend frische Luft. Der Vati hat doch nur sein kleines Dachfensterchen.«

Mir schwante Fürchterliches.

Adelheid wollte doch nicht etwa ...

»Dein Bimbo schläft doch in der Essecke, ja?«

»Ähm, ja.« Ich zupfte am Küchenhandtuch. »Also eigentlich schläft er im Wald. – Spaß. Natürlich. Wo sonst.« Ich räusperte mich.

»Dann lass mich doch auf dem Balkon schlafen. Das tu ich zu Hause in Sydney auch immer. Ich kann gar keine geschlossenen Räume mehr ertragen.«

»Also, ähm ... Es ist so, dass ...«

»Ich hol nachher rasch mein Bettzeug runter, ja?«

Ich starrte unschlüssig auf mein Küchenhandtuch. »Ich brauche ein bisschen Privatsphäre, weißt du ...«

»Ach, dann mach doch einfach die Balkontür hinter mir zu! Ich stör dich schon nicht beim Schnarchen.«

Na toll!, dachte ich. Warum legst du dich nicht gleich zwischen uns?

So lieb ich meine Schwester und meine Nichte hatte: Diesmal konnte ich es kaum erwarten, bis sie wieder weg waren.

Gemeinsam beseitigten wir die Spuren ihres Besuchs.

»Rose! Du immer noch schlecht Knie!«

Kasun sah mich durch die Wohnung humpeln.

»Kasun, mach dir keine Sorgen!« Ich räumte den Staubsauger in den Küchenschrank und zuckte erneut zusammen. »Manchmal tut es sehr weh, dann geht es wieder ein paar Tage besser ...«

»Rose, du musst gehen zu Arzt.«

»Ach Kasun, wenn ich damit erst mal damit anfange, wird ein richtig großes Ding daraus.«

»Hier wird gerade richtig großes Ding daraus ...« Kasun

strahlte mich entwaffnend an. »*Now time for love! Relax, Rose.*«

Er legte unsere Lieblings-CD von Kitaro, *The Light Of The Spirit,* auf, deren Klänge mich stets elektrisierten. Mario hatte mir die CD einmal geschenkt, natürlich nicht ahnend, bei welcher Tätigkeit seine Mutter sie nun hören würde.

Wir eroberten unser Liebesnest zurück und genossen die ungestörte Zweisamkeit.

Ich spürte, wie diese Musik Asien und Europa vereinte, genau wie Kasun und ich. Das zwischen uns war weit mehr als nur Sex. Kasun berührte meine Seele.

Wir wurden nicht müde, ständig Neues auszuprobieren. Obwohl ich die Ältere war, fühlte ich mich in seinen Armen wie ein junges Mädchen. Seit er meinen Körper liebte und schön fand, liebte ich ihn auch. Früher hatte ich mich immer zu dick gefühlt, hatte Hemmungen gehabt, mich nackt zu zeigen. Früher hatte ich den einfallslosen Umgang meines Mannes mit meinem Körper einfach nur über mich ergehen lassen und gehofft, dass es bald vorbei war.

Jetzt schwebte ich auf der sprichwörtlichen Wolke sieben. Kasun gab mir das Gefühl, etwas ganz Besonderes zu sein. Er konnte seine Energie an- und wieder abebben lassen, wie die Brandung des Indischen Ozeans. Wir vergaßen Zeit und Raum. Ich betrachtete diese Liebe als Gottesgeschenk und empfand tiefe Dankbarkeit dafür. Im Gegenzug wollte ich seinem Leben eine positive Wende geben. Ihn aus der Armut holen und ihm gute Zukunftsperspektiven bieten. Als reife Frau begriff ich, dass Kümmern, Beschützen, aber auch Loslassen, wenn es an der Zeit ist, eine tiefere Liebe ist als die fordernde, besitzergreifende, eifersüchtige, die man als junger Mensch spürt.

Natürlich hatte ich schon alle Hebel in Bewegung gesetzt, um Kasun einen Job zu besorgen. Aber weil er keine offizielle Arbeitserlaubnis hatte, hätte er nur irgendwo im Hintergrund arbeiten können, bei menschenunwürdiger Bezahlung. Mal ganz davon abgesehen, dass sein Deutsch noch nicht gut genug war. Er sprach mit starkem Akzent, aus dem ich zwar inzwischen schlau wurde, aber sonst niemand. Daran arbeiteten wir.

Und um ehrlich zu sein, genoss ich seine Anwesenheit, Fürsorge und Liebe viel zu sehr, um ihn abends in irgendeine Spülküche zu schicken.

Deutlich mehr Sorgen machte mir mein dickes Bein. Manchmal reichte der stechende Schmerz bis in die Brust und ich hinkte immer noch schrecklich. Ich fürchtete mich davor, womöglich wochenlang im Krankenhaus zu liegen und Kasun allein lassen zu müssen. Unsere kostbaren drei Monate schwanden dahin! Tapfer beschloss ich, erst dann zum Arzt zu gehen, wenn Kasuns Visum abgelaufen sein würde. Dann konnte ich immer noch mit Krücken hier rumhumpeln.

So raffte ich mich jeden Morgen tapfer auf und lud meinen Prinzen aus Sri Lanka zu herrlichen Ausflügen ein. Leider konnten wir ja nicht in die Schweiz rüberfahren, was ich sehr bedauerte, denn ich hätte ihm gern Zürich, die herrlichen Alpen, Mönch, Eiger, Jungfrau und so fantastische Bergdörfer wie Grindelwald gezeigt.

Aber auch die deutsche Umgebung hatte im Spätsommer – den ich aus naheliegenden Gründen nicht »Altweibersommer« nennen wollte – viel zu bieten. Wir verbrachten eine traumhafte Zeit.

Dann war mein Urlaub vorbei, und ich quälte mich zu meinen Kursen. Das Bein tat höllisch weh! Dennoch genoss ich es, wieder mit meinen Patienten zu arbeiten. Kasun verbrachte die Zeit zu Hause, kochte und ging mit Cindy Gassi. Es war jedes Mal ein Glücksmoment, wenn ich von der Arbeit nach Hause kam und mich mein schöner Prinz mit indischem Essen erwartete. Er hatte Räucherstäbchen angezündet und Musik aufgelegt.

»Kasun, was soll ich nur ohne dich machen?« Überwältigt sank ich ihm in die Arme. Ich würde ihn nie wieder gehen lassen!

Plötzlich war mir völlig klar, was zu tun war. Ich hatte nichts zu verlieren. Und er auch nicht. Wir konnten uns nur gegenseitig bereichern und glücklich machen. Es gab einen Weg. Einen ganz legalen Weg.

»Kasun.« Ich zog den Küchenstuhl ganz nah zu ihm heran, nahm seine Hände und sah ihm tief in die Augen.

»Wir sind erwachsen. Alle beide.«

»Ja, Rose.« Seine Augen waren dunkle Seen.

»Wir lieben uns.«

»Ja, Rose. Ich liebe dich mehr als mein Leben.«

»Du bist dir ganz sicher.« Prüfend sah ich ihn an. Er nickte. Sein samtweicher Blick ging mir durch und durch.

Was für eine Hingabe und Fürsorge schenkte mir dieser wunderschöne junge Mann. Worauf sollte ich denn noch warten?

»Dann möchte ich dich jetzt fragen, ob du mich …« Ich lächelte ihn zärtlich an … »ob du mich heiraten willst.«

Überwältigt sah er mich an. Wir hielten uns an den

Händen und konnten den Blick nicht voneinander lassen. Seine Augen füllten sich mit Tränen, und sofort liefen sie mir auch über die Wangen.

»Ja, Rose! Ja, ich will dein Mann sein!« Schluchzend fiel er mir um den Hals.

»Dann lass es uns einfach tun, Kasun! Niemand wird dich je wieder aus diesem Land werfen, wenn du mein Mann bist! Auch wenn das alles so aussieht wie eine Scheinehe – der Altersunterschied, die unterschiedliche Hautfarbe, der Kulturunterschied, die Sprachbarrieren …«

»Rose, ich liebe dich!«

Wir drückten uns, lachten und weinten gleichzeitig.

»Ja, wir heiraten! Wir bleiben zusammen! Für immer und ewig!«

Mein Herz raste so sehr, dass ich fürchtete, vor lauter Glück einen Herzinfarkt zu erleiden. Er würde mir gehören! Wir würden für immer zusammen bleiben! Er liebte mich! MICH! Rosemarie aus Deutschland! Die so viel älter war als er! Aber er hatte meine inneren Werte erkannt! So weise war er. Ich würde im Alter nicht allein sein. Er würde für mich sorgen, so wie ich jetzt für ihn und seine Familie sorgte. Vertrauen gegen Vertrauen. Zu hundert Prozent.

»Du meinst es also ernst?«

»Ja, Rose. Ich bin mir ganz sicher.«

Cindy sprang kläffend an uns hoch und leckte uns begeistert das Gesicht. Sie war also schon mal einverstanden.

12

ZU HAUSE AUF DEM DORF, SEPTEMBER 1996

»Du hast doch noch gar nicht Geburtstag, Mutter. Was ist los?«

Ich hatte einen »Familienrat« einberufen und meine beiden erwachsenen Kinder zu einem Sonntagsessen zu uns nach Hause bestellt.

Der Champagner stand im Eiskübel und das Festessen auf dem Tisch. Ich hatte mich besonders fein gemacht. Mario und Stephanie saßen etwas steif beim Essen und schauten einander fragend an.

Ich bekam vor Aufregung sowieso keinen Bissen herunter, und auch Kasun stand abwartend vor dem Bauernschrank und knetete die Hände. Bisher hatte er nach außen hin eine unauffällige Rolle gespielt, war der bescheidene, hilfsbereite Singhalese, der bei uns Deutsch lernen durfte, vielleicht bald einen Job finden und dann wieder verschwinden würde.

Aber er fand keinen Job. Und er würde auch nicht wieder verschwinden.

Ich erhob mich, räusperte mich und klopfte an mein Glas.

»Jetzt rück endlich raus mit der Sprache, Mutter, du machst es ja echt spannend!«

»Lieber Mario, liebe Stephanie, ich habe mich entschlossen, noch einmal zu heiraten.«

So. Nun war es heraus.

Die Kinder starrten erst mich, dann einander verblüfft an.

»Ja, aber wen denn, Mutter?«

»Kennen wir ihn?«

Ich holte tief Luft, sah meinen Liebsten verschwörerisch an, blies die Backen auf und zählte innerlich bis zehn.

»Kasun«, ließ ich die Bombe platzen.

Mario fing sich als Erstes. Er schob seinen Stuhl zurück und verschränkte die Arme vor der Brust. »Hat der schon einen Aids-Test gemacht?«

Entsetzt sah ich, wie Kasun zusammenzuckte, als hätte Mario ihn ins Gesicht geschlagen.

Wie von der Tarantel gestochen fuhr ich meinen Sohn an. »Das ist alles, was du dazu zu sagen hast?« Mein Gaumen war ganz trocken.

»Jetzt sei doch nicht gleich beleidigt!« Mein Sohn schnippte einen Krümel von der Hose. »Ich mach mir doch bloß Sorgen um dich, Mutter. Und nein, das ist nicht alles, was ich dazu zu sagen habe. Denn schließlich zahlst du seit Monaten nicht nur für Kasun, sondern auch für seine Familie dort drüben, nicht wahr? Ich will nur nicht, dass du komplett den Kopf verlierst.« Er grinste schief.

Mir verschlug es schier die Sprache. Mein Herz raste wie eine Dampflok.

»Was geht dich das eigentlich an, Mario?«

»Ich bin nur in Sorge um dich, Mutter. Liebe kann auch blind machen. Du unterhältst eine ganze Familie in Sri Lanka, und Kasun verdient keine müde Mark. Das sind die Fakten.«

»Mario!«, zischte Stephanie.

»Schon gut, Liebes.« Ich strich ihr über die Hand, die ganz verkrampft die Gabel hielt. In diesem Moment bewunderte ich meinen geliebten Kasun sehr, so wie er sich dieser Situation stellte.

»Ich unterstütze Kasun und seine Familie, solange Kasun noch kein eigenes Geld verdient!«

Jetzt kam aber die Löwin in mir zum Vorschein! Ich sah meinen Sohn kampfeslustig an. »Und das kann er nicht, weil er nur ein Touristenvisum hat! Aber durch die Heirat mit mir wird er eine Arbeitsgenehmigung bekommen!«

»Hört, hört!«, ätzte Mario. »Eine Vernunftehe also?!«

Ich hätte ihm am liebsten eine geklebt.

»Also erstens haben wir die Entscheidung bereits getroffen. Wir lieben uns und werden heiraten, mit oder ohne deinen Segen, Mario!« Ich stieß ein wütendes Schnauben aus. »Und zweitens ist es jetzt definitiv zu spät für einen Aidstest.«

»Mama!«, entwich es Stephanie entsetzt. »Habt ihr etwa …« Ihr Kopf flog hin und her wie bei einem Tennismatch. Sie biss sich auf die Unterlippe. Ihr Gesicht lief knallrot an. »Na, das geht mich ja nichts an«, murmelte sie.

»Holla die Waldfee.« Da begriff Mario und konnte sich ein Grinsen nicht verkneifen. »Solange ich nicht Papa zu ihm sagen muss …« Er stand auf, klopfte Kasun kumpelhaft auf die Schulter. »Geschwister werdet ihr mir ja keine mehr schenken. Und das mit dem Geldverdienen kriegst du auch noch hin, Alter.«

Auch Stephanie stand auf, warf ihre Serviette auf den Tisch und fiel mir um den Hals. »Mami, ich gratuliere. Ich sehe ja, wie glücklich du bist!«

Sie umarmte auch Kasun. »Du bist ein anständiger Kerl, das weiß ich. Du wirst Mami nie über den Tisch ziehen. Dass ihr euch liebt, hab ich schon lange gemerkt. Ihr passt wunderbar zusammen. Bitte enttäusch meine geliebte Mami nie!«

»Ah, jetzt weiß ich auch, warum das sogenannte Gästebett seit meinem letzten Besuch so unberührt aussieht«, frotzelte Mario. »Die Zeitschriften liegen genauso darauf wie letztes Mal. Alles Tarnung, was?« Er zog ein Augenlid herunter und gluckste versöhnlich.

»Nix für ungut. Irgendjemand musste ja den Bedenkenträger spielen. Ich hol dann jetzt mal Opa runter. Sein Gesicht möchte ich sehen!«

Doch mein Vater stand bereits lauschend vor dem Schlüsselloch. Er fiel buchstäblich zur Tür herein: »Hab ich doch gewusst, dass es hier was zu feiern gibt ...«

»Ja, Opa, die Mama heiratet den Kasun!«

Zu meiner Überraschung strahlte mein alter Vater übers ganze Gesicht: »Das freut mich ganz arg, dass der Kasun hierbleiben kann!« Er riss die Hand in einem militärischen Gruß an die Stirn: »Dann hab ich immer jemanden zum Quatschen. – Stillgestanden!«

Kasun grüßte zackig zurück: »*Ay ay, Sir!*«

Wir brachen in erleichtertes Gelächter aus. Damit war das Eis gebrochen.

Doch jetzt, wo feststand, dass Kasun bleiben würde, tauchte mein alter Vater zu jeder Tageszeit bei uns in der Wohnung auf und erklärte seinem zukünftigen Schwiegersohn mit seinem südbadischen Temperament die Vorzüge von Tütensuppen, wobei er zwischen Knorr und Maggi schwankte und über seine Tests genau Buch führte. Kasun spielte gutmütig mit.

»Vater, willst nicht mal wieder unter Leute gehen? Ich könnte dich zu meinen Kursen mitnehmen«, schlug ich vor, um meinem Liebsten eine Verschnaufpause zu verschaffen. »Autogenes Training.«

»Na gut, Kind, wenn du meinst ... Wart, ich zieh mir geschwind den guten Anzug an.«

Ja, Vater machte sich immer noch fein mit seinen fast neunzig Jahren. Kurz darauf erschien er mit farblich passender Krawatte zu Hemd, Hose und Jackett.

Fürsorglich schnallte ich meinen Vater im Auto an. »Hast du auch den Herd ausgemacht?«

»Was ist denn das für eine blöde Frage! Ich bin doch nicht senil!«

»Aber nein, Vater.« Ich winkte Kasun zu, der gerade mit dem Hund das Haus verließ, um einen ausgedehnten Spaziergang zu machen. Seit ich unser Verlöbnis öffentlich gemacht hatte, wirkte Kasun viel entspannter. Sein Visum war um drei Monate verlängert worden, und sein Selbstbewusstsein schien von Tag zu Tag zu wachsen.

»Sind da auch ein paar nette Damen in deinem Kurs?«

Vater taperte unternehmungslustig die Stufen zur Volkshochschule hinauf und sah einer Siebzigjährigen nach.

»Aber ja, Vater.« Ich musste lachen. »Du wirst dich prächtig amüsieren.«

Insgeheim hoffte ich, mein alter Vater würde müde werden, wenn er an meinem Entspannungskurs teilnahm. Um dann unser trautes Glück gegen halb elf Uhr nachts nicht mehr mit Maggisuppen zu stören.

Mein Vater nahm also in der Runde der Teilnehmer

Platz. Nachdem ich alle gebeten hatte, sich kurz vorzustellen, sagte er, als er an der Reihe war, keck:

»Also, ich bin der Alfred, fast neunzig Jahre alt und viel gereist! Einmal war ich sogar bei meiner Tochter Adelheid in Australien!«

Die anderen machten gönnerhaft Ah und Oh.

»Ja, das war eine spannende Zeit, sogar ein Känguru war bei uns im Garten ...«

»Ähm, wir entspannen uns dann mal ...«, schaltete ich mich behutsam ein. »Dieser Kurs heißt Autogenes Training und nicht Reisebericht aus Australien.«

»Du musst lauter sprechen!«, forderte mein Vater. »Die können dich nicht hören!« Und dann erzählte er weiter von Australien. »Meine Tochter hat's wirklich schön da in Sydney, aber eins hatse nicht: Maggi!«

Die anderen staunten nicht schlecht. Mein Vater ließ sich nicht beirren: »Da sag ich zu ihr, Adelheid, wie willst du denn Suppe kochen ohne Maggi? Und Knorr hatte sie auch nicht! Da sind wir zwei Stunden durch ganz Sydney gefahren, bis wir einen Supermarkt gefunden haben, in dem ...«

»Vater, bitte!« Ich klatschte in die Hände. »Ende der Vorstellungsrunde. Wir setzen uns jetzt ganz locker in den Kutschersitz ...« Ich warf ihm einen warnenden Blick zu.

»Ja, immer will sie die Heimleiterin spielen!«, schmollte er.

Ich zog meinen Kurs durch und konzentrierte mich ganz auf meine Gruppe. Mein Vater schielte zwischen halbgeschlossenen Lidern zur Siebzigjährigen hinüber, die er in unseren Reihen entdeckt hatte! Sie hatte es ihm offensichtlich angetan.

»Arme und Beine sind gaaaanz schwer«, murmelte ich. Nach und nach fielen alle in Trance. Bis auf meinen Vater.

Nach einer Stunde weckte ich die Gruppe sanft.

»Na Vater, wie hat es dir gefallen?«

»Also erstens: Du redest zu leise. Bei uns früher beim Militär, da wurden die Befehle laut gebellt, und das hat jeder verstanden.«

»Ja, aber das ist ein Entspannungskurs, und wir sind hier nicht auf dem Kasernenhof …«

»Zweitens kann man sich das alles gar nicht merken«, mäkelte er. »Du könntest deine Anweisungen doch mit dem Diaprojektor an die Wand werfen, damit die Leute sie lesen können.«

»Wenn sie aber doch die Augen geschlossen haben«, erwiderte ich genervt. »Sie sollen nicht mitschreiben, sondern mitmachen. Und das haben auch alle getan. Außer dir.«

»Und drittens gehe ich jetzt mit der netten Dame einen Kaffee trinken.«

»Du kommst also nicht mit nach Hause?«

»Nein. Was soll ich denn da.« Vater bot der Dame seiner Wahl den Arm, und die beiden zogen beschwingt ab ins Café.

Kopfschüttelnd sah ich ihnen nach.

So würde ich wenigstens einen entspannten Restnachmittag mit meinem Kasun haben. Selige Vorfreude stieg in mir auf. Erst abends musste ich noch einmal zur AOK nach Singen.

»Kasun?«

Kasun war leider noch nicht zurück. Wie schade. Wir hätten ein wunderschönes Schäferstündchen haben können, ganz ungestört. Wo blieb er nur so lange! Hatte er nicht die gleichen Sehnsüchte wie ich? Enttäuscht streifte ich mir die Schuhe ab und warf mich in meinen Lieblingsfernsehsessel. Na gut, dann eben Pfarrer Fliege.

»Was riecht hier nur so komisch?«, murmelte ich vor mich hin. Und schnupperte. Es roch nach verbranntem Plastik oder verschmortem Gummi.

Prüfend ging ich durch alle Zimmer, roch am Computer, an den Lampen, am Herd und an der Badezimmerheizung.

Nichts.

Ich öffnete die Wohnungstür und steckte den Kopf ins Treppenhaus. Da war er wieder, dieser komische Geruch. Ich lief die Treppen zu Vaters Wohnung hinauf.

Könnte von da drinnen kommen, dachte ich. Irgendwas ist da faul.

Mist! Ich hatte den Schlüssel Adelheid und Michaela gegeben, bestimmt lag er noch bei Vater. Ich hatte ihn jedenfalls nicht.

Toll.

Ich rannte wieder runter in meine Wohnung und rief in dem Café an, in dem mein alter Herr gerade mit der älteren Dame weilte, die er wahrscheinlich gnadenlos zutextete.

»Könnten Sie bitte mal meinen Vater, Alfred Walter, an den Apparat rufen?« Ich beschrieb ihn der Angestellten. »In seiner Wohnung riecht es so komisch.«

Vater war *not amused*. »Willst du mir mein Tête-à-Tête verderben?! Jetzt hab ich gerade die ganze *Glocke* von Schiller aufgesagt, ohne Fehler!«

»Vater, beruhige dich. In deiner Wohnung riecht es verbrannt. Ich hab den Schlüssel nicht. Sag mir nur, ob du auch wirklich den Herd ausgemacht hast!«

»Natürlich! Und das Bügeleisen auch!!«

Oje, er war echt sauer. Aber der Geruch nach verbranntem Gummi ging leider trotzdem nicht weg.

Da blieb mir nichts anderes übrig, als meinen Vater aus dem Café zu holen. Er sprang mir fast ins Gesicht, als er mich kommen sah. »Da sehen Sie es, Frau Hölzerle! Meine Tochter will immer alles bestimmen!«

»Vater, ich bitte dich nur um den Wohnungsschlüssel ...«

»Du gehst mir nicht allein in meine Wohnung«, giftete er mich an. »Da liegen wichtige Papiere drin!«

Das stimmte. In Vaters Wohnung gab es keinen einzigen Fleck, der NICHT mit wichtigen Papieren bedeckt war. Alles hatte er zum »Büro« umfunktioniert.

»Nein, da geh ich lieber mit!« Verärgert ließ er von Frau Hölzerle ab und stapfte mit mir zum Auto. »Aber wehe, da ist nichts!«

»Vater, dann bring ich dich sofort wieder ins Café!«

»Dann ist die Frau Hölzerle weg!«

Inzwischen war der Geruch nach verbranntem Gummi penetranter geworden. Kasun war immer noch nicht da.

»Das kommt nicht von mir!«

Schimpfend schloss Vater die Tür zu seiner Wohnung auf.

Sofort quoll uns dichter schwarzer Rauch entgegen.

»Nur weg hier, Vater!« Behutsam führte ich ihn wieder herunter und bugsierte ihn auf mein Sofa. Er war völlig geschockt.

Mit zitternden Händen griff ich zum Telefon und wählte die 112.

Vater griff sich ans Herz und verdrehte die Augen. Ich raste in die Küche und holte ihm ein Glas Wasser. »Sie kommen, Vater, beruhige dich. Die Feuerwehr ist schon unterwegs.«

Wie von Furien gehetzt rannte ich auf den Balkon und schaute nach oben. Flammen züngelten bereits aus Vaters Fenstern.

Da endlich sah ich Kasun rauchend herbeischlendern. Cindy trippelte vor ihm her.

»Kasun«, schrie ich hysterisch. »Es brennt!«

Er warf seine Kippe weg und raste ins Haus. Sekunden später fiel er vor meinem Vater auf die Knie.

»Vater! Ist alles gut?« Er fächelte ihm Luft zu und flößte ihm Wasser ein.

In dem Moment hörte ich das Martinshorn von mehreren Feuerwehrautos, sie blockierten die ganze Straße.

Zwei Feuerwehrmänner mit Gasmasken rannten durchs verqualmte Treppenhaus nach oben, um die Lage zu peilen.

Ein Krankenwagen hielt mit quietschenden Bremsen, und zwei Sanitäter stürmten mit einer Trage zu uns rauf: »Ist jemand verletzt?«

»Nein, ich glaube es war nur der Schock …«

Der Notarzt gab meinem Vater eine Beruhigungsspritze, nachdem er Puls und Herz gecheckt hatte. »Sie kümmern sich?!«, wies er Kasun an.

»Ich hab doch alles abgestellt«, wiederholte Vater wie eine kaputte Schallplatte. »Alles ausgedreht, Herd, Bügeleisen, Licht …«

Mittlerweile herrschte draußen auf der Straße wildes Treiben. Behelmte Feuerwehrleute legten dicke Schläuche aus und riefen sich Kommandos zu.

Ich beantwortete stoisch Fragen. Nein, niemand mehr da oben. Nein, sonst wohnte niemand im Haus. Die Zöllner, die unten ihre Arbeitsräume hatten, waren wohl gerade im Außendienst unterwegs.

»Oje, ich muss ja noch mal nach Singen zur AOK … Mein Abendkurs wartet!«

»Du einfach nicht gehen«, schlug Kasun vor. »*Relax, Rose.*«

Der hatte Nerven. Aber plötzlich fiel mir der Elefantenumzug in Sri Lanka wieder ein, der nicht stattgefunden hatte. Tausende von Menschen hatten stundenlang gewartet. Es war nichts passiert, und irgendwann waren sie wieder nach Hause gegangen.

Ich versuchte, mein deutsches Pflichtbewusstsein zu unterdrücken. Das war mir dermaßen eingeprägt worden, dass nicht einmal eine Brandkatastrophe im eigenen Haus dagegen ankam.

»Kommen Sie mal bitte?« Ein Feuerwehrmann mit rußgeschwärztem Gesicht tauchte im Türrahmen auf.

»Kennen Sie die Ursache?«

»Ja. Die vordere rechte Kochplatte war voll aufgedreht, und die Abdeckplatte lag drauf.«

Geschockt folgte ich dem Mann in die Wohnung.

»Hier war schon alles voller Flammen, ein paar Sekunden später hätte es eine Verpuffung gegeben, und der Dachstuhl wäre in die Luft geflogen.« Der Feuerwehrmann wischte sich erschöpft Ruß und Schweiß aus dem Gesicht.

Fassungslos gingen wir später durch die Wohnung. Der Brand hatte verheerende Folgen angerichtet. Überall, selbst an Stellen, wo es nicht gebrannt hatte, war alles so rußgeschwärzt, als hätten die Flammen auch dort gewütet.

Vater war entsetzt. Kasun hielt ihm beruhigend die Hand. Vater war auf einmal so klein und schmächtig wie ein verwirrtes Kind, und er tat mir leid.

»Schaut nur, hier in der Küche sind die Schranktüren verbrannt ...«

»Und das Geschirr ist kaputt.« Kasun sammelte schon Scherben ein. »Aber schau, Rose, Schlafzimmer noch heil!« Kasun holte lächelnd ein paar Anzüge meines Vaters aus dem Schrank. Sie stanken zwar, waren aber vielleicht noch zu retten.

»Und mein Bett ist auch noch ganz«, wimmerte mein Vater dankbar.

Aber auch hier lag überall fingerdick schwarzer Ruß.

Wir husteten abwechselnd.

»Komm Vater, fürs Erste kannst du ja bei uns schlafen.«

Wir bugsierten den geschockten alten Mann wieder in unsere Wohnung.

Endlich kam das Besucherbett in der Essecke zum Einsatz. Vater ringelte sich willig darauf zusammen und zog die Decke über die Ohren.

Gut, dass wir unsere Beziehung schon öffentlich gemacht haben!, dachte ich in all dem Chaos.

Am nächsten Tag kam der Versicherungsmann. Ich fühlte mich völlig überfordert.

»Keine Ahnung, was das Zeug wert war ...«

»Die ganze Wohnung muss komplett renoviert werden«, stellte er kopfschüttelnd fest. »Das Treppenhaus natürlich auch. Sie können mit einer Großbaustelle von etwa neun Monaten rechnen.«

Fassungslos stand ich da und raufte mir die Haare. Hallo? Universum? Pennst du?

Du hast mir doch gerade erst einen jungen Gott geschickt. Was wollte ich jetzt mit meinem Vater auf der Besuchercouch?

Mein fünfzigster Geburtstag stand unmittelbar bevor, dann Weihnachten, dann Vaters Neunzigster und schließlich die Hochzeit. Kasun und ich brauchten Privatsphäre! Das war doch nicht zu viel verlangt! Sollten wir jetzt so lange zu dritt wohnen? Auf zweiundsechzig Quadratmetern?

Natürlich musste ich meinen Terminen nachgehen, und so richteten sich die beiden Männer in meiner Wohnung ein.

Was für mich die Katastrophe schlechthin war, war für Kasun Normalität. In der Not rückte man eben zusammen.

Ständig fragte Kasun meinen Vater nach seinen Bedürfnissen und las ihm jeden Wunsch von den Augen ab. Und Vater gewöhnte sich daran. Klasse, endlich hatte jemand Zeit für ihn. Er hätte es gar nicht besser treffen können.

Und ich?

Nachts konnte ich Kasuns Liebkosungen nicht mehr so genießen wie früher. Schließlich lag Vater hinter der dünnen Wand! Außerdem geisterte er gern nachts herum und machte sich Tütensüppchen. Ständig hatte ich Angst, er könnte plötzlich im Schlafzimmer stehen und uns auch etwas davon anbieten.

»Kasun!«, flüsterte ich, als Vater wieder mal um Mitternacht mit Topf und Teller klapperte.

»Ich sage es nicht gern, aber Vater ist ein Fall fürs Altersheim!«

»Was ist das, Altersheim?!«

»Ach, Kasun!«

So etwas kannte er nicht.

13

2. NOVEMBER 1996

An meinem fünfzigsten Geburtstag hatte ich eigentlich groß feiern wollen. Schließlich war ich jetzt auf dem Höhepunkt meines Lebens und hatte viel geschafft!

Zwei Kinder hatte ich allein großgezogen, nach einer langen Karriere als examinierte Altenpflegerin noch mal sechs Semester Psychologie an einer Privatuni in Basel studiert, mich mit Erfolg selbständig gemacht, mir einen treuen Patientenstamm aufgebaut und nun auch noch mein privates Glück gefunden!

Doch nach der Brandkatastrophe war nicht nur das Geld knapp, sondern auch die Feierlaune im Eimer.

So lud ich einfach meine besten Freundinnen zu mir in die Wohnung ein – nicht zuletzt um ihnen meinen Kasun vorzustellen. Ich freute mich so darauf, ihnen meine romantische Liebesgeschichte zu erzählen! Auch mein behinderter Bruder Henry war dabei. Er lebte in einer betreuten Wohngemeinschaft, war aber relativ selbstständig.

Doch mein Vater sprengte das ganze Fest. Wie der Hahn im Korb thronte er in der Mitte und genoss die Komplimente: Wie fit er sei und wie gut er noch aussehe ... Dabei wurde er nicht müde, alle Gedichte aufzusagen, die er noch auswendig konnte, und immer wieder die Geschichte vom Auswandern nach Australien zu erzählen. Die Adelheid, die Adelheid, die Adelheid. Ich verdrehte die Augen. Immer hatte er mir Adelheid als großes Vorbild vor Augen gehalten. Nachdem er dann ein halbes Jahr in Australien gewesen war, war ich auf einmal die bessere Tochter, und er kehrte in unser beschauliches Dorf zurück.

»Vater, bist du nicht müde?«

Er saß nun schon seit acht Stunden auf demselben Stuhl und rutschte auf seinem knochigen Popo hin und her, aber mir das Feld überlassen wollte er nicht. »Nein, wieso sollte ich müde sein? Und außerdem, ich wohne doch hier!«

»Ja, aber du kannst dich gern schon mal auf dein Sofa zurückziehen, wir sind auch ganz leise!«

»Jetzt spielt sie schon wieder die Heimleiterin.« Vater sah Mitleid heischend zu meinen Freundinnen hinüber. »Am liebsten hätte sie alle im Bett, Klappe zu, Affe tot, Licht aus. Aber ich bin doch nicht im Altersheim!«

»Nein Vater, weiß Gott nicht.«

Längst hatte ich ihm sanft ans Herz gelegt, sich doch einmal in der netten Altersresidenz am Rhein umzuhören, ob da nicht ein Zimmer für ihn frei sei.

Das hatte er weit von sich gewiesen. Was er da solle mit den ganzen alten Leuten! Im »Heim Rose« war es doch am allerschönsten. Erst recht, seit der liebe Kasun dort als Pfleger arbeitete.

Der stand lächelnd an der Wand und machte wieder einen auf Kellner. Aber das wollte ich doch gar nicht! Ich wollte feierlich unser Verlöbnis bekannt geben! Gerade nahm ich meinen ganzen Mut zusammen, als Vater sich erhob. Endlich!

»Ihr Lieben, wollen wir nicht was spielen? Kennt ihr die Reise nach Jerusalem?«

Vater liebte diesen flotten Reigen, besonders wenn viele Damen anwesend waren, denen man aus Versehen auf den Schoß sinken konnte.

»Au ja!« Mein Bruder Henry klatschte begeistert in die Hände.

»Kasun, leg die flotte Musik auf!«, wies Vater ihn an.

Er liebte die Flippers. Und dazu wollte er mit meinen Freundinnen kichernd um die wenigen Stühle rennen? Henry fand es jedenfalls toll. Er hatte sich bis jetzt sichtlich gelangweilt.

»Nein!«, rief ich und sah Kasun hilfesuchend an. »Bring ihn ins Bett!« formten meine Lippen.

Aber Kasun fand die Idee gut, und ich musste Zornestränen unterdrücken, als es kurz darauf jubelnd über Tisch und Bänke ging. Cindy sprang auch begeistert kläffend herum, die einzige Spielverderberin war ich.

Und auf einmal die Außenseiterin auf meinem eigenen Fest!

Heulend stürmte ich in die Küche und machte mich daran, die Schlacht am kalten Büfett aufzuräumen. Bis ich abrupt innehielt und wütend den Putzlappen in die Spüle knallte.

Ich musste wohl mal deutlich werden!

»Jetzt ist Schluss!«, schrie ich hochroten Kopfes in die Menge hinein.

»Alle nach Hause! Sofort! Und du Vater: Marsch ins Bett!«

Kasun kam sichtlich geschockt auf mich zu. Aber statt mich zu trösten, sah er mich nur kopfschüttelnd an: »*Rose! Relax!* So kannst du doch nicht mit deinem Vater reden!«

Damit war der Abend endgültig ruiniert.

Meine Nerven lagen blank. Und es wurde nicht besser. Wenn ich jetzt an Werktagen geschafft nach Hause kam und mich auf meinen Liebsten samt Entspannungsmassage freute, behandelte Vater mich wie einen Eindringling.

»Kasun, jetzt ist der Spaß vorbei. Die Heimleiterin kommt.«

Mein Knie war auch immer noch nicht besser geworden. Manchmal schmerzte es so sehr, dass ich nur mit zusammengebissenen Zähnen humpeln konnte.

Kasun stand am Bügelbrett und zwinkerte meinem Vater zu: »Aber nachts tut ihr nichts weh!«

Der kicherte hämisch: »Das kann ich mir denken!«

Und an den Wochenenden, wenn ich endlich frei hatte und gern mit meinem Kasun Ausflüge gemacht hätte, mussten wir erst mal Vaters zerstörte Wohnung ausräumen, denn vorher konnte ja nicht renoviert werden. Inzwischen stand der bestellte Schuttcontainer im Vorgarten unter unserem Liebesnest. Kasun und ich warfen mit vereinten Kräften die kaputten Möbelstücke hinein. Vater zuckte jedes Mal zusammen, wenn er es rumpeln und scheppern hörte.

»Das wäre doch alles noch zu retten gewesen!«

»Nein Vater, das wäre es nicht!«

»Ach, ihr seid ja nur zu faul zum Putzen!«

»Ach, und wer putzt hier schon wochenlang? Statt Zeit zu haben und die Liebe zu genießen?!«

»*Rose, Relax!*«

»Ist doch wahr! Kasun und ich sind die Einzigen, die monatelang gerackert haben!«

»Die Heimleiterin hat schlechte Laune, Kasun, da ziehen wir uns lieber zurück.«

Peng, hatte Vater schon mit dem Fuß die Tür zu meiner eigenen Wohnung zugeknallt.

»Wechseljahre!«, hörte ich Vater dem armen Kasun erklären. »Das hatte meine Frau auch. Überleg dir das noch mal mit dem Heiraten! Das wird nur schlimmer!«

So. Das reichte. Mein Selbsterhaltungstrieb zwang mich, eine richtige Heimleiterin anzurufen.

In der schönen »Rheinresidenz«.

»Bitte nehmen Sie meinen Vater! Bevor die Lage hier eskaliert!«

»Ja, dem habe ich schon vor langer Zeit unser schönstes Zimmer mit Rheinblick und Abendsonne angeboten«, kam es erstaunt aus dem Hörer. »Aber er wollte ja nicht. Jetzt ist es vergeben!«

Ich musste mich setzen. War völlig am Ende mit den Nerven.

Mit wem konnte ich jetzt mal reden?

»Ivo, kann ich dich mal sprechen?«

Ivo war mein Hausarzt, seit Jahren ein guter Freund, der mir in seiner Praxis einen Raum für meine Therapiestunden zur Verfügung stellte.

»Klar. Komm rein, Rosemarie. Wo brennt's denn? Immer noch das Knie?«

Heulend erzählte ich Ivo von meiner häuslichen Situation.

Der verschränkte die Arme hinterm Kopf und beugte sich in seinem Chefsessel so weit nach hinten, dass ich Angst hatte, er könnte hintüber kippen.

Plötzlich schnellte er wieder nach vorn.

»Ich hab die Lösung.«

»Ja?«

»DU ziehst ins Altersheim. Dann haben die beiden was sie wollen, und du hast deine Ruhe.«

»Och Ivo!« Gereizt warf ich ihm mein zerknülltes Taschentuch ins Gesicht.

Ivo schüttete sich aus vor Lachen.

»Oder du gehst ins Krankenhaus. Und lässt dein Bein operieren. Hm? Wie wäre das?«

Er tat so, als wäre eine Bein-OP mit anschließenden Krücken und monatelanger Reha die perfekte Lösung.

»Nein«, heulte ich trotzig auf. »Weihnachten steht vor der Tür und Vaters neunzigster Geburtstag! Meine Geschwister aus Australien und Amerika reisen an! Wer soll das denn alles organisieren? Außerdem wollen Kasun und ich Anfang nächsten Jahres heiraten! Und wer soll das Geld für all das verdienen, wenn nicht ich?«

»Tja.« Ivo schüttelte nur den Kopf. »Dann geh ruhig weiter deinem Burnout entgegen, viel dürfte nicht mehr fehlen.«

»Verstehst du mich denn gar nicht? Ich dachte, du bist mein Freund!«

»Das bin ich auch. Deswegen rate ich dir dringend, wieder auf den Boden der Tatsachen zu kommen. Du brauchst jetzt Ruhe, Ruhe und nochmals Ruhe.«

»Ja, und zwar vor meinem Vater! Ivo, bitte!«, flehte ich. »Rede du mit Vater. Auf dich hört er vielleicht.«

Und tatsächlich. Kurz vor Weihnachten bekam Vater zwar nicht mehr das schöne Rheinblickzimmer mit Abendsonne, aber eines nach Osten raus. Morgensonne war doch auch was Schönes.

Lächelnd stand ich auf dem Balkon und sah dem Anhänger des Entrümpler-Autos nach, auf dem Vaters Bett, sein kleiner Esstisch mit dazugehörigem Stuhl, sein Fernseher samt Videogerät und seine Koffer voller Klamotten davonschaukelten.

Vater saß auf dem Beifahrersitz und der hilfsbereite Kasun auf der Rückbank.

Die Männer würden Vater das Ostzimmer schön einrichten.

Wie ich diesen Moment herbeigesehnt hatte! Vater zog aus! Halleluja!

Ein schlechtes Gewissen hatte ich nicht.

Ich hatte schon in Erwägung gezogen, mit Kasun auszuziehen. Nicht ins Altersheim, wie von Ivo vorgeschlagen, sondern in eine andere nette Wohnung.

Aber das hätte mich all mein Geld und meine letzten Nerven gekostet.

Es klingelte an der Wohnungstür. Der Mann der Reinigungsfirma brachte die Rechnung.

»Hier, ich habe Kasun als Helfer angegeben, und schauen Sie, Frau Sommer, seine vielen Arbeitsstunden wurden von der Versicherung vergütet.«

Zu meinem Erstaunen zog er fünf Hundertmarkscheine aus der Tasche und überreichte sie mir. »Wie Sie das unter sich aufteilen, geht mich nichts an.«

»Danke!« Ich verabschiedete ihn und drückte das Geld an mich.

»Die werde ich Kasun sofort bringen«, beschloss ich. »Die hat er sich wirklich verdient, so wie er geschuftet hat.«

So beschwingt, wie es mir in meinem Zustand möglich war, eilte ich mit Cindy zum Altersheim, wo ich meine

Männer bereits in einem gemütlich eingerichteten Zimmer vorfand. Der Hausmeister war gerade dabei, auf einem Stuhl stehend die Fernsehantenne in die richtige Position zu bringen, und Kasun bestaunte den »Hotel Service«, weil gerade das Essen hereingerollt kam.

»Hier«, flüsterte ich und drückte ihm die fünfhundert Mark in die Hand. »Für dich.«

»Für mich? Aber nein! Für Vater!«

»Kasun, DU hast gearbeitet! Nimm es!«

»Ich habe das gern getan! Für Vater! Für Familie!« Er wies es von sich.

»Meinetwegen schick es deiner Familie!« Ich drängte es ihm wieder auf.

Vater saß derweil misstrauisch kauend am Fenster. »Da ist kein Maggi drin.«

»Dann müssen Sie das dem Koch sagen«, meinte der Hausmeister, der vom Stuhl sprang. Die Antenne funktionierte. Vater nahm das ernst.

Er stand auf und marschierte sofort in die Küche.

»Leute, ich bin so froh, dass ich raus bin aus der Schusslinie...« Erleichtert sank ich auf das Bett.

Kasun legte die fünfhundert Mark auf Vaters Nachttisch. »Dafür wir kaufen Vater etwas. Kühlschrank oder so.«

»Ach, Kasun!« Ich nahm ihn in den Arm. »Wenn ich doch jetzt die Mäuler stopfen könnte, die behauptet haben, du hättest es nur auf mein Geld abgesehen!«

Kasun verstand mich nicht. »*Relax, Rose*. Vater glücklich.«

In diesem Moment klopfte es, und meine Tochter Stephanie erschien mit Blumen für den Opa, zum Einzug. Wie süß!

Die kleine Amelie taperte hinter ihr her, Uropas neues Heim bestaunen.

»Sie ist ganz beeindruckt von den vielen alten Leuten, die hier auf den Fluren sitzen.« Stephanie ordnete die Blumen in einer Vase. »Die wollten ihr alle die Hand geben, und das fand sie dann doch etwas befremdlich.«

»Die wohnen alle hier, Süße«. Ich bückte mich und half meiner süßen Enkelin aus dem Mäntelchen. Die stellte sich auf die Zehen und flüsterte mir ins Ohr:

»Oma, haben die alle die Herdplatte angelassen?«

14

ZU HAUSE AUF DEM DORF, DEZEMBER 1996

»Kasun! Post aus Sri Lanka!«

Aufgeregt öffneten wir das amtliche Dokument, auf das wir schon so lange gewartet hatten. »Das Ehefähigkeitszeugnis!«

ICH hätte es meinem Prinzen schon lange ausgestellt, Eins mit Stern! Der war so was von ehefähig! Aber es wurde von den deutschen Behörden angefordert, um zu erfahren, ob er dort noch nicht anderweitig verheiratet war.

»Was ist das denn, Kasun? Da sind ja nur singhalesische Kringel drauf. Wo ist die englische Übersetzung? Es fehlt sogar der Amtstempel!«

»Oh, da muss meine Mutter noch mal zum deutschen Konsulat nach Colombo.«

»Aber dein Visum läuft ab, Kasun!«

»Egal, Rose, wir werden heiraten. Ich liebe dich.« Mit diesen Worten wandte er sich wieder meinem dringendsten Problem zu, dem wie Hölle schmerzenden Knie.

»Rose, vielleicht soll es so sein: Erst Bein gut, dann heiraten.«

Ja. Längst konnte ich den Schmerz nicht mehr mit starken Medikamenten verdrängen, und selbst Kasuns wohltuende Massagen halfen kaum noch.

Deshalb schleppte ich mich endlich zum Orthopäden

nach Singen, an den Ivo mich schon lange überwiesen hatte.

»Frau Sommer. Wir müssen als Erstes röntgen. Bitte füllen Sie diesen Fragebogen aus. Sind Sie schwanger?«

Ich stand vor der jungen Frau an der schicken Rezeption und bekam einen knallroten Kopf.

»Ich? Ich bin doch schon über fünfzig ...«

»Dann kreuzen Sie Nein an.«

Plötzlich überfiel mich der aberwitzige Gedanke, dass meine Periode schon lange überfällig war. Der Stress? Die Arbeit? Die ... ähm ... Wechseljahre?

»Frau Sommer?«

Ich räusperte mich. »Ich bin mir nicht sicher.«

Was, wenn ich von Kasun schwanger wäre und das ungeborene Kind schädlichen Röntgenstrahlen aussetzen würde?

»Dann gehen Sie am besten erst zum Frauenarzt.«

Ivo lachte sich kaputt, als ich wieder bei ihm auf der Matte stand und um eine weitere Überweisung bat.

Kurz darauf saß ich beim Gynäkologen. »Ja, haben Sie denn noch einen Kinderwunsch?« Der Arzt sah mich mit hochgezogenen Brauen an und studierte dann meine Akte. Ich wollte im Boden versinken.

»Nein, nicht direkt, aber ich lebe in einer Beziehung mit einem viel jüngeren Mann, und der würde sich schon Kinder wünschen. Er hat nämlich noch keine.«

»Na, dann wollen wir mal sehen ...« Der Arzt griff zu seiner Ultraschallsonde.

»Nein. Da ist nichts zu sehen. Sie sind nicht schwanger.«

»Ach Gott, Herr Doktor, da bin ich aber erleichtert ...« Hastig krabbelte ich wieder vom Untersuchungsstuhl.

»Na, wie ist Bein? Besser?« fragte Kasun, der mich zu Hause erwartete.

»Kasun, ich habe einen Schwangerschaftstest gemacht.«

»Und? Bekommen wir Baby?« Hoffnungsfroh starrte er mich an.

»Nein, Kasun. Ich bin nicht schwanger.«

»Oh.« Die Enttäuschung stand ihm ins Gesicht geschrieben. »Ich wünsche mir von dir Sohn wie Mario.«

»Wie?« Ich glaubte, mich verhört zu haben. Mario war zwei Köpfe größer als Kasun, und mit Samthandschuhen hatte der ihn auch nicht gerade angefasst.

»So einen großen starken Sohn will ich auch.« Er sah mich treuherzig an. »Aber ich probiere weiter, ja?«

»Ach, Kasun.« Ich musste lachen. Gern ließ ich ihn weiter »probieren« …

Wenige Tage vor Weihnachten erhielt ich vom Orthopäden die Diagnose »Meniskusschaden im linken Kniegelenk«. Genau wie von Ivo vorausgesagt. »Der Schaden ist groß, das Meniskusgewebe ist schon ganz zerfasert, eine OP ist unumgänglich.«

»Ach du liebe Zeit … Ich will doch heiraten …«

»Wann denn?«

»Na ja, wenn die Papiere da sind! Möglichst im Januar!«

»Bis dahin springen Sie herum wie ein junges Mädchen.«

Ich starrte den Facharzt mit offenem Mund an. »Wollen Sie mich verschaukeln?«

»Nein.« Der Orthopäde zeigte mir was auf seinem Computer. »Ich kann das ambulant in meiner Tagesklinik machen. Sie können direkt nach der OP aufstehen und heimgehen.«

»Wirklich? Dabei hab ich mich so lange gequält?«

»Tja, Frau Sommer. Wären Sie doch nur eher zu mir gekommen.«

Ich vertraute dem Orthopäden voll und ganz. Vertrauen ist immer hundertprozentig! Das ganze Hadern und Zweifeln führt nur zu schlechter Energie. Vertrauen und Dankbarkeit dagegen sind unverfälschte gute Energie, die Kraft gibt. Danach lebte ich. Die Kraft positiver Gedanken war doch schon lange kein Geheimnis mehr!

Und siehe da, direkt nach der Operation konnte ich aufstehen und an Kasuns Arm ohne Krücken zum Auto gehen.

Nach zwei Tagen waren die Schmerzen weg.

Aber etwas anderes fehlte immer noch: die nötigen Papiere aus Sri Lanka für unsere Hochzeit. Und Kasuns Visum, das bereits einmal verlängert worden war, drohte Ende Januar abzulaufen.

So langsam wurden wir beide nervös.

»Was braucht deine Mutter denn so lange?«

»*Rose, relax.* Sie war schon dreimal in Colombo mit dem Bus, aber dann hat sie den ganzen Tag dort Schlange gestanden und ist nicht drangekommen.«

Sollte ich ihm das glauben? Ich drückte ihm energisch den Hörer in die Hand, und er telefonierte lange mit seinen Lieben zu Hause.

»Rose, Mutter sagt, wir sollen in Sri Lanka heiraten.«

»Wie?« Ich starrte ihn verblüfft an. »Jetzt haben wir hier schon den ganzen Zirkus angeleiert.«

»Mutter sagt, Buddha will das.«

»So. Und was ich will, interessiert wohl keinen.« Ich wollte doch, dass meine Kinder und Freundinnen dabei sein konnten, natürlich auch mein Vater und mein Bruder Henry. Ivo sollte mein Trauzeuge sein, und als Überraschungsbesuch wollte ich sogar Eberhard und Bärbel einladen! Auf deren staunende Blicke freute ich mich insgeheim schon lange!

»Rose, in Sri Lanka gibt es keine Probleme mit Papiere!« Kasun sah mich flehentlich an.

»Ich träume von Hochzeit in meine Heimat. Und du in eine weiße Sari ...«

Er strich mir zärtlich übers Gesicht. »Da habe ich mich in dich verliebt, als du den leuchtenden Sari anhattest, weißt du noch, beim Vollmondfest mit den Elefanten ...«

Sofort wurden mir die Knie weich. Wie poetisch er sich ausdrückte! Leuchtend! Das hatte er bestimmt im Wörterbuch nachgeschlagen.

Ja, wie wäre das eigentlich, dachte ich plötzlich. Mein Herz begann zu klopfen.

Statt dem langweiligen Standesamt im Januar mit anschließend Kaffee und Kuchen eine Märchenhochzeit unter Palmen, mit meinem Prinzen von Sri Lanka in Landestracht ... Gott, wie verrückt und wunderschön!

Ich wirbelte zu ihm herum und strahlte wie ein kleines Mädchen. »Meinst du, es könnten Elefanten dabei sein?«

»Bestimmt können wir die holen. Mutter sagt, sie wünscht sich für mich eine buddhistische Hochzeit. Da kommen Mönche zum Beten ins Haus. Es wäre für Mutter eine solche Ehre! Und das wird uns Glück bringen, Rose.«

Oh, wie aufregend! Mein Herz hüpfte in Vorfreude.

»Dann machen wir das so, Kasun! Lass uns gleich die Flüge buchen!«

Aber erst kam Weihnachten und am dreißigsten Dezember der Neunzigste meines Vaters.

Leider schlichen sich bei all dem Stress zwischen Kasun und mir Missstimmungen ein. Er gab oft knappe Antworten und war verschlossen und einsilbig.

Das tat mir weh, so kannte ich ihn gar nicht!

»Kasun, was ist denn los?«

»Nix.«

»Aber du hast doch irgendwas!«

»Nie hast du Zeit für mich.«

»Aber Kasun, einer von uns muss doch das Geld verdienen! Weißt du, wie teuer die Flüge sind? Und wir müssen ja auch für deine ganze Familie Weihnachtsgeschenke besorgen ...«

Leider hatte Kasun inzwischen so viel vom dem Weihnachtsrummel mitgekriegt, dass er davon ausging, dass wir jedem Familienmitglied ein Geschenk mitbrachten.

Ich hetzte von meinen Kursen zu Vater ins Altersheim, vom Einkaufen nach Hause, von dort wieder zu meinen Abendkursen. Und zum Friseur musste ich auch noch.

»Dein Sri Lanker läuft immer mit 'nem todtraurigen Gesicht herum«, verkündete meine Friseurin »Ich hab dir gleich gesagt, lass den bloß drüben. Was soll der denn in diesem Kaff, wo nix los ist! Bei dem scheint immer die Sonne, und hier ist alles grau in grau ...«

Das gab mir einen Stich. Ja, Kasun war im Sommer gekommen, und jetzt war es kalt und trüb. Er hatte immer noch keinen Job, keine Freunde und nichts zu tun. Wie musste er sich fühlen?

»Hat denn der Junge nichts Warmes anzuziehen?« Tadelnd sah sie mich im Spiegel an.

»Ich seh ihn immer mit demselben Pullover und seiner Jeansjacke rumlaufen.«

»Er sagt, er friert nicht ...« Beschämt senkte ich den Kopf.

»Stillhalten!« Sie zog mich an den Haaren. »Mensch, Rosemarie. Kauf dem mal einen anständigen Wintermantel.«

Am selben Nachmittag nahm ich Kasun mit nach Singen. Ich hatte dort sowieso meinen Abendkurs in Autogenem Training, aber vorher schleppte ich ihn zu Karstadt.

»So, Junge. Jetzt such dir was aus.« Ich hielt ihm erst mal lange Thermounterhosen hin, aber Kasun lachte und zeigte nach oben, wo eine Schaufensterpuppe mit Seil und Eispickel an einer Bergattrappe hing.

»Die Jacke.«

Ja, der Kletterer da oben hatte wirklich was Todschickes an, in herrlichem Königsblau mit gelben Einsätzen. Wahrscheinlich unbezahlbar.

»Und genau die muss es sein, Kasun?!«

Er nickte begeistert. Ich bat eine Verkäuferin, uns die Jacke, also den Kletterer, herunterzuholen, und die schritt zum Mikrofon und sprach: »Herr Müller, bitte die eins!«

Herr Müller entpuppte sich als der Dekorateur des Hauses und schwang sich auf eine lange Leiter, die erst aus dem Lager geholt werden musste, und zog schließlich die Bergsteigerpuppe aus.

Jetzt hing sie nackt am Felsen, aber Kasun hatte seine Jacke. Sie passte ihm wie angegossen, und er strahlte wie ein Honigkuchenpferd.

Doch ich musste mich erst mal setzen, als ich nach Aufsetzen der Lesebrille den utopischen Preis entziffert hatte.

»Fünfhundertsechsundachtzig Mark, Kasun.«

»Gnädige Frau, die ist ganz aus Goretex, das lässt den Wind nicht von außen durch, aber den Körperschweiß nach draußen.«

Meine Güte. Was es alles gab für Leistungssportler.

»Aber Kasun, du willst doch nicht auf den Großglockner. Also ich denke, sehr viel wirst du nicht schwitzen, wenn du mit Cindy Gassi gehst. Tut es nicht auch ein stinknormaler Anorak?«

Kasun wollte die Jacke gar nicht mehr ausziehen. »Danke, Rose!«

Den Blick der Verkäuferin und des Dekorateurs ließ ich tapfer an mir abprallen. Sollten die doch denken, was sie wollten! Wir erstanden noch das passende Stirnband und die Handschuhe dazu sowie die entsprechenden Fellstiefel.

Ich schnappte nach Luft. Über tausend Mark hatte mich dieser nette Nachmittag bei Karstadt gekostet!

»Kasun, ich glaube, mir wird schwindlig.«

»Wir haben eine wunderbare Kantine, da können Sie sich ausruhen«, schlug die Verkäuferin vor.

So fanden wir uns kurz darauf in der Asia Food Ecke im Restaurant wieder.

Kasun stiefelte in seiner neuen Montur stolz wie Oskar am Büfett entlang und bestellte sich das schärfste indische Essen, das er kriegen konnte, würzte sogar noch mit Chili und Pfeffer nach. Vermutlich um gleich mal zu testen, ob das Goretex-Material ordentlich funktionierte.

Mir dagegen stand der Schweiß auf der Stirn, nachdem ich insgeheim einen Kassensturz gemacht hatte.

»So. Kaufen wir jetzt Geschenke für meine Familie?« Kasun schaufelte begeistert seinen Teller leer.

»Ja klar, Kasun, wo wir schon mal hier sind ...« Ich zog

ihn in die Schreibwarenabteilung. »Ich dachte an je einen schönen Zeichenblock mit Malstiften für die Kinder…«

»Die hier.« Kasun schnappte sich einen dieser Riesenschulranzen. Ein echter Scout, körpergerechtes Rückenpolster, grellbunt.

»Aber Kasun, deine Nichten und Neffen sind doch so klein und zart, das können die gar nicht tragen!« Ich wollte lieber nicht auf den Preis schielen. Jeder Einzelne kostete noch mal hundertzwanzig Mark!

»Doch. Das ist wirklich große Geschenk.«

»Kasun, die machen sich damit doch nur lächerlich!« Mir brach schon wieder der Schweiß aus, und ich riss mir den Mantel vom Leib. »Bei euch tragen die Kinder so was nicht!«

Ich hatte ja dortige Schulkinder gesehen. Abgesehen von ihrer hübschen Schuluniform trugen sie höchstens ein paar Hefte an einer Kordel.

»Rose. Wenn du nicht machen willst diese Geschenk… Du entscheide das. Du hast die Geld.« Beleidigt schlenderte er weiter.

»Kasun.« Ich rannte ihm hinterher und zog ihn am Arm. »Ich habe das Geld, ja! Aber nicht mehr sehr viel! Wir müssen sparen, und ich finde ein paar Hefte und Buntstifte tun es auch!«

Er gab einfach nicht nach. »Also hör mal, Rose. Ich sage, ich wünsche mir das. Ich will nix für Weihnachten für mich, okay. Ich wünsche mir die Schulranzen für die Kinder und sonst gar nix.«

»Aber das wären noch mal fünfhundert Mark«, stöhnte ich erschöpft. »Und dann müssen wir ja auch noch was reintun in die Schulranzen! Wir können für dieses Geld viel nützlichere Dinge für deine Familie kaufen! Und wie sollen wir das alles schleppen?«

Kasun steckte die Hände in die Taschen seiner neuen Jacke und stapfte davon.

Meine Güte, was war denn nur in letzter Zeit los? Je besser Kasun Deutsch konnte, desto besser konnte er Widerworte geben.

»In deinem Land müssen die Frauen nachgeben, auch wenn der Mann im Unrecht ist, nicht wahr?« Wütend lief ich hinter ihm zum Ausgang.

»Ich will nur die Schulranzen und sonst nix.«

»Kasun, so warte doch, ich muss doch noch zur AOK, zu meinem Kurs! Du kannst zuschauen!«

»Ich fahre mit dem Bus.«

Kasun trat in die kalte Luft hinaus, inzwischen war es dunkel geworden. Es hatte zu schneien begonnen. Dicke Flocken bildeten einen weißen Vorhang vor unseren Gesichtern. Die Wege und Straßen waren zugeschneit. Es war ein wunderschönes Bild. Plötzlich senkten sich seine bis dahin trotzig hochgezogenen Schultern.

»Rose! Schnee!«

Auf einmal wirbelte er herum und umarmte mich. Jubelnd tanzte er mit mir durch die Gegend, bückte sich, hob eine Handvoll auf und leckte daran.

»Du auch Rose?«

»Danke nein.« Konnte er so schnell umschalten?

Er schob mir eine Handvoll Schnee ins Gesicht, und ich musste wider Willen quietschen.

Die Leute blieben lachend stehen.

»Schnee, Rose! Ich habe doch noch nie Schnee gesehen!«

Seine Augen strahlten, und ich ließ mich anstecken.

»Und dann auch noch in deiner neuen Jacke!« Ich freute mich mit ihm. Er warf mir Kusshände zu und zielte mit Schneebällen auf das Schild der Bushaltestelle. Da riss er die Arme hoch und brüllte triumphierend wie ein Fußballspieler, der gerade das Tor seines Lebens geschossen hat: »Hast du das gesehen, Rose! Volltreffer!«

»Ja, mein Schatz, das habe ich.« Du bist der Volltreffer meines Lebens, dachte ich insgeheim. Mein Herz weitete sich vor Liebe.

Dann ging ich zurück in die Schreibwarenabteilung und kaufte alle vier Schulranzen.

Kasun freute sich wahnsinnig, als die quietschbunten Dinger unter dem Weihnachtsbaum lagen. Ich hatte sie in meinem Kofferraum unter einer Decke versteckt, um die Überraschung perfekt zu machen. Er hatte Tränen in den Augen und umarmte mich immer wieder. Vater und Henry bekamen Kleinigkeiten, und wir verbrachten einen geruhsamen Abend unter dem Weihnachtsbaum. Immer wieder zog Kasun seine neue Jacke an und pfiff nach dem Hund, um stolz eine Runde im Schnee zu drehen.

»Den hast du wirklich glücklich gemacht, Kind.«

Ja, dachte ich. Hoffentlich bleibt das so. Ich will ihn ja auch glücklich machen. Aber es darf halt nicht immer so viel Geld kosten.

15

ZU HAUSE AUF DEM DORF, 30. DEZEMBER 1996

Vier Tage vor unserer Abreise nach Sri Lanka war Vaters großes Fest.

Die Rheinresidenz verfügte über einen kleinen Pfarrsaal, und in dem wollte mein Vater feiern.

Hier stand uns auch eine komplett eingerichtete Küche mit Geschirr und Haushaltsdingen zur Verfügung, und ich rückte mit Tischdecken, Blumenschmuck und dem ganzen Kram an. Kasun schleppte ebenfalls Kisten mit Kerzen und allem, was man für so ein großes Festbankett braucht.

Natürlich war ich nervös, schließlich hing es von mir ab, ob die Feier gelingen würde. Vater hatte das halbe Dorf und seine neuen Freunde samt Personal aus der Rheinresidenz eingeladen.

»Kasun, bitte pack mal hier mit an. Da kommt das Büfett drauf. Ich glaube, die eine große Decke reicht, wenn wir die Tische ganz eng zusammenschieben …«

Ich packte die lange altrosa Einmaltischdecke aus, die ich im Drogeriemarkt erstanden hatte. »Schau, dazu gibt es sogar passende Servietten.«

»Rose, das sieht scheiße aus.«

»Bitte?!« Dieses Wort war mir noch nie über die Lippen gekommen.

»Rose, ich kann professionell Tischdecken für ein Festbankett arrangieren. Das hab ich im Hotel in Hikkaduwa gelernt. Lauter kleine Fältchen kann ich reinbügeln, das sieht super aus!«

»Kasun, das glaub ich dir gerne, aber dann müsste ich sämtliche Stofftischdecken von zu Hause holen, das Bügelbrett und das Bügeleisen, dafür habe ich jetzt keine Zeit.«

»Doch. Mach das, Rose. Ich mache tolle Dekoration. Ganz professionell.«

Da stand ich nun mit meinem Wäschekorb voller Utensilien. Es war alles genau durchdacht, ich wollte jetzt zu Potte kommen!

»Nein, Kasun. Wir haben hier die passende Papiertischdecke. Die Leute sind alt, die merken das gar nicht. Die wollen essen und trinken und keine Fältchen bewundern.«

Seine Augen blitzten vor Zorn. »Rose. Immer bestimmst du! Egal, was ich mache, du musst immer Befehle geben!«

Oje. So empfand er das also. Den Begriff »Befehle geben« hatte er bestimmt von Vater aufgeschnappt. Ich fuhr mir mit der Hand über die Augen.

»Aber nein, Kasun! Das hat nichts mit Befehlen zu tun. Bitte, dein Vorschlag ist einfach unpraktisch und zeitaufwändig …«

»Da siehst du. Rose muss bestimmen, Kasun muss Befehle ausführen.«

Er knallte die Hacken zusammen und legte die Hand grüßend an die Schläfe.

»Kasun …« Ich stieß ein trauriges Lachen aus. »Lass den Quatsch!«

Das war doch Schwachsinn! Natürlich hatte ich in unserer Beziehung den Überblick. Er kannte sich mit unseren Bräuchen nicht aus, hatte kein Geld und sprach die Sprache schlecht. Logisch, dass ich das Ruder übernahm! Bei meinem Vater und meinem behinderten Bruder musste ich das sowieso.

»Schluss jetzt, Kasun. Reiß dich zusammen. Wir nehmen jetzt diese Tischdecke.«

Er verlegte sich aufs Betteln.

»Rose. Ich will doch auch helfen für Vaters Geburtstag! Ich kann ihm sonst nichts schenken! Aber die Dekoration kann ich! Ich mache das!« Schon schaute er flehentlich in Richtung Parkplatz. Oder fordernd? Ich sollte jetzt wieder ins Auto steigen und das Zeug aus der Wohnung holen. Kurz erwog ich, ihm diesen Gefallen zu tun, schüttelte dann aber den Kopf.

»Die Stofftischdecken sind gar nicht alle frisch gewaschen!«

»Dann wasch sie doch Rose. Du hast Waschmaschine.«

Also jetzt reichte es mir aber! Das war ein Machtspiel, sonst nichts.

»Nein, Kasun. Ich denke gar nicht daran. Es gibt genug zu tun, und jetzt fasst du mit an. Ende der Durchsage.«

Wütend wandte Kasun sich ab und fegte ein paar Messer und Gabeln vom Tisch, dass es klirrte.

Mein Herz raste. Vier Tage vor unserer Abreise und unserer Hochzeit wollte ich mich nicht auf so eine Diskussion einlassen! »Jetzt werd ich aber langsam auch sauer«, schimpfte ich lauter als ich wollte. »Heb das auf! Spinnst du!«

»Da! Schon wieder Befehle!«

»Wir nehmen diese Tischdecke. Ob es dem Herrn nun passt oder nicht.«

Das war mal ein Machtwort. Sollte er es Befehl nennen!

Kasun war total eingeschnappt. Er redete kein Wort mehr mit mir. Wütend knallte er Gläser und Teller auf die Festtafel und fluchte auf singhalesisch.

Ich sah hektisch auf die Uhr. Oje, so spät schon.

»Kasun, das kannst du später machen. Wir müssen in den Getränkegroßmarkt. Die Bier- und Wasserkisten abholen.«

»Mach doch selbst. Du kannst ja alles besser.«

Hatte ich richtig gehört? Er wollte mich die schweren Kästen allein schleppen lassen?

Ich schluckte. Jetzt bloß die Sache nicht eskalieren lassen. Ich wollte ihm Gelegenheit geben, sich zu fangen. Solche Machtspiele hatte ich mit Mario auch schon gehabt.

»Dann lauf wenigstens zur Bäckerei und hol die Torten. Die schließt gleich! Ich drückte ihm einen Geldschein in die Hand.«

»Nicht mein Problem.« Er warf den Geldschein auf die Erde.

Fassungslos stand ich da. Er boykottierte mich. Mich und unsere Beziehung.

»Okay, Kasun. Das wird ein Nachspiel haben.« Ich bückte mich und warf ihm einen eiskalten Blick zu.

Wütend stapfte ich zum Auto. Ich musste mich beeilen. Die ganze Zeit kämpfte ich mit den Tränen. Und wir sollten in einer Woche heiraten?

»Ich bin doch nicht blöd«, schimpfte ich laut vor mich hin. »Ich bin schon einmal auf einen Macho reingefallen. Das passiert mir kein zweites Mal!«

Als ich mit den Getränken und Torten zurückkam, war Kasun nicht mehr da.

»Der Kasun ist zu Ihrem Vater aufs Zimmer«, informierte mich eine junge Altenpflegerin, während ich die Sachen in den Kühlschrank räumte.

Ich marschierte die Treppe hoch und riss die Tür auf. Mein Vater war gerade dabei, sich festlich anzuziehen. Kasun half ihm, die Krawatte zu binden. Sie hatten einen Flachmann auf dem Tisch stehen und lachten.

»Kasun?« Ein giftiger Blick meinerseits.

»Oh, die Heimleiterin«, kicherte Vater lausbubenhaft und ließ den Flachmann verschwinden. Er zwinkerte Kasun verschwörerisch zu.

»Glaub ja nicht, dass ich dich heirate, Kasun.«

Fassungslos rannte ich zurück in den Festsaal und kämpfte mit den Tränen.

»Du kannst allein nach Sri Lanka fliegen, das schwör ich dir. Dann bleib doch, wo der Pfeffer wächst.«

»Kasun, ich habe meinen Flug storniert. Du wirst alleine fliegen.«

Ganz ruhig saß ich in meinem Fernsehsessel, als Kasun am nächsten Vormittag mit Cindy vom Gassigehen zurückkam. Die ersten Silvesterkracher waren schon zu hören, und Cindy rollte sich winselnd mit angelegten Ohren in ihrem Körbchen zusammen.

Es war, als spürte auch sie die negativen Energien zwischen Kasun und mir. Wir hatten seit gestern kein Wort mehr miteinander geredet.

Ansonsten war der Geburtstag perfekt verlaufen, niemand hatte etwas gemerkt. Ich hatte funktioniert wie ein

Roboter, war freundlich und herzlich zu allen Gästen gewesen und hatte noch bis weit nach Mitternacht aufgeräumt. Dann hatte ich die ganze Nacht wach gelegen. Und diesen Entschluss gefasst.

»Rose, das kannst du doch nicht machen! Du musst mit! Meine Familie erwartet dich!«

Sein Atem dampfte noch, als er mit seiner Winterjacke in der Tür stand.

Am liebsten hätte ich genauso kaltschnäuzig geantwortet wie er: »Nicht mein Problem.«

Aber ich war die Ältere, Vernünftige, außerdem war mein Wortschatz größer als seiner.

»Schau, Kasun, wenn wir uns schon wegen solcher Kleinigkeiten wie einer Tischdecke streiten, wie soll das erst später werden, wenn wir verheiratet sind?«

Er zog die Nase hoch. »Rose. Du musst mitfliegen. Was sollen sonst die Leute denken?«

Tja, dachte ich. Wieder dein Problem. Ich heirate dich doch nicht, damit du in Sri Lanka einen guten Eindruck machst.

Innerlich war ich hin und her gerissen zwischen der Erleichterung darüber, noch zurückzukönnen und der Enttäuschung darüber, dass unsere große Liebe an so einer Lappalie zerbrechen sollte.

»Kasun, auch wenn ich wütend bin: Ich will dir nicht wehtun. Es tut mir leid, wenn deine Familie jetzt irritiert ist. Aber nach so einem Streit sehe ich doch, wie unterschiedlich wir sind. Es hat keinen Zweck mit uns!«

Kasun stand immer noch mit der Hundeleine in der Tür. Er schüttelte ständig den Kopf, und seine Augen füllten sich mit Tränen.

»Ich traue mich jetzt nicht mehr, diesen folgenschweren Schritt zu tun, Kasun. Noch mal die weite Reise ... Ich kann die Sprache nicht, ich kenne da niemanden ...«

»Dann siehst du mal, wie es mir geht.«

»Kasun. Das ist etwas anderes. Wir haben dich in unsere Familie aufgenommen ...«

»Meine Familie nimmt dich auch auf.«

»Ja, Kasun, aber abgesehen davon ... wir haben uns in letzter Zeit doch nur noch gestritten!«

»Ich liebe dich, Rose!«

»Davon habe ich gestern nichts gemerkt.«

»Rose, es tut mir leid, ich hatte schlechte Tag.«

»Oh, Kasun.« Ich strich mir müde über die Augen. »Zuerst die Schulranzen, dann die vielen anderen Kleinigkeiten und jetzt die blöde Tischdecke. Wir sind zu verschieden.« Ich streckte die Hand nach ihm aus, aber er nahm sie nicht. »Schau. Du kannst immer auf mich zählen. Ich werde dir und deiner Familie weiterhelfen. Lass uns Freunde bleiben.«

»Rose, bitte!« Seine Stimme klang immer verzweifelter.

»Schau, du kannst jetzt besser deutsch, du wirst drüben als Reiseleiter Arbeit finden. Es war keine verlorene Zeit für dich.«

Plötzlich brach Kasun in Tränen aus. Er drehte sich von mir weg, und ich sah, wie seine Schultern bebten.

Jetzt tat er mir so leid! Ich horchte in mich hinein, ob ich aus verletztem Stolz so gehandelt hatte, vielleicht um ihm wehzutun.

Aber so war es nicht. Ich liebte ihn noch, wollte ihn aber auch freigeben.

»Hör zu, Kasun. Du rufst jetzt deine Familie an und sagst ihnen, dass du allein kommst.«

Aufmunternd hielt ich ihm den Hörer hin.

Schluchzend verbarg er das Gesicht in den Händen.

Plötzlich musste ich auch weinen. Ich WOLLTE ja mitkommen, in Urlaub meinetwegen, wenn es ihm so viel bedeutete. Andererseits musste ich ihn heiraten, sonst konnte er nicht mehr mit zurück. Ich fühlte mich so unter Druck gesetzt und gleichzeitig komplett alleingelassen.

»Es tut mir so leid, Kasun. Andere Liebespaare haben Zeit, ihre Gefühle noch mal zu überprüfen. Besonders nach so einem Streit. Aber wir ...«

»Du musst mitkommen, Rose! Bitte!«

Draußen vor unserem Fenster gingen die Silvesterknaller hoch, und Cindy wimmerte.

»Pass auf, ich bring Cindy jetzt heimlich zu Vater ins Heim, denn da wird nicht geknallt. Ruf du inzwischen deine Eltern an, okay?«

Ich zwang mich, tief durchzuatmen. So aufgelöst und verzweifelt hatte ich Kasun noch nie gesehen. Aber auch nicht so renitent und böse wie gestern. War das noch mein Kasun? Mein zärtlicher, liebevoller Mann?

Die Kälte draußen tat mir gut. Nein, es war besser, konsequent zu bleiben. Ich hatte mich sowieso schon viel zu weit aus dem Fenster gelehnt.

Obwohl Hunde im Heim verboten waren, schmuggelte ich das arme Tier unter meinem Mantel zu meinem Vater ins Zimmer, worüber sich beide riesig freuten.

Wenn es Ärger geben sollte, war das für mich noch das kleinste Problem.

Als ich eine halbe Stunde später zurückkam, saß Kasun in Socken auf dem Bett, umgeben von zerknüllten Taschentüchern.

»Und? Hast du sie erreicht?« Ich zog mir den Mantel aus und legte ihn über einen Sessel. Abwartend blieb ich hinter der Lehne stehen.

»Rose. Du musst mir jetzt zuhören. Meine Eltern sagen, es ist unmöglich, wenn du nicht mitkommst. Das ganze Dorf weiß von der Hochzeit, und alle warten darauf! Fünfundzwanzig buddhistische Mönche kommen zum Beten, die ganze Nacht! Meine Eltern haben einen Elefanten bestellt, weil du ihn dir gewünscht hast!«

Wie? Wegen eines Elefanten sollte ich jetzt gegen meinen Willen ...

»Kasun, bitte hör auf! Ich bezahle den Elefanten, aber ...«

»Rose! Ich kann nicht ohne dich kommen!«, schluchzte er wieder auf. »Dann bin ich blamiert und meine Familie auch! Alle werden uns auslachen, auch meine Geschwister und die Kinder werden ein Leben lang ausgelacht werden. Meine Eltern können nicht mehr auf die Straße gehen, und ich kriege nie wieder einen Job! Alle im Hotel kennen dich doch und wissen, dass ich dich heirate!« Er schluchzte und weinte hemmungslos. »Rose! Bitte! Bitte, Rose!«

Ich stand in der Schlafzimmertür und hörte, wie mein Herz raste.

Natürlich wollte ich weder Kasun noch seiner Familie schaden. Ich konnte mir lebhaft vorstellen, dass das ganze Dorf mit Fingern auf sie zeigen würde.

Kasun sah mich mit bebenden Lippen an. Er merkte, wie es hinter meiner Stirn arbeitete.

»Ich krieg nie wieder so eine Chance, Rose! Du bist mein Ein und Alles!«

Ich schwieg und knabberte an meiner Unterlippe.

Seine Stimme wurde weich. »Du liebst mich doch noch, Rose?«

Natürlich gingen mir seine Worte und Blicke unter die Haut.

Natürlich hatte er so eine öffentliche Schmach nicht verdient.

Plötzlich weitete sich mein Herz wieder. Am liebsten hätte ich ihn umarmt und geküsst und alles wieder gut sein lassen. Die Zeit lief. In drei Tagen würde ich entweder mit ihm in Sri Lanka sein oder todtraurig und alleine hier. Unsere Verzweiflung wollte ich mir gar nicht ausmalen. Sollte ich uns beide wirklich so quälen? Und würde der Schmerz irgendwann aufhören? Wir waren doch so nah vor dem Ziel.

Mein Herz sagte Ja, mein Verstand sagte Nein.

Plötzlich klingelte das Telefon.

»Sommer?«

»*Rose, this is Rajeshwar, the older brother of Kasun. Rose, listen. You MUST come.*« Er redete weiter auf Englisch in einem sehr bestimmenden Tonfall auf mich ein.

Mir brach der Schweiß aus. Aber unter Druck setzen ließ ich mich nicht! Mit letzter Kraft sagte ich bestimmt: »*NO!*« und gab den Hörer an Kasun weiter. Jetzt redeten sie wieder aufgeregt auf Singhalesisch. Mein Verstand sagte laut und deutlich: Bleib vernünftig, Rosemarie. Bring ihn in drei Tagen zum Flughafen und versprich ihm, dass ihr Freunde bleibt. Steh zu deiner Verantwortung und unterstütze die Familie weiter. Aber halt Abstand.

Kasun legte auf.

»Sie nehmen mich nicht mehr in die Familie auf! Ich darf nicht allein zurückkommen. Entweder mit dir oder gar nicht!«

»Ach Quatsch, Kasun, sei nicht albern ...«

»Ich werde abhauen«, schrie Kasun mit kieksender Stimme.

»Ich kann arbeiten! Ich gehe irgendwohin! Jetzt, wo ich schon mal in Europa bin, tauche ich unter.«

»Das wirst du hübsch bleiben lassen, Bursche. Ich hab die Verantwortung für dich!«

Mit Grauen dachte ich an die Bürgschaft, die ich für ihn geleistet hatte. Ohne gültiges Visum würde er auf die schiefe Bahn, in den Drogensumpf oder Gott weiß wohin geraten.

Ich presste die Fäuste an die Schläfen. Gott, schick eine Lösung!

Wieder klingelte das Telefon. »Sommer.«

Diesmal war Kasuns Vater dran. Auch er sprach bestimmt auf mich ein, und ich verstand kein Wort. Seinem Tonfall entnahm ich allerdings: Wer A sagt muss auch B sagen.

»Sir, I am no longer sure my decision is right. There is no contract. You have to accept that.«

Ja, so wie sich Kasuns Deutsch verbessert hatte, hatte ich auch mein Englisch verbessert!

Stille am anderen Ende der Leitung. Dem hatte ich es aber gegeben. Wieder gab ich den Hörer an Kasun weiter.

Der wurde von seinem Vater nach allen Regeln der Kunst zur Schnecke gemacht, weinte und versuchte sich zu verteidigen. Nachdenklich zog ich mich auf meinen Fernsehsessel zurück und umschlang die Knie mit den Armen. Am liebsten hätte ich mich in Luft aufgelöst! Sollte dieses wunderbare Jahr, in dem ich wieder jung und glücklich wie nie zuvor gewesen war, wirklich so enden?

Was hatte ich gleich wieder in meinem Psychologiestudium gelernt?

Die zwei mächtigsten Motivatoren sind ANGST und VERLANGEN. Verlangen lässt sich auch durch Wünsche ersetzen. Und was wünschen wir Menschen uns anderes, als geliebt zu werden?

Angst und Liebe schließen sich aber gegenseitig aus. In der Liebe hat die Angst nichts zu suchen.

Ich lauschte in die Dunkelheit. Draußen stieg gerade eine wunderschöne Leuchtrakete in den Himmel und erhellte das Zimmer.

Liebe hat was mit Vertrauen zu tun, Rosemarie. Und Vertrauen ist immer hundertprozentig!

Wie hatte Kasun mein Leben doch positiv verändert! ER hatte mir vertraut, hatte sein Leben in meine Hände gelegt. Und nur weil er sich jetzt zu einem Mann entwickelt hatte, der seine eigene Meinung äußern konnte, in einer fremden Sprache, was nicht immer diplomatisch gelang, wollte ich ihn in die Wüste schicken?

Liebe ist doch das Einzige, was zählt im Leben!

Wieder sauste eine Leuchtrakete in den Himmel und tauchte alles sekundenlang in leuchtende Farben.

Und mittendrin stand Kasun. Wie von göttlichem Schein umgeben. Er hatte die Hand aufs Herz gelegt und sagte:

»Rose. Bitte, hör mir mal zu. Sei mal ganz ruhig, ja? Bitte komm mit mir in meine Land. Denke jetzt nicht an Hochzeit oder so. Komm einfach nur mit, wir werden eine schöne Urlaub machen, und gut, okay? Ich tue alles für dich, dass du einen schönen Urlaub hast. Ich zeige dir mein Land und wir sind ganz lieb zusammen, okay? Denk mal nix anderes, ja?«

Wie konnte diese im wahrsten Sinne des Wortes erleuchtete Gestalt genau die richtigen Worte finden? Mir keinen Druck mehr machen, mir nur das geben, wonach ich mich sehnte: Ruhe, Frieden, keinen Stress mehr mit Vater, Wohnungsbrand, Altersheim, Henry, Kursen und Terminen. Dafür Sonne, Strand, Meer und unendlich viel schöne Zeit zu zweit.

»Komm mal her, du.« Ich breitete die Arme aus, und er sank erleichtert hinein.

Ich küsste ihn auf seine schwarzglänzenden Haare und atmete verzückt seinen vertrauten Duft ein. Gott, was liebte ich ihn! Wie hätte ich ihn ziehen lassen können!

»Aber eine Bedingung habe ich, Kasun.«

Er hob das Gesicht und schaute mir in die Augen. »Jede Bitte. Ich mache alles auf der Welt.«

Ich musste mir ein gerührtes Grinsen verkneifen.

»Ich schlafe nicht bei euch im Anbau, Kasun. Wir schlafen im Hotel. Wir besuchen deine Familie jeden Tag und essen auch da, aber schlafen tun wir im Hotel.«

Er nickte ernst. »Alles, was du willst, Rose.«

»Versprichst du mir das?!«

Kasun legte meine Hand auf sein Herz. Es pochte wie verrückt. »Versprochen.«

Dann lief er jubelnd zum Telefon und rief seine Eltern an.

16

SRI LANKA, JANUAR 1997

Lang anhaltender Applaus brandete auf. Wir waren gelandet! Glücklich und geschafft von dem langen Flug betraten wir mit unserem überladenen Gepäckwagen die Ankunftshalle. Brütende Hitze kam uns entgegen. Ich hatte mich bereits auf der Flughafentoilette umgezogen, aber Kasun trug immer noch seine Fellstiefel und seine Winterjacke.

»Wie hältst du das nur aus, Kasun?«

Stolz wie ein Pfau schob Kasun den Gepäckwagen die Rampe hinunter. Ein Kofferboy drängte uns seine Dienste auf und griff danach.

»*No, thank you!*«, sagte ich. Kasun konnte den Wagen selbst schieben, zumal es abwärts ging. Aber da hatte er dem Boy den Wagen bereits überlassen. Wie ein feiner Herr schritt er in seiner Bergsteigerkluft hinter ihm her.

»Hast du Rupien?«, fragte ich.

Doch Kasun hatte kein Ohr mehr für mich, denn jetzt hatte er seine Familie entdeckt.

»Nein, gib Geld!« Er hielt die Hand auf.

Da rückte ich den kleinsten Schein raus, den ich hatte, zehn Mark!

Mit großzügiger Geste gab Kasun dem Boy das leicht verdiente Geld. Ich schluckte.

Na ja, mein Schatz war mächtig stolz, und ich gönnte ihm diesen Moment.

Schon waren wir umringt von der kinderreichen Großfamilie, die mit einem gemieteten VW-Bus angereist war. Alle fielen Kasun stürmisch um den Hals, und auch ich wurde höchst erfreut begrüßt. Die Mutter, die zwei Jahre jünger war als ich, legte mir einen weißen Blütenkranz um den Hals.

»Welcome, Rose, welcome to our family!«

Der Vater warf mir einen eher schneidenden Blick zu, so nach dem Motto: Wir sprechen uns noch.

Ich strahlte alle an, herzte die Kinder, die sich bestimmt wahnsinnig über die Schulranzen freuen würden, und kletterte mit der durcheinanderredenden Großfamilie in den heißen, stickigen VW-Bus. Kasun trug immer noch die dicke Jacke und die Fellstiefel. Ich wäre darin gestorben!

Bestimmt wollte er seinen Leuten zeigen, wie weltmännisch er war.

Auf der langen Fahrt von Colombo nach Hikkaduwa redete mein Kasun ohne Punkt und Komma, und seine Familie stellte tausend Fragen. Seine Stimme war so lebendig und warm, seine Augen strahlten so, dass ich mich einfach nur mitfreute.

Unterwegs legten wir eine Pause in einem kleinen Restaurant ein. Alle vierzehn Personen bestellten etwas zu essen und zu trinken, alle redeten durcheinander und lachten. Ich saß scheu lächelnd dabei und kämpfte gegen die Müdigkeit. Am liebsten hätte ich mich einfach irgendwo verkrochen, um zu schlafen.

Als es daran ging, die Rechnung zu bezahlen, schauten mich alle erwartungsvoll an.

»Ich hab noch nichts getauscht, Kasun, das hättest du vielleicht machen können …«

»Egal, Rose. Gib mal Geld.«

Ich hatte nur noch einen Hunderter.

»Okay, passt so.« Kasun zahlte mit großzügiger Geste, und der sich unendlich freuende Kellner dienerte hinter uns her. Wahrscheinlich hatte er gerade einen Monatslohn bekommen! Wir zwängten uns wieder in den kochend heißen Bus. Ich fächerte mir Luft zu und strahlte etwas bemüht in die Runde. Das fing ja schon mal gut an. War ich die ungeduldig erwartete Braut oder die noch viel ungeduldiger erwartete Goldmarie? Nein, diesen hässlichen Gedanken verbat ich mir sofort.

Naja, dachte ich, das ist jetzt am Anfang so, er will ein bisschen angeben. Es störte mich zwar, aber ich wollte keine negative Energie in mein Herz lassen.

Dann wurden wir von bewaffnetem Militär angehalten.

Alle mussten aussteigen und das gesamte Auto ausräumen. Unsere Koffer wurden durchsucht.

Das tat mir leid, denn nun sahen die Kinder ja bereits die Wahnsinns-Ranzenüberraschung. Sie verzogen keine Miene. Bestimmt ahnten sie nicht, dass diese schönen Teile für sie bestimmt waren!

Bei Kasuns Familie am Rande des Dschungels von Hikkaduwa war ich völlig platt. Ich sehnte mich nur noch nach dem Hotel, einer kalten Dusche und einem schönen Bett.

Aber natürlich mussten jetzt erst Geschenke verteilt werden.

Also setzte ich mich auf den mir angebotenen Stuhl samt

Sitzkissen und beobachtete aufmerksam die Reaktion der Kinder, als Kasun die Schulranzen verteilte. Schließlich hatten mich diese Dinger ein Vermögen gekostet.

»Na? Ihr Lieben? Setzt sie doch mal auf!«

Ich wuchtete die sperrigen Teile auf zierliche Kinderrücken.

Die brachen darunter fast zusammen. Es sah schlichtweg bescheuert aus.

Sie freuten sich auch nicht besonders. Sie waren regelrecht enttäuscht.

Und ich war es auch.

War es das wert, Kasun?, fragten meine Augen. Was hätten wir deiner Familie mit diesem Geld alles Sinnvolles kaufen können?

Doch Kasun wich meinem Blick aus. Er redete und redete, und alle hingen an seinen Lippen.

Sei's drum!, dachte ich. Aber ich will jetzt ins Hotel.

»Kasun?!«

»Was ist, Rose?«

»Lass uns jetzt ins Hotel gehen. Bitte, ich falle um vor Müdigkeit, mir ist heiß und ich will kalt duschen.«

Ich kam mir vor wie ein quengeliges Kind, das einfach nur Beachtung wollte. Aber es war mein sauer verdienter Urlaub, bezahlt von meinem Geld! Und ich verstand hier keinen Menschen.

Doch Kasun plauderte und plapperte, ja rannte sogar nach nebenan, um Nachbarn und Freunde zu begrüßen.

»Müde«, sagte ich zu der Mutter, die mir den Blütenkranz umgehängt hatte. Ich machte eine entsprechende Geste.

Sie nickte und strahlte mich mit ihrem Goldzahn an. Dann zog sie mich in den Anbau, den ich bereits kannte.

»*No no*«, wehrte ich mit beiden Händen ab. »Hotel!«

Aber da hatte ich sie schwer gekränkt.

»*Good room*«, sagte sie mit stechendem Blick und zeigte auf den spartanisch eingerichteten Anbau.

»Sehr schön, wirklich!«, heuchelte ich Begeisterung. »Aber Kasun und ich, wir HOTEL.«

Er hat es mir versprochen!, dachte ich. Das war die einzige Bedingung, die ich ihm nach unserem Streit gestellt hatte.

Doch Kasun wollte nichts mehr davon wissen.

Er zog mich beiseite und redete auf mich ein wie auf ein störrisches Kind.

»Schau mal, Rose, meine Familie hat extra ein Zimmer für uns vorbereitet. Das genügt doch.«

Mit diesen Worten ließ er mich einfach stehen.

Ich war fassungslos. Und Kasun spielte mit seinen Neffen Fußball. Die Familie saß vor der Hauswand und klatschte in die Hände. Ich war Luft. Dicke Luft!

Stinksauer ging ich zu ihm und bekam seinen Winterjackenzipfel zu fassen.

»Freund der Berge. Du hast es versprochen! Wir gehen jetzt in ein Hotel.«

»Aber es gibt gleich Essen!«

»Kasun. Ich will jetzt eine Dusche und ein sauberes Bett. Meinetwegen können wir später zum Essen wiederkommen.«

Der Vater, der mich sowieso schon die ganze Zeit finster musterte wie einen ungebetenen Eindringling, kam auf uns zu. Er war genauso groß wie ich, aber sehr mager. Seine autoritäre Art schüchterte mich trotzdem ein.

»Was ist hier los?«, fragte er auf Singhalesisch.

»Sie will unbedingt in ein Hotel«, gab Kasun in der Landessprache zurück und warf die Arme in die Luft, als wäre das nicht Teil unserer Abmachungen gewesen. Er stellte mich hin wie eine verzogene Göre, und ich fühlte mich verraten.

»*Kasun! You promised!*«

Der Vater wirbelte zu ihm herum und fragte, ob das wahr sei.

»*Yes! He promised!*«, ging ich dazwischen. »*Your son is a liar.*«

Kasun warf mir einen stechenden Blick zu, den ich unverwandt erwiderte. Wenn ich jetzt nicht sofort Grenzen setzte, war ich ihm komplett ausgeliefert. Ich war doch kein kleines Kind, über das bestimmt wurde!

Plötzlich schien der Vater einzulenken. Er »erlaubte« mir, in ein Hotel zu gehen. Allerdings mit einem Gesicht, als hätte ich Verrat an seiner Familie begangen.

Wütend trat er auf die Straße hinaus und winkte ein Tuktuk herbei.

»Nichts für ungut ...« Mit Erleichterung, aber auch Wut im Bauch stieg ich ein.

Die Männer der Familie schleppten die Koffer herbei und verstauten sie vorn beim Fahrer. Kasun ließ sich schwer neben mich auf die Rückbank fallen.

Er gab dem Fahrer knapp Anweisung, wohin zu fahren sei.

»Fahren wir nicht ins Hotel *Namaste*?« Erstaunt stellte ich fest, dass der Fahrer eine andere Richtung nahm.

»Da kennen mich alle.« Kasun verschränkte die Arme vor der Brust und sah woanders hin.

Wir fuhren mehrere schlichte Pensionen an, die entweder kein Zimmer frei hatten oder mir nicht gefielen.

»Kasun, ich will an den Strand. Schon vergessen, was du mir versprochen hast? Eine schöne Zeit am Meer, Sonne, Palmen, Ruhe, Zeit zu zweit.«

Irgendwann hielten wir vor einem mit dem *Namaste* vergleichbaren Resort, das leider am anderen Ende des Ortes, also viel weiter von Kasuns Familie entfernt war.

Mit beleidigter Miene begleitete er mich zur Rezeption, fragte nach einem Zimmer und warf mir den Schlüssel hin.

»Ja, kommst du etwa nicht mit rein?«

»Ich gehe zu meine Familie. Ich hole dich zum Essen wieder ab.«

Sprach's, stieg ins Tuktuk und knatterte davon.

Verdattert blieb ich stehen, war aber viel zu müde und geschafft von der Reise, um mich jetzt zu ärgern. Ein Boy half mir mit dem Gepäck, das Zimmer war nett und hell, und zehn Minuten später glitt ich mit einem erleichterten »Aaaaah« in den erfrischenden blauen Swimmingpool. Mit kräftigen Zügen durchschwamm ich das Becken.

Hier war es viel netter als im *Namaste*. Es gab Palmen im Poolgarden, viele Europäer sonnten sich auf Liegestühlen, ein Kellner servierte Drinks, und der Garten grenzte an einen pudrig hellen Sandstrand, der zu türkisfarbenem Meer hin abfiel. Ganz ohne Korallenriffe, herrlich zum Baden!

Ich stützte die Arme auf die Poolbrüstung und beobachtete die Leute, die ins Meer gingen. Erst blieb es lange flach, dann überrollten einen die tosenden Brecher. Oje. Nichts für mich. Den meisten gelang es, geschickt unter ihnen hindurch zu tauchen, um dahinter in ruhigeren Gewässern zu schwimmen.

Vielleicht würde ich das später auch mal versuchen. Mit Kasun würde ich mich trauen! Träge legte ich mich wieder auf den Rücken und paddelte durch das Becken. Wie schade, dass Kasun das jetzt alles nicht erleben konnte.

Der Strand, die herrlichen Palmen, die sich über ihn neigten – genau der Urlaub, den ich mir erträumt hatte. Hier, lieber Mario, hätte ich schon beim ersten Mal hinfahren sollen, dachte ich.

Allerdings hätte ich dann meinen Kasun nie kennengelernt.

Ich stieg aus dem Wasser. Zufrieden ließ ich mich auf eine der grünen Holzliegen nieder, die auch mal wieder einen neuen Anstrich vertragen hätten. Manche der Liegestühle waren auch kaputt. Aber das sah man hier in Sri Lanka nicht so eng.

»*Relax, Rose*«, hörte ich die zärtliche Stimme meines geliebten Kasun am Ohr. Oder war es nur das Rauschen der Palmen im Wind? Das Rauschen der Wellen?

Ach, all mein Zorn war verflogen. Es war so traumhaft schön hier! Wir würden schon wieder zueinanderfinden.

Eine zierliche einheimische Servicekraft im Sari fragte mich, was ich zu trinken wünsche, und reichte mir eine mit ansprechenden Fotos verzierte Getränkekarte. Ich zeigte auf einen Fruchtcocktail in Grün mit roter Kirsche und Fähnchen.

Kurz darauf nippte ich an dem köstlichen Drink, der auch Alkohol enthielt.

Warum auch nicht? Ich bin schließlich in Urlaub, dachte ich. Hier konnte ich es aushalten.

Langsam tauchte die Sonne mein kleines Paradies in rötliches Licht. Die Palmen über mir schienen sich gegenseitig etwas zuzuflüstern. Entspannt schlief ich ein.

Ich erwachte, weil mich jemand mit dem Fuß antippte.

Erschrocken richtete ich mich auf. Es war inzwischen stockdunkel im Poolgarden. Die Liegestühle waren zusammengeklappt und aufeinandergestapelt worden. Mehrere uniformierte Angestellte spritzten die Steinplatten ab. Gäste waren keine mehr da.

Vor mir stand Kasun, der durch den Garten gekommen sein musste.

»Wach auf. Beeil dich. Das Tuktuk wartet!«

Hastig raffte ich meine Sachen zusammen und eilte vor Kasun her.

»Komm, ich zeig dir mein Zimmer! – Also UNSER Zimmer! Kasun, es ist fantastisch hier!«

»Ich warte unten in der Halle.«

Einsilbig stand er da, die Hände in den Hosentaschen vergraben.

»Kasun? Ist alles okay?«

»Meine Familie wartet mit dem Essen.«

»Gut, ich beeil mich.«

Hastig rannte ich aufs Zimmer, schlüpfte in ein nettes Kleid und bürstete mir noch schnell die Haare. Mein Blick fiel auf den Koffer. Kasun würde heute Nacht bei mir schlafen. Also alles halb so schlimm.

Kurz darauf begrüßte mich eine etwas reservierte Familie im dunklen Garten. Der Vater stand hinten am steinernen Ofen und hantierte dort herum.

»Sag ihnen, dass ich ihnen sehr dankbar bin für ihr Verständnis.« Ich wendete mich Kasun zu, der ausgerechnet in diesem Moment den Kopf abwandte.

»*It's very nice hotel*«, versuchte ich mich verständlich zu machen. »Mein Kreuz, mein Rücken, *I need a big bed!*« Ich lachte verlegen, aber niemand lachte zurück.

»Sie haben schon gegessen«, sagte Kasun knapp. »Wir sollen reingehen.«

Ich folgte Kasun ins kleine Wohnzimmer, wo schon lauter schmutzige Teller auf dem Tisch standen. Ich kam mir vor wie ein unartiges Kind, das am Katzentisch essen muss.

Fragend schaute ich Kasun an.

Doch der sprang gerade auf und begrüßte die deutsche Nachbarin, die letztes Jahr nicht zu Hause gewesen war. Wilma war fast achtzig und überwinterte hier seit siebzehn Jahren.

»Na, wen hamwa denn da!« Sie drückte Kasun an ihren mächtigen Busen wie einen verlorenen Sohn.

»Jut siehste aus, min Jung! – Isch kannte den ja schon als Baby«, erklärte sie mir.

Erleichtert schüttelte ich ihr die Hand. »Endlich kann ich mal mit jemandem Deutsch sprechen, es tut mir so leid, wenn die denken, ich bin unhöflich ...«

Der Vater stellte vor Kasun und mich je einen Teller mit Fisch, Reis und Gemüse hin. Wortlos ging er wieder raus.

Schweigend aßen wir. Wilma sah uns dabei vom Sofa aus zu. Sie schien hier eine Art Oma zu sein.

»Isch kannte schon den Vatter, als der noch ein Kellner war! In dem Hotälll, wo isch damals Urlaub jemacht hab.« Wilma gluckste in seliger Erinnerung.

War es ihr damals so ergangen wie mir? Und sie war der

Familie über so viele Jahre hinweg erhalten geblieben? Am liebsten hätte ich sie danach gefragt, aber sie redete jetzt nur noch mit Kasun. »Jung, erzähl domma. Wie geht es dir inne Schweiz, nää biss ja nich inne Schweiz ... Wie heißt dat da am Rheinfall?« Sie hustete. »Hoffentlisch is dat käin Räinfall, hahaha!«

Wie gern hätte ich ihr mein Herz ausgeschüttet. Wie sehr hoffte ich, sie würde zwischen der Familie und mir vermitteln.

Aber sie beachteten mich gar nicht. Kasun kehrte mir den Rücken zu und redete nur mit Wilma. Als wäre ich ein unartiges Kind, das mit Verachtung zu strafen ist.

Die Familie saß draußen im Dunkeln auf ihrem Lieblingsplatz, dem niedrigen Mäuerchen, von dem der Putz bröckelte. Sie unterhielt sich gedämpft. Irgendwie herrschte dicke Luft.

Das Essen schmeckte nicht. Ich würgte am kalt gewordenen Reis und dem matschigen Gemüse. Der Stuhl war unbequem.

Plötzlich wurde ich wütend. Offensichtlich war »Dat Wilma« wie sie sich selber nannte, schon in meine Missetaten eingeweiht? Sie hielt eindeutig mehr zur Familie als zu mir als Landsmännin. Die teuren Geschenke waren wohl schon vergessen? Und alles, was ich bisher für Kasun getan hatte?

Energisch schob ich den Teller von mir und stand auf.

»Tschüss und gute Nacht.«

»Tschö mit ö«, sagte Wilma unbeeindruckt.

Wütend schritt ich durch die Tür. Der verdutzten Familie warf ich noch ein »*Thank you for the meal*« hin und flüchtete mich dann auf die stockdunkle Straße. Hier gab es keine Straßenlaternen, und ich stolperte über Schlaglöcher, Steine und Abfälle.

Meine Wut war größer als meine Angst. Sollten mich doch Schlangen beißen oder Skorpione! Sollten mich doch wilde Affen anfallen! Tränenblind hastete ich weiter.

»Rose! Spinnst du jetzt!« Kasun kam hinterher. »Was soll das, Rose!«

»Rede du nur weiter mit Wilma, du merkst ja gar nicht, dass ich da bin!«

Plötzlich knickte ich mit dem Fuß um und knallte auf das Knie. Natürlich auf das schlimme!

Ich weinte los.

Kasun packte mich am Arm. »Das kommt davon, Rose! Hier ist gefährlich!«

»Ach ja?! Und was soll ich dann hier?«

»Rose, du hast meine Familie schwer beleidigt! Alle sind sauer auf dich.«

»Und ich bin sauer auf DICH! Du hast mich hierher gelockt, unter falschen Versprechungen!«

Schluchzend humpelte ich weiter. Wie sehr sehnte ich mich danach, dass mein ehemals sanfter Prinz schützend den Arm um mich legte und mich in Sicherheit brachte!

Von wegen *»Rose, relax«!* Das Gegenteil war der Fall. Schimpfend rannte er neben mir her.

»Meine Eltern haben extra den Anbau gemacht für dich und mich!«

»Das stimmt ja gar nicht, der war ja vorher schon da!«

»Aber sie haben alles neu gemacht, gemalt, neue Bettwäsche, neue Sachen!«

»Das mag sein, Kasun, aber ich habe dir gesagt, ich gehe ins Hotel!«

»Das kannst du nicht machen, Rose, was sollen denn die Leute sagen!«

»Das ist mir egal! Ich bin dir ja auch egal!« Schniefend taumelte ich weiter in Richtung beleuchteter Hauptstraße.

»Du hast mir versprochen, dass wir beide im Hotel schlafen!« Ich stampfte mit dem Fuß auf.

»Das kann ich nicht machen, Rose! Ich bin ein Einheimischer! Der schläft nicht im Hotel!«

»Das wusstest du doch vorher! Du hast mich belogen!«

»Rose, ich DARF gar nicht mit dir im Hotel schlafen«, behauptete er plötzlich. »Die lassen mich gar nicht rein! Wir sind nicht verheiratet!«

»Ja! Und das werden wir auch nicht sein! Vergiss die Hochzeit, Kasun.«

Endlich hatten wir die Hauptstraße erreicht. Tränenüberströmt winkte ich einem Tuktuk.

Kasun stieg mit ein. Das machte mir wieder Hoffnung. Er würde jetzt endlich zur Besinnung kommen. Ich freute mich schon auf leidenschaftlichen Versöhnungssex. Wir konnten noch drei wunderschöne Wochen haben.

Schweigend rumpelten wir Schulter an Schulter dem Hotel entgegen.

Ich zahlte und wir stiegen aus.

Schweigend ging er mit aufs Zimmer. Na also. Schon wollte ich ihn liebevoll aufs Bett ziehen. Ich summte unsere Kitaro-Melodie.

Ein zorniges Blitzen in seinen Augen war die Antwort. Er bückte sich nach seiner Reisetasche und verließ grußlos den Raum. Die Tür fiel ins Schloss. Fassungslos stand ich da und starrte an die weiß getünchte Wand. Dann ließ ich mich aufs Bett fallen.

Alles drehte sich. Der Ventilator an der grün gestrichenen Decke drehte sich auch. Ich würde noch verrückt werden. Ich konnte keinen klaren Gedanken mehr fassen. An Schlaf war nicht zu denken.

Deshalb schlenderte ich durch den leeren dunklen Garten an die Hotelbar.

»Einen doppelten Arak mit Cola bitte.«

Das musste ich erst mal verdauen. Ausdruckslos starrte ich ins Leere. Um mich herum saßen schmusende Liebespärchen. Den Anblick konnte ich nicht ertragen.

Ich nahm mein Glas und setzte mich damit auf die unterste Stufe der weißen Treppe, die zum Strand hinunterführte. Der Sand glitzerte im Mondlicht.

Wie wunderschön das jetzt alles sein könnte, wenn Kasun bei mir wäre!

Ich dachte an unsere letzte Strandnacht bei Vollmond zurück, als er mich kurz vor meinem Abschied angefleht hatte, ihn nach Deutschland zu holen. Und ich ihm versprochen hatte, ihm zu helfen.

Und jetzt? War das der Dank? Ich durfte gar nicht daran denken, dass ich zwei teure Flüge bezahlt hatte und jetzt noch nicht mal Urlaub machen durfte, wie ich wollte.

Plötzlich liefen mir Tränen über die Wangen. Ich tat mir schrecklich leid, weinte aber auch um unsere verlorene Liebe. Und aus Zorn über mich selbst. War ich tatsächlich auf einen schönen jungen Mann hereingefallen, der nichts wollte als mein Geld?

Nein. Da war so viel mehr gewesen. So viel Liebe und Zärtlichkeit konnte einem kein Mann der Welt dauerhaft vorspielen. Die fünfhundert Mark, die der Versicherungsmann uns für seine Aufräumarbeiten in Vaters Wohnung gebracht hatte, hatte er schließlich auch nicht angenommen. Nein. Er war nicht berechnend. Er saß nur zwischen den Stühlen, zwischen den konservativen Erwartungen seiner Familie und mir.

Plötzlich sah ich eine schmale Gestalt im weißen T-Shirt auf mich zukommen.

Na also. Universum, vielen Dank. Das wurde ja auch langsam Zeit. Kasun!

Ich hob den Kopf und hielt die Luft an. Er kam auf mich zu im flirrenden Mondlicht, wie der Titelheld eines Films. Fehlte nur noch die dramatische Musik.

Kasun!? Er war es gar nicht.

Mit strahlendem Lächeln kam ein schöner Fremder auf mich zu und ließ sich neben mich fallen.

Mir klopfte das Herz. Was sollte das jetzt werden?

»*Why are you sad?*«, fragte er mit sanfter Stimme.

Ich wischte mir mit dem Jackenärmel über die Augen und schüttelte den Kopf.

Er sah mich von der Seite aus an. »*Where is your husband?*«

Ich zuckte mit den Schultern.

»*Do you have a boyfriend?*«

»*Perhaps*«, sagte ich und starrte in die Nacht.

Der junge Mann konnte ein paar Brocken Deutsch.

»Du keine Mann?«

»Mann aus Sri Lanka. Aber jetzt nicht mehr. Weg.« Ich warf die Hände in die Luft und musste schon wieder weinen.

Der Fremdling griff nach meinem leeren Glas. »Was du trinke?«

»Cola Rum«, sagte ich. »Aber doppelt Rum.« Ich hielt

ihm einen Zehner hin. »Bring für dich gleich einen mit!«

Der Einheimische flitzte davon. Keine Ahnung, ob er an die Hotelbar durfte oder wo immer er jetzt was zu trinken besorgte. Er hob jedenfalls mein Selbstbewusstsein, das auf die Größe einer Erbse zusammengeschrumpft war.

Kurz darauf sprang er mit zwei Plastikbechern herbei.

»*Cheers.*«

»Auf die Liebe«, sagte ich düster.

»Mann dich nicht wolle?« Ungläubig sah mich der neue Verehrer an.

»Der Mann mich nicht so will, wie ich will«, lallte ich schon ein bisschen.

Plötzlich musste ich lachen, und der junge Kerl fiel in mein Lachen mit ein.

»Du lustige Frau!«

»Bring uns noch zwei, okay?« Wieder kramte ich einen Schein hervor und reichte ihm meinen leeren Becher. Auf einmal fand ich alles gar nicht mehr so schlimm.

So hässlich konnte ich gar nicht sein.

Kasun!, dachte ich leicht schadenfroh. Andere Mütter haben auch schöne Söhne.

Zwei Minuten später war er schon wieder da. Wie ein junger Panther sprang er aus dem Gebüsch und landete neben mir auf den Stufen.

»Doppelte Rum.« Er lachte. »Gute deutsche Lady. Mir gefallen.«

Wir tranken und alberten herum.

Der Wachmann tat, als hätte er nichts gesehen.

»Ich gerne gehe mit dir nach Deutschland.«

Tja. Das war ja mal ein Angebot.

»Ach was, du würdest bloß Heimweh kriegen und nach Hause wollen. Kasun hat auch Heimweh gekriegt und wollte nach Hause.«

»Ich nie Heimweh kriegen und nach Hause wollen«, versicherte er mir im Brustton der Überzeugung. »Ich mit dir immer bleiben. Du schöne Frau. Ich dich lieben.«

»Jaja.« Mit schmerzenden Gliedern stand ich auf.

»Ihr seid ja alle recht flexibel. – Danke für diese Lektion, Meisterlein.«

Ich drückte ihm die leeren Gläser in die Hand. »Bist ein Guter.«

Er lachte unsicher. »Wir uns wiedersehen?«

»*Perhaps*«, orakelte ich schon nicht mehr ganz nüchtern. »Es war total nett, dich kennenzulernen. Jetzt hab ich die nötige Bettschwere.«

Mit einem Winken in seine Richtung schwankte ich davon.

17

Am nächsten Tag lag ich ziemlich verkatert am Swimmingpool und grübelte über mein verkorkstes Leben nach, als ich mehrere einheimische junge Männer am Zaun bemerkte, die wild gestikulierend mit dem Wachmann verhandelten.

War das etwa mein neuer Verehrer? Beharrte er jetzt auf einem Heiratsversprechen? Ich setzte mich auf. So süß und schmeichelhaft der gewesen war. Den wollte ich bei nüchterner Betrachtung nicht wiedersehen. Ich liebte ja Kasun.

Ich war schließlich keine von diesen Sextouristinnen!

Der Wachmann ließ sie auch nicht herein.

Da sah ich, dass mir einer von ihnen winkte.

Ich nahm meine Sonnenbrille ab und starrte hinüber. Ach, das war ja Rajeshwar, Kasuns großer Bruder! Er winkte mich herbei.

Mit Herzklopfen kam ich näher.

Kunde vom Liebsten? Ein Zettel mit Schnörkeln drauf? Ich liebe und vermisse dich? Eine Bitte um Entschuldigung?

Mal sehen, ob ich mich zu Verhandlungen bereit fühlte.

»Ja bitte?« Selbstverständlich war ich zu Versöhnungsverhandlungen bereit. Ich wartete doch nur darauf, dass der Trotzkopf aus seiner Schmollecke kam! Allerdings hätte ich es stilvoller gefunden, wenn Kasun sich selbst herbemüht hätte.

Rajeshwar schimpfte auf Englisch auf mich ein. »*Family! Come to family!*«

»Wie? ICH soll zur Family kommen? Kasun soll zu MIR kommen!«

»*Family is waiting!*«

»Jaja, wie gestern mit dem Essen. Ihr könnt mich mal!« Mangels besserer Englischkenntnisse stapfte ich kopfschüttelnd davon.

Das war zwar sonst nicht meine Art, grußlos von dannen zu gehen, aber mir fiel nichts Kreativeres ein.

Das war doch der Gipfel! Da schickte Kasun seinen älteren Bruder und hatte nicht mal den Anstand, mich persönlich abzuholen?

Jetzt erst recht nicht!

»Frechheit«, schnaubte ich und ließ mich wieder auf den maroden Liegestuhl fallen.

Jetzt war es vorbei mit meiner inneren Gelassenheit.

Was bildete dieser verzogene Prinz sich eigentlich ein? Dass er mir sein Gefolge schicken konnte? Wer WAR ich denn? Hatte der keine Kinderstube? Leider doch, Rosemarie, aber da willst du nicht hin.

Meine Wut war zu groß für den lauwarmen Swimmingpool.

Plötzlich war alle Angst vor dem Meer verflogen. Mir war danach, weit rauszuschwimmen. Barfuß stolperte ich durch den kochend heißen Strand ans Wasser und watete hinein. Da riss es plötzlich so an mir, dass mir der Sand unter den Füßen weggezogen wurde. Mit Entsetzen sah ich, wie sich eine riesige dunkelgrüne Wellenwand vor mir auftürmte. Sie raste schäumend auf mich zu wie ein Ungeheuer. Verzweifelt ruderte ich mit den Armen und versuchte aufrecht stehen zu bleiben, was in so einer Situation natürlich das Blödeste ist, was man machen kann, als die salzigen Wassermassen auch schon auf mich niedergingen und brutal zu Boden warfen. Mein Gesicht traf auf scharfkantige Muscheln und Steine. Ich überschlug mich mehrmals, und das Salzwasser drang mir in Mund und Nase.

Nackte Panik überkam mich. Ich war allein. Niemand achtete auf mich. Ich würde hier jämmerlich ertrinken!

Da spürte ich plötzlich wieder Boden unter den Knien. Ich wollte aufstehen, taumelte, kämpfte um mein Gleichgewicht. Panisch mit den Armen rudernd versuchte ich Land zu gewinnen und schaute nach hinten. Da näherte sich schon die nächste Riesenwand und schleuderte mich umher wie ein wütendes Tier, bis ich irgendwann im flachen Wasser landete. Hustend und würgend schleppte ich mich zum Strand.

Kein Mensch kümmerte sich um mich, kein Mensch!

Es war, als wäre ich unsichtbar! Mein Badeanzug war bleischwer vor Sand, der Schreck saß tief.

Was für einen jämmerlichen Anblick musste ich abgeben! Ich kam mir vor wie ein gestrandeter Wal. Ich musste hier weg. Bestimmt würden gleich ein paar Umweltschützer von Greenpeace kommen und mich ins Meer zurückschleppen. Aber ich war ja unsichtbar. Das war noch viel demütigender.

Ich schleppte mich zu meinem Liegestuhl im Poolgarden und weidete mich an der Vorstellung, dass Kasun verzweifelt über meiner Wasserleiche zusammenbrechen würde.

»Ich habe sie immer geliebt! Oh, Rose, komm zurück! Es tut mir so leid, Rose!« Ganz großes Kino.

Ja, mein Lieber. Zu spät. Ich bin tot. Das hast du nun davon.

Ich beschloss, wieder heimzufliegen. Es hatte ja alles keinen Sinn.

Im Hotel saß zu gewissen Zeiten immer ein Reiseleiter, der Deutsch konnte. Den würde ich um einen baldigen Rückflug bitten.

Lieber ein Ende mit Schrecken als ein Schrecken ohne Ende.

Nur in diesem Zustand konnte ich da jetzt nicht reintaumeln. Ich musste erst mal zur Besinnung kommen.

Der Himmel hatte sich verdüstert, passend zu meiner verzweifelten Stimmung.

Ich lag auf dem Liegestuhl und malte mir alle möglichen und unmöglichen Situationen aus. Noch immer schmeckte ich das widerliche Salzwasser. Ich ließ mir einen Drink kommen, um den schlechten Geschmack zu vertreiben.

Er legte es drauf an, mich sterben zu lassen. Ja, genau. Er liebte mich nicht.

Und ich naive gutgläubige Kuh wäre hier fast ertrunken.

Doch dann überkam mich wieder diese schmerzlich süße Sehnsucht nach ihm. Ich ließ mir einen zweiten Drink kommen. Jetzt liebte ich ihn schon wieder mehr.

Wäre er hier gewesen, wäre mir das alles nicht passiert! Er hätte mich vor den tückischen Strömungen gewarnt oder hätte mich zumindest gerettet! Er hätte sich Sorgen um mich gemacht! Mich gehalten, getröstet, getragen. *Rose, are you okay?*«, hörte ich immer wieder seine sanfte Stimme. »*Relax, Rose!*« Wieder musste ich ganz viel weinen.

Dann gönnte ich mir den dritten Drink und schlief irgendwann ein.

So verbrachte ich den restlichen Tag, und als die uniformierten Bediensteten anfingen, den Poolbereich abzuspritzen, erhob ich mich ächzend von meiner Liege.

Der Schmerz war unbeschreiblich. Das Salz? Die Sonne? Die vielen Steinchen? Ich klebte am Stuhl! Autsch! Diesmal war der Sonnenbrand so fürchterlich, dass ich mich nur langsam in mein Zimmer schleppen konnte.

Dort sah ich die ganze Bescherung. Knallrot wie ein Krebs war ich! Zum Abendessen mochte ich nicht gehen. Mir war schrecklich übel.

Lieber am Strand entlang, im kühlenden Wind. Wieder nüchtern werden. Den Rückflug planen. Nach vorne schauen.

Und da kam er mir plötzlich entgegen. Diesmal war er es wirklich.

Ich war hin und her gerissen.

Einerseits weil er mich nicht gerettet, mich dieser Scheißsonne ausgesetzt hatte, dass er mich überhaupt so allein gelassen hatte, dass sich fremde Jünglinge nähern und mich mit Alkohol abfüllen konnten. Alles seine Schuld, alles!

Andererseits weil meine Freude unbeschreiblich war, als ich ihn endlich wiedersah. Gleich würde er mich eincremen und bedauern, alles würde wieder gut.

Wir liefen aufeinander zu wie im Film – Klappe, die zweite! Bloß nicht so feste umarmen, das tut weh … Wir blieben voreinander stehen.

»Rose, was machst du denn wieder?«

»Kasun?!«

»Das ist schlimme Sonnenbrand.«

»Ja! Und daran bist DU Schuld!«

»Nein Rose. DU wolltest an Strand. Bei uns wäre dir das nicht passiert.«

Ich brach schon wieder in Tränen aus. Heulend erzählte ich ihm von der schlimmen Welle.

Er blieb unbeeindruckt. »Meer gefährlich. DU wolltest zum Meer.«

»DEINETWEGEN wäre ich fast ertrunken!«

»Nein, Rose. DU bist ganz alleine Schuld.«

»DU hast mich im Stich gelassen, du hast dein Versprechen gebrochen, du bist ein ganz ein mieser Schuft ...«

»Rose, ich bin gekommen, um dich zu holen. Meine Familie wartet.«

»Pah!«

Wütend stapfte ich wieder Richtung Hotelgarten.

Er brachte mich schimpfend bis zu meinem Liegestuhl.

»Meine Familie ist sehr sauer! Alles vorbereitet zur Hochzeit! Du benimmst dich wie ein kleines Mädchen!«

»Ihr BEHANDELT mich wie ein kleines Mädchen!«, schnappte ich zurück. »Das lass ich mir nicht bieten! Ich bestimme immer noch selber, wo ich Urlaub mache! Von MEINEM Geld!«, setzte ich noch nach. »Ihr seid doch alle verrückt, seid ihr! Ich lass mich doch nicht ausnutzen!«

Seine Augen wurden schmal.

»Na, dann mach gut, Rose. Und schönen Urlaub noch.« Mit diesen Worten drehte er sich um und ging.

»So. Das reicht.« Entschlossen marschierte ich zur Rezeption. »Ich will abreisen.«

Der sanfte Schmetterling im bunten Sari lächelte mich freundlich an und wies auf ein Schild, das besagte, dass der deutschsprachige Reiseleiter erst wieder um siebzehn Uhr an seinem TUI-Schalter zu sprechen sei. Na bitte. Ich hatte Zeit.

Ich wartete in einem Sessel in der Lobby und ließ mir alles noch mal durch den Kopf gehen. Nein. Nicht mit mir.

Und da kam er auch schon, der junge gutaussehende Reiseleiter. Er setzte sich in seinem weißen kurzärmligen Hemd an den Schreibtisch und lächelte mich hilfsbereit an.

»Ich möchte abreisen. So schnell wie möglich.«

»Gefällt Ihnen das Hotel nicht?« Seine dunklen Augen ruhten besorgt auf mir. »Sie haben für drei Wochen gebucht!«

»Nein, es ist wirklich schön hier, aber ...« Ich biss mir auf die zitternde Unterlippe. Jetzt bloß nicht losheulen vor dem jungen Mann.

Zu spät. Dicke Tränen kullerten mir über die Wange.

Verlegen zupfte er an seinem Hemdkragen.

»Es ist so, dass ich weg will von – jemandem.«

»Werden Sie hier belästigt? Das werde ich sofort dem Manager melden.«

»Nein, das ist es nicht!« O Gott, ich musste ihm die Wahrheit sagen! Für eine so plötzliche Umbuchung brauchte der junge Mann einen triftigen Grund!

»Ich wollte hier heiraten, das heißt, WIR wollten heiraten. Aber jetzt haben wir uns gestritten, und ich habe beschlossen, NICHT mehr zu heiraten, und ich muss jetzt sofort weg!«

Der junge Mann starrte mich peinlich berührt an.

»Ich kann mich bemühen, aber versprechen kann ich nichts.«

»Oh, bitte, bitte bemühen Sie sich ...« Ich wischte mir verschämt die Augen. »Es tut mir wirklich leid, dass ich Ihnen solche Umstände mache, aber es ist ein Notfall. Bitte glauben Sie mir, ich bin völlig verzweifelt. Ich will nach Hause«, schluchzte ich plötzlich wie ein kleines Mädchen.

O Gott, das hatte ich doch alles gar nicht preisgeben wollen! Das ging den einheimischen Reiseleiter doch gar nichts an! Wie stand ich denn jetzt da?

Ich putzte mir die Nase.

»Entschuldigung. Es geht schon wieder.«

Er reichte mir die Hand und stand auf. »Ich werde alles tun, was in meiner Macht steht. Würden Sie mir noch den Namen verraten?«

»Meinen?«

»Nein, den des Mannes, wegen dem Sie so traurig sind!«

»Kasun«, sagte ich mit erstickter Stimme. »Kasun Gourmondo-Singha.«

Täuschte ich mich, oder zuckten seine Mundwinkel? Mir war, als hörte er diesen Namen nicht zum ersten Mal.

Nachdem ich so verheult, verbrannt und zerzaust nicht ins hoteleigene Restaurant gehen wollte, schlenderte ich draußen auf der Straße herum. Insgeheim hoffte ich, dass Kasun mich von dort aus beobachten würde. Sollte er doch sehen, dass ich mich auch ohne ihn prächtig amüsierte! Die Sonne stand schon glutrot über dem Meer und schickte sich an, bald zu versinken. Ich kletterte die Stufen zu einem schlichten Restaurant hinauf, um den Sonnenuntergang von dort aus zu genießen.

Ach, wenn doch jetzt Eberhard und Bärbel hier wären!, dachte ich. Tieftraurig bestellte ich mir ein Hähnchengericht, obwohl ich gar keinen Hunger hatte.

Das kleine Restaurant wirkte etwas schmuddelig. Als der Kellner den Teller vor mir abstellte, merkte ich, dass er den Daumen im Essen hatte.

Ach, was soll's dachte ich! Jetzt mal nicht zimperlich sein. Ich war doch hart im Nehmen. Auf einmal spürte ich doch, wie hungrig ich war. Es schmeckte wesentlich besser als das Gericht bei den »Schwiegereltern«.

Ach, dass das alles so traurig enden musste! Ich hoffte sehr, dass mir der Reiseleiter morgen weiterhelfen würde. Ich wollte heim, sonst nichts.

In der Nacht bekam ich heftige Bauchkrämpfe. Mir war übel und ich fror wie ein Schneider unter meinem dünnen Laken.

»Mist, hier sind nirgendwo Decken ...« Ich öffnete den muffigen Schrank und musste mich bei dem Geruch fast übergeben. Oh bitte, lieber Gott, bitte, bitte nicht ...

Ich schaffte es gerade noch zur Toilette.

Okay. Ruhig bleiben jetzt, Rosemarie. Der kalte Schweiß stand mir auf der Stirn. Ich tapste zurück zum Bett. Mit klappernden Zähnen kroch ich wieder unter das Laken und breitete meine Winterjacke darüber aus.

Gott, war mir schlecht. Der Schüttelfrost wurde stärker. Mir war so kalt. Wenn doch Kasun da wäre!, dachte ich. Der weiß, was zu tun ist! Ich fühlte mich so elend, so allein, so hilflos! Ich hatte anscheinend einen Sonnenstich. Oder eine Salmonellenvergiftung. Wahrscheinlich beides.

Nach dem nächsten Toilettenbesuch öffnete ich die Schiebetür und trat auf die nachtschwarze Terrasse hinaus. War denn hier niemand?

Doch, da vorne stand ein Wachmann am Tor.

»*Hello? Can you come?*« Da stand ich in meinem Nachthemd und zitterte wie Espenlaub. »*I'm ill. And I am cold. Send me somebody with a* ... Decke!« Würgend stolperte ich ins Bad zurück.

Gott, ich würde sterben. Und keiner würde es merken. Nach einer gefühlten Ewigkeit klopfte es an der Terrassentür. Ein Boy stand da.

Ich bedeutete ihm, dass ich fror! Rieb mir die Arme, schlotterte, trat von einem Bein aufs andere. Und das bei dreißig Grad. Der Boy kapierte gar nichts.

»*I want a* Decke!« Ich zog ihn halb in mein Zimmer und zupfte viel sagend an meinem Laken.

Der Boy nickte und verschwand.

Nach weiteren Brech- und Durchfallattacken klopfte es endlich wieder. Der Boy überreichte mir ein weiteres Laken.

Ich schickte ihn weg. Das hatte doch alles gar keinen Sinn.

Gegen Morgen kam das Fieber. Endlich wurde mir warm, um nicht zu sagen heiß. Ich wälzte mich im Bett hin und her und verfluchte mich dafür, mich auf diese Reise, ja, je auf Kasun eingelassen zu haben.

Den ganzen Tag lag ich im Bett und schwitzte und fror. Natürlich gab es auch nichts zu trinken. Das Wasser aus der Leitung war ungenießbar. Ich würde hier noch verenden!

Wenn ich jetzt um Hilfe rief, würden sie mich in so ein Buschkrankenhaus bringen, mit kratzigen Wolldecken auf durchgelegenen Feldbetten, in einem großen Saal mit anderen hochgradig ansteckenden Kranken. Bestimmt hatten sie dort für alle nur eine Toilette. Da blieb ich lieber hier.

Was sollte ich nur machen! Je mehr ich grübelte, desto verzweifelter wurde ich.

Der Einzige, der mir jetzt helfen konnte, war Kasun.

Ich beschloss, ihn rufen zu lassen. Schließlich hatte er mich erst in diese Lage gebracht. Nie wäre ich ohne seine Versprechungen wieder in dieses Land gekommen.

Auf meinem Nachttisch lag ein kleiner Notizblock mit einer roten Rose drauf. Ein Wink des Universums? Natürlich! Der rettende Strohhalm, zum Greifen nah!

»Lieber Kasun«, schrieb ich in Großbuchstaben. Meine Hände zitterten vor Anstrengung. »Du musst kommen, ich bin sehr krank.«

Vielleicht kannte er einen Arzt, der Deutsch sprach. Auf jeden Fall konnte er mir was zu trinken besorgen.

Draußen im Poolgarden stand der Hotelboy, der mir heute Nacht das zweite Laken gebracht hatte. Ja, der sollte Kasun herholen. Der wusste doch, dass ich krank war, konnte ihm glaubhaft von meinem Zustand berichten! Guter Plan!

Ich winkte den Boy herbei, der zwar nicht gerade die hellste Kerze auf dem Leuchter war, aber diesmal sollte er ja nur einen Zettel abgeben.

»Kasun!«, machte ich ihm gestenreich klar. »Adresse steht drauf. Tuktuk! Du Zettel bringen!«

Ich drückte ihm einen Fünfzigrupienschein in die Hand. »Schnell! *I'm ill!*«

Der Boy nickte und trollte sich. Halleluja. Jetzt kam

gleich Rettung. Ich war so schwach, dass ich nur ins Bett fallen konnte. Eine Stunde verging, und es tat sich nichts.

Ich döste im Fieberwahn vor mich hin. Zwei Stunden vergingen.

Dann vernahm ich ein zaghaftes Klopfen. Kasun?! Mein edler Prinz auf dem weißen Pferd?

Ich rappelte mich auf und schob den Vorhang zur Seite. Draußen stand der dämliche Boy. Schüchtern zeigte er mir meinen Zettel mit der Rose drauf und fragte: »*Stamp?*«

»Wie *stamp*? Wieso soll da ein Stempel drauf?«

Ach, *stamp!* Briefmarke! Frustriert raufte ich mir die Haare.

Eine Woge der Verzweiflung überrollte mich. Der war überhaupt noch nicht aus dem Hotel gegangen! Glaubte der im Ernst, ich wollte in meinem Zustand warten, bis die POST den Zettel zu Kasun gebracht hatte?

Frustriert entriss ich ihm den Zettel samt den fünfzig Rupien und knallte ihm die Terrassentür vor der Nase zu. Als ich den Vorhang mit Schwung zuzog, fiel er mir staubig auf die Füße. Mit letzter Kraft zog ich mir meinen Wickelrock über das Nachthemd und schleppte mich in die Hotelhalle. An seinem Schalter saß wieder der nette junge Reiseleiter, den ich gestern um dieselbe Zeit vollgeheult hatte. Jetzt taumelte ich in einem völlig nassgeschwitzten Nachthemd an ihm vorbei. Ganz großes Kino.

Ich drückte einem Tuktukfahrer den Zettel samt Geld in die Hand, und der nickte und knatterte los.

»Haben Sie sich um einen Rückflug bemüht?«, fragte ich den Reiseleiter, der mich mit offenem Mund anstarrte.

»Ja.« Er zupfte sich verlegen am Hemdkragen. »Ich tue alles, was ich kann. Morgen um diese Zeit wissen wir mehr.«

Ich trollte mich zurück in mein Zimmer und warf mich wieder aufs Bett.

Keine zwanzig Minuten später hörte ich Schritte auf der Terrasse, und Kasun stieg über den am Boden liegenden Vorhang ins Zimmer. Endlich! Meine Lichtgestalt!

Gerade wollte ich ihm heulend an die Brust sinken, da rümpfte er nur die Nase.

»Kasun, ich brauche deine Hilfe!«

»Siehst du, das hast du nun davon.« Er legte die Hand auf meine fiebrige Stirn und zog sie sofort wieder weg. »Das bist du alles selber schuld.«

War das ALLES? Er setzte sich noch nicht mal zu mir auf die Bettkante? Ich wollte seine Hand halten, und er stand stocksteif auf dem Bettvorleger und machte mir Vorwürfe?

Voller Wut riss ich mir das Laken über die Ohren.

Ach, wo war nur das verliebte junge Mädchen geblieben, das ich noch vor Kurzem in seinen Armen gewesen war? Dieser Prinz hatte mich erst verzaubert und dann zur Hölle geschickt! Warum nur? Womit hatte ich das verdient? Ich war immer nur lieb zu ihm gewesen!

Minutenlang blieb alles still. War er etwa gegangen? Ich kannte meinen einfühlsamen Kasun nicht mehr!

Nein, er stand noch da und nagte grübelnd an der Unterlippe.

»Meine Mutter kann heilen, Rose. Sie kennt die Ayurveda Medizin.«

Das war ja schon mal ein Angebot. Aber mein letzter Zipfel Restwürde verbot mir, es sofort anzunehmen.

»Dann soll sie kommen«, schmollte ich unter meiner Decke.

Kasun schwieg. Bestimmt bekam der zu Hause richtig Ärger, wenn er noch mal ohne mich heimkam. In einer plötzlichen Aufwallung riss ich mir die Decke vom Leib.

Ich sah ihn an.

Und er sah mich an.

Unsere Blicke tauchten ineinander ein.

»Kasun ...«

»Rose ...«

Er sank neben meinem Bett auf die Knie und nahm meine Hand.

»Ich habe drei Tage nicht geschlafen und nicht gegessen, Rose! Weil ich dich so vermisst habe!«

»Dann sind wir ja schon zwei, die leiden wie ein Hund!« Endlich, endlich!

Ich schloss die Augen und fühlte mich selig, trotz meines ausgelaugten Körpers. Ich hatte ihn wieder! Er war wieder mein alter Kasun!

»Rose, ich bringe dich jetzt nach Hause, ja? Meine Mutter wird dich pflegen. Sie kann das, sie hat magische Kräfte! Sie holt Kräuter und Blätter aus dem Garten und macht dir Tee.«

»Ja, Kasun, ich mache alles, was du sagst, wenn du nur bei mir bleibst.«

»Du brauchst Ruhe, und die hast du bei uns im Anbau.«

»Bestimmt.« Hauptsache, er nahm seine Hand nicht weg und hörte nicht auf, mich so flehentlich und liebevoll anzublicken.

»Sei nie wieder so dumm, Rose, okay?« Er beugte sich zu mir und küsste mich auf die Stirn.

In diesem Moment war all mein Groll gegen ihn vergessen. Er war mein geliebter Prinz, der mich rettete. Ich wollte mit ihm auf Wolke sieben davonschweben, weg aus diesem Zimmer, an das ich so wenig gute Erinnerungen hatte.

»Dann schaffst du es jetzt aufzustehen?« Mit seiner Hilfe schaffte ich es. Wir packten hastig ein paar Sachen zusammen.

Kasun trug meinen Koffer durch die Hotelhalle und stützte mich mit dem anderen Arm.

Der Reiseleiter saß immer noch da. Täuschte ich mich, oder zwinkerte er Kasun zu?

Nein, bestimmt hatte er nur was im Auge.

Kurz darauf saßen wir im Tuktuk. Ich schloss die Augen und genoss den Fahrtwind.

18

»Na dat hät ja noch mal joht jejange.«

Als ich die Augen aufschlug, stand die kölsche Wilma vor meinem Bett.

»De janze Familie hat sisch solche Sorjen jemacht!« Sie verschränkte die kurzen Arme vor dem mächtigen Busen und kramte Zigaretten aus ihrer Tasche. »Du häss hohes Fieber jehabt, un hass jepennt wie ne janze Kompanie Bauarbeiter.«

Na, die Frau hatte Charme! Hoffentlich hatte ich nicht auch noch geschnarcht.

»Und der Kasun hat drei Tage nix jejässe und hat jelitten wie'n Hund, weil der dachte, du kratz ab.«

»Das tut mir auch wirklich leid ...«, stammelte ich.

Innerlich jubelte ich, dass es meinem Schatz auch so nahegegangen war! Wenn das kein Beweis für seine Liebe war! Oder hatte er etwa Angst um seine Geldquelle? Meine Gedanken umwölkten sich, und mir war wieder zum Weinen.

»Dat kannze behalten.« Sie zeigte großzügig mit ihrer Zigarette auf mich.

Ich sah an mir herunter. Ich trug ein bodenlanges geblümtes Nachthemd von der Größe eines Zweimannzeltes, das ich noch gar nicht kannte.

»Häss ja alles durchjeschwitz, und dann war nix Frisches mehr in deinem Koffer.«

Ich schluckte. Als ich versuchte, mich aufzurichten, marterte die dünne gelbe Schaumstoffmatratze meinen Steiß.

»Bitte gib Kasun Geld, dass er mir eine dickere Matratze besorgt ... Vielleicht zwei oder drei übereinander.«

Wilma steckte das Geld ein. »Du kannz von Glück sagen, dat die hier alle so nett sind.«

»Ja. Ich bin auch voll dankbar ...«

»Und nachtragend sind die auch nicht.« Wilma nickte. »Ne janz feine Familie is dat.«

»Ja.«

»Kannze von Glück sagen, wenn de hier einheiratest.«

»Äh ... wie?« Von Heirat war doch überhaupt keine Rede mehr! Im Gegenteil! Ich wollte nach wie vor so schnell wie möglich nach Hause! Doch wie sollte ich das formulieren, ohne schon wieder in ein Fettnäpfchen zu treten? Ich wollte gerade schwach protestieren, als die Mutter reinkam. Sie strahlte mich mit ihrem Goldzahn an.

»*Ah! Better!*« Sie flößte mir irgendwelche Kügelchen ein, die aussahen wie die, welche der Rosenkäfer vor sich her rollt. So schmeckten die auch. Ich bekam schon wieder Würgereiz.

»Nä, nä, jetz isset aber jut! Dat schluckste jetz runter, los, stell disch nidde so an!«

Wilma zärtelte nicht lange rum. Gehorsam schluckte ich die stinkenden Kügelchen und trank literweise selbstgemachten bitteren Tee.

»Ich würde lieber was Kaltes trinken ...«

»NÄÄ. Nix. Dat muss häiß sein, je häißer, desto besser. Dat is für dat Fieber.«

»Wo ist Kasun?«

»Der is Matratzen am Besorgen.«

Oh. Das ging ja schnell. Hatte sie ihm das Geld schon gegeben? Oder der Mutter? In meinem Delirium konnte ich Zeit und Raum nicht mehr einschätzen.

Ich schälte mich von der Spanholzpritsche. Stöhnend fasste ich mir ins Kreuz.

Wilma lachte. »Dat is nix für dich, wat, lecker Schätzelein?! Bis ne Prinzessin auf der Ärpse!«

Ich fragte mich, worauf denn Wilma schlief, wenn nicht auf einer Schlechtwetterwolke.

Auf der Toilette fand ich kein Klopapier. Um nicht schon wieder dat Wilma zu nerven, holte ich meine letzten Tempotaschentücher und verschanzte mich damit im Bad.

Endlich mal Haare waschen! Kasun sollte seine duftende Rose so schnell wie möglich wiederbekommen.

Da die Dusche so spärlich tröpfelte, nahm ich das kleine blaue Plastikschüsselchen, das neben der Toilette auf der Erde stand, und wunderte mich noch, wieso so tief ein Wasserhahn in die Wand eingelassen war. Wer wollte sich denn so tief bücken! Ich füllte es mit Wasser und schüttete das erfrischende Nass über mein verklebtes Haar. Dazu trat ich vor die Tür, um nicht wieder eine Schweinerei anzurichten.

»Wat machste denn da, Liebelein?«

Wilma lehnte an der Gartenbank.

»Ich wasche mir die Haare.«

»Mit dem fiese Pisspott?!«

»Wie?« Ich hielt das Plastikschüsselchen von mir ab. »Das stand neben der Toilette!«

»Damit waschen die sich hier den Hintern, weil sie kein Klopapier haben.« Wilma lachte, bis sie keine Luft mehr bekam. »Kommt ma alle her, Kinder! Kuckt ma, wat dat Rose wieder für Spökes macht!«

Natürlich musste genau in diesem Moment mein Kasun um die Ecke biegen! Er hatte zwei neue Schaumstoffmatratzen unterm Arm. Als er mich sah, ließ er sie fallen und kringelte sich vor Lachen. Die Kinder stürmten auch aus dem Haus, alle kreischten vor Begeisterung und zeigten auf mich und das Kloschüsselchen und meine nassen Haare. Mir blieb nichts anderes übrig, als in ihr Lachen mit einzustimmen.

In dieser Nacht liebten wir uns wieder zärtlich. Kasun war unendlich fürsorglich und aufmerksam und brachte mich wieder auf Wolke sieben. Und das im wahrsten Sinne des Wortes! Ich thronte jetzt quasi über ihm, denn er hatte die zwei neuen Matratzen nur für mich mitgebracht und nahm selbst mit der durchgelegenen vorlieb.

»Du, Kasun?«

»Ja, Rose?«

»Tut mir leid, dass ich mich kindisch benommen habe.«

»Schon gut, Rose. Ich war ja auch nicht immer nett.«

»Liebst du mich noch?«

»Ja. Und du, Rose?«

»Ich hab dich immer geliebt.«

»Dann heiraten wir also?«

Ich lag wie betäubt auf meinen Matratzen und starrte an die Decke.

»Ich hab Schiss, Kasun.«

Durchfall war ja auch immer ein Zeichen von Angst, hatte ich in meinem Psychologiestudium gelernt.

»Warum denn, Rose?«

»Na ja, wir haben in letzter Zeit ziemlich heftig gestritten ...«

»Dann kann ich nicht mehr nach Deutschland zurück.«

»Nein.« In meinem Kopf ratterte es. »Stimmt.«

»Ich kann nur mit einem Heiratsvisum zurück.«

»Hm.«

Ich grübelte. In Kürze gingen die Flüge zurück. Ich fühlte mich wie jemand, der auf dem Zehnmeterturm steht und springen muss, weil hinter ihm schon eine gnadenlose Meute drängelt.

Würde es ein eleganter Sprung ins kühle Nass werden oder ein schmerzhafter Bauchklatscher? Die dritte Möglichkeit wäre die, sich rückwärts runterzuschleichen, unter den empörten Blicken und spöttischen Kommentaren sämtlicher Zuschauer.

Mir wurde schon wieder ganz anders. Gleichzeitig zog sich mein Herz vor Liebe zu Kasun zusammen. Ich war doch seine Bestimmung?! War es nicht so, dass unsere Seelen sich gefunden hatten? Ein »Augen-Blick«, und wir hatten beide in Flammen gestanden, hatten uns vertraut und gewusst, dass wir zusammengehören. Vielleicht nicht für immer. Aber für jetzt.

Heiraten oder nicht heiraten. Das war hier die Frage.

»Rose?«

»Ja?«

»Bist du noch wach?«

»Natürlich. Was denkst denn du.«

»Rose, ich will wieder mit nach Deutschland. Ich will bei dir leben. Ich liebe dich. Weißt du noch, wie schön alles war, mit deinem Vater und so?«

O Gott. Ja. Vater würde ihn ganz fürchterlich vermissen.

»Und denk mal an die Cindy.«

»Natürlich. So ein Hund ist immer ein Heiratsgrund.«

»Rose. Entweder wir heiraten oder wir trennen uns.«

»Ja.« Ich seufzte.

»Denkst du, dass wir uns trennen?«

»Manchmal denke ich das.«

Plötzlich schnellte Kasun hoch und sah mir ins Gesicht.

»Rose, wenn du mich nicht heiratest, geh ich wieder zum Militär. Ich zieh in den Krieg im Norden des Landes. Dann ist mir alles egal.«

»Das ist doch Quatsch, Kasun. Du sprichst jetzt gut Deutsch, du kannst als Reiseleiter im Hotel arbeiten.«

»Den Job hat schon mein Cousin.«

»Wie?«

»Er hat mir sofort gesagt, dass du zurückfliegen wolltest. Und ich habe gesagt Nein.«

»Der ist dein COUSIN? Der Reiseleiter?«

Kasun nickte düster. »Familie hält eben zusammen.«

Ich kroch wieder unter mein Laken. »Ihr seid schon eine raffinierte Mischpoke.«

Ich konnte mir ein Grinsen nicht verkneifen. Dann nahm ich seine Hand.

»Ach, Kasun. Es ist alles so schwierig. Ich will dich ja heiraten und zu meinem Wort stehen. Aber ich habe auch Angst. Wir sind so verschieden, und du findest vielleicht noch mal eine Junge, Hübsche. Ich will dir nicht im Weg stehen.«

Kasun ließ meine Hand los. »Ich habe dir schon oft gesagt, ich will dich und keine andere. Ich schwöre dir, Rose. Ich gehe zum Militär und lass mich dort erschießen.«

Das gab mir einen Stich.

»Ohne dich kann ich mich in Hikkaduwa nicht mehr sehen lassen«, machte er mir glaubhaft klar. »Das ganze Dorf redet schon über uns. Du hast mich zum Narren gemacht und meine ganze Familie blamiert.«

»Das tut mir wirklich leid, Kasun!« Wenn ich mein Verhalten aus seiner Sicht betrachtete, schämte ich mich ganz fürchterlich. Kasun hatte sich sofort auf meine Wohnung, meinen Vater und alle ihm fremden Umstände eingelassen, sich ein halbes Jahr von mir fremdbestimmen lassen. Ihm waren Sprache und Kultur genauso fremd gewesen wie mir hier die seine, und genau wie ich jetzt hatte er keinen Menschen gehabt außer mir. Und ich wollte ihm und seiner Familie dieses Vertrauen nicht mal für drei Wochen schenken.

»Kasun, mach dir keine Sorgen.« Ich strich ihm übers Haar. »Plan A hat wieder Gültigkeit. Wir heiraten.«

Mein erster Gedanke am Tag meiner Hochzeit war: Da hängt ja noch Wäsche im Garten. Die muss doch nicht mit aufs Hochzeitsvideo. Hoffentlich nimmt die noch jemand ab.

Ich selber durfte ja keinen Handschlag tun, seit wir unser Verlöbnis erneut in der Familie bekannt gegeben hatten. Sie behängten mich mit Blütenkränzen und behandelten mich wie eine Göttin. Ich durfte nur zuschauen, nachdem die ganze Familie in hektische Hochzeitsvorbereitungen ausgebrochen war. Wilma ließ sich nicht mehr blicken.

Kasuns Brüder strichen die Wände neu und hängten Seidenbahnen unter dem Dach aus, damit die buddhistischen Mönche, die die ganze Nacht für uns beten würden, auch eine heilige Halle hatten.

Die Mutter betete jeden Tag zwei Stunden vor dem kleinen Altar im Garten zu Buddha, dass er unsere Ehe segnen möge.

Das Einzige, was ich tun durfte, war, zweitausend Mark von der Bank holen und sie Kasuns Mutter übergeben. Mein letztes Bargeld hatte für die Matratzen herhalten müssen. Als wir die Ringe aussuchten, musste ich schon etwas schlucken, der Juwelier passte mir den größeren an und Kasun den kleineren.

»Kasun, wo ist denn nun der Elefant?«

Ich stand bereits aufgeregt in meinem Sari in unserem Anbau und spähte aus dem vergitterten Fenster hinaus. Kasun durfte mich nicht sehen! Die Schwester und die Schwägerin hatten mich sorgfältig in die weißen Stoffbahnen eingewickelt, mich geschminkt und frisiert und mir ein weißes Blütenkränzlein ins Haar gesteckt.

Mir war so feierlich zumute!

»Ja, es gibt hier einen Arbeitselefanten, der ist dazu abgerichtet, Baumstämme zu ziehen!«

Kasun stand draußen am Brunnen und kehrte mir den Rücken zu.

»Kasun«, quietschte ich aufgeregt, »nimm mich jetzt nicht auf den Arm! Du hast mir einen Hochzeitselefanten versprochen!«

»Ich will mal sehen, ob ich ihn herbestellen kann.«

»Na, das fällt dir ja früh ein!«

Ich war schon in voller Montur und durfte mich nicht mal mehr aufs Bett setzen, damit der Sari keine Falten bekam, und er wollte jetzt im Dschungel nach dem Elefanten schauen?

»Gib mal Geld, Rose. Wenn wir dem Elefantenbesitzer was geben, dann kommt der schon.«

»Und was frisst der Elefant?« Ich trat vor Aufregung von einem Bein auf das andere und wühlte in meiner Handtasche.

»Bananen, Rose.«

»Dann bring mir eine, ich schäle die inzwischen!«

»EINE Banane, Rose?«

Kasun übersetzte mein Begehr für seine liebe Verwandtschaft, und schon fingen alle wieder kreischend an zu lachen.

»Na dann eben mehrere! Bring sie mir, ich darf ja nicht mehr raus!« Ich wollte irgendetwas tun, mich irgendwie nützlich machen.

»Der frisst ganze Stauden, Rose!«

»Dann schäl ich die eben alle!«

Wieder übersetzte Kasun, und alle lachten Tränen.

»Der frisst die MIT SCHALE, Rose!«

»Nein, das glaube ich nicht! Die schmecken dem doch gar nicht!«

»Rose, du bist der erste Mensch in Sri Lanka, der einem Elefanten eine Banane schälen will.«

»Na und?«, gab ich gespielt schnippisch zurück. »Dann wird sich der Elefant sein Leben lang an mich erinnern.«

Das Warten in dieser engen Kemenate wurde immer unerträglicher. Draußen im Garten werkelten seit Tagen Dutzende von Menschen an unserem Festtagsmahl. Sogar nachts waren sie mit den Vorbereitungen beschäftigt.

Eine kleine hagere Frau saß barfuß am Boden und schälte Gemüse mit einem Messer, das sie zwischen den Zehen hatte. Eine andere formte in rasender Geschwindigkeit auf Zeitungspapier kleine braune Haifischbällchen und warf sie in siedendes Fett.

Die Luft draußen war heißer als der Backofen. Ob das Haifischfleisch nicht schon einen Stich hatte? Ich beschloss, sie lieber nicht zu essen.

Ein Mann filetierte viele große Fische, die er ebenfalls auf Zeitungspapier warf. Dann kippte er Unmengen von scharfen Gewürzen darüber. Wahrscheinlich konnte sich so kein Keim am Leben halten. Andere strichen die Gartenmauer und verzierten alles mit Palmwedeln.

Nach einer Stunde kam Kasun zurückgeschlendert.

»Wo ist der Elefant?«

»Der ist im Dschungel beschäftigt und hat nicht freibekommen.«

»Aber das Geld hast du dem Elefantenbesitzer gegeben?«

»*Rose, relax*. Ich konnte es ja schlecht wieder zurückverlangen. Das bringt Unglück.«

»Wie schade«, murmelte ich, kurzfristig niedergeschlagen. Mir wurde etwas angst und bange wegen meiner vielen Ausgaben.

Die Mutter hatte schon zweitausend Mark von mir für die Hochzeit eingesackt. Damals entsprachen fünfunddreißig Mark tausend Rupien, und ich war dermaßen im Stress, dass ich weder den Kurs umrechnete noch Fragen stellte. Hauptsache, ich machte alles richtig!

Kasun hatte mir glaubwürdig versichert, dass die Mönche einen Teil des Geldes bekommen würden, und die würden es wieder den Armen geben! Das sei der ewige Kreislauf der buddhistischen Philosophie. Außerdem würden sie die ganze Nacht für uns singen und beten. Auch die Standesbeamtin erwartete einen dicken Umschlag. Leider konnte ich nicht kontrollieren, wie viel es war, da musste ich der Mutter und Kasun vertrauen. In der Zwischenzeit waren wir auch noch mal nach Galle zur Bank gefahren, und Kasun hatte vor meinen Augen den Familiengoldschmuck eintauschen wollen. Daran musste ich ihn doch hindern! Deshalb hatte ich noch mal fünfhundert Mark abgehoben und sie ihm in die Hand gedrückt, bloß damit der Schmuck in der Familie blieb.

Das Essen, der Blumenschmuck, der Videofilmer, neue Festtagskleidung für die ganze Familie – ja, da kam schon was zusammen.

Ich war wie in Trance. Welche Frau hatte so eine Traumhochzeit in einem exotischen Land? Welche Frau in meinem Alter durfte so einen schönen jungen Mann ihr Eigen nennen?

Ja, es war ein mutiger Schritt, den ich da tat. Manchmal kam ich mir vor wie die tollkühne Heldin in einem verrückten Film. Aber jetzt gab es kein Zurück mehr.

Ich liebte Kasun so sehr, wollte ihm eine sorgenfreie Zukunft bieten. Und diese Familie gab sich auch so viel Mühe mit mir und trug mich auf Händen!

Nie hatte ich nach der Scheidung wieder heiraten wollen. Aber ich hatte ja nicht wissen können, dass ich jemals wieder so lieben würde!

Das Treiben da draußen im Blick dachte ich: Sieh nur, Rosemarie. Das ist alles nur für dich! Wer hat sich je so eine Mühe für dich gemacht? Sie tun alles, was in ihrer Macht steht, damit du eine Traumhochzeit hast.

Das lange Stehen im stickigen Zimmer wurde langsam anstrengend. Schließlich war ich immer noch ziemlich wackelig auf den Beinen. Deshalb legte ich mich irgendwann vorsichtig aufs Bett. So konnte ich die Wartezeit aushalten.

Ich nahm mir vor, Kasun zu einem glücklichen Mann zu machen. Als mein Ehemann würde er in Deutschland einen Job finden. Wir würden ein wunderbares Leben haben, um das mich viele Frauen beneiden würden.

Die entsetzten Gesichter der weiblichen Familienmitglieder schreckten mich aus meinen süßen Träumen. Man rüttelte an mir und gab mir gestenreich zu verstehen, dass es sich nicht schickte, im Brautkleid auf dem Ehebett zu liegen! Das bringe Unglück!

»Oh. Ups. Entschuldigung.«

»Die Standesbeamtin ist da!«

Kopfschüttelnd zogen sie mir die Falten aus dem Stoff.

Benommen rieb ich mir die Augen und folgte ihnen hinaus in den Garten.

Da stand mein Kasun, schön wie ein junger Gott! Er hatte ein weißes kurzärmliges Hemd an, eine schwarze Hose und Lackschuhe. Auch die anderen Männer seiner Familie sahen so festlich aus, selbst die kleinen Knaben.

Die Frauen trugen alle farbenfrohe Saris, die Mädchen entzückende Kleidchen. Ich lächelte überwältigt. Das war nun der langersehnte Moment!

Die Standesbeamtin, eine füllige ältere Dame mit grauem Haarknoten, saß bereits an der Stirnseite des Esstischs im Garten und machte ein ernstes Gesicht. Alle standen erwartungsvoll um sie herum.

Wieder kam ich mir vor wie eine Filmdiva, als ich ins »Scheinwerferlicht« der blendenden Sonne hinaustrat, auf die Bühne des Lebens. Eine Videokamera wurde auf mich gehalten, und zwei Brüder Kasuns knipsten jede meiner Bewegungen. O Gott, jetzt war es soweit!

Lächelnd schritt ich auf Kasun zu. Ein jubelndes Glücksgefühl schnürte mir fast die Kehle zu. Der große Moment war gekommen! Ich liebte ihn! Nie hatte ich einen Menschen mehr geliebt! Und ich durfte ihn glücklich machen, ihm den Weg in ein neues Leben ebnen.

Doch leider erwiderte mein Bräutigam meinen Blick nicht. Es war, als schaute er absichtlich an mir vorbei. Vielleicht durften Männer hier keine Gefühle zeigen? In Deutschland kam es oft genug vor, dass der Bräutigam beim Anblick der Braut feuchte Augen bekam!

Dafür hatte ich jetzt selber welche. Wir setzten uns zu der Standesbeamtin an den Tisch, und diese erwies sich als recht wortkarg und unfreundlich. So sehr ich auch strahlte und immer wieder glücklich zu Kasun hinübersah, so amtlich und sachlich gab sie sich, und Kasun auch.

Die Standesbeamtin hatte ein riesiges Buch aufgeschlagen und unterschrieb erst mal selbst an mehreren Stellen. Leider konnte ich die Schrift nicht lesen, schaute aber interessiert zu. Ach, wie gern hätte ich jetzt verstanden, was sie vor sich hin murmelte!

Nun sollte Kasun unterschreiben. Die Standesbeamtin deutete auf verschiedene Stellen in dem Buch und blätterte vor und zurück. Kasun malte andächtig seine Kringel.

Hilf mir doch, geliebter Prinz!, sagte mein Blick. Nur du kannst mich lenken und führen.

Schließlich drückte man mir den Kuli in die Hand.

Soll ich?, fragten meine Augen kokett.

Ich hatte doch nichts als meine Augensprache! Und er kannte doch meinen Humor! Unsere Schwingungen waren doch sonst so übereinstimmend!

Doch er war so auf diese Amtshandlung konzentriert, dass er sich ganz versteifte.

Hier und hier und hier und hier. Sollte ich unterschreiben.

»Mit Rosemarie oder mit Rose?«, flüsterte ich.

»Schreib deinen Namen Rose. So wie er im Pass steht.«

Ich unterschrieb mit Rosemarie Sommer.

Wer hätte das gedacht, dass der Name meines Ex noch mal in Sri Lanka auf Standesamtpapieren vermerkt werden würde?

Nach einer gefühlten Ewigkeit klappte die Strenge endlich ihr Buch und zu schüttelte uns die Hand.

Das war's?! Wir waren verheiratet?

Man hatte mich gar nicht laut gefragt? Ich hatte gar nicht »Ja« gesagt? Und was war jetzt mit dem Hochzeitskuss? Erwartungsvoll sah ich meinen Liebsten an.

Schließlich beugte sich Kasun etwas verschämt zu mir und küsste mich flüchtig auf den Mund. Ich schloss die Augen und atmete seinen geliebten Duft ein. Wir waren jetzt Mann und Frau! Die Familie brach in zögerlichen, dann aber immer fröhlicheren Applaus aus.

Endlich löste sich die Anspannung, und wir durften die aprikosenfarbene dreistöckige Hochzeitstorte anschneiden, die schon die ganze Zeit auf einem verspiegelten Tablett in der Sonne gestanden hatte. Marzipanherzen waren kunstvoll darauf drapiert.

Mir entfuhr ein erleichtertes Lachen.

Jetzt redeten auch wieder alle durcheinander. Verwandte gratulierten uns und gaben uns die Hand. Geschenke wurden überreicht, Blumen, Tabletts mit köstlichen Speisen darauf. Ich tätschelte gerührt die Köpfe der Kinder, die sich vor mir auf die Knie warfen und mit ihren Händen meine Füße berührten. Wie süß war das denn! Verzückt machte ich Kasun darauf aufmerksam. »Hast du ihnen gesagt, dass sie das tun sollen?«

»Rose, das ist unsere Kultur.«

Wir saßen entspannt in der Sonne und fütterten uns gegenseitig. Kasun hatte mir schon erzählt, dass so der Hochzeitsbrauch war. Das gegenseitige Füttern bedeutete: Du gehörst jetzt zu uns, wir werden uns um dich kümmern. Jeder stopfte mir einen Bissen Kuchen in den Mund, und später eine Gabel oder einen Löffel von seinem Mittagessen, und ich tat das Gleiche mit meinen neuen Verwandten. Ich würde mich ja auch um sie kümmern. Und nicht zu knapp.

Dann stand »dat Wilma« vor mir.

»Na also, dann hättet ja noch jeklappt«, begrüßte sie mich herzlich und drückte mir ein Geschenk in die Hand. »Hier. Aber tu dat späta auspacken, dat jehört sich hier nich.«

Schon stürzte sie sich aufs Büfett.

Tatsächlich durften die Geschenke nicht in Anwesenheit des Schenkenden ausgepackt werden. Wie schade. So konnte man sich nicht sofort bedanken! Es hätte auch ein wenig die Stimmung aufgelockert, die doch recht steif war!

Wilma saß mit ihrem Teller etwas abseits unter einer Palme und betrachtete das Spektakel aus sicherem Abstand.

Aber wo war eigentlich Kasuns Vater? Ich sah mich suchend um und fand ihn nicht. Er war nicht auf der Hochzeit seines eigenen Sohnes?

»Der muss das Haus meiner Schwester hüten«, sagte Kasun knapp, als ich ihn fragte.

Der ganze weitere Tag verging mit Essen und gegenseitigem Füttern. Leider kam kaum eine Unterhaltung zustande. Mit wem auch. Kasun war irgendwie gefangen in sich selbst, und sonst konnte ich mit niemandem reden. Außer mit Wilma. Aber die würde mir nur meine exotische Feier verderben mit ihren kölschen Sprüchen.

Am Abend kamen die Mönche.

Schon von Weitem hörte man ihre betörenden Trommeln. Die kahlgeschorenen Männer in ihren orangefarbenen Gewändern schritten barfuß und mit ernster Miene unter einem Baldachin auf uns zu. Kasun und seine Brüder knieten an der Eingangstür und wuschen jedem Mönch die Füße. Die kleinen Neffen hockten dahinter am Boden und trockneten sie wieder ab.

Aufgeregt betrachtete ich das heilige Ritual. Die Mutter hatte mir bedeutet, den Haarkranz abzunehmen, das gehörte sich offensichtlich nicht beim Eintreten der Heiligen Männer. Außerdem musste ich wie die anderen barfuß sein. Die etwa zwei Dutzend Mönche, darunter auch kleine Jungen, nahmen alle auf dem Boden Platz.

Dat Wilma nahm wieder Reißaus. »Dat Theater kennisch, dat kann dauern, dat tu isch mir nisch an, da krich isch immer Rücken.«

Ich setzte mich an die Wand, weil ich Wilmas Warnung in den Ohren hatte, und Kasun mir auch schon zugeraunt hatte, diese Zeremonie könne sich hinziehen. So konnte ich mich ein bisschen anlehnen.

Die Mönche wechselten sich mit Singen und Beten ab. Ich bewunderte die aufrecht dasitzenden Familienmitglieder, die stundenlang mit gefalteten Händen dasaßen und die Gebete mitmurmelten, während die Kinder bereits erschöpft auf ihrem Schoß schliefen.

Irgendwann verfiel der Chefmönch in die deutsche Sprache und murmelte zwar undeutlich, aber verständlich:

»Ich wünsche der Rosemarie aus Deutschland und dem Kasun zur Hochzeit viel Glück und alles Gute. Und wir wünschen Ihnen eine glückliche Ehe mit vielen Kindern.«

Überrascht schaute ich meinen frisch angetrauten Ehemann an, und der lächelte verschmitzt.

Nach vielen weiteren eintönigen Gesängen wurde eine heilige Garnrolle abgewickelt, und jeder der Anwesenden sollte sie in die Hand nehmen und weiterreichen. Ich kam mir vor wie in einem riesigen Spinnennetz. War das ein wunderbares religiöses Ritual, oder hatten sie mich eingewickelt in ihr Spinnennetz?

Ach was, Rosemarie!, verbot ich mir sofort diesen ketzerischen Gedanken. Ich liebte sie, und sie liebten mich. Hätten sie mich sonst gesund gepflegt? Sie hatten mir das Leben gerettet!

Leider war mein Schwiegervater wieder nicht dabei.

Die Zeit zog sich hin, und das Gemurmel der Mönche in ihren orangefarbenen Kutten wirkte immer einschläfernder auf mich.

So hatte ich mich als Kind in der katholischen Kirche gefühlt. Da hatte ich auch nichts verstanden und umnebelt von Weihrauch irgendwann jedes Gefühl für Zeit und Raum verloren. Mein Kopf sank an die Schulter meines Mannes.

Ich geriet in einen Zustand zwischen Trance und Schlaf. Immer wenn ich einen Seitenblick auf meinen geliebten Mann riskierte, erfasste mich eine überwältigende Freude. Er hatte mich aufgeweckt aus meinem einsamen Dornröschenschlaf. Dann schlief ich selig ein. Das Trommeln und Beten und der eintönige Singsang gingen ohne Ende weiter. Was für eine außergewöhnliche Hochzeitsnacht!

»Das verstehe ich jetzt nicht, Kasun. Wir haben doch geheiratet. Warum kannst du jetzt nicht mitkommen?« Wir standen am Flughafen in Colombo, und Kasun durfte nicht mit.

»Rose, es fehlt ein Stempel der Standesbeamtin. Deshalb wird die Heirat vom deutschen Konsulat nicht anerkannt. Das habe ich dir schon erklärt.«

»Ja, aber sie war doch stundenlang da, und wir haben tausend Unterschriften geleistet …?«

Fassungslos stand ich da und kämpfte mit den Tränen. Nun war ich frisch verheiratet und durfte meinen Mann nicht mit nach Hause nehmen?

»Meine Mutter hat ihr Geld gegeben. Aber wahrscheinlich nicht genug.«

»Aber ich habe doch extra noch mal fünfhundert Mark abgehoben …«

»Es hat nicht gereicht.« Kasun zog den Ärmel seines Hemds hoch. »Meine Uhr musste ich auch schon verpfänden, und alle in der Familie haben ihren Schmuck der Bank gegeben.«

»Aber Kasun!«, regte ich mich auf. »Wir haben das ganze Theater – wie dat Wilma sich ausdrücken würde – doch nur gemacht, damit du wieder nach Deutschland mitfliegen kannst! Damit du dich endlich um einen Job bemühen und von Deutschland aus deine Familie unterstützen kannst!«

Ich heulte Rotz und Wasser.

»Es tut mir leid, Rose. Ich muss erst in Colombo das neue Heiratsvisum beantragen.«

Ich verstand die Welt nicht mehr.

Die Papiere waren noch nicht gültig, würden in Deutschland also nicht anerkannt werden.

Kurz dachte ich: Im Grunde könnte ich jetzt einfach verschwinden und alles in wunderschöner Erinnerung behalten.

Aber ich wollte Kasun doch bei mir haben! Es blieb mir nichts anderes übrig, als ihm zu vertrauen. »Mein Liebster, bitte beeil dich, ich will dich bei mir haben!«

»Rose, ich komm, so schnell ich kann.«

19

ZU HAUSE AUF DEM DORF, FEBRUAR 1997

Zu Hause angekommen, schwebte ich immer noch auf Wolke sieben. Ich war verheiratet! Mit der großen Liebe meines Lebens! Während ich mit meiner Cindy durchs winterliche Grau marschierte, sehnte ich mich nach »meiner« Insel zurück. Nach meiner Familie, dem exotischen Garten, in dem diese Traumhochzeit stattgefunden hatte und vor allem nach meinen geliebten Mann. Noch immer spürte ich seine zärtlichen Hände auf mir, seine dunklen Augen, und hörte seine sanfte Stimme.

Zu Hause ging ich gleich zum Rathaus und ließ ins Amtsblatt der Gemeinde eintragen:

»Wir haben am neunzehnten Januar in Sri Lanka geheiratet! Rosemarie Sommer-Gourmondo-Singha und Kasun Gourmondo-Singha.«

Ich wollte nicht, dass die Leute meinen Mann für einen Asylanten hielten.

Der Bürgermeister war gerade anwesend, und starrte mich etwas zu lange mit offenem Mund an. Dann kam er auf mich zu und gratulierte mir per Händedruck.

»Wann kommt Ihr – Mann denn nach?«

»Sobald er die Heiratspapiere beisammen hat.«

Die Wartezeit zog sich schmerzlich lange hin. Immer

wieder rief ich Kasun an und fragte, ob er mit der Sache weitergekommen sei.

In der Zwischenzeit hatte man mir bei der AOK und bei der Volkshochschule grundlegende Kurse gestrichen. Die Gesundheitsreform bewirkte leider, dass die Krankenkassen diese wichtigen Therapien nicht mehr zahlten. Damit verlor ich ein fundamentales berufliches Standbein, was mir große Sorgen bereitete.

Wie gern hätte ich Kasun jetzt hier gehabt! Nichts nagt mehr am Selbstbewusstsein, als wenn es beruflich bergab geht. Dabei strotzte ich nur so vor Tatendrang! In meinem Glück hätte ich so viele traurige Seelen trösten können!

Auch finanziell sah es alles andere als rosig aus: Kasuns Reisen, die Überweisungen an seine Familie, die Geschenke hatten mich Unsummen gekostet. Die ich aufrichtigen Herzens in ihn investiert hatte. Aber dennoch! In meiner Einsamkeit nagten immer öfter Zweifel an mir.

Endlich, im März 1997, hörte ich Kasuns freudige Stimme am Telefon: »Rose, ich habe alle Papiere zusammen! Ich kann zu dir kommen!«

Ich atmete erleichtert auf. »Wunderbar, mein Schatz, du glaubst gar nicht, wie ich dich hier vermisse!« Cindy kläffte aufgeregt, als sie meine Gefühlswallungen wahrnahm. »Und du hörst ja, Cindy freut sich auch ganz irre auf dich!«

»Rose, du musst mir Geld für den Flug schicken. Ich hab nichts mehr.«

»Aber warum denn nicht?« Ich schluckte trocken. »Ich habe dir doch sehr viel dagelassen …«

»Rose, meine Familie hat das alles verbraucht. Wenn ich komme, muss ich ihnen alles Geld geben. Du weißt nicht, wie sie ohne mich hungern und darben!

Uff. Mein Herz setzte einen Schlag aus. Ich schloss die Augen und presste den Hörer an meine Brust. Was sollte ich tun? War ich eine Eier legende Wollmilchsau? Aber nein. Bestimmt sagte Kasun die Wahrheit. Ich schämte mich sofort für diesen Gedanken. Natürlich war er die einzige Hoffnung seiner Familie. Sie hatten schon vorher ausschließlich von Kasuns Einkünften gelebt. Und ich hatte ihnen den Alleinverdiener weggenommen. Aber doch nur, um ihm langfristig zu helfen! Natürlich musste ich jetzt kurzfristig für alle einstehen. Wie konnte ich nur an seinen Worten zweifeln?

»Okay, ich schicke dir noch mal tausend Mark. Sieh zu, dass du dann ganz schnell ein Ticket bekommst, mein Schatz! Ich brauche dich hier!«

Mit tausend lieben Küssen verabschiedete sich mein geliebter Mann, beteuerte mir, seine ganze Familie liebe und vermisse mich und sende mir Grüße.

Zwei Tage später rief er wieder an: »Rose, ich hab ein großes Problem!«

Wieder blieb mir das Herz stehen. »Finanzieller Art, nehme ich an?!« Mir wurde immer mulmiger. »Ja, reicht das denn immer noch nicht?«

»Nein, die Flüge werden gerade täglich teurer!«

Ich seufzte laut. »Wie viel brauchst du denn noch?«

»Noch mal siebenhundert Mark, Rose! Der Flug kostet jetzt tausendsiebenhundert Mark!«

Ich schwieg. Konnte das denn alles stimmen? Er brauchte doch nur ein einfaches Ticket, konnte das so teuer sein? Wieder nagte hässliches Misstrauen an meiner liebenden Seele.

Vertrauen? Hundertprozentig? Oder war ich einfach nur eine entsetzlich blöde Kuh?

»Rose, bist du noch dran?«

»Ja, ich überlege nur gerade, wie das sein kann!«

»Rose, frag Mario! Der wird dir dasselbe sagen.«

Tatsächlich bestätigte mir Mario, dass die Flüge von Colombo nach München gerade stündlich teurer wurden. »Kasun sagt die Wahrheit, Mutter. Sag bloß, du vertraust ihm nicht?!« Ich hörte seine Finger auf der Computertastatur klappern.

»Doch. Natürlich. Aber ich dachte, ich rückversichere mich einfach mal bei dir.«

War das nicht beschämend? Dass ich meinem Sohn mehr Glauben schenkte als meinem Mann? Sofort rief ich wieder in Sri Lanka an.

»Oh, mein Schatz, es tut mir so leid, dass ich überhaupt eine Sekunde nachgedacht habe! Natürlich schicke ich dir das Geld!«

Und das tat ich auch. Zweimal hintereinander ging ich zur Bank und überwies mit Herzklopfen die geforderten Summen. Diesmal natürlich nicht mit dem Fahrrad und der daneben herlaufenden Cindy. Man wird ja aus Schaden klug, dachte ich.

Wurde ich das? Oder ritt ich mich gerade in ein furchtbares Schlamassel hinein?

Es gab da so einen Schlager in Schweizer Mundart von »Rumpelstilz«, den Mario als junger Mann in seinem Zimmer oft gehört hatte. Und der ging in etwa so:

> »Leute, bin ich denn ein Kiosk?
> Oder bin ich etwa ne Bank?
> Oder seh ich aus wie ein Hottäll?
> Oder wie ein Kassenschrank?«

Der ging mir nicht mehr aus dem Kopf. Ich war hin und her gerissen: War ich sträflich naiv? Oder eine liebende Ehefrau? Ich wusste nicht mehr, was ich fühlen sollte!

Mario rief wieder an, geschäftig klappernd. »Mutter, es gibt gerade ein günstiges Lastminute-Ticket ...«

»Ja?« Ich presste mein Ohr an den Hörer. »Das kostet nur siebenhundert Mark statt tausendsiebenhundert. Entscheide dich schnell!«

Erleichtert atmete ich auf. Tausend Mark gespart!

»Junge, buchen!«

»Weißt du was, das schick ich jetzt direkt per Fax nach Colombo zum Flugschalter, dann ist es dort für Kasun hinterlegt. Dann kommt er ...« Ich hörte ihn wieder klappern »... am siebzehnten März in München an!«

Mein Herz machte einen Freudensprung. »Ja! Fantastisch, Mario! Ach, wenn ich dich nicht hätte!«

»Dann hättest du einen anderen«, unkte Mario. »Überweis die siebenhundert Kracher bitte direkt an mein Reisebüro«, holte mein Sohn mich von meiner Wolke sieben.

Uff. Ach so. Natürlich.

»Mach ich sofort, mein Sohn! Und vielen Dank für deine Hilfe!«

»Gern geschehen Mutter. Für dich mach ich doch alles.«

Cindy wunderte sich, dass wir denselben Weg heute schon zum dritten Mal zurücklegten.

Nun also noch mal siebenhundert Mark.

Damit hatte ich für Kasuns Rückkehr insgesamt zweitausendvierhundert Mark hingeblättert.

Aber er war es mir wert! Natürlich! Er war meine große Liebe! Da ich ihm zu viel überwiesen hatte, würde er den Rest bestimmt mitbringen.

Ich freute mich unbändig darauf, ihn in München abholen zu dürfen. Nur leider hatte er bei seiner Ankunft keine müde Mark dabei: Er hatte seiner Familie alles für Dachdeckerarbeiten gegeben.

Aber er war wieder da, und nichts anderes zählte!
Mein geliebter Prinz brachte auch den Frühling mit.
Kaum war er zurück, schien nur noch die Sonne, die Vögel zwitscherten, der Himmel war blau, und die Forsythien standen in voller Pracht. Wir verbrachten eine absolut glückliche Zeit. Kasun war der aufmerksamste Ehemann, den eine Frau sich nur wünschen kann. Sein Lachen hallte wieder durch meine ehemals so stille Wohnung, es roch wieder nach indischen Gewürzen und Räucherstäbchen. Morgens frühstückten wir glückselig auf dem Balkon, dann fuhr ich zur Arbeit, er ging mit Cindy Gassi, besuchte Vater im Altersheim und kaufte auf dem Rückweg ein. Wenn ich wiederkam, hatte er köstlich gekocht. Er hatte den ganzen Haushalt im Griff, es war ihm eine Ehre, alles blitzblank zu haben. Erleichtert und glücklich sank ich ihm in die Arme und zählte immer die Stunden, bis ich wieder bei ihm war. Jede Nacht liebten wir uns inniglich. Er behandelte mich wie etwas unsagbar Kostbares und fand mich schön und begehrenswert. Wenn ich in den Spiegel schaute, sah mir eine strahlende Frau in der Blüte ihres Lebens entgegen, die unendlich viel Liebe zu geben hatte.

Es war mit Kasun genau wie früher, nur dass wir jetzt verheiratet waren! Ja, es ist absolut die richtige Entscheidung gewesen, meinen Schatz zu heiraten, dachte ich immer wieder, wenn ich ihn so von der Seite anblickte. Vertrauen war das Zauberwort! Sein Deutsch war jetzt viel besser, und er konnte hintergründige Antworten geben. Es wurde also langsam Zeit für den ursprünglichen Plan, dass Kasun sich Arbeit suchte, um so seine Familie in Sri Lanka zu ernähren. Durch die Heirat hatte er endlich eine gültige Arbeitserlaubnis.

»Kasun, wir sollten jetzt deine Jobsuche angehen. Du sollst ja nicht immer nur Hausmann sein!«

»Okay, Rose. Ich möchte nur kein Kellner mehr sein.«

»Was bleibt dann für dich? Lass uns mal überlegen …«

Kasun wollte etwas mit Technik machen. Das sagte ihm zu, das konnte er gut. Ich schleppte ihn ins Autohaus Singen, in dem ich immer meinen Wagen reparieren ließ. Die hatten aber keine Stelle für ihn, den ungelernten Arbeiter.

Das einzige Angebot, das wir bekamen, war das eines Aushilfskochs drüben auf der Schweizer Seite. In einem Lokal, in dem viele Asiaten arbeiteten. Das scheiterte aber an der Schweizer Ausländerbehörde. Obwohl Kasun nur über die Brücke hätte gehen müssen, wollte man ihm als Ausländer diese Chance nicht geben, mit der Begründung, er nehme einem Schweizer Bürger den Arbeitsplatz weg. Dabei wollte das Lokal ihn einstellen! Es hatte schon einen Arbeitsvertrag für Kasun vorbereitet! Er sollte dort asiatisch kochen.

Kasun trug diese Niederlage mit Fassung, während ich mich ganz schrecklich aufregte.

»Das ist nichts als Ausländerfeindlichkeit!«

Es tat mir so weh, dass mein geliebter Kasun mit solcher Feindseligkeit konfrontiert war. Für ihn wollte ich kämpfen wie eine Löwin.

In der Volkshochschule, in der ich unterrichtete, gab es

einen Kurs »Deutsch für Ausländer.« Kasun fuhr zweimal in der Woche vormittags mit dem Bus dorthin. Aber der Kurs gefiel ihm nicht.

»Da lern ich hier bei dir viel besser Deutsch«, sagte er. »Und beim Fernsehen mit Vater im Altersheim!«

Also ließen wir es wieder bleiben. Wir waren uns selbst genug.

Jede Minute mit ihm war ein kostbares Geschenk.

Trotzdem musste ich über unsere Existenzsicherung und die finanzielle Versorgung seiner Familie ernsthaft nachdenken. Auf Kasuns Schultern lastete eine große Verantwortung. Er war der Alleinversorger der Familie. Seine Brüder und sein Vater waren arbeitslos. Früher hatte der Vater ebenfalls als Kellner in einem Hotel gearbeitet, und insgeheim fragte ich mich manchmal, ob dat Wilma aus Köln ihn vielleicht finanziell unterstützt hatte oder es womöglich immer noch tat. Aber das ging mich nichts an. Für mich gab es nur Kasun und seine Zukunft. Er musste langfristig eine befriedigende Arbeit finden. Von meinen wenigen übrig gebliebenen Kursen an der Volkshochschule und den paar Privatpatienten konnten wir nicht mehr leben.

»Kasun, was hältst du davon, wenn wir uns gemeinsam mit einer eigenen Praxis selbständig machen?«

Mein sprichwörtliches Vertrauen in das Gute gewann wieder die Oberhand.

Eine gemeinsame Existenzgründung wäre die Lösung all unserer Probleme!

Kasun war ganz Ohr. »Woran denkst du da, Rose?«

»Was hältst du davon, wenn du dich zum Ayurveda-Therapeuten ausbilden lässt? Dann könnten wir den Patienten ein breit gefächertes Angebot anbieten – ich mit meinen bewährten Entspannungskursen und du mit den dazu passenden Massagen.« Ich stellte ihn mir schon im weißen Praxisdress vor, was seine Schönheit noch unterstreichen würde.

»Ja, Rose. Das kann ich machen. Ich kenne Ayurveda und die Ernährungsregeln. Wir helfen uns gegenseitig immer in der Familie damit.«

Das war doch eine wunderbare Vorstellung! Sie konnten das wirklich. Ich hatte es selbst erlebt. Und mein Kasun hatte heilende Hände, da konnte ich ein Lied von singen!

»Kasun, du müsstest aber eine richtige Ausbildung machen. Du brauchst ein Zertifikat.«

Mein Mann war begeistert. »Natürlich mach ich das, Rose! Mein Deutsch ist jetzt gut genug!« Seine Augen hatten einen warmen Glanz.

Hm. Daran zweifelte ich noch ein bisschen. Er konnte sich inzwischen gut verständigen und auch vieles verstehen, aber schreiben …? Die singhalesische Schrift war ja eine völlig andere.

Wir wälzten alle möglichen Unterlagen über entsprechende Ausbildungen in Deutschland – die Schweiz wollte meinen Kasun ja nicht – und fanden eine Möglichkeit in München. Über drei Jahre lang sollte Kasun jedes Wochenende in einem dortigen Institut seine Kurse machen, bis er das Zertifikat zum staatlich geprüften Ayurveda-Masseur in Händen halten würde.

Das würde noch mal eine Durststrecke, sowohl finanziell als auch für unsere Zweisamkeit, aber wir hatten ein Ziel vor Augen, das sich lohnte!

Meine Güte, meinen zwei Kindern hatte ich doch auch eine Ausbildung ermöglicht! Das würde ich auch noch ein drittes Mal schaffen. Dann bräuchte mein Liebling dort allerdings auch noch eine Wohnung oder zumindest eine Übernachtungsmöglichkeit. Ich überlegte, wie ich meinen Goldjungen unterbringen könnte. Am besten nicht bei einer alleinstehenden Frau. Bei der Vorstellung, sie könnte sich kopfüber in meinen Schatz verlieben, musste ich grinsen. Nein, nein. Der Prinz aus Sri Lanka gehörte mir. Den Führerschein müsste er dann am besten auch machen.

»Oje, mein Schatz, was das alles kostet ...«
»Rose, hab keine Angst. Weißt du, bei uns zu Hause sagen wir: ›Wo die Liebe ist, da ist auch Geld.‹« Kasun nahm meine Hand und schenkte mir einen von seinen unwiderstehlichen Kasun-Blicken, unter dem meine Bedenken dahinschmolzen wie Butter in der Sonne.

Seine buddhistischen Weisheiten wirkten beruhigend auf mich. Natürlich musste ich an uns glauben, sonst würde meine negative Energie genau das anziehen, was ich nicht gebrauchen konnte: Zweifel, Angst und Misstrauen. Ich wollte keine Bedenkenträgerin sein und mir selbst im Weg stehen. Sondern eine Macherin! Und das war ich bis jetzt auch gewesen. Ich war meinen Weg selbst gegangen und hatte nie andere Menschen oder Umstände dafür verantwortlich gemacht. Und was hatte ich vom Leben dafür zurückbekommen!

Meinen geliebten Schatz. Gemeinsam würden wir die Herausforderungen schon meistern!

Beflügelt von unserer Zuversicht nahmen wir die Praxissuche in Angriff. Es war richtig aufregend, das eine oder andere Objekt zu besichtigen. Natürlich war das übereilt, aber unsere Begeisterung kannte keine Grenzen! Wir kamen uns vor, als hätten wir das Ei des Kolumbus gelegt. Und ist Vorfreude nicht die schönste Freude? Wir motivierten uns gegenseitig, und irgendwie hatte ich auch das Gefühl, keine Zeit mehr verlieren zu dürfen.

»Kasun, schau mal, diese Räume hier würden sich eignen!«

Wir liefen Hand in Hand über eine Großbaustelle in Radolfzell. Es war Mai 1997, und der Frühling tat das Seine, um unsere gemeinsame Zukunft in rosa Licht zu tauchen. Ein ehemaliges Einkaufszentrum im Gewerbegebiet sollte zu einem Praxisverbund umgebaut werden. Ein Kirschbaum blühte in unmittelbarer Nähe. Rosafarben wie unsere Träume.

»Wie findest du das? Schau nur ... drei Zimmer. Im Eingangsbereich eine Toilette. Hier die Rezeption, da das Wartezimmer?«

»Super ist das, Rose. Wo wäre mein Raum?«

Gott, was liebte ich diesen Mann! Seit wir verheiratet waren, hatte er alle Schüchternheit abgelegt. Er wirkte männlich, entschlossen und tatkräftig.

Es dauerte zwar noch drei Jahre, bis er überhaupt ein Recht darauf haben würde, einen dieser Räume für sich zu beanspruchen, aber die Vorfreude ließen wir uns nicht davon trüben.

»Du würdest den kleinen Raum hier kriegen, da passt eine Massageliege rein, und ich würde ... Halt«, rief ich den Arbeitern zu, die soeben eine Mauer hochziehen wollten. »Würden Sie das mal eben sein lassen?«

»Gern, schöne Frau.«

Das ging mir runter wie Öl. War ich das wirklich, eine schöne Frau? Die Liebe machte mich dazu. Ich lächelte geschmeichelt und strich mir eine Strähne hinters Ohr.

Die Arbeiter warfen uns neugierige Blicke zu, und ich hoffte, sie würden unsere Eheringe sehen. Nicht, dass sie glaubten ... Ach was, das konnte uns doch egal sein.

Ich rief sofort den Vermieter an. »Ich würde aus den zwei kleineren Zimmern lieber einen größeren Seminar- und Therapieraum machen, ginge das?«

»Wenn Sie sich jetzt zum Mieten verpflichten, schick ich die Maurer nach Hause. Dann können Sie die Räumlichkeiten gestalten, wie Sie wollen.«

Ich atmete tief durch. War das nicht schrecklich voreilig? Noch hatte Kasun keinen Ausbildungsplatz! Aber unser Plan war genial! Und die drei Jahre würde ich hier schon durchstehen. Bei den schönen Räumlichkeiten würde ich bestimmt mehr Privatpatienten bekommen. Eventuell konnte ich auch einen Raum untervermieten.

Ich sah in Kasuns strahlendes Gesicht, stellte ihn mir hier als Masseur vor. Er würde zum Stadtgespräch werden!

Kasun schien Gedanken lesen zu können. »Rose, ich mache das!« Er nickte mir aufmunternd zu und reckte beide Daumen.

Wir schienen die ideale Lösung gefunden zu haben. Das Schicksal war uns hold. Es gab eben keine Zufälle. Eine Stunde später wäre die Mauer hochgezogen gewesen. Wir mussten einfach zuschlagen!

»Okay«, rief ich in den Hörer, und mich überflutete ein Glücksgefühl. »Wir nehmen die Räumlichkeiten.« Sei's drum, schoss es mir durch den Kopf. Andere Leute nehmen auch Kredite auf für ihr Traumobjekt. Nur Spießer, die keine Träume mehr haben, trauen sich nicht, das Glück herauszufordern.

Der Besitzer erklärte, dass er sofort mit dem Mietvertrag kommen werde. Kasun und ich fielen uns um den Hals. Wir fühlten uns, als hätten wir sechs Richtige im Lotto. »Und hier wird mein Schreibtisch stehen, da unter dem Fenster die Liege, während dort die Stühle für die Seminar-Runden hinkommen, die sich während der Einzelsitzungen an die Wand schieben lassen, schau ...«

»Und wo steht mein Chefsessel?« Kasun sah mich spitzbübisch an.

»Chefsessel?« Ich zog die Augenbrauen hoch. »Kasun, noch bist du kein Chef. Es stehen dir drei harte Lehrjahre in München bevor. Du musst fleißig lernen und alle Prüfungen bestehen, bevor du dir hier einen Chefsessel reinstellen kannst.« Ich trat ans Fenster und hielt nach dem Vermieter Ausschau. Kasun küsste mich in den Nacken.

»Rose, ich kann das doch in meiner Heimat lernen!«

»Wie?« Ich fuhr zu ihm herum.

»Bei uns lernen das alle, das ist ganz normal! Und da kostet es auch nicht so viel. Und dauert auch nicht drei Jahre! Höchstens ein halbes Jahr!«

Ich schaute ihn hoffnungsvoll an. »Ja, wird dieses Diplom denn überhaupt in Deutschland anerkannt?!«

»Natürlich, Rose! Überleg doch mal, wie viele Ayurveda-Masseure aus Sri Lanka es hier gibt! Die haben alle dort ihre Prüfung gemacht. In Sri Lanka kann ich es viel schneller lernen, ist ja in meiner eigenen Sprache! Ich könnte in einem halben Jahr hier anfangen. Und endlich eigenes Geld verdienen, Rose!«

Das leuchtete mir ein. »Das hört sich nach der idealen

Lösung an, Kasun. Nur bitte lass mich nicht jetzt schon wieder allein!«

»Rose, ich bleibe, solange du willst. Du bestimmst, wann ich fahre, okay?«

Kurz durchzuckte mich die hässliche Erinnerung an die Szene im Altersheim, als er mir vorgeworfen hatte, immer alles bestimmen zu wollen.

»Lass uns diesen Sommer hier genießen, ja?« Ich strich ihm zärtlich über den Arm. Er sollte nicht denken, dass ich alles allein bestimmen wollte – im Gegenteil! Er sollte sich gebraucht fühlen. »Lass uns zusammen die Praxis einrichten, das schaffe ich nicht ohne dich. Und dann fährst du zu deiner Ausbildung.«

»Ich kann in der Zeit den Führerschein machen«, stimmte Kasun freudig zu. »Wenn wir später die Praxis haben, brauchen wir zwei Autos.«

O Gott! Ich sah nur noch Kosten auf mich zukommen. Wie Ratten kamen sie aus ihren Löchern und knabberten an mir, ich fühlte mich schon so durchlöchert wie ein Stück Schweizer Käse. Aber die Freude über unseren genialen Plan, über die Möglichkeit, dass er durch meine Hilfe endlich auf eigenen Beinen stehen konnte, überwog. Er würde es mir ewig danken.

In dem Moment kam der Vermieter um die Ecke. »So, Frau Sommer, wenn Sie dann bitte hier unterschreiben würden …«

Ich kaute auf meiner Unterlippe. Bisher war ich mit meinen spontanen Entscheidungen immer recht gut gefahren. Zaudern und zögern … oder positiv denken und zuschlagen?

Kurz meldeten sich Zweifel in meinem Vernunftzentrum

an: »Darf ich Sie mal kurz sprechen? Sind Sie sicher, dass Sie das alles hinkriegen?«

»Ach, negative Stimmen wie Sie kenne ich«, antwortete mein Berufsoptimismus. »In meinen Kursen tue ich nichts anderes, als sie den Leuten auszutreiben. Von nichts kommt nichts! Negative Menschen nähren ihre negative Energie mit Gejammer, mit Ängstlichkeit und dem Herbeireden von Katastrophen. Wenn ich zum Club der Bedenkenträger gehören würde, hockte ich heute noch abends mit »Schlaf wohl«-Kräutertee und Graubrot mit Reformhausaufstrich allein vor dem Fernseher und glotzte versonnen kauend auf die TV-Werbung im Vorabendprogramm gegen Scheidentrockenheit.«

Meine Vernunft fing an zu lachen und schüttelte mich dann am Arm. »Rosemarie, bleib sachlich. Vergewissere dich, dass Kasun das auch mit dir durchzieht! Dass das stimmt, was er behauptet.«

»Darf ich noch mal kurz mit meinem Mann unter vier Augen sprechen?«, fragte ich den Vermieter, der bereits mit dem Autoschlüsselbund rasselte.

Der guckte irritiert. »Ihrem Mann?« Er sah auf die Uhr. »Ich wollte eigentlich längst wieder weg sein. – Wo ist er denn?«

»Na hier!«

Er hatte Kasun bestimmt für einen Hilfsarbeiter gehalten.

Wir verdrückten uns noch mal kurz in »seinen« zukünftigen Raum. Ich sah ihm tief in die Augen.

»Kasun. Ich kann diese Entscheidung nicht allein treffen. Du bist erwachsen. Übernimmst du deinen Teil der Verantwortung?«

»*Relax, Rose.*« Er lächelte sein unwiderstehliches Lächeln. »Wir machen das.«

»Du machst wirklich die Ausbildung? Und ziehst das mit mir durch?«

»Ich schwöre dir, Rose. Ich werde ein guter Therapeut sein, und ich mache mit dir die Praxis groß. Wir werden ein schönes Leben haben, ohne Sorgen. Ich komme so schnell wie möglich wieder, und dann bin ich ein ausgebildeter Masseur mit Diplom. Im Sommer werden wir hier arbeiten und im Winter gemeinsam in Sri Lanka sein. Ist das nicht toller Plan?«

Das war zu schön um wahr zu sein! Ich lachte.

»Und wovon träumst du nachts?«

»Das ist kein Traum. Das schaffen wir zusammen Rose!« Kasun nahm mich in den Arm und küsste mich. »Jetzt beginnt unser Leben! Endlich Rose! Wir haben es uns verdient!«

Ich seufzte erleichtert.

»Ich weiß, mein Schatz. Du hast ja recht. Worauf warten wir noch!« Ich gab ihm einen Kuss und dem Vermieter kurz darauf die erwünschte Unterschrift.

20

ZU HAUSE AUF DEM DORF, SOMMER 1997

Während des Sommers richteten wir begeistert die Praxis ein. Aber wir hatten ja einen genialen Plan, und welcher große Unternehmer hatte nicht mit einem Kredit angefangen? Die Bank glaubte mir und unterstützte mich! Mario riet mir, wenige, aber hochwertige Möbel zu kaufen.

»Schau, die Freischwinger aus Chrom kannst du in deinem Seminarraum entlang den Wänden aufstellen, die sind so leicht und hell, dass sie den Raum nicht erdrücken. Und in die Mitte stellen wir ein großes Pflanzengefäß mit einer hochgewachsenen Bananenstaude, das hab ich schon oft in Großraumbüros gesehen, das ist jetzt total in.«

Er zeigte mir Fotos auf seinem Laptop, die sehr ansprechend waren. »Dazu kommen solche Bodendecker hier. Das verströmt positive Energie, sodass deine Patienten sich wie in einem Ayurveda-Zentrum in Sri Lanka fühlen werden.«

Vor meinem inneren Auge entstand eine wunderbare Praxis. Ich würde jede Menge CDs abspielen. Mit beruhigender indischer Musik, mit Vogelgezwitscher und Wellenrauschen ... Jetzt musste man sich nur noch die Bushaltestelle vor dem Fenster wegdenken. Stores vielleicht.

Oder ganz dezente Rollos. Und Blumen. Blumenmeere. Duftkerzen. Aromatee. Unsere Wohlfühloase würde schon bald in aller Munde sein. Das Wort »Wellness« war damals noch längst nicht so abgedroschen wie heute, es war noch etwas ganz Besonderes, und wir fühlten uns wie Pioniere auf diesem Gebiet. Einklang von Körper, Seele und Geist. Bei Rose und Kasun. Den Alltag draußen lassen.

Kasun hängte riesige Strandbilder mit Palmen auf. Seine Massageliege stand bereits in der Raummitte.

Mein junger Gott turnte in seinem weißen T-Shirt und den weißen Jeans schon so anmutig und grazil in seinem Zimmer herum, dass ich ihn mir daraus gar nicht mehr wegdenken mochte. Nur noch ein halbes Jahr ohne ihn! Das würde doch zu schaffen sein.

»Für deine neue tolle Praxis brauchst du aber auch einen schickeren Wagen«, meinte Mario fachkundig. »Ich kann dir meinen anbieten, ich bin gerade finanziell etwas in der Klemme.«

»Meinst du, ich nicht?« Jetzt kam der auch noch an!

»Mutter, du kriegst das doch locker hin. Die Bank gibt dir jeden Kredit. Bei der genialen Geschäftsidee! Jetzt heißt es nicht kleckern, sondern klotzen!«

Ich sah mich besorgt in meiner Wellnessoase um. Sie war wunderschön geworden. »Ich bin schon am totalen Limit, Mario. Zu all den Kosten kommen noch die ständigen Fragen der Schwiegerfamilie, warum Kasun kein Geld schickt.«

Mario sah mich missbilligend an. »Weil er noch kein Geld verdient, ganz einfach!«

»Ja, aber er bemüht sich total. Im Oktober will er mit der Ausbildung in Sri Lanka beginnen.«

»Na bitte. Dann ist das doch nur noch eine kleine Durststrecke.«

»Ja, aber eine heftige.« Ich bekam Bauschmerzen, wenn ich an meinen wachsenden Schuldenberg dachte.

Andererseits konnte ich schlecht Kasuns Leute unterstützen und meinen eigenen Sohn hängen lassen.

»Na, gut. Ich kauf dir deinen großen schicken Wagen ab und geb dir meinen kleinen dafür. Dann haben wir beide was davon.«

Was soll's, dachte ich. Man bekommt alles zurück im Leben. Das Universum merkt sich das.

Zehn Minuten später stand Marios schicker Wagen auf meinem Parkplatz, und Mario brauste fröhlich hupend in meinem kleinen Fiat Uno wieder weg. Ich hatte ihn ihm kurzerhand geschenkt.

»Kasun, wie sieht's aus mit dem Führerschein? Hast du bestanden?«

Wochenlang war Kasun jetzt zu den Fahrstunden gegangen und hatte mir jedes Mal begeistert davon berichtet. An den herrlichen Sommertagen in einem schicken Auto durch die Gegend zu kurven, machte ihn glücklich.

»Rose, sei jetzt mal ganz ruhig, ja?«

Ich ließ mich nichts Gutes ahnend auf meinen Fernsehsessel sinken. Die Fahrstunden hatten mich bereits zweitausend Mark gekostet. Das war meine absolute Schmerzgrenze, mehr ging nicht.

»Die Theorie habe ich bestanden.«

»Uff. Toll, Kasun. Das war sicher nicht leicht für dich.«

»Achthundertvierzig Fragen musste ich lernen, Rose. Die hab ich alle gekonnt.«

»Aber …?«

»Bei der praktischen Prüfung bin ich leider durchgefallen. – Ich kann nichts dafür, Rose!«

»Wie, du kannst nichts dafür? Hast du nicht hinterm Steuer gesessen?«

Meine Nerven waren zum Zerreißen gespannt. Inzwischen zerrten nicht nur finanzielle Sorgen, sondern regelrechte Existenzängste an mir. War ich denn vollkommen wahnsinnig geworden, mein mühsam erspartes Geld mit vollen Händen auszugeben? Für Kasun, unsere Pläne, unsere Zukunft …? Was, wenn Kasun mich eines Tages im Stich lassen würde? Ich wollte gar nicht daran denken!

»Ich bin zuerst ganz super gefahren, ehrlich, Rose! Der Prüfer saß hinten auf der Rückbank und meinte, ich soll rechts ranfahren und anhalten. Da hab ich die Spur gewechselt ohne zu blinken, weil ich dachte, das war's und ich habe bestanden! Da hat irgendein Trottel hinter mir gehupt. Nur um sich wichtig zu machen! Den hab ich doch gar nicht übersehen, Rose! Aber der Prüfer hat gesagt, ich kann sofort aussteigen, das war's.«

Kasun sah mich mit Tränen in den Augen an. Er war wahnsinnig wütend auf den blöden Prüfer und den noch blöderen Huper!

»Alles ausländerfeindliche Arschlöcher!«

Ach, so wollte der liebe Kasun das jetzt darstellen. Damit die Schuld nicht mehr bei ihm lag?

Ich schüttelte den Kopf und sah ihn streng an. »Nein, mein Lieber. Merk dir das mal: Das ist der falsche Ansatz. Nicht die Schuld von dir weisen, das kann ich jetzt gar nicht vertragen, klar? DU hast am Steuer gesessen, und

DU bist verantwortlich für dein Scheitern.« Am liebsten hätte ich mit den Fäusten gegen die Wand getrommelt. Mann, das jetzt auch noch! Noch mehr Fahrstunden! Ich hielt es nicht mehr aus! Wann würde Kasun endlich für mich sorgen und nicht umgekehrt?

Nach meinem Donnerwetter wurde Kasun ganz kleinlaut. »Weißt du, Rose, eigentlich hab gar nicht ICH am Steuer gesessen.«

»Nein? Wer denn ... ein Geist?«

Kasun erzählte ja gern von Geistern, die in seiner Religion eine große Rolle spielten.

»ICH war in Gedanken in Sri Lanka. Mein Geist ist gefahren.«

Der meinte das völlig ernst! »Bei deiner FAHRPRÜFUNG? Die mich bis jetzt zweitausend Mark gekostet hat? Die ich mit Zins und Zinseszins zurückzahlen muss, irgendwann?« Ich sprang auf und schüttelte ihn. Meine Selbstbeherrschung hielt sich auch in Grenzen.

»ICH werde sie zurückzahlen, Rose. *Relax.*«

Nein, ich konnte es nicht mehr hören! Vom Relaxen wurde es auch nicht besser.

Gut, dass unsere zukünftigen Klienten diese Szene nicht mitbekamen. Denn genau das wollten wir ihnen ja vermitteln: sri-lankische Gelassenheit, buddhistisches Gottvertrauen, völlige Entspannung durch Meditation und Massage.

Davon war ich gerade meilenweit entfernt.

»Bist du verrückt geworden, Kasun? Red nicht so einen Unsinn!« Heftiger Zorn wallte in mir auf. Am liebsten hätte ich ihm eine Ohrfeige verpasst.

»Rose, ich war in Gedanken bei meiner Mutter, die so

viele Sorgen hat« Mit einer fahrigen Geste wischte er sich übers Gesicht.

»Wieso denkst du an die Sorgen deiner Mutter?«, keifte ich los. »Denk gefälligst an die Sorgen deiner Frau!« Theatralisch schlug ich mir auf die Brust.

»Sie hat Angst, mein kleiner Bruder nimmt Drogen.«

Jetzt reichte es mir aber! Ich haute mit der flachen Hand auf den Tisch, dass die arme Cindy aus dem Schlaf aufschreckte. »Ich lass mich von dir nicht länger verarschen, Kasun! ICH habe Sorgen. DU machst mir Sorgen! Wir stecken bis über beide Ohren in finanziellen Schwierigkeiten. Wir haben keinen Job und haben uns mit der Praxis hoch verschuldet. Weil ich dir immerzu glaube! Weil ich an dich glaube! An DICH!!!« Ich nahm seine Hand und klopfte ihm damit an seine eigene Stirn. »An dich als Mensch, als Mann, als meine große Liebe!«

Ich spürte eine Hitzewallung vom Ausmaß eines Vulkanausbruchs. »Das ganze Geld ist eine Investition in DICH, Kasun! In UNS! In unsere Zukunft!«

Kasuns Augen schwammen in Tränen. Er wandte den Blick ab und starrte auf den Boden.

»Es ist unser gemeinsamer Lebenstraum, Mensch! Du hast mir versprochen, alles dafür zu geben! Das tu ich doch alles DEINETWEGEN, Kasun! Damit DU eine gute Zukunft hast!«

Meine Stimme war längst laut und schrill geworden. »ICH hätte auch weiterhin im kleinen Therapieraum von Ivos Privatpraxis bleiben können! Für MICH hätte es gereicht!«

Cindy jaulte jetzt noch lauter als ich, und Kasun schlug die Hände vors Gesicht und begann zu schluchzen.

»Ich muss immer an meine Familie denken ...«, heulte er los. »Sie fehlt mir so ...«

Mir wurde ganz anders. Hatte ich ein unreifes Kind geheiratet?

»Warum musst du immer an zu Hause denken! Du musst endlich hier ankommen, nicht nur körperlich, sondern auch hier, in der Birne!«

Ich klopfte ihm etwas unsanfter als beabsichtigt mit den Fingerknöcheln gegen die Schläfe.

»HIER spielt die Musik, Kasun! Du sollst nicht sooft nach Hause faxen und stundenlang telefonieren. Weißt du, was mich deine Telefonate kosten?« Jetzt war ich so richtig in Fahrt. »Hunderte! Jeden Monat! Ich kann nachts vor Geldsorgen nicht mehr schlafen! Aber du träumst schön und schläfst den Schlaf der Jugend!«

Ich stieß ein harsches Schnauben aus.

Kasun hielt den Kopf gesenkt und heulte.

»Wir können hier nicht den ganzen Tag vor der Hütte sitzen und palavern!«, setzte ich nach. »Und Gemüse putzen und Reis stampfen!« So, jetzt hatte ich es ihm aber gegeben.

»Ist doch wahr! DU wolltest doch unbedingt nach Deutschland! Angefleht hast du mich!«

Aufgebracht schüttelte ich ihn am Arm. »Du wolltest eine Chance! Und ich gebe dir eine nach der anderen! Aber du kommst einfach von deiner Sippe nicht los, für die ich ständig die Goldmarie sein soll.«

Ich musste Luft holen. Gott, was hatte ich ihm jetzt alles an den Kopf geknallt!

Bestimmt hatte ich ihn und seine Familie sehr gekränkt. Aber irgendwann war bei mir auch Schluss mit Geben,

Geben und immer nur Geben. Das Universum konnte mich mal!

»Ja, heul du nur!« Stinksauer griff ich nach der Leine.

»Ich brauch jetzt frische Luft!«

Wütend schritt ich mit Cindy meine Strecke ab. Das war doch die Höhe, dass er mir in diesem Moment schon wieder mit seiner Mutter kam! Ständig war er mit der am Telefon und hörte sich stundenlang ihren Kleinkram an. Der sollte jetzt endlich auch gedanklich bei mir sein, nicht nur physisch! Wir waren verheiratet und bauten zusammen eine Praxis auf. Pah! Kleiner Bruder! Drogen! Ich hatte auch einen Bruder, und der war geistig behindert. Führte ich den etwa ins Feld, wenn etwas aus dem Ruder lief? Oder meinen alten Vater? Nein, ich stand schon seit Jahrzehnten für alle ein und übernahm Verantwortung für mich, meine Kinder und jetzt auch noch für ihn und seine Familie. Ich blöde Gans! Und das alles für ein bisschen Liebe? Ich hätte laut schreien und gegen die Parkbänke treten können.

Meine Wut trug mich schneller, als die arme Cindy laufen konnte.

Irgendwann erreichten wir das wunderschöne Strandbad, in dem es ein Café gab. Am liebsten hätte ich mich ins kalte Wasser gestürzt, so sehr hatte ich mich aufgeregt.

Doch langsam wurde ich ruhiger. Ich setzte mich in den Schatten unter eine alte Linde und bestellte mir einen Milchkaffee. Cindy äugte von unten so schuldbewusst zu mir herauf, dass ich schon wieder lächeln musste. »Na, du kannst ja nichts dafür!«

Gedankenverloren rührte ich in meiner Tasse. Ich atmete die laue Sommerluft, und eine Amsel sang ihr Abendlied, als wollte sie mich persönlich besänftigen. Schon wieder erfasste mich eine unbändige Liebe zu meinem Kasun. Wie hatte ich nur so auf ihn einhacken können?!

Wie musste er sich fühlen? Jetzt hatte etwas nicht auf Anhieb geklappt, und ich ging in die Luft wie eine Furie. Es war doch sicherlich unheimlich schwer für ihn gewesen, die ganzen Schilder zu lesen und sich auf die deutschen Straßenverkehrsregeln zu konzentrieren. Hätte ich mich getraut, in Sri Lanka den Führerschein zu machen? Und hätte er mich so angeschrien, wenn ich durchgefallen wäre? Hätte er meine deutsche Mentalität beleidigt und mir vorgeworfen, dass ich mich nach meiner Familie sehne? Was war ich nur für eine kalte, herzlose Frau! Er sollte so funktionieren, wie ich mir das vorstellte. Aber er war ein Mensch aus Fleisch und Blut, mit Fehlern, Hoffnungen und – einem großartigen Charakter! Wie konnte ich das vergessen haben!

Ich wollte meinen geliebten Mann in die Arme nehmen und ihn um Verzeihung bitten. Hoffentlich tat er jetzt nichts Unüberlegtes! Er war so verzweifelt gewesen, und ich hatte immer noch einen draufgesetzt in meinem Zorn!

Reue durchflutete mich.

Ich schickte wieder ganz viel Liebe ans Universum, als Kasun auch schon daherkam. Er war mir einfach nachgegangen. Wie tapfer von ihm, sich meinem Zorn zu stellen!

Ich sprang auf und umarmte ihn. »Bitte, setz dich zu mir und bestell dir was, mein Schatz. Es tut mir so leid, mir sind einfach die Nerven durchgegangen!«

Ich hatte nun selbst Tränen in den Augen, und meine Stimme zitterte bedenklich. Cindy wedelte mit dem Schwanz und sprang an uns beiden hoch, hechelte und verheddderte sich in der Leine vor Glück, uns beide wieder vereint zu sehen.

Kasun nahm jedoch alle Schuld auf sich: »Ich habe Scheiße gebaut, Rose. Du hast recht mit allem, was du sagst. Ich werde mich jetzt nur noch auf unser Leben konzentrieren. Kannst du mir noch einmal verzeihen? Das nächste Mal mache ich alles richtig, okay?«

Liebevoll zog ich ihn an mich.

»Das nächste Mal wirst du es schaffen, da bin ich mir sicher.«

Nach weiteren Fahrstunden wurde er nochmals zur Prüfung zugelassen. Die Kosten waren inzwischen auf dreitausendfünfhundert Mark angestiegen. Aber diesmal schaffte er es. Strahlend zeigte er mir seinen nagelneuen Führerschein.

Am vierten August konnten wir die Praxis eröffnen.

Ich hatte einen Partyservice bestellt und gab ein großes Fest. Schließlich mussten wir alle potenziellen Patienten und Klienten des näheren und weiteren Umfelds auf uns aufmerksam machen. Die örtliche Presse schickte einen Fotografen, und wir »stellten« ein Foto, auf dem sich mein Vater als Patient ausgab, und Kasun ihn lachend massierte. Ich stand mit Blumen im Arm daneben und strahlte in die Kamera.

Natürlich durfte Kasun noch nicht wirklich in der Praxis mitarbeiten. So hielt ich die paar wenigen Kurse, die mir noch geblieben waren, und hoffte, dass sich der Zustrom spätestens im nächsten Jahr wieder vermehren würde, wenn Kasun endlich sein Diplom schön gerahmt an die Wand hängen konnte. Gut Ding will Weile haben,

Rosemarie!, beruhigte ich mich selbst. Ich kam mir vor wie eine leicht abgewandelte Form von Johannes dem Täufer, der die Ankunft eines noch viel prächtigeren Propheten vorhersagt. Der Erlöser wird kommen. Er muss nur noch in Sri Lanka seine Prüfung machen. Aber so, wie ich ihn kenne, schafft er das mit Links. Er ist erleuchtet. Und siehe, dann werden die Schönheit, Weisheit und Gelassenheit hier sein, das volle Wartezimmer und das volle Konto. Denn dein ist die Kraft und die Herrlichkeit, in Ewigkeit, Amen.

Den restlichen Sommer verbrachten wir noch mit wunderschönen Ausflügen. Kasun konnte jetzt Auto fahren und ließ es sich nicht nehmen, mich stolz herumzukutschieren. Wir lachten viel und genossen unsere Liebe. Wir hatten schon so viel geschafft! Nun würden wir diese letzte Hürde auch noch packen. Das versprachen wir uns immer wieder. Und glaubten beide fest daran.

Dann kam unvermeidlich sein Abreisetag. Am 29. Oktober 1997, wenige Tage vor meinem einundfünfzigsten Geburtstag, flog Kasun mit der Air Kuweit von München ab. Schweren Herzens brachte ich meinen geliebten Mann zum Flughafen. Sein Gepäck hatte siebzehn Kilo Übergewicht. Natürlich hatten wir wieder Geschenke für die Familie eingepackt.

»Würden Sie das ausnahmsweise tolerieren?«, bat ich herzlich die Bodenhostess, die meinen Kasun eincheckte. »Er fliegt in seine Heimat, und die Menschen dort sind so arm.«

Da entgegnete sie klirrend kalt: »Wenn die Menschen dort arm wären, würden sie nicht in der Welt herumfliegen.«

Das traf mich wie ein Faustschlag in den Magen.

»Was kostet denn das Kilo Übergepäck?«

»Neunundvierzig Mark«, kam es erbarmungslos knapp zurück.

Mir brach der Schweiß aus. Pro KILO? Für seine Ausbildung hatte ich ihm mal eben zweitausendfünfhundert Mark in die Hand gedrückt! Und für Notfälle meine Kreditkarte! Wohin sollte das noch führen?

»Kasun, komm, wir müssen auspacken.«

Ich zerrte ihn verlegen in eine Ecke. Wir durchwühlten seine Habseligkeiten und ich nahm alles aus seiner Reisetasche, das er nicht dringend brauchte. Weinflaschen, Schokolade, Süßigkeiten und Spielsachen für die Kinder, Deutschbücher für Kasun, Briefpapier, damit er mir schreiben konnte, seine Winterstiefel und seine teure Winterjacke samt seinen gesamten Winterklamotten.

»Die brauchst du doch nicht Kasun!« Ich hatte gar keine Zeit mich zu wundern, warum er die eingepackt hatte.

Unwillig ließ Kasun zu, dass ich den ganzen Kram in mehreren Plastiktüten verstaute.

»Was willst du denn mit den Wintersachen in Sri Lanka?« Unwillig schüttelte ich den Kopf.

Er zuckte nur mürrisch mit den Schultern und starrte missmutig auf den Boden.

»Angeben?«, mutmaßte ich. »Hast du das immer noch nötig?«

Er versteifte sich, und ich spürte wieder eine zerstörerische Energie zwischen uns.

Sofort versuchte ich einen versöhnlichen Ton anzuschlagen.

»Gut, dass ich mit zum Abflugschalter gekommen bin,

was? Sonst sähst du jetzt ganz schön alt aus! – Und die Schalterzicke kriegt noch was zu hören, verlass dich drauf!«

Endlich ließ die unfreundliche Frau ihn gnädig durch.

»Ihre rassistischen Bemerkungen werden noch ein Nachspiel haben. Ich beschwere mich schriftlich bei Ihrem Vorgesetzten! Das ist mein Mann, und so haben Sie nicht über ihn zu urteilen!«

Irgendwie wollte ich Kasun beweisen, dass ich zu ihm stand.

Und dann ging alles ganz schnell. Mit Tränen in den Augen drückte und küsste ich meinen Kasun noch mal, bevor er peinlich berührt durch die Sicherheitskontrolle entschwand.

Auf der Rückfahrt mit meiner treuen Cindy wischte ich mir immer wieder die Augen. Ich konnte gar nicht aufhören zu weinen. Wie konnte das denn sein, dass mein geliebter Mann mich schon wieder allein ließ? Was hatte ich denn von ihm? Zahlen durfte ich, immer nur zahlen! War ihm der Abschied überhaupt schwergefallen? Wieso hatte er die Wintersachen dabei? Das ergab doch alles keinen Sinn!

Nach einer Pause auf einer einsamen Raststätte gelang es mir, meine tristen Gedanken zu verscheuchen. Anders wird ein Schuh draus, Rosemarie!, rief ich mich zur Ordnung. Das Positive zählt! Sieh doch nur, was du schon alles geschafft hast! Was IHR GEMEINSAM geschafft habt! Er kann Deutsch, er hat den Führerschein, er hat sich eingelebt! Das hier ist doch nur noch die letzte Hürde. Dann ist dein Traum von Glück perfekt!

Während der eintönigen Autobahnfahrt dachte ich darüber nach, was in der Zeit seit seiner ersten Ankunft vor zwei Jahren alles passiert war.

Vieles war unglaublich schwer und enttäuschend gewesen, aber niemals hatte ich unsere Heirat bereut. Immer konnten wir die Kraft der Liebe spüren, wurden getragen von der Energie des Gebens. In einem halben Jahr würde Kasun wieder bei mir sein!

Und dann würde das Universum sagen: »Sie haben Ihr Ziel erreicht!«

21

ZU HAUSE AUF DEM DORF, NOVEMBER 1997

Drei Tage nach Kasuns Abreise hatte ich Geburtstag. Das Alleinsein fiel mir schwer. Er fehlte mir so! Alles war so still und kalt! Ging es ihm gut? War er gut angekommen? Mit einem eigentümlichen Druck in der Brust dachte ich jede Minute an ihn. Selbst Cindy lief suchend durch die Wohnung und winselte verstört.

So ein trüber, einsamer Geburtstag! Ich tat mir selber leid.

Plötzlich läutete das Telefon. Das Universum hatte mich erhört! Seine geliebte Stimme! Endlich!

»Schau mal vor deine Haustür, Rose!«

Den Hörer in der Hand, riss ich neugierig die Wohnungstür auf und traute meinen Augen nicht. Da stand ein Strauß roter Rosen!

Überwältigt sank ich in die Knie. »Wie viele sind das, Kasun?«

»Dreißig, Rose. So alt bist du doch heute, oder?«

Mein Herz machte einen Hüpfer. Gott, er liebte mich! Wie hatte ich je daran zweifeln können? Wie prächtig diese Rosen waren! Samten, edel, großgewachsen!

Ach, ich wollte ihn umarmen. Er war so ein Schlitzohr!

Wie hatte er das nur hingekriegt? Eine Nachbarin gebeten, die Blumen zu besorgen? Oder Fleurop engagiert?

Auch wenn es von meinem Geld war, es war eine hinreißende Geste!

»Ach Kasun, ich vermisse dich!« Das Gesicht in die Rosenpracht vergraben, kehrte ich in die Wohnung zurück.

»Ich vermisse dich auch, Rose. Aber ich habe auch gute Nachrichten: Es gibt hier einen Mönch, der war auch auf unserer Hochzeit und hat für uns gebetet. Der kennt ein gutes Ausbildungszentrum in Indien, in Madras, und er will mir helfen, dort einen Platz für mich zu besorgen!«

»Indien? Wolltest du nicht eine Ausbildung in Sri Lanka machen?«

»Doch, aber hier in der Nähe gibt es nichts Geeignetes. Und mit seinen Beziehungen geht es ganz schnell, meint er.«

»Das ist ja großartig, Kasun! Dann bist du bald zurück!«

»Ja, Rose. Ich muss jetzt nur noch ein Visum für Indien beantragen. Aber ich kämpfe für unser Ziel, Rose! Vertrau mir!«

Beseelt brachte ich die Rosen ins Wohnzimmer. »Ich vertrau dir, Kasun! Ich weiß dass du alles richtig machst. Grüß deine Familie von mir! Haben sie sich über die Geschenke gefreut?«

Irgendwie hielt ich es für angebracht, dass sie sich bedankten.

Aber Kasun hatte mir schon ein paar Mal erklärt, Danke zu sagen sei überflüssig. Geben und Nehmen sei im Buddhismus selbstverständlich. Man erwarte keinen Dank.

In der Praxis stellten sich Probleme ein. Während der wenigen Kurse, die mir noch geblieben waren, lärmten die Nachbarn im hellhörigen Neubau. Oben wohnte eine Familie mit Kindern, die mit Rollschuhen über den Parkettboden fuhren oder Hockey spielten. Nebenan waren Büroräume, aus denen man hier im Therapieraum jedes Wort des Anrufbeantworters vernehmen konnte. Wie sollte ich da meine ruhebedürftigen Patienten auf eine Traumreise begleiten oder sie in Hypnose versetzen? Abends wurde außerdem gehämmert und gebohrt, da in sämtlichen Etagen offensichtlich noch in Schwarzarbeit neue Heizungen eingebaut werden mussten. Untermieter bekam ich so natürlich auch keine.

Meine Nerven lagen blank. Meine Klagen beim Vermieter blieben wirkungslos.

Ich war verzweifelt.

O Gott, das war alles ein entsetzliches Eigentor gewesen. Ein kindischer Traum, nicht wirklich durchdacht. Ich hatte mich von der Vorstellung hinreißen lassen, Kasun als »Wunderheiler mit goldenen Händen« präsentieren zu können. Nur weil ich ihn durch die rosarote Brille der Liebe sah.

Doch so schmerzlich die Erkenntnis auch war: Ich musste hier wieder ausziehen. Das Ganze war ein Fass ohne Boden.

Weihnachten lud ich Vater und Henry zum Essen ein, mit dem ich mir viel Mühe gegeben hatte, aber sie schlangen es hastig hinunter, ohne es zu genießen, dann stritten sie wie immer, und ich musste anschließend Taxi spielen und sie wieder nach Hause fahren: Vater in sein Altersheim und Henry noch in das Gasthaus »Krone«, sein zweites Zuhause.

Mein Kasun fehlte mir an allen Ecken und Enden. Wie

sinnlich und harmonisch wäre Weihnachten mit ihm gewesen!

Silvester saß ich ganz allein zu Haus. Vor einem Jahr hatten wir den großen Krach gehabt – und uns auch wieder wunderschön versöhnt!

Nun waren wir ein Jahr verheiratet. Und doch so wenig zusammen gewesen. Kasun. Mein wunderschöner Mann – was er wohl gerade machte? Wie viel Uhr war es jetzt bei ihm? Ob er an mich dachte? Wir waren füreinander bestimmt, davon war ich seit zweieinhalb Jahren überzeugt. Diese Überzeugung hatte mich über so manche Krise hinweggetragen. Würde das kommende Jahr nun endlich alle Wogen glätten?

Wir hatten es so verdient, mein Kasun und ich! Immer noch glaubte ich an die gemeinsame Praxis, auch wenn wir uns neue Räume suchen mussten. Aber wenn er erst mal seine Prüfung in der Tasche hatte und wieder zurückkam, würde alles gut werden. Gemeinsam waren wir unschlagbar. Oder?

Ich stand auf dem Balkon, hörte die Glocken aus der Schweiz herüberläuten und sah die Raketen fliegen, als ich plötzlich furchtbares Herzrasen bekam.

Ich musste ins Wohnzimmer zurückgehen und mich in den Sessel fallen lassen.

Was war das? Mein Herz polterte wie verrückt. Herzrhythmusstörungen nannte man das wohl. Aber warum? Warum auf einmal? Ich war doch gesund? Sollte ich einen Arzt rufen? Mir blieb die Luft weg. O Gott, das war mir noch nie passiert! Eine Panikattacke! Luft! Ich bekam keine Luft mehr! Ich hörte mich röcheln. Meine Hände krallten sich in die Sessellehnen, bis die Fingerknöchel weiß hervortraten. Mir wurde immer abwechselnd heiß und kalt, und vor meinen Augen tanzten Sterne. Draußen gingen Böller los, und Cindy wimmerte in ihrem Körbchen. Ich konnte sie nicht trösten, war viel zu sehr mit mir selbst beschäftigt. Ganz ruhig, Rosemarie, jetzt nicht hysterisch werden, einfach atmen! Hastig griff ich nach einer Plastiktüte und atmete hinein, so wie ich das in meinem Studium gelernt hatte. Menschen, die Panik bekamen, waren so am besten wieder zu beruhigen.

Du schaffst das, Rosemarie, du schaffst das! Alles wird gut. Konzentrier dich auf deine guten Energien und schick all deine positiven Gedanken an Kasun. Er wird das spüren und von ferne seine heilenden Hände nach dir ausstrecken.

Das Universum schien mich zu erhören. Plötzlich ratterte das Faxgerät und spuckte einen Schrieb aus.

Ich schleppte mich hin wie eine Verdurstende zu einer Wüstenoase.

Mit zitternden Fingern suchte ich nach meiner Brille. Mein Blick irrte suchend ans Ende des langen handschriftlichen Briefes, und dort stand in Kasuns verschnörkelter Kinderschrift, wonach ich mich so sehnte:

Rose, ich liebe dich. Dein Kasun.

Endlich ließ die Panik von mir ab, und mein Atem beruhigte sich. Er hatte mir mit diesen liebevollen Worten buchstäblich das Leben gerettet! Wenn das nicht ein Zeichen des Universums war!

Ich knipste die Leselampe an, woraufhin Cindy sich sofort liebesbedürftig an mich kuschelte. Plötzlich konnte ich wieder durchatmen und mich auf den restlichen Inhalt konzentrieren.

Der stammte von Wilma.

Sie schrieb, dass Kasun sich nun wochenlang um ein Visum für Indien bemüht habe, tagelang in Colombo bei glühender Hitze oder strömendem Regen vor der indischen Botschaft angestanden habe, bisher jedoch ohne Erfolg, da Indien zur Zeit eher Tamilen ins Land lasse. Daraufhin habe er sich in Sri Lanka nach Ausbildungsmöglichkeiten zum Ayurveda-Masseur umgesehen und liege nun völlig entkräftet und mit hohem Fieber krank zu Hause.

Mein Herz zog sich voller Mitleid zusammen.

Und ich hatte hier Panik geschoben, weil ich ihm nicht mehr vertraut hatte? Plötzlich schämte ich mich meiner Kleingläubigkeit. Hatte ich etwa den hässlichen Verdacht zugelassen, dass die Familie mich womöglich nur ausnutzen wollte? Dass Kasun mich vielleicht gar nicht liebte? Dass er gar nicht mehr zu mir zurückkehren wollte? Und jetzt dieser Beweis seiner Liebe! Er hatte den siebten Sinn. Er fing mich auf.

Sofort setzte ich mich hin und schrieb zurück.

Ich bat Wilma, meinem Kasun auszurichten, dass ich jede Sekunde an ihn denke, ihm für eine baldige Genesung viel Kraft und Liebe sende, an unser großes Glück glaube und ihn auch weiterhin unterstützen werde. Er möge sich Zeit lassen und erst mal gesund werden, aber da sei er ja bei seiner Mutter in den besten Händen. Ich schloss mit dem schönen deutschen Sprichwort: Wo ein Wille, da auch ein Weg.

Danach genehmigte ich mir ein Glas Sekt, und nachdem mir dieses Flügel verlieh, noch ein zweites. Endlich sah ich wieder Licht am Horizont! Tiefenentspannt glitt ich ins Jahr 1998 hinein.

»Kasun? Hallo? Ich hör dich so schlecht!«
»Ich bin in Indien, Rose!«
»Oh, das ist ja großartig! Erzähl mir, wie geht es dir?«
»Es geht mir gut, Rose! Ich habe endlich ein Visum bekommen, allerdings nur für drei Monate.«
»Wieso denn das? Die Ausbildung dauert doch sechs Monate.« Sofort kündigte sich eine heftige Migräneattacke an. Inzwischen war es Mitte Februar, und mir lief die Zeit davon. Die Praxis hatte ich für Ende Mai 1998 vertragsgemäß gekündigt, und wenn Kasun im Zeitplan bleiben würde, könnten wir danach gemeinsam neu durchstarten. Mein letzter Strohhalm, an den ich mich in schlaflosen Nächten immer wieder klammerte!
»Heißt das, du musst deine Ausbildung unterbrechen?«
»Nee, hör mal zu, Rose, ja?«
»Natürlich höre ich zu!«, schrie ich nervös in den Hörer.
»Ich war hier im *Amrutham Ayurvedic Hospital* in Kerala ...«
»Kasun? Ich versteh dich so schlecht! Ich höre du WARST ...?«
»Rose, bleib mal ruhig, okay? Ich versuche dir zu erklären ...«
Ich zwang mich, ganz tief durchzuatmen, und schielte schon wieder Richtung rettende Plastiktüte.
»Die Ausbildung hier ist genau die richtige! Sie haben sechshundert Betten und große Badewannen für Ölbäder. Ich kann bei einer Familie wohnen, für sechzig Rupien die Nacht ...«
»Aber?«
»Aber die neue Ausbildung beginnt erst in sechs Wochen.«

Ich schloss die Augen.

»Okay, Kasun, das ist zwar Künstlerpech, aber dann ist das eben so.« Ich zwang mich, ruhig zu bleiben und nicht wieder zu hyperventilieren. »Dann kannst du bis dahin vielleicht ein bisschen jobben.«

»Rose, das ist nicht so einfach, wie du denkst! Indien ist ein ganz armes Land …«

»Was hat das denn damit zu tun?«

»Und es gibt hier viele Krankheiten.«

»Na und?«

»Ich fahre lieber wieder zu meiner Familie nach Sri Lanka zurück.«

»Kasun!« Ich fasste mir an den Hals. »Hallo?! Du kannst doch inzwischen in Indien reisen, sieh dir das Land an, aber bleib um Himmels willen in Indien, du kriegst doch so schnell kein neues Visum mehr …«

»Rose, ich brauche noch mal zweitausendsiebenhundert Mark für die Ausbildung!«

»Wie bitte?« Mir sackten die Knie weg. »Und das sagst du erst jetzt? Wo ist denn das Geld, das ich dir mitgegeben habe?«

»Das habe ich meiner Familie gegeben. Sie haben doch nur mich, Rose! Ich muss die ganze Familie ernähren!«

»ICH muss die ganze Familie ernähren!«, brüllte ich mich in Rage.

»Das war der Deal, Rose.«

Ich schloss die Augen. Ja, seine Familie hatte ihn freigegeben. Damit er ihr ein Einkommen ermögliche. Irgendwann. Und bis dahin war ich zuständig. Das war die Abmachung gewesen. Schon damals, in der besagten Vollmondnacht, als ich ganz verzaubert »Why?« gefragt, und er völlig gelassen »Why not?« geantwortet hatte.

Da waren die Spielregeln klar gewesen.

Ich zwang mich zur Ruhe, atmete gleichmäßig ein und aus.

»Du hast meine Kreditkarte!«

»Die nützt mir hier nichts, Rose! Die indischen Mönche wollen das Geld in bar, sonst kann ich die Ausbildung nicht beginnen.«

»Kasun, ich muss darüber nachdenken. Bitte such dir sofort einen Job! Du kannst auch was dazu beitragen, hörst du? Kasun?«

»Meine Telefonkarte ist alle, Rose! Ich melde mich wieder!«

Knacks!, da hatte mein Göttergatte schon aufgelegt.

»Das darf doch nicht wahr sein!« War ich das, die so laut durch die leere Wohnung schrie? Inzwischen führte ich schon Selbstgespräche. »Wie kann der denn wieder nach Hause fliegen? So heimwehkrank kann ein junger Mann mit knapp dreißig Jahren doch gar nicht sein!«, regte ich mich auf. Cindy schaute schuldbewusst aus ihrem Körbchen hervor, als hätte ich mit ihr geschimpft. Dabei galt meine ganze Wut schon wieder Kasun. Jetzt hatte er endlich einen Ausbildungsplatz und ein Visum, auch wenn es nicht für den ganzen Zeitraum Gültigkeit besaß. Aber das war doch schon mal ein ANFANG! Wenn er erst mal ein Bein in der Tür und sich bewährt hatte, würden die Inder in diesem Ausbildungszentrum ihn doch nicht einfach wieder rausschmeißen? Wo sie doch Liebe, Gelassenheit und Großzügigkeit predigten?

Wieso gab der Kerl so kurz vor dem Ziel schon wieder

auf? Die verdammten sechs Wochen hätte er doch locker rumgekriegt! Das schafften andere junge Leute doch auch, sich allein im Ausland durchzuschlagen. Es wäre seine verdammte Pflicht gewesen, durch Jobben auch mal was zu unserem gemeinsamen Zukunftsplan beizusteuern. Stattdessen flog er auf meine Kosten zurück in Mutters Schoß. Und forderte schon wieder neues Geld! Unsummen kamen da zusammen, Unsummen! Ich saß hier fast arbeitslos und allein in meiner kleinen Mietwohnung und verschwendete all meine Zeit, meine Gedanken, meine Liebe und mein Leben an diesen verantwortungslosen, planlosen und selbstsüchtigen Mann!

Ich konnte mich vor Zorn kaum beherrschen. In wütende Selbstgespräche vertieft, schnappte ich mir die arme Cindy und marschierte mit ihr die verschneite Rheinpromenade entlang. Das Strandbad lag unter einer weißen Schneedecke.

Hier hielt ich schnaufend inne und fasste mir ans Herz.

Große Existenzängste raubten mir erneut den Atem. Die Praxis fuhr auf Sparflamme. Trotzdem hatte ich bis zu meinem Auszug Ende Mai die volle Miete zu tragen.

Wie sollte das weitergehen! Gar nicht mehr! Sieh der Wahrheit ins Gesicht, du blindtaube, liebeskranke Rosemarie! Lieber ein Ende mit Schrecken als ein Schrecken ohne Ende!

Sollte Kasun doch bleiben, wo der Pfeffer wächst. Aus der Traum, aber auch der Albtraum.

Allein würde ich schon wieder irgendwie klarkommen. Es würde wehtun, aber schlimmer konnte es gar nicht mehr werden. Ich würde mein Herz schon wieder in beide Hände nehmen.

In ein paar Jahren würde ich über die Närrin lachen können, die ich aus mir gemacht hatte.

Ivo würde mir seinen Praxisraum wieder vermieten. Meine Kinder würden immer zu mir halten. Ich war auf Kasun nicht angewiesen. Und sollten sich die Leute doch ruhig das Maul zerreißen. Dafür hatte ich Liebe und Leidenschaft erlebt.

Mein Herzrasen hatte sich einigermaßen beruhigt. Ich war eine starke, autonome Frau. Immer gewesen. Seit meiner Scheidung war ich tapfer Schritt für Schritt in die berufliche Selbständigkeit gegangen. Männer!

Aber Kasun war doch so anders als mein Ex! Mein Herz zog sich schmerzhaft zusammen. Hatte ich gerade ernsthaft an Scheidung gedacht? Nur weil mal etwas nicht sofort klappte? Nur weil mein Mann anders tickte als ich? Wie kam ich dazu, ihm meine Denkweise überzustülpen? Er kam aus einem völlig anderen Kulturkreis und war zweiundzwanzig Jahre jünger als ich! Sollte er da nicht das Recht haben, seine eigenen Entscheidungen zu treffen? Seine eigenen Erfahrungen zu machen? Seinen eigenen Weg zu gehen?

Schon wieder nagte Reue an mir. Er lebte viel mehr im Hier und Jetzt, hörte auf seinen Bauch, seine Bedürfnisse. Lehrte ich nicht genau das in meinen Kursen? Im Moment leben? Auf seine Gefühle hören? Sich nicht von äußerem Druck abhängig machen?

Wenn es Kasun zu seiner Familie zog, war das nicht ein wunderbarer Charakterzug? Er wurde dort gebraucht. Er sorgte sich um seine Mutter. Welche Mutter wünschte sich nicht so einen fürsorglichen Sohn? Wie konnte ich mein Denken nur so von meinen Besitzansprüchen leiten lassen?

Nun gut, er hatte noch drei Geschwister, die hätten sich zur Abwechslung ja auch mal um die Eltern kümmern können. Eigentlich hätte ich meinen Ehemann hier gebraucht. Schließlich musste ICH mich auch noch um Vater und Henry kümmern.

Aber war es nicht genau das, was uns zusammengeschweißt hatte? Waren wir nicht beide doch aus demselben Holz? Dachten immer zuerst an andere?

»*Rose, relax*«, hörte ich seine sanfte Stimme. Ja, Geben ist seliger denn Nehmen. Das stand in der Bibel und war im Buddhismus nicht anders. Dieser Mann hatte mich verändert. Er tat mir gut. Er gab meinem Leben einen Sinn. Ich musste Geduld haben. Unsere Zeit würde schon noch kommen. Ich musste nur fest daran glauben. Der Glaube versetzt bekanntlich Berge, und nichts ist zerstörerischer als Misstrauen und Wankelmut.

Als ich die Wohnungstür aufschloss, glaubte ich seinen Duft wahrzunehmen. Ich zündete ein Räucherstäbchen an und legte unsere Musik auf. Cindy kringelte sich glücklich in ihrem Körbchen zusammen.

An diesem Abend schrieb ich ein Fax an Wilma und bat dringend um Rückruf.

Tagelang wartete ich vergebens.

Ich schickte das Fax noch mal. Faxe wurden in Hikkaduwa im *Sunset Guesthouse* ausgehängt, eine kleine Pension in Strandnähe, an der alle vorbeikamen. Kasuns Vater ging jeden Morgen um fünf Uhr früh für seine fromme Frau Blumen besorgen, die sie dann Buddha opferte. Der hatte den öffentlichen Aushang bestimmt entdeckt. Wieso sollte er auf einmal meine Faxe an Wilma übersehen?

Anfang Februar kam endlich ein neues Fax von Wilma.

Sie habe dem armen Kasun zweitausendsiebenhundert Mark leihen müssen, da er sonst seine Ausbildung im *Amrutham Ayurvedic Hospital* in Kerala nicht antreten könne. Außerdem brauche er natürlich ein neues Flugticket. Er sei schon völlig verzweifelt vor lauter Angst, meinen Ansprüchen nicht mehr zu genügen. Sie habe ihm bisher fünf Schecks à vierhundert Mark ausgestellt, mehr habe sie selbst nicht mehr dabei. Ich möge ihr die Summe auf ihr Kölner Konto überweisen, und den Rest an Kasuns Familie direkt. Außerdem solle ich den armen Kasun nicht ständig so unter Druck setzen. Er sei so eifrig und zuversichtlich gewesen bei seiner Rückkehr, so voller Pläne und Hoffnungen. Und jetzt sei er nur noch krank und elend. Er esse und schlafe kaum noch und wirke sehr verzweifelt. Seine Mutter versuche ihn aufzupäppeln, damit er rechtzeitig zum Ausbildungsbeginn wieder fit sei. Die ganze Familie empfinde mich als grausam. Aber sie solle mir ausdrücklich ausrichten, dass er mich sehr liebe und vermisse. Zum Schreiben sei er allerdings zu schwach.

Ich ließ das Fax sinken. Rote Blitze tanzten vor meinen Augen. Ging es ihm wirklich so schlecht? Ich wusste ja, wie sensibel er war. Er war harmoniebedürftig und wollte immer nur helfen. Beim Militär wäre er fast gestorben, er konnte es einfach nicht ertragen, angeschrien zu werden, das hatte er mir mehrfach glaubhaft erzählt. Ich war vor Mitleid schier zerflossen.

Hatte ICH ihn krank gemacht? Setzte ich ihn unter Leistungsdruck? Aber das stimmte doch gar nicht! Es war unser gemeinsamer Plan gewesen. Er hatte es selbst gewollt. Er wollte weder kellnern noch bei McDonald's arbeiten! Er wollte in einem Chefsessel sitzen und ein großes Auto fahren!

Was für eine absurde Verdrehung der Tatsachen.

Und diese Wilma! Steckte sie mit denen unter einer Decke? Jetzt hatte ich auch noch Schulden bei der! Ich stöhnte und raufte mir die Haare. Tränen schossen mir in die Augen. Woher sollte ich das Geld nehmen? Ich war doch selbst haushoch verschuldet!

Immer tiefer geriet ich in eine schier ausweglose Situation. Und in diesem Zustand sollte ich andere Menschen trösten, aufbauen, ihnen Selbstbewusstsein einflößen und Glück und Vertrauen ausstrahlen? Wie absurd war das denn! Meine Kräfte ließen nach, ich konnte einfach nicht mehr.

Eine heftige Grippe zwang mich, meine letzten Kurse abzusagen. Um Vater und Henry konnte ich mich auch nicht mehr kümmern. Hätte mich jemand gefragt, wie es mir geht – ich wäre sofort in Tränen ausgebrochen.

Ich zwang mich, wenigstens zweimal am Tag mit dem Hund rauszugehen. Eine einsame Alte, die ins Leere starrt, während ihr Hund an kahle Büsche pinkelt.

Mitten in der größten Trostlosigkeit rief Kasun nach Wochen endlich wieder an. Sofort fasste ich neue Hoffnung.

»Rose, ich habe gute Nachrichten, du freust dich bestimmt!«

»Ja?« Ich lag auf dem Sofa, auf dem ich kraftlos mein Dasein fristete. »Bist du in Indien? Hast du die Ausbildung begonnen?«

»Nein, Rose, das hat nicht geklappt. Ich habe kein zweites Visum mehr bekommen.«

»Das hätte ich mir denken können. Ich hab dir gleich

gesagt, dass die indischen Behörden hellhörig werden, wenn jemand zweimal kurz hintereinander ein Visum beantragt.« Meine Stimme brach.

»*Relax, Rose!* Ja? Hör mir einfach mal zu, okay?!«

Ich seufzte und zwang mich zur Ruhe. Ich wollte ja nicht schon wieder auf ihn einhacken. Ich war ja froh, seine geliebte Stimme zu hören. Und er sollte um Himmels Willen nicht wieder auflegen und mich weitere Wochen schmoren lassen.

»Aber ich hab etwas viel Besseres: einen Job!«

Ich schluckte.

»Okay?«, sagte ich vorsichtig.

»Ja, denk mal, Rose, ich bin jetzt Reiseleiter in einem Hotel in Hikkaduwa!«

Begeisterung und Stolz schwangen in seiner Stimme mit.

»Toll«, sagte ich, um Tapferkeit bemüht.

»Ja Rose, ich will dir wirklich noch mal Danke sagen. Ich kann jetzt gut Deutsch und habe den Führerschein. Jetzt fahre ich deutsche Touristen durchs Land und kriege gutes Trinkgeld!« Er lachte sein sanftes Lachen. Ich presste den Hörer ans Ohr und saugte es förmlich ein. Wäre er doch jetzt nur bei mir!

»Ich wünschte, du wärst hier, Rose«, las er wieder mal meine Gedanken. »Wie gerne würde ich DIR mein Land zeigen!«

»Das ist nett von dir, aber so haben wir nicht gewettet«, bemerkte ich trocken. »Wir hatten einen anderen Plan, erinnerst du dich?«

»Rose, das ist auch der Grund, warum ich anrufe. Hör mir einfach nur zu.«

Was kam denn jetzt noch? Ich ließ mich gegen die Lehne zurückfallen und umklammerte ein Kissen.

»Okay. Ich höre dir ganz ruhig zu.«

»Meine Familie sagt, du sollst alles verkaufen und nach Sri Lanka kommen. Bitte mach das, ja? Dann können wir für immer zusammenleben.«

Hatte ich richtig gehört? Ich zählte bis zehn. Wie hieß es in einer früheren Zigarettenwerbung so schön? Wer wird denn gleich in die Luft gehen! Ich starrte zur Decke und zwang mich, mindestens dreimal ruhig ein- und auszuatmen.

»Rose? Bist du noch dran?«

»Ich bin noch dran.«

»Also, wie findest du die Idee?«

»Kasun, ich hoffe, du hast nur Spaß gemacht. Aber ich bin gerade nicht zu Scherzen aufgelegt.«

Er fiel mir ins Wort. »Ich kann für uns beide sorgen, Rose! Du hast genug gearbeitet, du bist schon alt! Und jetzt machen wir uns ein schönes Leben – hier in meinem Paradies! Bitte komm!«

War ich Wilma? »Kasun, das war nie und nimmer so besprochen!« Jetzt wurde meine Stimme doch schrill, so sehr ich mich auch um Sanftheit und Sachlichkeit bemühte, um – wie dat Wilma mir vorschlug – den armen Kasun nicht schon wieder unter Druck zu setzen. Aber es brach nur so aus mir heraus:

»Du hast hier in Deutschland für dreitausendfünfhundert Mark den Führerschein gemacht! Den hättest du in Sri Lanka für hundertfünfzig Mark machen können, wenn du nur dort Touristen herumfährst!«

Ich riss das Fenster auf. Eiskalte Winterluft bewahrte

mich vor der nächsten Panikattacke. Begierig sog ich sie ein.

Ganz ruhig, Rosemarie. Was predigst du deinen aufgebrachten Patienten immer so schön? Botschaft senden, abwarten, Botschaft wiederholen, um sicherzustellen, dass der Empfänger alles richtig verstanden hat, dann ruhig das Gegenargument anhören und selbst wiederholen, was der Sender gesagt hat. Respekt und Wertschätzung für die Gegenmeinung. So lösen wir jede Familienkrise. Freundlich bleiben, nicht hysterisch werden, auf keinen Fall schreien.

Mit anderen Worten: sprechen wie mit einem Dreijährigen, der Sand essen will: »Nein, das tun wir jetzt nicht. Schön die Schaufel wieder hinlegen.«

»Wir haben das alles getan, damit wir HIER in DEUTSCHLAND zusammenarbeiten können, Kasun. Du wolltest doch unbedingt nach Deutschland, und ich habe mein Leben für dich auf den Kopf gestellt. Ich habe dich geheiratet und die volle Verantwortung für dich übernommen. Und dazu stehe ich auch. Aber das geht nur, wenn unser GEMEINSAMER PLAN auch aufgeht. Denn sonst geht unser Lebenskonzept verloren, und das ist nicht fair. Das mit der Praxis hast du mir in die Hand versprochen! Es war DEINE IDEE!« Letzteres hallte schon weinerlicher durch den Äther.

Kasun schien seine Worte entweder auswendig gelernt zu haben oder abzulesen:

»Ich will nicht, dass meine Frau arbeitet. In Sri Lanka arbeiten die Männer, Rose. Du sollst schön mit meiner Familie im Garten sitzen. *Relax, Rose.*«

Ich WAR Wilma! Plötzlich waren all meine Gesprächstechniken und Konfliktbewältigungsstrategien vergessen.

Einfach futsch. Ich knallte mit Schwung das Fenster zu und keifte in den Hörer, dass meine arme Cindy sich in den letzten Winkel verkroch:

»Ich werde NICHT im Dschungel am Boden sitzen und Gemüse putzen wie die Frauen deiner Familie. Ich werde NICHT mit Kokosschalen zwischen drei Steinen ein offenes Feuer machen und den Reistopf draufstellen!« Ich lief aufgebracht hin und her und schlug mit der Faust gegen die Wand. »Du hattest einen Ausbildungsplatz in Indien«, schrie ich verzweifelt in den Hörer. »Unter extremen finanziellen Belastungen habe ich dir den ermöglicht! Du hast mir versprochen, mit mir gemeinsam die Praxis zu stemmen! Ich erwarte, dass du zurückkommst und mir dabei hilfst! Das war die Abmachung, und an die hältst du dich gefälligst! Ich lass mich nicht länger von dir verarschen!«

Ich ließ mich in den Sessel fallen und schnappte nach Luft wie ein Fisch an Land.

Hatte er aufgelegt? Das hätte mich nicht gewundert. Doch er sprach sanft weiter.

»Weißt du, Rose, ich bin gerne Reiseleiter und liebe meinen Job hier. Ich kann meiner Familie helfen, und das war auch der Plan, okay?«

»Kasun, hör mir zu …«

»Ich hab keine Lust auf deine Befehle jetzt. Mach's mal gut, Rose.«

Zack, weg war er.

Lang saß ich völlig apathisch im Sessel und konzentrierte mich darauf, in keine Plastiktüte atmen zu müssen. Cindy hob ihren Kopf und sah mich ratlos an. Sie war meine Rettung.

»Komm mal her, meine Kleine. Du kannst ja überhaupt nichts dafür.« Ich presste meine Cindy an mich und spürte, wie ihr kleines Herz hämmerte.

Draußen war es dunkel und kalt. Wie in meiner Seele.

22

ZU HAUSE AUF DEM DORF, FEBRUAR 1998

Wochenlang hüllte sich Kasun in Schweigen. Beleidigtes Schweigen? Ratloses Schweigen? Gleichgültiges Schweigen? Es war unerträglich, nichts von ihm zu hören, und ich wurde langsam zu einem Schatten meiner selbst.

Aber ich wollte ihm auch nicht hinterhertelefonieren. Dann würde er mir wieder vorwerfen, ihn zu befehligen. Außerdem verbot das mein Stolz.

Noch nie war ich so ratlos gewesen. Liebte ich ihn noch? Das Schlimme war: Ja, ich liebte ihn! Und wie! Ich hatte Mitleid mit ihm und wollte ihm helfen! Sollte ich ihm hinterherfliegen? Aber bitte von welchem Geld?

Mitte Februar kroch endlich mit unendlicher Langsamkeit ein Fax aus dem Gerät.

Ich stand mit klopfendem Herzen daneben. Es war wieder mal die Schrift der Verteidigungsministerin der Familie: Dat Wilma.

Kasun sei völlig mit den Nerven am Ende, quäle sich mit endlosen Fahrten zum Flughafen, oft auch nachts. Es sei wieder sehr gefährlich auf Sri Lankas Straßen, es seien Bomben hochgegangen, Militärstreifen würden ihn ständig kontrollieren, Touristenbusse führen nur noch mit Militärkonvoi. Außerdem sei nun sein Vater sehr krank und liege im Krankenhaus. Die ganze Verantwortung liege mal wieder auf dem armen Kasun, und ich als seine Ehefrau solle ihm eigentlich hilfreich zur Seite stehen, statt auf ihm rumzuhacken. Er sehne sich so nach mir und hoffe jeden Tag, nicht nur Fremde, sondern seine geliebte Rose vom Flughafen in Colombo abholen zu dürfen. Ohne mich sei er nur noch ein halber Mensch, noch nie habe sie einen Mann aus Liebe so leiden sehen.

Sofort schmolz ich wieder dahin. Ich war nicht so egozentrisch! Ich hatte Kasun doch nicht »gekauft«. Ich wollte ihm doch helfen!

Vertrauen ist immer hundertprozentig, Rosemarie!, betete ich mir zum tausendsten Mal vor. Wie wankelmütig kann man sein? Wenn du ihn wirklich liebst, stehst du jetzt zu ihm und machst den ersten Schritt. Hinterherreisen kam allerdings aus mehreren Gründen überhaupt nicht infrage. Ich hatte noch zwei Kurse, die mich hier am Leben hielten. Vater. Henry. Cindy. Und meine Restwürde.

Nachdem ich die Reifere und Klügere war, raffte ich mich zu einem versöhnlichen Fax auf. Leider würde es wieder durch Wilmas Hände gehen.

»Bitte pass auf dich auf, mein Schatz! Ich mache mir Sorgen um dich. Komm doch aus diesem gefährlichen Land zurück! Wir finden eine Lösung. Wir dürfen unseren gemeinsamen Traum nicht aufgeben. Bitte, Kasun, komm nach Hause, hier wartet bald der Frühling auf dich! Und eine dich liebende Ehefrau, die große Sehnsucht nach dir hat.«

Auf diesen Seelenstriptease hin kam wieder keine Antwort. Wochenlang Sendepause! Ich schickte mehrere Faxe an Wilma, dass Kasun mich schnellstmöglich anrufen solle. In meiner letzten Not bat ich sogar Wilma selbst darum, mich anzurufen.

Von Frau zu Frau könne man doch sicher einiges klären. Keine Reaktion.

Ich konnte nichts mehr essen und nicht mehr schlafen. Hatte diese Familie mich wirklich nur ausgenutzt? War ich einem Betrüger auf den Leim gegangen? Hatten sie die Kuh gemolken, bis sie reif zum Schlachten war? Ich zermarterte mir das Hirn. Wir hatten uns doch wirklich geliebt! Die Familie hatte eine so wunderbare Hochzeit organisiert, mit den Mönchen die ganze Nacht gebetet! So was konnte man doch nicht inszenieren! Warum denn? Eine standesamtliche Hochzeit hätte es doch auch getan.

Immer wieder rief ich mir diesen feierlichen, ja heiligen Tag in Erinnerung. Ein letztes Mal raffte ich mich zu einem Fax auf. Ich würde Kasun ein Ultimatum stellen.

Vielleicht würde das seine Entscheidungsfreudigkeit ein bisschen ankurbeln. Ich kam mir vor wie in einem schlechten Theaterstück. Meinen Stolz gab ich vorher an der Abendkasse ab.

»Pass auf, mein lieber Schatz: Wenn ich bis zum siebten März nichts mehr von dir höre, plane ich von nun an ohne dich. Dann brauchst du keinen Flug mehr. Kuss, Rose.«

Ich starrte stunden-, ja tagelang aufs Faxgerät. Kasun musste doch spüren, wie sehr ich mich nach einem Wort von ihm sehnte! Wollte er mich bestrafen? Wofür? Dass ich ihm und seiner Familie seit zweieinhalb Jahren half zu überleben?

Das konnte doch jetzt nicht das Ende sein. Wir waren verheiratet! Es war nicht irgendeine Urlaubsaffäre gewesen!

Am vierten März erlaubte ich mir, ihn an das Ultimatum zu erinnern und schrieb mit zitternden Fingern: »Hallo Liebling, ich warte noch drei Tage. Entscheide dich – oder vergiss mich. Kuss Rose.« Der Liebling und der Kuss waren die Hände, die ich ihm reichte. Das war doch kein grausames Unter-Druck-Setzen?

Dennoch: Der siebte März verstrich, ohne dass ich etwas von Kasun hörte.

Es brach mir das Herz. Ich weinte, bis ich keine Tränen mehr hatte. An diesem Abend nahm ich zwei Schlaftabletten und wünschte mir, nie mehr aufzuwachen.

Umso überraschter war ich, als ich zwei Tage später vom Einkaufen wiederkam und den Anrufbeantworter blinken sah. Noch mit Schal und Mantel drückte ich auf den Knopf.

Rauschen, Straßenverkehr, Hupen. Dann seine geliebte Stimme! Räuspern.

»Rose, ich bin es. Tut mir leid, dass ich den Termin nicht eingehalten habe. Ich war wieder mit einer Touristengruppe auf Inseltour und hab dein Fax erst gerade gelesen. Ich komme zurück, Rose. Du bist mein Leben. Das sollst du nur wissen, okay. Ich versuche, jetzt ein Flugticket zu bekommen und melde mich ganz schnell wieder bei dir. Ich will mit dir leben, das weiß ich jetzt sicher. *Sorry,* Rose. Ich liebe dich.«

Sprachlos sank ich in den Sessel und hörte das Blut in meinen Ohren rauschen.

War das jetzt ein Traum? Immer wieder hörte ich das Band ab. Ein kleiner Funken Hoffnung kam aus meinem erfrorenen Herzen wie die tapferen Schneeglöckchen draußen, die zitternd durch die Schneedecke brachen und dem eiskalten Wind trotzten, weil sie instinktiv den Frühling wittern.

Es würde doch noch eine gemeinsame Zukunft geben! Mein armer Schatz war einfach wochenlang unterwegs gewesen, bei diesen politischen Unruhen. Da war es doch mehr als nachvollziehbar, dass er meine Faxe gar nicht bekommen hatte! Er hatte sicherlich anstrengende Wochen hinter sich. Auf jeden Fall hatte er im Gegensatz zu mir nicht weinend auf dem Sofa gelegen und sich leidgetan!

Schon raffte ich mich energisch auf und verscheuchte alle Trübsal aus meiner Seele. Er würde wiederkommen. Als Erstes ging ich mal zum Friseur!

»Du bist schlank geworden, Rosemarie«, meinte dann auch meine Friseurin. »Wie wäre es jetzt mit frischen blonden Strähnchen?«

Wie verwandelt betrat ich danach die Dorfboutique und leistete mir trotz finanzieller Sorgen eine knackige Jeans, einen weichen rosa Mohairpullover und einen fließenden Seidenschal, der meine blauen Augen betonte.

So würde ich meinen Liebsten in wenigen Tagen vom Flughafen abholen, und er würde Augen machen! Insgeheim gratulierte ich mir dazu, dass ich – fast immer – felsenfest an das Gute in meinem Mann geglaubt hatte.

Beschwingt kehrte ich von meiner Verschönerungstour zurück, als ich schon im Treppenhaus das Telefon klingeln hörte.

Kasun! Er kündigte seine Ankunft an!

Im letzten Moment erwischte ich den Hörer und riss ihn an die Backe.

»Ja?!«

»Grüß Gott, isch da die Frau Sommer?«, schwäbelte mir eine fremde Frauenstimme entgegen. Mein Herz polterte noch vom Rennen.

»Ja, bitte?« Ich warf meine Einkaufstüten aufs Sofa und tätschelte Cindy, die mich schwanzwedelnd begrüßte.

»Ah, das isch ja eine Freude!«, frohlockte die Schwäbin. »Des ich Sie erwisch! Ich ruf nämlich aus Stuttgart an!«

Ja, hatte ich etwa im Lotto gewonnen? Und die Lottofee saß in Stuttgart? Das wäre jetzt noch die Krönung meines Glücks!

»Worum geht es denn?« Neugierig presste ich den Hörer ans Ohr.

»Also ich komm gerade aus dem Uuurlauub aus Sri Langaaa, und ich soll Sie ganz lieb grüße vom Kasun, dem nedde Reiiseleiiider.«

»Ach so. Ja. Danke sehr.« Wie nett. Da hatte mein Liebster neue Wege gefunden, mich spüren zu lassen, dass er an mich dachte.

Ich lachte befreit. »Das ist aber nett, dass Sie mich deswegen anrufen! Aber ich sehe ihn bald.«

»Ja wisset Se, da wäre noch eine Kleiinigkeiiit«, schwäbelte sie aufgeregt weiter. »Der Kasun hat mich gebeede, also nur wenn es Ihnen nix ausmacht, dass ich gschwind seine Windersache hole, die tät er gern bei sich habe …«

»Moment!«, unterbrach ich sie. »Dass ich das richtig verstehe: Er will in Sri Lanka seine Wintersachen haben?«

Plötzlich sah ich mich wieder am Flughafen seine Sachen aus dem Koffer nehmen, erinnerte mich an sein mürrisches Gesicht, weil ich das Übergepäck nicht zahlen wollte.

»Die brauchst du doch dort gar nicht«, hatte ich gesagt. »Oder willst du damit angeben?«

»Na ja«, druckste sie herum, »Es san ja auch noch andere Sache, seiine Musiiek, sei Spottklamodde und sei Fellstiefel, der ganze Kram halt. Sei Rasieooorwassor und sei Deooo und was junge Männer so brauche.«

Ich musste mich setzen. Irgendwas stimmte hier ganz und gar nicht.

»Hören Sie, Frau ... Ich habe Ihren Namen nicht richtig verstanden?«

»Aschdritt Vögele«, kam es zurück. »Isch un mei Muddr, die Grischtine, wir henn gerade beim Kasun Urlaub gmacht, und er hat uns immer rumgefahre und uns alles erklärt. Abr da war er so traurig, und mer henn gfragt warum, un er hätt gsaagt er vermisst sei Glamodde ...«

Glamodde? Meinte er mich? War das im Schwäbischen vielleicht ein Kosewort für »geliebte Ehefrau«?

»Ich verstehe nicht ganz.« Ich räusperte mich und versuchte, ruhig ein- und auszuatmen.

»Fliegen Sie denn in absehbarer Zeit wieder nach Sri Lanka?«

»Noe, erscht an Weihnachte wieder!«, lachte sie verlegen.

»Und da wollen Sie JETZT seine Sachen holen? Im März?«

»Na ja, mer könnt se vielleicht mit der Post schigge, aber ich wollt Ihne die Koschte erspare ...«, verhaspelte sie sich.

»Kosten? Mir? Ersparen?«, krächzte ich, Böses ahnend. Ich schüttelte mein Ohr, als verstopfte ein riesengroßes Missverständnis meinen Gehörgang.

»Na ja, er will Ihnen halt einfach koi Umständ mehr

mache ... Deshalb henn i mir denkt, i schalt mi gschwind ein und hol ihm seine Glamodde ... Dass er sie beieinander hätt ...«

»Sagen Sie mal ganz ehrlich, Frau ... ähm ... Vögele. Hat Ihnen Kasun gesagt, dass er in Sri Lanka bleiben will? Oder will er nach Deutschland zurück?«

»Noe, ganz sicher will er bleibe«, beteuerte sie jetzt eine Spur zu aufgeregt. »Der hat ja da sei Familie und sei A-A-Abbait ...« Täuschte ich mich, oder fing sie jetzt auch noch an zu stottern?

Warum glaubte ich ihr auf einmal kein Wort mehr?

»Hören Sie, Frau Vögele, haben Sie noch eine Minute? Ich spiele Ihnen mal eben was vor, ja?«

Entschlossen drückte ich auf die Taste des Anrufbeantworters.

Sofort säuselte uns beiden Kasuns sanfte Stimme entgegen. »Ich komme zurück Rose. Du bist mein Leben. Ich liebe dich.«

»Na, was sagen Sie jetzt?«

Schweigen im schwäbischen Walde.

»Hallo? Frau Vögele?«

Doch da hatte sie schon aufgelegt.

23

ZU HAUSE AUF DEM DORF, MÄRZ 1998

Tief beunruhigt saß ich da, streichelte gedankenverloren Cindy und starrte an die Wand.

Was war das jetzt schon wieder gewesen?

Wenn eine Touristin seine Sachen bei mir abholen wollte, hatte Kasun offensichtlich doch nicht vor, in wenigen Tagen in meine ausgebreiteten Arme zurückzukehren. Sondern möglicherweise in die einer schwäbelnden Stuttgarterin namens Vögele? Und zu welchem Zweck wollte die seine Glamodde hole? Aber er hatte mir doch auf den Anrufbeantworter gesprochen? Wieder und wieder spielte ich sein reumütiges Geständnis ab. Er hatte doch aus Sri Lanka angerufen?

Wild entschlossen kritzelte ich ein paar Worte auf ein Blatt Papier und faxte sie: »Liebling, ruf mich an, es ist was passiert! Ganz, ganz dringend!«

Das »Liebling« ging mir zwar nicht leicht von der Hand, aber ich wollte nicht, dass er wieder auf Macho umschaltete und das Gefühl hätte, ich setzte ihn unter Druck.

Im Nu klingelte das Telefon.

»Ja?«

»Rose, ich bin's, Kasun!«

»Ja, potzblitz, das Fax ist ja kaum durch, und schon rufst du mich zurück?«

»Welches Fax?«

»Na, das ich dir gerade ans *Sunset Guesthouse* in Hikkaduwa geschickt habe! Sonst meldest du dich wochenlang nicht, und jetzt verdaut das Faxgerät noch!«

Gerade kam in Zeitlupe der Sendebericht hervorgekrochen.

»Ach so, das meinst du Rose! Ja, denk mal, ich bin gerade mit dem Fahrrad in Hikkaduwa rumgefahren, als der Mann gerade das Fax ausgehängt hat! Deine Schrift hab ich sofort erkannt!«

Ich schnaufte. »Wow. Das war ja ne Punktlandung. Hast es wohl im Fahren abgepflückt?« Mir entfuhr ein erleichtertes Lachen. »Hör zu, Liebling, ich bin ja so froh, dass du dich meldest! Mich hat nämlich gerade vor fünf Minuten eine Frau aus Stuttgart angerufen, eine Astrid Vögele!«

Kasun zögerte eine Spur zu lange. »Ach so, ja, die kenne ich«, sagte er schließlich. Sonst nichts.

»Sie will deine Sachen abholen. Hast du sie damit beauftragt?«

»Ja, Rose, vergiss es. Das war keine gute Idee. Ich komme ja bald, und dann reden wir über alles, okay?«

Meine Anspannung löste sich derart gewaltig, dass ich in Tränen ausbrach.

»Weißt du denn endlich, was du willst?«, heulte ich in den Hörer. Ein hemmungsloses Schluchzen entrang sich meiner Brust.

»Bleib mal ganz ruhig, Rose. Ich komme wie versprochen und dann reden wir.«

»Kommst du endlich zur Besinnung?«, jammerte ich hilflos. »Begreifst du endlich, was ich in Deutschland für dich aufgebaut habe?«

»*Relax, Rose*«, sagte er eher unwirsch als liebevoll. Damit war das Gespräch beendet.

Am nächsten Tag riss mich das Telefon spätabends aus dem Bett. Ich hatte noch nicht geschlafen, sondern nur gegrübelt und mich mit Selbstvorwürfen zerfleischt. Alarmiert ging ich dran.

»Rose, ich bin es. Reg dich nicht auf jetzt, okay?«

»Wo bist du?«, keuchte ich. Mein Herz raste wie nach einem Marathon.

»Rose, ich stehe in Radolfzell am Bahnhof. Kannst du mich holen?«

»Du stehst wo? In Radolfzzzz…« Mir entwich der letzte Rest Luft. Ich fühlte mich wie ein Ballon, in den man jetzt eine Nadel gesteckt hat.

Er war in Radolfzell? Keine vierundzwanzig Stunden nach unserem Telefonat? Wo hatte er so schnell ein Flugticket herbekommen?

»Wo bist du gelandet? In Zürich etwa?« Das hätte er zeitlich gerade noch schaffen können. Aber er hatte doch gar kein Einreisevisum für die Schweiz!

»In München. Aber ich wollte nicht, dass du wieder so weit fahren musst, weißt du. Du bist in letzter Zeit so gestresst und schimpfst so viel mit mir …«

»Aber Kasun!« Eine ungeheure Welle der Erleichterung überrollte mich. »Natürlich hätte ich dich abgeholt! Auch vom Ende der Welt.«

»Dann hol mich jetzt ab, okay Rose?«, kam es zurück. »Mir ist nämlich saukalt!« Ich hörte seine Zähne klappern.

Mein armer Schatz. Er hatte ja seine heißgeliebte blaue

Winterjacke und die Fellstiefel nicht dabei. Bestimmt hatte er nur das dünne Zeug an, das er in Sri Lanka immer trug!

Ich verwechselte schon Hemd und Hose und saß kurz darauf in heller Vorfreude im Auto. Die Heizung lief auf vollen Touren. Die Scheiben beschlugen schon, und ich wischte wie verrückt von innen mit meinem Mantelärmel daran herum, wobei ich laute Selbstgespräche führte: »Jetzt mach schon, werd schon grün, ach, scheiß drauf, kommt eh keiner, verfluchte Scheibe, ist das etwa mein eigener Atem, der Odem der Liebe? Hahaha, o Gott, ich seh nix mehr, aber die Strecke fahr ich auch im Schlaf. Ich fass es nicht, Kasun ist da, ich glaub's nicht, ich träum das nur ... Warte nur, bis ich dich zu fassen kriege, ich verhau dich, dass du Schluckauf kriegst. Nein, ich küsse dich, dass du keine Luft mehr kriegst. Ja, was jetzt, wieso blinkt das Ding, ach so, da soll man fahren ...«

Kurz vor Mitternacht hielt ich bei Schneeregen vor dem Bahnhof.

Hoffentlich würde ich ihn jetzt auch finden! Aber da stand er schon, im Schein einer Straßenlaterne, neben seinem Gepäck. Ohne Mütze, Handschuhe und warme Jacke. Der arme Kerl! Mein Herz weitete sich in unendlicher Liebe.

Ich sprang aus dem Auto und wollte ihn umarmen, aber er versteifte sich. Plötzlich war er mir fremd. Lag das an der Kälte oder war da noch etwas anderes, Schlimmeres?

»Steig erst mal ein. Die Heizung brummt!«

Schweigend, ja fast störrisch ließ Kasun sich auf den Beifahrersitz fallen.

Ich wollte seine Hand nehmen, sie drücken, ihm zeigen, dass ich jetzt keine Szene machen würde. Aber er hatte sich auf seine Hände gesetzt und starrte stur geradeaus.

Besorgt betrachtete ich sein geliebtes Profil. Wie oft hatte ich ihn beim Fahren angesehen, als er selbst im letzten Sommer am Steuer gesessen und mich verliebt in der Weltgeschichte herumgefahren hatte. Ich hatte mich an seinem männlichen Profil geweidet und immer wieder versucht zu begreifen, wieso so ein junger Gott ausgerechnet mich liebte, die mollige Rosemarie aus Deutschland.

»Kasun. Was ist los? Wieso bist du so plötzlich hier? Du musst doch zwölf Stunden geflogen und dann noch mal vier Stunden Zug gefahren sein? Wie hast du das mit Umsteigen geschafft? Und woher hattest du so schnell das Ticket, wer hat das bezahlt?«

Schweigen.

Ich fuhr los. Bestimmt musste er sich erst mal sammeln. Die weite Reise musste ihn fürchterlich geschlaucht haben. Wahrscheinlich war er halb verhungert.

Plötzlich sagte er in die Dunkelheit hinein: »Die Scheidung läuft, Rose.«

Dieser Satz traf mich wie eine Ohrfeige. Ich hatte Mühe, den Wagen weiter durchs Schneegestöber zu manövrieren.

»Wie willst du denn von Sri Lanka aus die Scheidung eingereicht haben?«, rang ich mir schließlich ab. »Das ist eine deutsch-sri-lankische Ehe. Du musst die Scheidung schon in Deutschland einreichen.« Ich räusperte mich und versuchte, vor einer roten Ampel zum Stehen zu kommen. »Du hast doch gar kein Geld für einen Anwalt.«

Schweigen. Es wurde gelb, es wurde grün.

»Kasun! Ich rede mit dir!« Wütend haute ich den ersten Gang rein und gab unnötig viel Gas.

»Bitte Rose, lass uns morgen reden, ich bin SEHR MÜDE jetzt.«

Das verstand ich sogar. Ich spürte, dass es keinen Zweck hatte, ihn jetzt mit Fragen zu löchern. Oder, wie Wilma sagen würde, den armen Kasun schon wieder unter Druck zu setzen. Er hatte wieder diese sture Miene aufgesetzt, die ich aus Sri Lanka kannte, wenn er seinen Willen durchsetzen wollte.

Zu Hause begrüßte er kurz die vor Freude völlig durchgedrehte Cindy und legte sich dann ohne ein weiteres Wort in seine Betthälfte. Kam da noch was?

Eine liebe Geste, ein Gutenachtkuss? Nein. Sein Atem ging ruhig, er schlief tief und fest. Dass Männer zu so was fähig sind!, dachte ich erschüttert, während ich ihn fassungslos betrachtete. Was sollte das jetzt mit der Scheidung?

Ich ließ ihn unbehelligt schlafen, während ich selbst kein Auge zubekam.

Am nächsten Morgen gab er sich immer noch sehr distanziert.

Wir frühstückten schweigend in der Küche. Nur Cindy stieß schrille Schreie der Begeisterung aus, die ich noch nie aus ihrer Schnauze hatte kommen hören. War dieses Hundsviech genauso blind verknallt in Kasun wie ich?

Zum tausendsten Mal ärgerte ich mich am meisten über mich und meine nicht enden wollenden Gefühle für diesen Mann, der schweigend seine Marmeladensemmel verdrückte. Ich hätte ihn so gern vorsichtig an der Stirn berührt, um eine widerspenstige schwarze Locke zurückzustreichen!

Stattdessen sagte ich: »Bitte Kasun. Du schuldest mir eine Erklärung.« Ich legte meine eiskalten Hände um die wärmende Kaffeetasse. »Was ist los mit dir? Was soll das mit der Scheidung? Hab ich das verdient?« Meine Stimme zitterte schon wieder bedenklich.

»Und was habe ICH verdient, Rose?«

Völlig unerwartet ging er zum Gegenangriff über.

»Ich habe gearbeitet wie ein Tier, weißt du! Jeden Tag war ich zwölf Stunden mit meinen Touris unterwegs, und wenn ich sie gerade im Hotel abgeliefert hatte, musste ich nachts noch nach Colombo zum Flughafen fahren und neue Gäste abholen. Manchmal hab ich ohne Schlaf Tag und Nacht durchgearbeitet. Und was kommt von dir?

Böse Faxe mit Drohungen und einem Ultimatum! Dass ich anzutanzen habe hier! Dass du sonst mit mir fertig bist!« Seine sonst so vollen Lippen waren schmal wie ein Strich.

»Oh, Kasun!« Ich seufzte. »Du solltest in Indien eine Ausbildung machen, und ich habe dir Tausende von Mark dafür gegeben.«

»Fängst du jetzt schon wieder an! Ich bin kein Befehlsempfänger!« Kasun schubste die anhängliche Cindy weg und hob drohend den Zeigefinger: »Du hast keine Ahnung von den Kriegszuständen in Sri Lanka und Indien. Ich habe kein Visum mehr bekommen. Ich kann froh sein, dass ich noch nicht in die Luft geflogen bin bei meinen vielen Fahrten durch vermintes Gebiet! Und du erzählst mir dauernd was von deinem Wellnessstempel. Du wolltest mich als Ayurveda-Masseur für DEINE ZWECKE! OKAY?!« Er sah mich geradezu hasserfüllt an. »Du wolltest mich benutzen, als schönen jungen Masseur in deiner Praxis, damit die Leute kommen und dir Geld bringen. Aber ich lasse mich nicht mehr benutzen!«

»MOMENT!« Jetzt war meine Stimme ebenfalls laut

geworden. »Jetzt schlägt's aber dreizehn! Wer hat denn hier wen BENUTZT? Und wer hat wem Geld eingebracht?«

Das Klappern des Briefschlitzes riss mich kurzzeitig aus diesem Streit. Ich war froh, kurz durchschnaufen zu können. Ein amtlich aussehender Brief glitt auf den Boden, und ich bückte mich danach.

Anwaltskanzlei von Unruh, Schröpfle und Partner, Stuttgart, lautete der Absender.

Schon wieder Stuttgart? Ich fasste mir ratlos an den Kopf und überließ Cindy kampflos meinen Pantoffel, auf dem sie schon die ganze Zeit kaute. Das Tier wollte Aufmerksamkeit, um von den negativen Schwingungen abzulenken. Während ich in die Küche zurückkehrte, riss ich den Brief auf und griff nach meiner Lesebrille.

Stuttgart, 9. März 1998

»Sehr geehrte Frau Sommer,

hiermit teilen wir Ihnen mit, dass wir das Mandat für Herrn Kasun Gourmondo-Singha übernommen haben und die Scheidung beantragen ...«

Ich sank auf den Küchenstuhl und warf Kasun den Brief hin.
»Was soll das?«
Kasun war sichtlich überfordert. Sein Blick zuckte nervös hin und her.
»Wie kommt ein Rechtsanwalt aus Stuttgart dazu, für dich die Scheidung zu beantragen? Du kommst doch gerade aus Sri Lanka und nicht aus Stuttgart!« Meine Stimme war so schneidend, dass ich selbst zusammenzuckte.

»Der Anwalt war gerade in Sri Lanka in Urlaub«, kam es nicht sehr glaubwürdig zurück. »Ich hab ihn nachts zum Flughafen gefahren, weißt du Rose. Da haben wir vier Stunden geredet, und da hab ich ihn halt gefragt.«

»Wenn du dich scheiden lassen willst, ist das Gericht in Radolfzell dafür zuständig und nicht das in Stuttgart. Das muss dein neunmalkluger Anwalt doch wissen!«

Kasun sprang auf und verzog sich ins Wohnzimmer. Auf Socken stand er unschlüssig da, die Hände in den Jogginghosentaschen vergraben. Cindy zerrte an seinen Hosenbeinen herum und wollte endlich spielen.

Ich baute mich im Türrahmen auf und wedelte mit dem Scheidungsschrieb.

»Kasun, irgendwas stimmt hier nicht. Sag mir die Wahrheit.« Ich verschränkte die Arme vor der Brust und musterte ihn fordernd.

»Ich gehe jetzt mal mit Cindy raus, ja? Ich muss mal nachdenken, Rose.«

Mein Mann schnappte sich seine heißgeliebte Jacke, schlüpfte in seine Fellstiefel und verschwand mit einer begeisterten Cindy in der kalten Märzluft.

Ich blieb zurück, fassungslos, verletzt. Trotzdem: Das mit der Scheidung war bestimmt eine Kurzschlusshandlung gewesen, die er jetzt schon wieder bereute. Er war einfach hin und her gerissen zwischen seinen Verpflichtungen gegenüber seiner Familie und mir. Er war schlicht überfordert! Wie schwer musste es für ihn sein, innerhalb von vierundzwanzig Stunden von einer Welt in die andere zu fliegen und mit neuen, nicht minder schweren Problemen, Vorwürfen und Ansprüchen konfrontiert zu werden. Ich war psychologisch geschult. Ich musste ihm einfach Zeit geben, sich wieder zu sammeln. Lass ihn erst mal ankommen, Rosemarie. *Relax, Rose.* In dem Moment sah ich ihn zurückkommen. Er schaute zum Fenster hoch, und ich winkte zaghaft. Da stahl sich ein schüchternes Lächeln auf sein Gesicht. Ich weinte fast vor Erleichterung.

Mit federnden Schritten kam er die Treppe hoch. Ich riss die Wohnungstür auf.

»Wir reden, Rose, ja? Ich habe nachgedacht. Das mit der Scheidung, das war ein Fehler.«

Ich traute meinen Augen nicht: Er nahm den Scheidungsbrief des Stutgarter Anwalts und zerriss ihn in winzig kleine Fetzen.

Vater freute sich wie Bolle, als er Kasun durch die Tür kommen sah. Die beiden fielen sich lachend um den Hals und hatten sich eine Menge zu erzählen.

Während ich Vaters Wäsche ordnete, hörte ich Gesprächsfetzen mit Worten wie »Bürgerkrieg«, »Bomben in Colombo und Jaffna« und »politische Unruhen«.

Von »Ausbildung geschmissen« und »Scheidung eingereicht« erzählte Kasun mit keiner Silbe.

Aber der Nachmittag bei Vater schien ihn nachdenklich gemacht zu haben.

Als wir später beim Abendessen in der Küche saßen, nahm Kasun plötzlich meine Hand.

»Es tut mir leid, Rose. Das mit der Scheidung war eine große Quatsch.«

Ich hatte eine Flasche Wein aufgemacht und hielt ihm nun versöhnlich ein Glas hin.

»Okay. Entschuldigung angenommen.«

»Ich war einfach sehr verwirrt, Rose. Das macht der Krieg und der Stress zu Hause.«

»Ist schon gut.«

»Du bist einfach der richtige Mensch für mich, weißt du.«

Ich musste lächeln über seinen aufrichtigen Ernst. »ICH weiß das schon lange!«

Wir prosteten uns zu und schauten uns tief in die Augen. Plötzlich war er wieder da, dieser Draht zwischen uns, den ich von Anfang an gespürt hatte. Er war wieder mein geliebter Kasun!

»Du hast so viel getan für mich, Rose. Auch meine Familie weiß das und sagt dir Danke.«

»Passt schon.«

»Weißt du, ich kann jetzt so gut Deutsch, und mit meinem Führerschein konnte ich die Leute rumfahren, das hat mich sehr glücklich gemacht. Ich wollte einfach, dass du bei mir bist, Rose. Ich wollte für dich sorgen wie jeder Mann für die Frau, die er liebt.«

Gerührt hörte ich ihm zu.

»Aber ich habe eingesehen, dass es besser ist, wenn wir zusammen in Deutschland leben. Bitte gib mir noch eine Chance.«

»Das mache ich, Kasun.«

»Ich verdanke dir alles. Ich weiß das, Rose.«

Ich errötete vor Glück und Liebe.

Seine Hand legte sich auf meine Wange.

»Du bist sehr schön, Rose.«

Ich spürte dieses Prickeln, den Wunsch, mich fallen zu lassen. Heißes Verlangen überflutete uns beide, als Kasun aufstand und unsere Kitaro-Musik auflegte.

Ich sah das Begehren in seinem Blick und empfand ein unbeschreibliches Glücksgefühl. Es war, als wäre das letzte halbe Jahr nur ein Albtraum gewesen. Aus dem ich endlich erwacht war.

Die vertrauten Klänge umhüllten mich wie eine flauschige Decke.

Da tat Kasun etwas, das er noch nie getan hatte: Er nahm mich behutsam hoch und trug mich ins Schlafzimmer.

Cindy, die meine einsamen Nächte mit mir geteilt hatte, musste zu ihrer großen Enttäuschung draußen bleiben. Ihr forderndes Gebell wurde von meinem mädchenhaften Gekicher übertönt.

Kasun kickte die Tür vor ihrer Hundeschnauze zu.

24

Schweißgebadet und unendlich glücklich lagen wir später aneinander gekuschelt im Bett. Ich hatte meinen Kopf auf seine Brust gebettet und lauschte seinem Herzschlag, der mich mit am Leben zu erhalten schien.

Er strich mir gedankenverloren übers Haar, und ich wollte den Moment festhalten, aus Angst, er könnte mir wieder entgleiten.

Kitaro hatte sich längst in Schweigen gehüllt, Cindy schlief, und die Kirchturmuhr aus dem benachbarten Diessenhofen schlug feierlich.

»Ich liebe dich so sehr, Kasun, dass es fast schon wehtut. Bitte verletz mich nie wieder so sehr.«

Die Finger in meinem Haar erstarrten abrupt.

»Rose, ich muss dir noch was sagen. Aber es ist sehr schlimm, weißt du.«

Ich versteifte mich. Mir wurde eiskalt. Ich verharrte in seiner Umarmung wie ein Kaninchen, das sich vor dem Gewehrlauf des Jägers totstellt.

Nein. Bitte nicht. Was kam denn jetzt noch?

»Bitte reg dich nicht auf, Rose. Du musst wissen, ich liebe dich.«

Mein Herz schlug wie verrückt.

Kasun rückte ein Stück von mir ab, setzte sich auf und

schlug schützend die Decke um sich: »Bitte rette mich vor dieser Frau.«

»Welche Frau?«, hörte ich mich fragen, aber in diesem Moment wusste ich: Astrid Vögele.

»Rose, ich habe einen großen Fehler gemacht.«

Abrupt fuhr ich hoch. »Du bist nicht aus Sri Lanka gekommen, stimmt's? Du warst bei ihr.«

»Das stimmt, Rose.« Er senkte schuldbewusst den Blick.

Mein Herz setzte einen Schlag aus. »Das heißt … Das bedeutet …« Ich schmeckte Blei.

»Ja, Rose. Es tut mir wahnsinnig leid. Es war ein Fehler. Ich gehöre zu dir.«

»Du hast mit ihr …?« Wie von der Tarantel gestochen fuhr ich hoch.

»Sie wollte es unbedingt, Rose! Sie will mir haben! Ich habe Angst vor diese Frau!«

Ein innerer Sturm brach an, der mich hin und her schüttelte. Ich zitterte am ganzen Leib.

»Seit wann warst du bei ihr?«

»Seit dem siebten März, Rose.«

»Aber das war mein Ultimatum!« Mir brummte der Kopf, als beherbergte er einen ganzen Bienenschwarm.

»Du bist am siebten März geflogen?«

»Ja, Rose. Aber ich habe mich vor dir gefürchtet. Du hast mir so unter Druck gesetzt …«

»Halt.« Ich wedelte mit den Händen, als könnte ich die aufsteigenden Tränen damit zurückdrängen. Ich wollte doch nicht mehr heulen!

»Halt, halt, halt, Kasun. Du sagst mir gerade, dass du mich betrogen hast, aber dass ich daran schuld bin?!« Ich war so weit von ihm gewichen, dass sich mir die Kante meines Nachttischs schmerzhaft in den Rücken bohrte.

»Das will ich nicht sagen, Rose. Aber ich war so in – wie sagt man – Zwickmühle.«

Mein Gedankenkarussell hörte einfach nicht auf, sich zu drehen.

»Aber ich habe doch noch NACH dem siebten März mit dir telefoniert! Die Frau aus Stuttgart hat mich am neunten März angerufen, danach habe ich ein Fax ans *Sunset Guesthouse* geschickt, und du hast mich Sekunden später zurückgerufen!«

Mein Verstand kam einfach nicht hinterher.

»Ja, weißt du, Rose …«

Da fiel bei mir der Groschen. »Ich sage dir, wie es wirklich war!« Nackt wie ich war, sprang ich auf, hielt mir die Decke vor die Brust und schrie auf ihn ein: »Du bist NEBEN dieser ASCHTRITT VÖGELE gestanden, als sie mich angerufen und um deine GLAMODDE gebeten hat! Du hast mitgekriegt, wie ich ihr deinen Anruf vorgespielt habe, und da hat sie dich rausgeschmissen! SO wird ein Schuh draus, Kasun!«

Meine Finger umklammerten die Decke, mit der ich ihn am liebsten erstickt hätte, den armen unschuldigen – unter DRUCK gesetzten – Kasun, der kein Wässerchen trüben konnte.

»Und jetzt kommst du wieder angekrochen, schläfst mit mir und lullst mich wieder ein …« Ein wildes Schluchzen entrang sich meiner Brust. »Was bist du nur für ein mieses Stück Scheiße! Und DICH habe ich geliebt!«

Hysterisch weinend rannte ich ins Wohnzimmer und warf mich aufs Sofa.

Ich heulte hemmungslos und drosch mit den Fäusten auf sämtliche Kissen ein. Die arme Cindy kroch mit eingezogenem Schwanz ins Schlafzimmer und kuschelte sich schutzsuchend an Kasun, der unter seinem Bronze-Teint kreidebleich geworden war.

Verräterin!, dachte ich dumpf. Kriech du nur bei Judas unter, der mich verraten hat für dreißig Silberlinge. Und ich hab ihn für den Messias gehalten!

Wie lange ich da vor mich hin tobte, weiß ich nicht mehr. Irgendwann war ich ausgeweint, einfach nur leer.

Und spürte Cindys feuchte Zunge an meinem tränenüberströmten Gesicht.

Da stand auch Kasun, in den Boxershorts, die ich ihm damals bei Karstadt in Singen gekauft hatte, und hielt mir auffordernd sein Handy hin.

Was jetzt? Sollte ich mit Aschtritt telefonieren? Und ihr sagen, dass es aus war mit Vögele?

Aber es quoll das hysterische Wehklagen seiner Mutter hervor.

Des Dramas letzter Akt oder was?

»Was soll das?«

»Sie ist so traurig, dass du mich nicht mehr magst.«

»Ihr beschissenes Problem.«

»Bitte sag ihr, dass du mir noch eine Chance gibst.«

»Ich denke nicht daran.«

»Sei doch bitte wieder gut! Weißt du nicht, wie weh das tut? Wenn du böse bist auf mich? Ich bin doch auch nicht böse auf dich!« Das war ja ein richtiges Gedicht! Er hatte sich wirklich Mühe gegeben.

Das Handy heulte vergeblich. Kasun klappte es zu. Diese Trumpfkarte hatte ihre Wirkung offenbar verfehlt.

Ich gönnte Kasun diesen Moment von Herzen, in dem alle Frauen, denen er selbiges gebrochen hatte, jetzt im Chor auf ihn einplärrten. Meinetwegen auch noch Aschtritt.

Ich schnäuzte mich geräuschvoll in ein Blatt von der Haushaltsrolle, deren Umfang sich drastisch verkleinert hatte.

»Der Stuttgarter Anwalt war also ein Spezl deiner Aschtritt, ja?«

»Ja, der hat schon ihre erste Scheidung gemacht von Vögele.«

»Du wolltest sie also heiraten, Kasun? Bist du eigentlich noch ganz dicht?«

Ich schlug mir mit den Handballen an die Stirn, dass es wehtat.

»Sie wollte MIR heiraten, Rose! Das musst du mir glauben! Sie will mir nicht mehr loslassen!« Er sank auf eine Sessellehne und reichte mir stoisch weitere Blätter von der Haushaltsrolle. Cindy wedelte erleichtert mit dem Schwanz und sah uns aus ihren schwarzen Knopfaugen hoffnungsfroh an. Offensichtlich war die Herrschaft immerhin wieder in einem Gespräch vereint.

Wir redeten die ganze Nacht. Ich hatte mich mit meiner Decke auf dem Sofa verschanzt, und er hockte auf dem Fußboden, ein Sofakissen an sich gepresst. Sein Blick war ins Leere gerichtet, seine Stimme monoton.

Er beichtete, dass er Aschtritt und ihre Mutter Grischtine mit seiner Reisegruppe eine Woche durchs Landesinnere gefahren habe, und dass man sich dabei nähergekommen sei. Sie seien so angetan gewesen von seinem charmanten Deutsch und seinen Fahrkünsten. Wobei er beides MIR verdankte, der undankbare Kerl! Als er wie geplant am siebten März zu mir habe fliegen wollen, hätten ihn die beiden bereits so in ihrer Gewalt gehabt, dass sie ihn einfach nach Stuttgart abtransportiert hätten. Um ihn sich dort als arbeitswilligen Sklaven zu halten, so Kasun. Den Scheidungsanwalt hätten sie ihm quasi aufs Auge gedrückt. Nur mit Mühe und Not habe Kasun den Stuttgarter Hexen entkommen und endlich wieder bei mir, seiner geliebten Frau, Unterschlupf, Trost und Sicherheit finden können.

Ich wusste nicht recht, was ich von dieser Version halten sollte. Vielleicht war er tatsächlich diesen Stuttgarter Hexenweibern zum Opfer gefallen – der arme, unschuldige Buddhist, der immer nur an das Gute im Menschen glaubte?

Ich machte mir erst mal einen starken Kaffee. Inzwischen war der nächste Tag längst angebrochen.

Die Diessenhofener Glocken hatten gerade zum Hochamt geläutet, als es an der Wohnungstür klingelte.

Wir zuckten beide zusammen und starrten uns erschrocken an. Cindy kläffte sich die Seele aus dem Hals und knurrte die Tür an.

Wer konnte das sein, an einem Sonntagmorgen um zehn?

Vielleicht ein Nachbar, der mich heute Nacht hatte schluchzen hören? Der wissen wollte, ob alles in Ordnung war?

»Mach nicht auf, Rose!« Im Nu war Kasun im Schlafzimmer verschwunden.

»Ja, aber ...« Wenn es doch ein Nachbar war? Oder irgendwas mit Vater?

Verweint, mit zerraufen Haaren, noch im Nachthemd und mit dicken Socken öffnete ich die Tür einen Spaltbreit. Vor mir stand eine Frau meines Alters mit schulterlangen braunen Haaren. Sie trug einen grauen Wintermantel, presste eine braune Handtasche an sich und spähte vorsichtig über die Henkel. Cindy kläffte.

Wenn sie jetzt mit mir über das Paradies sprechen wollte, war der Zeitpunkt eher schlecht gewählt.

Aber als sie den Mund öffnete und im tiefsten Schwäbisch »Frau Sommer, bitte entschuldige Se die Stööörung« sagte, wusste ich Bescheid.

»Aschtritt Vögele. Derf i gschwind neikomme …?«

Mein Blick zuckte zwischen meiner Nebenbuhlerin und dem Schlafzimmertürspalt hin und her, von dem aus Kasun ängstlich hervorspähte. Die nackte Panik stach hervor. Was, wenn Frau Vögele wirklich so eine Hexe war, wie Kasun geschildert hatte? Ein letzter Rest Frauensolidarität paarte sich mit meiner noch übrig gebliebenen Würde.

»Ich bin noch nicht angezogen.«

»Isch Kasun da?«

»Der ist auch noch nicht angezogen.«

Das war doch wohl mal eine klare Aussage. Sie zuckte erschrocken zurück, behielt aber die Fassung.

Uff. Wenn die jetzt extra aus Stuttgart angereist war, war die schon ein paar Stunden unterwegs. Trotzdem wollte ich sie nicht reinbitten, auch wenn es gerade so gut nach Kaffee duftete. Sie sollte weder meine Sofaecke mit den vollgerotzten Papiertüchern sehen noch meinen halbnackten Kasun.

»Wissen Sie was? Warum warten Sie nicht unten am Rhein auf mich? Ich muss sowieso mit dem Hund raus, lassen Sie uns ein Stück gehen. Ich zieh mir nur schnell was an.«

»Desch isch ganz arrg lieb von Ihne!« Sie trabte nach unten. »Bis gleiii, und bringet Se ruhig den Kasun mit, es geht ja schließlich um der Kärlle!«

Zehn Minuten später trabten wir zu dritt über die immer noch winterliche Rheinpromenade, obwohl es doch schon März war. Cindy tobte glücklich kläffend vor uns her.

Kasun steckte in seiner geliebten Goretex-Jacke und den Fellstiefeln und tat so, als ginge ihn das Ganze hier gar nichts an. Er warf Cindy Stöckchen.

»Jetsch muss i Sie als Ärschtes fraaage, ob Sie wirklich verheiratet sind«, eröffnete Aschtritt Vögele das Gespräch. Sie machte gar keinen bösartigen oder kriegerischen Eindruck, eher einen freundlich-distanzierten.

»Ja, klar«, sagte ich und zog den Handschuh aus. »Kasun, zeig ihr deinen Ring.«

Sie betrachtete unsere Eheringe und schüttelte den Kopf. »Das hat der Kasun mir net erzählt.«

Ich bezweifelte, ob er den Ring überhaupt getragen hatte. Im Gegensatz zu meinem glänzte er nämlich noch ganz neu.

»Was hat er Ihnen DENN erzählt?« Abwartend blieb ich stehen und musterte sie unauffällig von der Seite. Sie war mir gar nicht unsympathisch. Sie war mir viel zu ähnlich, um mir unsympathisch zu sein. Zwischen uns herrschte keinerlei Feindseligkeit, nur Aufklärungsbedarf. »Zum Beispiel woher er so gut Deutsch kann, den Führerschein hat und so?«

»Ja, er hat erzählt, er hätte lange in Deutschland bei einem alde Mann geläbt und für den auch geabbeidet, aber dem sei die Wohnung abgebrannt und der sei ins Heim komme«, erklärte Astrid, die ich jetzt gar nicht mehr heimlich Aschtritt nennen wollte. »Dann hätte der Kasun leider zurückgemusst nach Sri Langa. Aber er hatte doch noch seine Aabaitsgenähmigung für Deutschland! Und das hat uns so leid getan, mei Muddr un mir. Der Kasun is ja so ein nädder hilfsbereiter junger Mann, und da henn mer überlegt, mer schenke ihm den Flug und gaääbe ihm eine Chance.«

»Und der Flug war zufällig am siebten März?«

»Ja genau, des war sei Wunsch, dass er am siebten März fliege kann.«

Wir waren inzwischen am Strandbad angelangt, wo ich gehofft hatte, meine ermatteten Glieder auf ein Stühlchen sinken lassen zu können.

Doch leider waren die Bänke und Stühle alle unter einer Schneedecke begraben.

»Wir sollten uns irgendwo reinsetzen«, schlug ich vor. Die Kälte ging uns durch und durch.

»Da vorne isch mei Audo.« Die nette Schwäbin zeigte auf einen Mercedes, der einsam auf dem Strandbadparkplatz stand.

Das war das erste Mal, dass Kasun eine Regung zeigte. Er zuckte zusammen und schien fliehen zu wollen.

»Da sitzen mei Muddr un der Doktor Schröpfle drin«, erklärte Astrid, »die haben mich här gfahre, weil ich doch mit de Nervve fix und fäddig war und zwei Nächte lang nicht schlafen konnte.«

Willkommen im Club!, dachte ich.

Kasun machte eine Kehrtwende und wollte gehen, aber wir zogen synchron an seiner Extremsport-Kapuze. »Das geht dich hier sehr wohl was an, Kasun!«

Wir stiegen zu den älteren Herrschaften ins Auto, die

brav dort in der Kälte gewartet hatten. Grischtine, »die Muddr«, war auch ganz reizend und drückte mir beherzt die behandschuhte Hand. Der Rechtsanwalt saß mit Hut am Steuer.

Kasun wurde ebenfalls mit Handschlag begrüßt.

»Ja, dr Kasun war ganz begeischtert von diesem Wage«, berichtete Aschtritt, während dieser zwischen uns auf der Rückbank eingeklemmt war. Cindy hatten wir in den Fußraum gequetscht. »Wie wir dr Kasun in Münche abgeholt habe, mei Muddr und ich, da isch er auf dem Parkplatz erst mal ganz beeindruckt um des Audo rumgegange und hat es bewundert.«

Ich sah Kasun wieder bewundernd um MEINEN Opel herumgehen – damals, vor knapp zwei Jahren, als ich ihn das erste Mal in München abgeholt hatte.

»Und? Durfte er auch schon fahren?«

»Ja, er war ganz stolz und isch damit in Stuttgart herumgefahre, un bei Karstadt hen mer dann ja auch Windersache für ihn gekauft. Mei Muddr hat ihn drauf eingelaade …«

Ich sah meinen Kasun von der Seite an, wie er da zwischen uns saß, zwischen den beiden älteren Frauen, die er miteinander betrogen und mit denen er ein identisches Spiel gespielt hatte.

Wir fuhren auf meinen Vorschlag hin ins gutbürgerliche Restaurant »Brühlhof«, in dem jetzt nach dem Hochamt schon jede Menge Leute beim Frühschoppen saßen.

Unterwegs brachten wir noch Cindy nach Hause, und ich holte schnell meine Handtasche mit dem Portemonnaie. Kasun hätte nun die Chance gehabt, sich abzuseilen, aber er blieb stoisch auf der Rückbank sitzen und kam stumm mit in die Gaststube. Vielleicht hatte er sich ins

Nirwana meditiert, so geistig abwesend, wie er wirkte, körperlich war er jedenfalls anwesend.

Essen konnten wir alle nichts, und so bestellten wir auf den Schrecken hin erst mal eine Runde Bier.

Astrid zog zwei Faxe aus ihrer Handtasche. »Hier, das dürfte Sie interessieren ... Nur damit mer klar sähe, was Sache isch ...«

Ich nestelte meine Lesebrille hervor und erstarrte. In Kasuns Kinderhandschrift stand da neben denselben Blümchen und Herzchen, die er mir immer schickte, dass er mit Astrid leben, für immer bei ihr bleiben und sich ein schönes Leben mit ihr wünsche. Seine Familie würde Astrid lieben und seine Mutter für sie beten. Dann folgten dick unterstrichen das Datum des gewünschten Fluges (siebter März) und die Kontonummer, auf die das Geld für den Flug überwiesen werden sollte.

Zum Glück wurden in diesem Moment gerade vier große Biere vor uns abgestellt, und bis auf die freundliche alte Mutter machten wir uns darüber her. Es gibt Momente, da hilft nur noch Alkohol, dachte ich. Den anderen schien es nicht anders zu gehen: Der Anwalt bestellte per Handzeichen sofort die zweite Runde.

»Kasun«, sagte ich und sah ihn über den Brillenrand hinweg an. »Du hast dieselben Faxe an sie geschrieben wie an mich.«

Kasun starrte vor sich hin und stellte sich tot. Das Bier hatte er aber getrunken.

»Das tut mir jetzt ganz arg weh«, versicherte Aschtritt glaubhaft. »Ich hab mich wirklich in den Kasun verliebt, gell Muddr! Ich kann es gar net glaube, des war doch meiii Kasun!«

Die zweite Runde Bier kam, und wir beruhigten unsere aufgewühlten Mägen mit dem herben Gerstensaft.

Ich fragte mich, ob Kasun vorgehabt hatte, auf Astrids Kosten am siebten März nach München zu fliegen, um es dann dem Schicksal zu überlassen, wer sich um ihn kümmern würde. Buddhas Geister hatten offenbar die Stuttgarterinnen geschickt und nicht mich, und so war für Kasun der Weg nach Stuttgart vorbestimmt.

Die Mutter bestätigte traurig, dass ihre Tochter Astrid nach der Scheidung vom spießigen Rechthaber Norrrbätt Vögele noch nie wieder so glücklich gewesen sei, und dass Kasun so gut zur Familie gepasst hätte: »So professionell haddor die Tischdecke gefalldet, gell, des hätt ganz feierlich ausgsääh!«

Ich konnte mir einen Blick zu Kasun nicht verkneifen. Und?, fragten meine Augen. Ist diese Frau deshalb besser als ich? Hat sie eine finanzielle Bürgschaft für dich übernommen? Hat sie Stunden auf Behörden verbracht, um dein Visum zu bekommen? Hat sie dich krankenversichert? Dich zu Deutschkursen geschickt? Dir den Führerschein bezahlt? Hunderte von Geschenken und Tausende von Mark an deine Familie geschickt?

Oder ist sie einfach nur reicher als ich? Und fährt ein dickeres Auto?

Jünger, hübscher und schlanker ist sie nämlich nicht!!!

Immer wieder hatte ich Kasun bei passender Gelegenheit versichert, dass ich ihn sofort freigeben würde, wenn er sich in eine junge hübsche Frau in seinem Alter verlieben würde. Aber für so eine mittelalte Durchschnittsmutti wollte ich nicht weichen.

So langsam gewann ich immer mehr Klarheit. Die Familie

hatte ihm sowohl eine Arbeitsstelle in Aussicht gestellt als auch die Scheidung von »dieser bösen, besitzergreifenden Frau«, die ihn ständig unter Druck setzte. Der Anwalt, Herr Dr. Schröpfle, war ein Freund der Familie. Kasun hatte mich offensichtlich als »Biest« beschrieben, während er »der Schöne« war. Letzteres war offensichtlich, also musste Ersteres auch stimmen. Na toll, danke, Kasun.

Plötzlich stand Kasun schwankend auf und bedankte sich ganz artig bei den Stuttgartern.

»Für alles, was Sie für mich getan haben«, sagte er höflich. »Auf Wiedersehen und alles Gute.« Mit diesen Worten taumelte er davon. Als die Tür hinter ihm zufiel, krachte die Gardine samt Schabracke des gegenüberliegenden Fensters herunter, obwohl niemand mit ihr in Berührung gekommen war.

Wir starrten uns alle erschrocken an. Das ging nicht mit rechten Dingen zu!

Ich wollte sofort hilfreich aufspringen, weil ich mich sogar für Kasuns Geister zuständig fühlte, aber der Anwalt zog mich am Ärmel zurück.

»Das ist Angelegenheit des Personals. Wir sollten erst mal was essen, sonst kippen wir hier noch um. Und ich muss ja noch fahren.«

Er bestellte für uns das Sonntagsgericht, nach dem es hier schon die ganze Zeit so betörend duftete. Rostbraten mit Röstzwiebeln an Spätzle.

»Du solltest dir überlegen, Astrid, den Kasun wegen Heiratsschwindels anzuzeigen«, regte er über der »Hochzeitssuppe mit badischen Fleischklößchen und Suppenkraut« an.

»Ja, das mach ich«, sagte Astrid fest entschlossen. »Sonst macht der das mit anderen Frauen auch noch.«

Ich legte den Löffel weg. »Ich dachte, Sie haben ihn geliebt!«

»Ja, das hab ich auch! Das ist ja das Schlimme!«

»Aber wenn man jemanden liebt, bereitet man ihm doch nicht solche Schwierigkeiten!« Dass ich diejenige war, die aufgrund meiner Bürgschaft SEINE Suppe auslöffeln musste, verriet ich lieber nicht.

»Das seh ich anders«, sprach nun auch die Mutter. »Er hat meiner Tochter die Ehe versprochen und uns auf diese Weise um viel Geld gebracht.«

»Das ist ein Straftatbestand.« Der Anwalt betupfte sich die Mundwinkel mit seiner Serviette. »Köstliche Suppe. Ganz delikat. Ich werde in dieser Angelegenheit gern für dich tätig.«

»Also, ich finde, man sollte Kasun jetzt in Ruhe lassen«, sagte ich und stand auf. »Wir haben seine Missetaten aufgedeckt und zu viert auf ihm rumgehackt. Er hat sich unseren Vorwürfen gestellt und ist jetzt so klein mit Hut, schämt sich bis in die Knochen.« Ich zog mir meinen Mantel an. »Ihm jetzt weitere Schwierigkeiten zu machen, halte ich für kontraproduktiv.«

Offensichtlich war meine Liebe weitaus tiefer als die von Astrid. Bei ihr schien es sich in weiten Teilen um verletzte Eitelkeit zu handeln.

»Und wenn ich mir noch eine letzte Bemerkung erlauben darf: Sind wir nicht auch zu einem großen Teil selber schuld?« Ich sah zwischen den drei Stuttgarter Herrschaften hin und her. »Ja, er hat mit unseren Gefühlen gespielt. Aber wir sind erwachsene Frauen und haben das mit uns machen lassen.«

Die drei starrten mich schweigend an.

In diesem Moment wurde der Hauptgang serviert, der Rostbraten lag in einer herrlichen Sauce, aber mein Magen war wie zugeschnürt.

»Ich bedanke mich für die Einladung, aber ich liebe Kasun wirklich und werde jetzt nach ihm sehen. – Gute Heimfahrt.« Ich schüttelte allen die Hand.

»Ich werde ihn auf jeden Fall verklagen«, hörte ich Astrid noch sagen, als ich leicht benebelt ins Freie hinaustrat. »Gleich morgen früh gehe ich zur Polizei.«

25

Als ich nach Hause kam, war Kasun sturzbetrunken. Glasigen Blickes schaute er mich an und redete wirres Zeug. Als gläubiger Buddhist trank er sonst nie Alkohol, aber anders hätte er das Strafgericht nicht überstanden.

»Geh ins Bett, Kasun, und schlaf deinen Rausch aus.« Ich selbst war auch reif für einen Mittagsschlaf und musste erst mal meine Gedanken ordnen.

Kasun taumelte ins Schlafzimmer und griff in die Nachttischschublade. O Gott, da hatte er doch hoffentlich keine Pistole drin?

Ich sah, wie er das Ölfläschchen aufschraubte, das seine Mutter im Tempel hatte segnen lassen und das unserer Ehe Glück bringen sollte.

Ehrlich gesagt, hatte es das schon häufiger getan, es war nur noch ein letzter Rest des glücksbringenden Elixiers darin.

Er tropfte es in seine Hand, kam auf mich zu getorkelt und verteilte es mit beiden Händen auf meinem Kopf.

»Buddha segnet dich, Rose. Du bist ein guter Mensch.«

»Ich, ähm ... stand buchstäblich beträpfelt da, das Öl sickerte durch meine Haare.«

»Du brauchst keine Angst haben, Rose«, brabbelte er mit heftiger Bierfahne. »Dir wird nie was passieren. Das Öl bringt dir Glück!«

»Kasun, ich glaube, du solltest jetzt ...« Mist, jetzt konnte ich erst mal duschen gehen.

Aber da war er auch schon ins Bett zurückgetaumelt und auf der Stelle eingeschlafen.

Am nächsten Morgen hatte ich frühmorgens einen Besichtigungstermin für eine Zweizimmerwohnung in Radolfzell. Sie befand sich direkt gegenüber von Ivos Praxis, bei dem ich meinen alten Therapieraum wiederbeziehen konnte. Ich wollte meine alte Wohnung im Zollhaus aufgeben, mich, allein wie ich war, verkleinern. Aber nun war Kasun auf einmal wieder da.

Trotzdem wollte ich den Besichtigungstermin nicht absagen. Auf Kasun war leider wenig Verlass. Und ich wollte, ja, musste Geld sparen. Zur Not würde ich eben mit Kasun in die kleinere Wohnung ziehen. Wenn er mich wirklich liebte, wäre das gar kein Problem. Aber noch musste er das alles gar nicht wissen.

Ich ließ ihn schlafen und legte ihm, halb im Spaß und halb um ihm eins auszuwischen, einen Zettel hin:

»Kann sein, dass die Polizei hier auftaucht. Astrid will dich verklagen, Rose! ☹«

Der Smiley sollte demonstrieren, dass seine gute alte Rose ihren Humor immer noch nicht verloren hatte und nach wie vor zu ihm stand. Die Nachricht sollte ihn aber auch wissen lassen, dass die Sache noch nicht vom Tisch war und wir unsere Ehe gründlich überdenken mussten. Auf sich beruhen lassen wollte ich die Sache nicht.

Andererseits suchte ich auch immer wieder Fehler bei mir. Ich hatte ihn wirklich massiv unter Druck gesetzt, ihm die Ayurveda-Ausbildung mehr oder weniger aufs

Auge gedrückt. Da hatte er, ohne groß nachzudenken, die Flucht nach Stuttgart angetreten und war mit dieser Astrid vom Regen in die Traufe gekommen. Wenn die ihn wegen »Heiratsschwindels« verklagte, war mit der doch nicht gut Kirschen essen.

Aber meine Liebe war echt. Deshalb wusste ich auch, dass ich ihm verzeihen konnte.

Trotzdem: Von der neuen Wohnung schrieb ich nichts, auch nichts von den beiden Kursen, die ich nach der Besichtigung geben würde. Sollte er doch einen Tag in Ungewissheit schmoren. Und seinen Kater gönnte ich ihm auch.

Außerdem steckte ich schnell noch das tragbare Telefon in die Handtasche. Nicht, dass er wieder mal einen halben Tag mit Sri Lanka telefonierte, und ich dann wieder die Rechnung bezahlen durfte. Es reichte jetzt wirklich!

Die Zweizimmerwohnung in Radolfzell war klein, aber fein. Für mich allein war sie ideal. Andererseits war jetzt vielleicht doch nicht der richtige Zeitpunkt, eine neue Wohnung zu mieten. Was, wenn Kasun doch wieder Einzug in mein Leben hielt? Besser ich wartete, bis ich mehr Klarheit hatte.

Deshalb vertröstete ich den Vermieter. Nicht schon wieder wollte ich voreilig handeln und mich zu einer Unterschrift hinreißen lassen.

Stattdessen schaute ich bei Ivo vorbei und erzählte ihm, was vorgefallen war.

Er verschränkte die Arme hinter dem Nacken.

»Du weißt schon, was du tust, wenn du ihn jetzt wieder in dein Leben lässt, Rosemarie, ja?«

Ich schüttelte den Kopf. »Nein. Sag du es mir.«

»In meinen Augen bist du nicht nur ein blindes Huhn, sondern auch ein dummes.«

»Danke, Ivo, ich hab dich auch lieb.«

»Ja, aber irgendeiner muss dir doch mal die Wahrheit sagen. Dafür sind Freunde schließlich da. Ich will nicht, dass dich dieser Bursche auch noch um deinen letzten Rest Würde bringt. Und um deine Kohle obendrein.«

»Er tut das nicht aus Schlechtigkeit«, verteidigte ich Kasun. »Es liegt nur an seiner Armut.«

»Deine Geschichte erinnert mich ein bisschen an den Neffentrick.« Ivo grinste. »Nur ohne Neffen. Aber dafür mit Sex.«

»Hahaha, sehr witzig.« Hochroten Kopfes stand ich auf. »Ich glaube immer noch an Kasun, weißt du. Ich habe in ihm immer etwas Besonderes gesehen.«

»Komm mir jetzt nicht wieder mit der Arie, dass ihr euch aus einem früheren Leben kennt.«

»Doch, das kann sein, ich glaube an Karma.«

»Ich wohne weiterhin sehr interessiert dieser Oper namens ›Karma‹ bei.« Ivo spielte auf einer imaginären Geige. »Bis jetzt kannte ich nur ›Carmen‹. Aber dieses Weib hat auch ganz brutal mit Herzen gespielt und ist am Ende verdientermaßen tot.«

Ich sprang auf und ging zur Tür. Er folgte mir und legte versöhnlich die Hand auf meine Schulter. »Wie geht es deinem Vater, dem unverwüstlichen Krieger?«

»Seit Kasun wieder da ist, prächtig. Und bevor du fragst: dem Hund auch.« Ich stürmte aus der Praxis.

Als ich mit dem Auto in unsere Straße einbog, sah ich Polizei mit Blaulicht vor der Haustür.

Entsetzt spähte ich zwischen den Scheibenwischern

hindurch, die den Schneematsch von einer Seite auf die andere schoben. Dieser Winter wollte einfach nicht weichen!

Mit wackeligen Beinen sprang ich aus dem Auto. Hatte Kasun sich womöglich etwas angetan? Er fürchtete sich vermutlich vor der Polizei, wusste nicht, wo ich war, und ein Telefon hatte ich ihm auch nicht dagelassen. Den ganzen Tag war ich weg gewesen und hatte ihn seinem Schicksal überlassen!

Mein Herz raste wie ein D-Zug. Wie von Furien gehetzt eilte ich zur Tür, als ich sah, dass der Polizist nur ein Unfallprotokoll aufnahm: Jemand war bei uns in der glatten Kurve ins Rutschen geraten und hatte ein parkendes Auto beschädigt: nur ein kleiner Blechschaden.

Uff. Gott sei Dank. Mit zitternden Knien schleppte ich mich die Treppe hinauf.

»Kasun? Bist du da?«

Doch nur Cindy kam angesprungen.

Von Kasun keine Spur.

»Kasun?« Ich schaute in alle Zimmer. Sein vertrauter Geruch kam mir entgegen, vermischt mit einer ungewohnten Alkoholfahne. Eine einsame Socke lag noch da.

»Sag, Cindy, wo ist er hin?«

Im Bad fehlten seine Utensilien. Seine Zahnbürste war weg. Hastig lief ich zur Garderobe. Seine Goretex-Jacke fehlte, ebenso seine Fellstiefel.

Ich eilte zurück ins Schlafzimmer und riss die Schränke auf.

Alle seine Schubladen waren leer, und mein großer blauer Reisekoffer war auch weg.

Uff. Ich ließ mich aufs Bett fallen. Ich konnte eins und

eins zusammenzählen: Kasun war abgehauen. So viel stand fest.

Und das war alles meine Schuld!

Der Zettel. Meine fiese kleine Rache. Damit hatte ich ihm das letzte bisschen Sicherheit genommen, sein Nest, seine Zuflucht.

Er hatte mich so sehr angefleht, ihn vor dieser Frau zu retten! Und ich hatte ihn mit Genuss auflaufen lassen. War das etwa Liebe? Oder nur Rache?

Ich hätte ihn vor dieser Frau beschützen müssen! Ihr die Tür vor der Nase zuschlagen! Bedingungslos zu Kasun halten! DAS hätte er mir bestimmt nie vergessen.

Gott, hoffentlich passierte ihm jetzt nichts! Er hatte doch sonst niemanden.

Ich schlug die Hände vors Gesicht.

So wie meine arme Cindy winselnd an der Tür kratzte, musste er schon lange weg sein. Ich schnappte mir das arme Tier und eilte mit ihr hinaus in die kalte Abendluft.

Draußen wurde gerade das verbeulte Auto abgeschleppt.

Ivo musste mich mehr oder weniger vom Fußboden aufkratzen, als ich eine Woche später wie ein Schatten meiner selbst bei ihm auf der Matte stand. Er war ja nicht nur ein Freund, sondern auch mein Hausarzt.

»Liebes Mädchen, du machst mir doch wegen diesem Kerl nicht schlapp?« Besorgt maß er erst mal meinen Blutdruck.

»Letzter Akt der Oper ›Karma‹, was ist passiert?«

»Ivo, ich habe nächtelang nicht geschlafen und überlege die ganze Zeit, wo er nur stecken kann. Er hat doch niemanden außer mir! Er hat kein Geld, und ich habe Angst, dass er in die falschen Kreise gerät! Er wird doch nicht kopflos irgendetwas angestellt haben?«

»Rosemarie, ich hab dir schon mal gesagt, dass er viel zu viel Macht über dich hat.« Während Ivo mir eine Infusion anlegte, um meinen Kreislauf zu stabilisieren, nahm er wieder seine Lieblingshaltung ein, indem er die Hände hinter dem Nacken verschränkte und sich weit zurücklehnte.

»Es mag angehen, als Eule ein Käuzchen zu lieben und sich damit zu vergnügen. Aber niemals liebt das Käuzchen auf Dauer eine Eule.«

»Danke für die Eule.«

»Das ist aus einem alten Film mit Horst Buchholz. – Indem er dich NICHT informiert, wie es ihm geht und wo er ist, quält er dich weiter und trampelt auf deinen Gefühlen herum.«

Er zog die Infusionsnadel aus meinem Arm und klebte ein Pflaster drauf: »Tu mir den Gefallen, und schlag ihn dir ein für allemal aus dem Kopf.«

»Er hat mich ja angerufen«, wimmerte ich kläglich. »Drei Tage nach seinem Verschwinden war er plötzlich am Telefon, ganz kurz!«

»Ach ja?« Ivo verdrehte die Augen und machte ein »Ich-kann-es-nicht-mehr-hören-Gesicht«.

»Er war an irgendeinem Bahnhof, ich hab im Hintergrund die Lautsprecherdurchsage gehört. Vielleicht in Hannover, keine Ahnung, es ging alles so schnell! Er hat nur gesagt, er hat drei Tage nichts gegessen, ist zusammengeklappt und war im Krankenhaus. Jetzt steht er völlig mittellos am Bahnhof und weiß nicht wohin.«

»Und das hast du natürlich wieder geglaubt. Wie alle seine Opernarien, die er dir vorsingt.« Er machte geigende

Bewegungen: »Kranker Vater, betende Mutter, arbeitsloser Bruder, Drogen nehmender Bruder, Bürgerkrieg und Bomben, Hunger und Elend …«

»Das STIMMT doch auch alles, Ivo!« Ich wischte mir mit dem Jackenärmel über die Augen. »Er mag gelogen haben, aber sein Elend in Sri Lanka habe ich ja selbst gesehen!«

»Du hättest ihn nicht hierher verpflanzen sollen. Die Menschen dort kommen auf ihre Weise gut zurecht.«

»Ich habe ihn so geliebt, Ivo. Und ich liebe ihn noch!«

»Ich wünschte, es gäbe eine Spritze gegen unerwiderte Liebe. Ich würde dir eine doppelte Dosis spendieren.«

»Alle meine Träume lösen sich gerade in Luft auf. Mein Liebster ist weg, meine Existenz ist am Nullpunkt, genauso wie mein Selbstwertgefühl.«

Ivo sah mich prüfend an. Die weißen Haare standen ihm wild vom Kopf ab. Sein Blick erinnerte an den eines Raubvogels, der eine Maus betrachtet, die kein Loch findet. So kalt kam er mir vor.

»Noch mal, Rosemarie: Wie willst du hier Kurse halten und anderen Menschen Halt geben, wenn du selber durchhängst wie ein Schluck Wasser? Wie soll ich dir in diesem Zustand guten Gewissens den Therapieraum vermieten?«

Ich schluckte. Kasun würde mir den doch nicht auch noch nehmen???

Ivo spielte mit seinem Stethoskop.

»Ich hatte euch höchstens sechs Monate gegeben. Respekt, du hast es fast drei Jahre geschafft, mit deiner grenzenlosen Liebe und deinem unfassbaren Vertrauen. Aber das Käuzchen ist ausgeflogen, und du, meine liebe alte Eule, solltest langsam aufhören zu heulen.«

»Wenn das so einfach wäre, Ivo!« Ich würgte schon wieder an Tränen. »Er war meine große Liebe.« Ich schnäuzte in ein Papiertaschentuch aus seiner »Heulbox« auf dem Schreibtisch. »Weißt du, immer wenn ich im Fernsehen Berichte über Flüchtlinge aus Sri Lanka sehe, über diese gewissenlosen Schlepper, die diese Menschen gnadenlos ausbeuten und in diesen Schlauchbooten und Lastwagen Todesgefahr aussetzen, dann denke ich: Ich habe Kasun doch den roten Teppich ausgebreitet hier in Deutschland, ihn sicher einfliegen lassen, ihn krankenversichert und für ihn gebürgt, um ihm und seiner Familie Hilfe zur Selbsthilfe zu geben. Ich hab ihm Sprachunterricht und den Führerschein ermöglicht. Er hätte es doch so gut bei mir haben können – sogar nach dieser Astrid hätte ich ihm noch eine Chance gegeben.«

»Kannst du endlich aufhören, dir selbst leid zu tun?« Ivo kannte keine Gnade. »Er hat dich angelogen, hintergangen und ausgenommen. Er ist deiner einfach nicht wert und Schluss!«

»Aber ich kann mir das einfach nicht vorstellen, wo doch die ganze Familie auf unserer Hochzeit gebetet hat mit zwanzig frommen Mönchen und …«

»Hör auf mit dem Gefasel! Du meinst, nur weil Menschen fromm tun und nächtelang beten, sind sie frei von Falschheit und Berechnung?« Er ließ einfach nicht locker. »Dann schau dir mal die alten Lustknaben in der katholischen Kirche an! Je frommer, je doller! Pah, lächerlich!«

Ich fühlte mich unendlich gedemütigt. Trotzdem schien ich genau das zu brauchen: einen verbalen Tritt in den Hintern von einem Menschen, der es gut mit mir meinte.

Apropos Arschtritt!

Nach Kasuns Verschwinden hatte ich ganz besorgt Astrid angerufen und gefragt, ob sie vielleicht etwas von ihm gehört hätte. Sie hatte mir nur bestätigt, ihn angezeigt zu haben und meinte, er solle sich bloß nie wieder bei ihr blicken lassen.

Wie konnte sie nur so kalt sein? Sie hatte ihn doch geliebt? Während ich diesen Gedanken nachhing, redete Ivo ohne Punkt und Komma weiter. Gerade hörte ich, wie er seinen Vortrag beendete: »... bestätigt nur meinen Verdacht, dass Sri Lanker ihre Söhne und Töchter an europäische Ausländer vermitteln, gerne an ältere, einsame Herzen, die ein bisschen Geld auf der hohen Kante haben, um finanziell auf der sicheren Seite zu stehen. Falls es dich tröstet, liebe Rosemarie: Du wirst nicht die Einzige sein.«

Er verschränkte die Arme. »Ich kann dir jetzt ein Beruhigungsmittel verschreiben, aber letztlich macht dich das nur schlapp. Du solltest dich mit diesen Dingen lieber bewusst auseinandersetzen und dann damit abschließen. Danach kannst du auch wieder andere Menschen therapieren.«

»Ich würde zu gern damit abschließen.« Ich sah Ivo ratlos an. »Aber ohne zu wissen, wo er ist?«

Ivo seufzte und nahm dann seine ganze Autorität zusammen »Du tust jetzt, was ich dir sage, klar?«

»Ja?« Hoffentlich schlug er mir nicht vor, mich in eine psychiatrische Klinik einweisen zu lassen.

»Du gehst jetzt zum Rathaus und meldest ihn polizeilich ab. Verstehst du? Noch bist du für alles verantwortlich, was der Kerl anstellt. Hast ihm ja noch zum Führerschein verholfen. Was ist, wenn der jetzt ein Auto knackt und einen Unfall baut?«

»Ich weiß nicht, keine Ahnung, ich ...« Mich überlief es schon wieder heiß und kalt.

»Du hast auch so schon keinen Pfennig mehr auf der Bank. Wenn er dich jetzt noch in ein krummes Ding reinreitet, hast du mehr Scheiße an der Backe, als du verdienst.«

Ich schluckte ob seiner derben Wortwahl.

»Ja, ja, ich meld ihn ab, ich mach's ja ...«

»Gut. Und jetzt raus hier. Ich hab noch andere im Wartezimmer sitzen.«

Auf der Stelle rannte ich zum Rathaus und füllte die Abmeldung für Kasun aus. Als neue Adresse gab ich seine Heimatadresse in Sri Lanka an. Meine Finger krochen übers Papier, als wären sie gelähmt.

Aber damit war ich aus dem Schneider. Und fühlte mich wie eine miese Verräterin.

26

ZWISCHEN DEN WELTEN, DEZEMBER 2000

»Meine Damen und Herren, wir befinden uns jetzt im Landeanflug auf Colombo. Bitte stellen Sie die Rückenlehnen senkrecht, klappen Sie die Tische vor sich hoch und schnallen sich wieder an.«

Als die Maschine in den Sinkflug ging, fing mein Herz heftig an zu pochen. Ich klammerte mich an die Armlehnen und schloss die Augen.

Es war so viel passiert in den letzten drei Jahren! So viel und doch gar nichts.

Mein langer innerer Abschied von Kasun hatte mich mehr geschmerzt, als mir guttat. Es war weniger die verlorene Liebe, um die ich trauerte, als um die Lebenslüge, auf die ich hereingefallen war. Kasun hatte mich erst ins Leben zurückgeküsst und aus mir wie im Märchen noch einmal eine glückliche junge Frau gemacht. Um mich dann umso grausamer wieder in die Rolle der einsamen alten Frau zurückzuzwingen. Ich hatte mir die Augen aus dem Kopf geweint, Tag und Nacht gegrübelt, was ich nur falsch gemacht hatte, aber noch mehr unter der Ungewissheit gelitten, was wohl aus ihm geworden war.

Er war aus meinem Leben verschwunden. Spurlos! Wegen meines bescheuerten Zettels mit der Polizei? Immer wieder dachte ich, dass er ohne den vielleicht doch bei mir geblieben wäre und wir es geschafft hätten, miteinander glücklich zu werden. Ich grämte mich so, dass ich darüber graue Haare bekommen und wieder ein paar Kilo zugelegt hatte.

Astrid hatte mich noch einmal angerufen. Er habe sich bei ihr gemeldet, er sei in Italien und habe dort Arbeit gefunden. Es gehe ihm gut, ich solle mir keine Sorgen machen. Er habe sich noch mal bei ihr entschuldigt.

Es schmerzte mich unendlich, dass er SIE angerufen hatte und nicht mich. Dabei hatte SIE ihn doch verklagt, und ICH hatte ihm mein Herz und meine Wohnung offengehalten!

Dann, nach grausamen sechs Monaten, in denen ich die Praxis geräumt und Arbeitslosengeld beantragt hatte, hatte er erst meinen Vater und dann auch mich angerufen. Mit dem gleichen Inhalt: Danke für alles und Entschuldigung für alles.

Als ich ihn fragte, wo er sei, sagte er, er arbeite jetzt in einem Reisebüro in Colombo. Wegen seiner guten Deutschkenntnisse hätten sie ihn genommen. Am zweiten November 2000, meinem vierundfünfzigsten Geburtstag, war ich in Kasuns Abwesenheit vom Familiengericht Singen geschieden worden. Es war ein merkwürdiges Geburtstagsgeschenk gewesen, einerseits meine Freiheit bestätigt zu bekommen und andererseits meine Kapitulation Schwarz auf Weiß in Händen zu halten.

Wie hatte mein Herz geklopft in der Hoffnung, er würde zum Scheidungstermin erscheinen! Aber er war nicht erschienen. Die Anwältin und die Scheidungsrichterin waren allein mit mir im Gerichtssaal, als das Scheidungsurteil »im Namen des Volkes« verkündet wurde. Und sie hatten mich auch getröstet, als ich schon wieder weinen musste.

Dass er sich so sang- und klanglos aus meinem Leben davongestohlen hatte!

Es war kein Tag vergangen, an dem ich nicht in Liebe und Dankbarkeit an Kasun gedacht hatte. Eine solche Liebe erleben zu dürfen, war das Schönste, was mir im Leben passiert war. Was wüsste ich sonst von der Intensität der Liebe, seelisch und körperlich? Wie viele Frauen meines Alters hatten so etwas noch nie erlebt. VOR meiner Zeit mit Kasun hatte ich jedenfalls auch dazu gehört.

Und jetzt wollte ich endgültig Frieden mit Kasun machen, mich ein für alle Mal von meinen Selbstvorwürfen befreien. Auch ihm persönlich seine Freiheit zurückgeben, indem ich ihm die Scheidungspapiere übergab.

Deshalb saß ich jetzt in diesem Flieger. Ich hatte drei Jahre auf diesen Flug gespart.

Mein Herz schlug immer schneller, je mehr wir uns srilankischem Boden näherten. Vor meinem Abflug hatte ich seiner Familie ein Fax geschickt, das im *Sunset Guesthouse* ausgehängt worden war. Sie wusste also von meiner Ankunft. Und Kasun würde mich bestimmt abholen – nach allem, was er mir verdankte.

Wie bei meiner ersten Ankunft spürte ich die sengend heiße Luft, als ich die Stufen hinunterkletterte. Tränen traten mir in die Augen, und ich holte rasch die Sonnenbrille hervor. Kasun. Gleich würde ich ihn sehen. Es gab so viele Fragen, die mir auf der Seele brannten. Aber das Wichtigste, das ich im Gepäck hatte, war meine Vergebung. Auch das musste Kasun wissen: Dass ich ihm nichts Böses wollte. Nie hatte ich ihm Böses gewollt. Herz, hör auf zu bummern!, flehte ich innerlich. Ich fall sonst noch in Ohnmacht. Zeig dich, Kasun!

Doch so sehr ich mich auch umsah im Gewimmel der Abholer mit ihren Schildern, so wenig entdeckte ich auch nur ein bekanntes Gesicht.

Das konnte doch nicht wahr sein? Ich hatte mich doch angekündigt? Sie waren doch früher auch vier Stunden aus Hikkaduwa hergefahren, mit Mann und Maus und Kind und Kegel und Blumenkränzen? Ach so, ja. Wir waren inzwischen geschieden.

Nach quälenden Minuten, die ich in meiner Fassungslosigkeit bis über eine Stunde ausdehnte – vielleicht war Kasun ja im Stau stecken geblieben? –, bestieg ich schließlich ein Taxi, das mich nach Hikkaduwa brachte.

Der Fahrer hatte auch schon wieder vor, mich seiner Familie vorzustellen und beteuerte, dass diese mich mit Tee bewirten würde, aber ich war inzwischen schlau genug, um Nein zu sagen. Ich wollte auf keinen Fall noch eine Familie mit vielen Sorgen und Wünschen kennenlernen!

Deshalb ließ ich mich auf direktem Weg zu der kleinen Privatpension bringen, die ich im Internet gefunden hatte. Sie wurde von einer Deutschen namens Brigitte geführt. Das war mir wichtig, weil ich hoffte, Brigitte würde mich als Dolmetscherin begleiten.

Das Zimmer in dieser wirklich schlichten Pension war winzig: ein Bett an der Wand, ein Stuhl und ein Holzgestell für den Koffer. Dazu ein Deckenventilator. Klimaanlage gab es ebenso wenig wie einen Schrank, einen Tisch oder gar eine Minibar. Ein kleines offenes Fenster war oberhalb meiner Augenhöhe in die unverputzte Wand eingelassen. Es war deutlich spartanischer als eine deutsche Gefängniszelle. Fehlten nur noch die Striche meiner Vorinsassen an der Wand, mit denen sie die Tage bis zu ihrer »Entlassung« gezählt hatten.

Tja, lieber Kasun!, dachte ich, während ich meine geschwollenen Beine auf dem Bett ausstreckte, das bedenklich knarrte.

Für das *Namaste* in Hikkaduwa reicht es bei mir finanziell leider nicht mehr. Rate mal woran das liegt!

Nachdem ich mich kurz erholt hatte, sah ich mich weiter um. Hinter einer hohen Mauer standen ein paar Plastikstühle auf sandigem Boden. Das sollte wohl der Garten sein. Eine blonde Frau meines Alters hängte gerade Wäsche auf.

»Hallo erst mal«, sagte ich. »Ich bin die Rosemarie, besser bekannt als Rose. Und du dürftest Brigitte sein?«

Sie stellte den Wäschekorb in den Sand und reichte mir die Hand. »DU bist also die berühmte Rose!«

»Ähm … Ja? Wieso?«

»Dat Wilma hat viel von dir erzählt.«

»Echt jetzt? Du kennst dat Wilma?« Vor lauter Aufregung schoss mir die Röte ins Gesicht. »Dann kennst du vielleicht auch – Kasuns Familie?«

»Ja. Klar kenn ich die.«

»Und – würdest du vielleicht mit mir … Ich meine, wenn es dir nichts ausmacht …«

»Du meinst, dorthin gehen?«

Sie nahm ein Bettlaken aus dem Korb und steckte sich ein paar Wäscheklammern zwischen die Zähne. Hilfsbereit packte ich mit an.

»Ja. Ehrlich gesagt, wär ich dir total dankbar. Denn so wie die Dinge stehen, weiß ich nicht, ob ich da noch willkommen bin.«

»Warum bische gleich noch mal hergekomm?«, nuschelte sie mit den Klammern im Mund. »Ist die Sache nicht beendet?«

»Ich ... ähm ...« Ich wischte mir die feuchten Hände an den Hosenbeinen ab. »... bin jemand, der ... also, die – mit Menschen Frieden schließt. Damit meine Energien dann nicht mehr blockiert sind und ich wieder nach vorn schauen kann. Ich kann niemanden hassen, und ich möchte immer alle Dinge ins Reine bringen.« Ich zeigte auf das letzte Laken, das nun im heißen Wind flatterte. »So wie du auch.« Ich lachte freundlich.

»Aha«, sagte sie und ging mit dem leeren Korb ins Haus.

»Warte noch ein paar Tage«, rief sie mir über die Schulter zu. »Ich hab jetzt keine Zeit. Aber wenn du nächste Woche immer noch willst, gehe ich mit dir hin!«

»Da ist es, hier!« Mit aufgeregten Gesten bedeutete ich dem Tuktukfahrer, er möge anhalten.

Brigitte lachte. »Du hast es aber eilig! Ich weiß doch, wo die wohnen, ich hab's dem Fahrer gesagt!« Sie gab ihm ein paar Rupien, und ich sprang fast noch während der Fahrt hinaus.

Die Hütte sah noch genauso aus, wie ich sie seit unserer Hochzeit vor vier Jahren in Erinnerung hatte. Der verwilderte Dschungelgarten duftete genau wie damals. Hinter dem immer noch kaputten Mäuerchen saß die Mutter und putzte irgendein Gemüse. Als sie mich sah, sprang sie auf. Ich eilte auf sie zu und umarmte sie spontan, damit sie gleich wusste, dass ich in friedlicher Absicht kam. Sie versteifte sich, war völlig verunsichert. Ich lächelte sie entwaffnend an, als ich Tränen in ihren Augen sah.

Sogar Geschenke hatte ich wieder dabei. Die Kinder mussten jetzt groß geworden sein! Ich klopfte höflich gegen den Türpfosten, da die Tür offen stand.

Das Herz schlug mir bis zum Halse, als ich mit eingezogenem Kopf erneut die Hütte betrat. Darin saß der Vater vor dem Fernseher, den sie inzwischen hatten, und sprang erschrocken auf. Die Mutter schrie auf ihn ein, wahrscheinlich, dass er sich nicht aufregen solle, sodass er mich erstaunt und wenig begeistert begrüßte.

Sie wiesen mir wieder den stabilsten Stuhl zu, und Brigitte zwängte sich auch etwas verlegen hinter mir in die gute Stube.

Diesmal schob die Mutter mir allerdings kein Kissen unter den Hintern.

»Brigitte, bitte übersetz für mich, sei so gut. Also erst mal komm ich in friedlicher Absicht und möchte Kasun die Scheidungspapiere bringen.«

Sie übersetzte. Die Eltern zogen die Augenbrauen hoch und starrten mich an.

»Ja, und dann möchte ich fragen, warum mich niemand abgeholt hat.« Inzwischen sah ich, dass mein Fax bei ihnen auf dem Tisch lag.

Die Mutter zeigte darauf wie auf etwas, das der Hund zur Tür reingeschleppt hat.

Brigitte übersetzte frei: »Sie sagt, das Fax ist eben erst angekommen.«

»Aha. Ich habe es aber schon vor zwei Wochen geschickt.«

Merkwürdig, dachte ich, dass andere Faxe in dieser Familie nur Sekunden brauchen, um vom anderen Ende der Welt beantwortet zu werden.

»Na, egal. Frag sie bitte, wo Kasun ist.«

Ich konnte es kaum erwarten, ihn zu sehen, seinen Duft zu atmen.

Diese Frage musste Brigitte nicht übersetzen. »*Military! Jaffna!*«, kreischte die Mutter vorwurfsvoll.

Entsetzt schaute ich zum Vater. »Was? Mein armer Kasun ist beim Militär?«

»*Yes, Military, Jaffna.*« Der Vater nickte düster. »*He is in war.*«

»WAS? Er ist im Krieg?« Mir wurde eiskalt, obwohl es hier drin sehr stickig war.

Ich sah noch die Mönche am Boden sitzen, die vielen betenden Hochzeitsgäste. Weihrauch, Flöten, Schalmeien und das ganze Getrommel, Friede, Freude Eierkuchen. Und jetzt war mein armer Mann … also Exmann … im Krieg? Womit er mir damals gedroht hatte, wenn ich ihn nicht heiraten würde? War ICH jetzt etwa schon wieder Schuld? Ich straffte mich.

»Brigitte, sag ihnen, dass ich das nicht glaube. Erzähl ihnen von Astrid und seinem miesen Doppelspiel!«

Natürlich kannte Brigitte inzwischen sämtliche Einzelheiten dieser hässlichen Schmierenkomödie.

Brigitte erzählte das Ganze in einer etwas abgespeckten Version, ich verstand deutlich die Worte »Astrid Vögele« und »Stuttgart«.

»Und DIESER Astrid hat er am Telefon gesagt, er wär in ITALIEN!«, ereiferte ich mich. »Während er MIR am Telefon gesagt hat, er sei in Colombo und würde in einem Reisebüro arbeiten. Ich will jetzt endlich Klarheit haben. Deswegen bin ich hier.« Ich schlug mit der Hand auf den Tisch.

Erstaunlicherweise zeigten sich die Eltern schwer geschockt. Die Mutter fasste sich ans Herz und betete erst mal zu Buddha, und der Vater machte eine Handbewegung, als wolle er seinem Sohn eine hauen.

Dabei war der Arme doch schon im Krieg! Da machte eine väterliche Ohrfeige den Moralkohl auch nicht mehr fett. Oder?

»Weißt du was, Brigitte? Ich glaube denen kein Wort. Sie haben doch damals mitgekriegt, dass ich von Kasuns Lügen und seinem Seitensprung erfahren habe. Kasun hat sie doch heulend angerufen! Die Mutter hat noch ins Telefon gejammert, dass ich ihm eine Chance geben soll!«

»Das übersetze ich jetzt aber nicht.« Brigitte steckte die Hände in die Hosentaschen.

Das war auch nicht nötig. – »*Kasun Italy?!*«, sagte ich fordernd.

»*No, no!*«, wehrten beide vehement ab. »*Kasun Military! Jaffna!*«

»Ja was denn jetzt?« Brigitte verdrehte die Augen. »Ich hab für so was keine Zeit.«

Schließlich haute auch der Vater auf den Tisch und grollte mit zusammengezogenen Brauen: »*Kasun must come here and tell Rose he is military!*«

»Was? Kasun kommt her?« Hoffnungsfroh schaute ich Brigitte an. Aber war ich eigentlich bescheuert? Wollte ich ihm denn ewig hinterherrennen?

»*I call him*«, versprach der Vater unwirsch. »*I call you when he is here.*«

»Er ruft ihn an«, übersetzte Brigitte. »Und dann ruft er dich an, wenn er hier ist.«

»Ja, das wäre wirklich reizend«, beeilte ich mich, Zustimmung zu signalisieren. »*I come* in friedlicher Absicht! *Just for* Abschluss.« Ich machte eine entsprechende Handbewegung. »Brigitte, übersetz das! – *I'm not here to make trouble to you or to Kasun!*«

Da änderte der Vater seine Taktik und sagte etwas Ernstes zu Brigitte. Dabei hob er bedauernd die Hände.

»Was sagt er?« Mir schlug das Herz bis zum Hals. »Kommt Kasun oder kommt er nicht?«

»Er sagt, wenn Kasun vom Militär geholt werden muss, kostet das als Auslöse hunderttausend Rupien.«

Na, die waren aber auch mit allen Wassern gewaschen! Ich schämte mich für meinen ehemaligen Schwiegervater. Jämmerlich.

»Sag ihm, ich will Kasun nicht kaufen, sondern nur sehen«, winkte ich ab. »Er bekommt keine einzige Rupie mehr von mir.«

Unter ärgerlichem Gebrabbel scheuchten meine ehemaligen Schwiegereltern uns aus der Hütte.

Abends ging ich in das kleine Straßenrestaurant *Farm House* essen.

Außer mir saß nur noch ein älterer Herr mit grünem Schlapphut, der offensichtlich ebenfalls deutscher Herkunft war, an einem der Tische. Er trank Bier aus der Dose. Er hatte große Ähnlichkeit mit meinem Bruder Günther. Wie lustig! Gleich fasste ich Vertrauen. Ich grüßte ihn flüchtig, und er lächelte mir kurz zu.

Als der einheimische Kellner an meinen Tisch trat, traute ich meinen Augen nicht: Es war Samir, Kasuns kleiner Bruder! Der hatte auf der Hochzeit Hunderte Fotos gemacht! Spontan fiel ich ihm um den Hals, was den überraschten Kerl fast zu Fall brachte.

»Da staunst du, was? Dass deine alte Schwägerin Rose mal wieder vorbeischaut!«

»*Kasun is military!*«, kam es wie aus der Pistole geschossen.

»Ja, das sagten deine Eltern auch schon, aber ich bezweifle das irgendwie«, gab ich ihm zu verstehen. »Deinetwegen ist Kasun damals durch die Führerscheinprüfung gefallen! Er hatte Angst, du könntest Drogen nehmen! Weißt du, was mich das gekostet hat, du Schlingel du?« Wir mussten beide lachen, weil wir mit Händen und Füßen redeten, sodass der Mann mit Schlapphut interessiert zu uns herüberschaute. Das musste ja auch lustig wirken: ein junger schmaler Kellner, der von einer großen Deutschen umarmt und zugetextet wird, bevor er ihr überhaupt die Speisekarte bringen kann!

Wie radebrechten noch ein bisschen. Keiner konnte dem anderen sagen, was er eigentlich sagen wollte, und so versteifte sich Samir auf den wie auswendig gelernten Satz »*Kasun Military*«, bis ich es schließlich aufgab.

»Wie geht es den Kindern deiner Geschwister? Haben sie die Schulranzen noch?«

Samir zeigte mir ein Bild von der ganzen Familie. Auf dem trugen die lieben Kleinen Nike-Rucksäcke, ganz billige Imitationen, die ihnen aber offensichtlich besser gefielen.

Inzwischen kam der Besitzer dieser Strandbude an meinen Tisch.

»*Kasun Military!*«, äffte er amüsiert den kleinen Samir nach. Aus seinem Tonfall hörte ich raus: »Dass ich nicht lache!«

»*Yes, Military*«, behauptete Samir weiterhin, und ich spürte den Blick des Deutschen auf mir.

Während Samir meine Bestellung der Küche überbrachte, raunte mir der Besitzer verschwörerisch zu: »*Kasun. Italy. He has Job. I know.*« Er drückte mir kurz die Schulter und ging.

»Ja was jetzt?!« Unwirsch drehte ich mich zu dem Deutschen um. »Was denken Sie? *Italy* oder *Military?*«

»Ick misch mir da nich ein«, berlinerte er zurück. »Wat weeß ick denn.«

Kurz drauf saß ich bereits bei meinem Landsmann am Tisch.

»Wat issen det für ne Wette?«, wollte er wissen.

»Ach, das ist eine lange Geschichte. Wissen Sie, an wen Sie mich erinnern?«, wechselte ich das Thema. »An meinen Bruder Günther.«

»Und wissense, wie ick heeße?«, berlinerte er zurück. »Ick bin da Güntha.«

»Gibt's doch nicht!«

»Jibt's wohl!« Er lachte, und wir prosteten uns mit unseren Bieren zu. Günther war mir auf Anhieb sympathisch. Er war älter und dicker als ich, hatte aber ein sehr heiteres Gemüt.

»Was machen Sie denn hier?«, wollte ich wissen.

»Also erstens sacht man hier du.« Er prostete mir erneut zu.

»Gut, Günther. Und ich bin die Rosemarie.«

»Und zweetens mach ick hier Urlaub. Wat wohl sonst. Du ja wohl ooch.«

»Na ja, nicht ganz …« Während wir das köstliche Essen verzehrten, erzählte ich ihm doch meine ganze Geschichte. Er schüttelte unablässig den Kopf und meinte: »Jibt's doch nicht«, während ich spaßeshalber erwiderte: »Jibt's wohl!« Wir lachten und hatten einen schönen Abend.

»Und da kiekste jetz, wo dein Exanjetrauter sich so rumtreibt.« Er nahm seine letzte Gabel Reis. »Und det weeßte nich.«

»Genau. Die einen sagen so, die anderen sagen so.«

»Und warum issn det so wichtig? Jeschieden seid ihr doch schon?!«

»Na ja, wenn Kasun in Italien ist, dann ist er das jetzt illegal. Er hat kein Visum für Italien, und das für Deutschland ist auch längst abgelaufen. Wenn er es wirklich nach Italien geschafft hat damals, dann nur, weil er das Heiratsvisum im Pass hatte. Durch die rechtskräftige Scheidung ändert sich sein Status. Die Familie hat wahrscheinlich Angst, ich komme, um ihn zu verraten oder den Behörden auszuliefern oder so. Aber das ist überhaupt nicht meine Absicht!«

»Denn lasset doch jut sein!« Günther schob seinen Teller von sich.

»Lass ich auch. Aber ich will ihn noch mal sehen, damit ich meinen Frieden mit ihm machen, ihn in Liebe gehen lassen kann.«

Günther sah mich perplex an. »Da jehört ja ne janze Stange Mut dazu, wa, dette noch ma wiederkommst nach den vielen Jahren. Und jünga biste ja ooch nich jeworden...« Er war kein Schleimer, dieser Mann. Seine Direktheit gefiel mir.

»Ich will, dass er aufhört mich zu belügen. Ich finde, das habe ich verdient.« Ich stützte meine Ellbogen auf den Tisch und blinzelte in die untergehende Sonne.

Als wir zahlen und aufbrechen wollten, sah ich plötzlich Kasuns älteren Bruder Rajeshwar an der Treppe stehen. Meine Anwesenheit hatte sich natürlich herumgesprochen.

Er beäugte meinen Begleiter, den ich gerade erst kennengelernt hatte.

Auch ihn begrüßte ich herzlich und erkundigte mich nach den Kindern.

Er zeigte lachend, wie groß sie geworden waren. Dabei ließ er nicht unerwähnt, dass ihre Schule teuer sei und er immer noch arbeitslos. Abwartend sah er mich an.

Natürlich griff ich sofort in die Tasche und schenkte meinem Exschwager fünfzig Mark. Günther glotzte mich entsetzt an.

»*Kasun is military, in Jaffna*«, ließ mich Rajeshwar noch wissen, bevor er genauso schnell verschwand, wie er gekommen war.

»Also det is ja wohl n janz abjekartetes Spiel is det!« Günther kletterte die Treppe hinunter und wischte sich den Schweiß von der Glatze. »Det Sprüchlein hat die janze Familie einstudiert, damit de dir schlecht fühlst, Trude!«

»Rosemarie«, korrigierte ich ihn, aber Trude klang nett. Ich hatte auch andere Sorgen, konnte nicht glauben, dass die ganze Familie sich gegen mich verschworen hatte. »Wieso denn? Ich tu denen doch nichts!«

»Im Jejenteil«, beharrte Günther, der nun durch den warmen Sommerabend im Dunkeln neben mir her lief. »Die melken dir ja immer noch.« Er kickte eine leere Getränkedose in den Straßengraben, während Tuktuks, Mopeds und Fahrräder haarscharf an uns vorbeizischten. Beschützend legte er den Arm um mich. »Uffpassen mussick uff dir, du bist viel zu jut für diese Welt!«

27

HIKKADUWA, WEIHNACHTEN 2000

Heiligabend verbrachte ich mit meinem neuen Reisefreund Günther im Hotel *Namaste,* in dem eine Weihnachtsfeier für europäische Touristen stattfand. Überall sah ich zwischen den festlichen Gästen in Gedanken Kasun stehen. Den schüchternen Schönen, der hinter der Theke Gläser putzte, Tischdecken faltete und mich unentwegt scheu musterte.

»Jut siehste aus, Trude«, komplimentierte Günther, der zur Feier des Tages auf seinen grünen Schlapphut verzichtet hatte. »Dieset Kleid steht dir ausjezeichnet.«

»Das ist ein Sari«, sagte ich mild. Ich wollte unbedingt noch einmal den Zauber von damals heraufbeschwören. Immer wieder glaubte ich, Kasuns sehnsüchtigen Blick auf mich gerichtet zu sehen, aber wenn ich genau hinschaute, war es immer ein anderer.

Ich wünschte mir nichts sehnlicher, als die Zeit noch einmal zurückdrehen zu können! Warum hatte unsere Ehe nicht gehalten? War ich zu dominant gewesen? Hatte er mich je geliebt? Ich hatte ihn mit jeder Faser meines Herzens geliebt, ihm die Welt zu Füßen legen wollen. Wenn ich ihm das doch nur noch einmal sagen könnte! So viele Lügen schienen zwischen uns zu stehen.

Plötzlich kam ein Kellner zielstrebig an unseren Tisch. Ich kannte ihn noch von früher.

»*You and Kasun – divorced?*«, fragte er. »*I'm very sorry for that!*«

»Was sagt er? Wofür ist er sorry?«

»Det de jeschieden bist!«

»Woher weiß er das?«

»Weeß et denn schon dein Jeschiedener?«

»Ich schätze ja, sie werden ihn benachrichtigt haben!«

»Dann weeß et det janze Dorf.«

»*Kasun Italy*«, sagte der freundliche Kellner. »*He is working Milano.*«

Überrascht schaute ich Günther an.

»Jetzt steht es schon zwee zu zwee«, meinte der ungerührt.

Ich mochte Günther. Mit dem würde ich hier noch viel Spaß haben.

Einen Tag nach Weihnachten schlenderte ich mit Schlapphut-Günther zufällig an dem Tempel vorbei, aus dem die Hochzeits-Mönche zu uns gekommen waren.

»Wir sind hier ganz in der Nähe von Kasuns Haus!«, erklärte ich ihm.

»Ne denn jehnwa halt ma Tach sagen. Die Mischpoke willick ma sehn«, meinte er unternehmungslustig. »Die die olle Rosemarie ausjenomm hat wie ne jestopfte Weihnachtsjans.«

»Aber das ist eine ganz fromme Familie, die Mutter betet stundenlang zu Buddha...«, protestierte ich schwach.

»Und meene Mutta hat Fronleichnam imma Blumteppiche fürn Jesus uff de Erde jeleecht, damit der Pfarrer mit seene Lustknaben drübatrampeln kann. Reljon is Opium fürs Volk. Sacht schon der olle Maarks.« Er schlug den unbefestigten Dschungelpfad ein und »kiekte inne Bananenstauden«, wie er sich ausdrückte.

»Hier! Hier ist es!« Aufgeregt blieb ich vor der kaputten Mauer stehen und fixierte das kleine Haus mitsamt dem armseligen Anbau, in dem wir unsere fulminante Hochzeitsnacht verbracht hatten.

»*Hello!*« Ich winkte meinen ehemaligen Schwiegereltern zu, die im Garten beschäftigt waren. »*We just wanted to say hello to you!*«

»Die sind ja noch janz knusprig«, kommentierte Schlapphut Günther seinen Eindruck. »So ne junge Schwiejamutta hättick ooch jern.«

»*Kasun is coming December twenty eight!*«, verkündete der »Schwiegervater«. »*He comes from Jaffna!*«

»Echt jetzt?« Mein Herz wollte Purzelbäume schlagen.

»Eenmal noch Kasun sehen und sterben«, frotzelte Schlapphut-Günther, als wir wieder auf dem Rückweg waren. Leider hatten uns die Schwiegereltern ganz gegen ihre Gewohnheit nicht zu einem Tee hereingebeten. Natürlich dachten sie, Günther wäre mein neuer Freund oder gar Mann und würde mich in Zukunft davon abhalten, ihnen weitere Geschenke oder Geldzuwendungen zukommen zu lassen.

»Haben die allen Ernstes jejloobt, du rückst noch mal hunderttausend Rupien raus, dette den Kasun einfliejen?«

»Sie haben es immerhin versucht.«

»Und wenner kommt?«, fragte Günther. »Wenner morjen würklich kommt. Wat machste denne?«

»Keine Ahnung«, sagte ich. »Ich kann es mir einfach nicht vorstellen.«

Als ich am nächsten Abend allein vom Strand kam, stand ein junger bildschöner Einheimischer in einem orangefarbenen T-Shirt vor meiner Pension. Aufgeregt beschleunigte ich meine Schritte. War er es? Ich flog förmlich auf ihn zu und wurde mit jedem Schritt jünger und jünger ... bis ich vor ihm stand. Mein Herz setzte einen Schlag aus. Im Schein der Straßenlampe wirkte er wie eine außerirdische Erscheinung.

Mein Prinz aus Sri Lanka. Mein Kasun. Da war er. Leibhaftig. Mein Halbgott.

Er war extra hergekommen, um mich zu sehen! Von wo auch immer!

Unbändige Freude erfasste mich, und ich musste ihn einfach umarmen. Er war bildschön – aus ihm war ein richtiger Mann geworden.

Drei Jahre hatten wir uns nicht mehr gesehen, aber ich spürte, dass ich ihn immer noch liebte.

Sein Duft, seine samtene Haut, sein glänzend schwarzes Haar, seine fein gebogene Nase, sein zärtliches Lächeln, seine Augen, die glänzten wie schwarze Bergseen ...

Halt. Die Fantasie ging mit mir durch. Seine Miene war mehr als nur neutral.

»Was ist los, Kasun! Freust du dich nicht?«

Er sah aus, als würde er von Berufs wegen irgendeine Touristin abholen.

»Wo kommst du jetzt her, Kasun?«

»Rose, vom Militär aus Jaffna.«

Mein freudiges Herzklopfen wich tiefer Enttäuschung.

»Ach was! Ich dachte, du hasst das Militär so? Wieso bist du nicht in Colombo in deinem Reisebüro?«

Seine Augen funkelten wütend.

»Was für ein Reisebüro meinst du denn, Rose?«

»Na das, in dem du gearbeitet hast! Weil du so gut Deutsch kannst!«

»Das ist lange her.«

Müde wischte er sich übers Gesicht. Er sah abgespannt aus, als hätte er eine weite Reise hinter sich.

Hatten sie ihn tatsächlich vom Militär losgeeist, obwohl gerade im Norden Sri Lankas ein schreckliches Unwetter niedergegangen war, das viele Menschenleben gekostet hatte? Günther hatte mir erzählt, dass das Militär zu Aufräum- und Rettungsarbeiten herangezogen worden war.

»Das ist aber nett von denen, dass sie dich haben gehen lassen. Wo doch gerade die Katastrophe passiert ist.«

»Welche Katastrophe meinst du, Rose?« Er schien sich an keinen Militäreinsatz im Krisengebiet zu erinnern.

»Na das Unwetter! Im Norden! Wie ich hörte, soll es fürs Militär sogar Urlaubssperre geben.«

»Ach so, das meinst du!« Plötzlich schwenkte er um. »Ja, das war schrecklich, Rose, ich musste viele Nächte im Schlamm nach Leichen graben und bin jetzt wirklich sehr müde, weißt du.«

»Ja dann ... jetzt wo du schon mal da bist, kann ich dir auch die Scheidungspapiere geben ...«

Ich schloss mein winziges Zimmer auf.

Kasun ließ es sich nicht nehmen, einen Blick hineinzuwerfen. Offenbar hatte man ihm bereits von Schlapphut-Günther erzählt. Bestimmt wollte er abchecken, ob der bereits Platz in meinem Bett genommen hatte. Aber da war nur die eine schmale Pritsche an der Wand. Fast erleichtert ließ er sich darauf fallen. Ein Lächeln stahl sich in sein Gesicht.

»Was ist?«

»Nix, Rose. Ich bin nur müde.«

»Willst du ne Cola?«

Ich reichte sie ihm.

Während er durstig trank, nahm ich die Unterlagen aus dem Koffer. Meine Hände waren klamm vor Aufregung. Jetzt! Auf diesen Moment hatte ich drei Jahre gewartet. Er war wieder mit mir in einem Raum. Allein!

Fast andächtig nahm er sie in seine schönen, feingliedrigen Hände und las sie laut auf Deutsch vor. Sein Deutsch war immer noch sehr gut, obwohl er entweder in Italien oder beim Militär oder in Colombo war.

Drei Möglichkeiten standen im Raum! Oder gab es sogar noch eine vierte?

Vielleicht war er längst wieder bei einer neuen Aschtritt oder Rosemarie in Deutschland?

Ich hörte, wie er feierlich verkündete:

»Für Recht erkannt: die am 19.1.1997 vor dem Standesbeamten des Standesamts in Wellabadea Pattawa District Galle unter dem Handelsregister Nummer 1779/97 geschlossene Ehe der Parteien wird geschieden. Radolfzell, 4. November 2000.«

Gerührt musste ich feststellen, dass er mit Emotionen zu kämpfen hatte. Seine Stimme wackelte ein bisschen.

»Das war an deinem Geburtstag, Rose.«

»Ja. Vielen Dank. War ein tolles Geschenk.« Ich lehnte an der Wand, die Hände in den Shortstaschen vergraben, und kickte gegen die Matratze, auf der er halb saß, halb lag.

»Du hast mich nur benutzt, Kasun. Gib es doch endlich zu. Du wolltest nur nach Deutschland – mit wem war dir letztlich völlig egal.«

»Das stimmt nicht, Rose, ich hab dich wirklich geliebt.«

Jetzt schwammen auch seine Augen in Tränen. »Du weißt das, Rose, ich habe dich aus Liebe geheiratet!«

»Ach, Kasun!« Ich sah ihn unverwandt an und konnte es immer noch nicht fassen, dass er leibhaftig hier war. »Ich hab dir Jahre meines Lebens geschenkt und frage mich gerade, ob du es wert warst.«

Verletzt sprang er auf und hechtete hinaus in den dunklen Flur.

»Glaub doch, was du willst Rose!«

»Ich schätze, ja«, sagte ich in die Stille hinein.

Am nächsten Morgen traf ich im sandigen Hinterhof wieder Brigitte beim Wäscheaufhängen.

»Na, haste deinen Götterprinzen endlich wiedergesehen?«

»Ja. Erstaunlicherweise stand er gestern Abend auf einmal vor der Tür.« Mein Herz klopfte in seliger Erinnerung. Allein für diesen Moment hatte sich meine Reise gelohnt.

»Und?« Sie sah mich über ein flatterndes Handtuch hinweg an.

»Wie war's?«

»Kurz.« Ich reichte ihr eine Wäscheklammer. »Er sah echt müde aus. Und er hat gesagt, dass er mich wirklich geliebt hat. Ach, Brigitte, es hat mich wieder voll erwischt.«

Sie schob zwei aufgehängte Laken auseinander und spähte dazwischen hervor.

»Das erinnert mich irgendwie an dat Wilma.«

»Ja, was ist eigentlich mit der? Ich hab sie nirgendwo gesehen.«

Sie wischte sich die Hände an der Schürze ab und zündete sich eine Zigarette an.

»Ach, dat Wilma ist letzten Sommer gestorben.«
»Oh. Das wusste ich nicht.«

Wir setzten uns auf die Plastikstühle. »Ja, dat Wilma hatte auch so ein großes Herz wie du.«

Brigitte bot mir auch eine Zigarette an, aber ich lehnte dankend ab.

»Die hat sich Anfang der Siebzigerjahre volle Wäsche in den Vater verliebt. Da war der Kellner in einem kleinen Hotel ganz am Ende des Ortes. Na ja, dann haben die beiden was angefangen, und dat Wilma hat ihr ganzes Geld hergegeben.«

»Ach.« Ich starrte sie mit offenem Mund an. Ich hatte also mit meiner Vermutung ins Schwarze getroffen. »Und, hat sie ihn nach Deutschland geholt?«

»Nee.« Brigitte blies Rauch aus und klopfte Asche ab. »Das hat damals nicht geklappt. Aber sie ist seitdem jeden Winter hergekommen, und der Vater hat ihr – natürlich von ihrem eigenen Geld – ein Haus neben seinem Haus gebaut.«

»Und die Mutter? Hat die das toleriert?«

»Siehste ja!« Brigitte schaute versonnen ihren Rauchwölkchen hinterher.

»Für die gehört das zur Überlebensstrategie: Jeder, der halbwegs gut aussieht, ist dazu auserkoren, sich jemanden aus Europa zu suchen. Das sehen die als göttlichen Auftrag. Und wenn es so funktioniert wie mit der Wilma, kann das doch ein ganz friedliches Miteinander werden.«

Ich schluckte schwer. Menschenskind! Sie hatten mich ja auch hier haben wollen! Sie hatten mich angefleht, mein Hab und Gut in Deutschland zu verkaufen und hierherzuziehen! Und ich hatte empört abgelehnt! Ich sank auf einen wackeligen Plastikstuhl.

»Das hab ich nie so gesehen! Ich war fest davon überzeugt, dass Kasun mich wirklich liebt! Und unbedingt mit mir in Deutschland leben will.«

»Das hat er ja vielleicht auch.« Brigitte trat ihre Zigarette aus. »Das eine schließt das andere ja gar nicht aus! Wollte er dich nicht auch nach Sri Lanka holen?«

»Woher weißt du das?«

»Na, von Wilma!«

»Aber das war für mich kein Lebensentwurf.«

»Tja. Bei dir hat's halt nicht geklappt. Und da hat er sich eben eine andere gesucht. Diese Schwäbin. Die habe ich auch kennengelernt.«

»WAS? Du hast Aschtritt …«

»… und Grischtine. Die waren ein paar Mal bei der Familie zum Tee.«

»Sag bitte nicht, dass die denen auch weiße Blumenkränze umgehängt haben …« Mir wurde ganz elend.

»Doch. Ich war ja dabei. Und dann haben sie ihnen den Anbau gezeigt, den sie extra für sie gebaut hätten.« Brigitte zog ein Augenlid mit dem Finger nach unten.

»Oh, bitte, sag mir, dass das nicht wahr ist!«

»Du darfst das nicht persönlich nehmen.« Brigitte griff nach dem nächsten feuchten Laken. »Die haben dich echt gern gehabt. Bist ja auch ein feiner Kerl. So großzügig sind die wenigsten.«

Mir blieb der Mund offen stehen.

»Hast du eigentlich den Baugrund schon besichtigt?«, fragte Brigitte beiläufig, während sie weiter Wäsche aufhängte.

»Welchen Baugrund?«

»Na, den du ihnen geschenkt hast!«

»Ich hab denen doch keinen Baugrund …«

»Na, die paar Tausend Mark, die du Kasun mitgegeben hast, als er kurz nach eurer Hochzeit wiederkam.«

»Aber die waren doch für seine Ausbildung in Indien!«

Brigitte ließ das Laken sinken und sah mich kopfschüttelnd an. »Siehst du, das ist der Mentalitätsunterschied. Einfach nur ein Missverständnis zwischen den Kulturen.« Sie warf das Laken über die Leine. »Die Familie hat sich wahnsinnig über das Grundstück gefreut und nun warten sie auf jemanden, der ihnen ein Haus draufstellt.« Sie warf mir einen spitzbübischen Blick zu. »Du bist nicht zufällig interessiert? Gegen guten Sex? Die haben ja auch noch Brüder und Cousins im Angebot.«

»NEIN!« Ich sprang auf und drehte mich wie eine aufgezogene Puppe im Kreis. »Ich kann es nicht glauben, dass die mich so belogen haben! Von wegen kein Visum für Indien, die Ausbildung beginnt in sechs Wochen, kein Flug mehr zu bekommen, der Krieg bricht aus und Kasun muss zum Militär!«

Dann verstummte ich und sah Brigitte lange an. »Und wie bist DU eigentlich nach Sri Lanka gekommen? Ich meine, was hat DICH hierher verschlagen?«

»Och, ich hab mich vor dreißig Jahren unsterblich in einen Taxifahrer von hier verliebt: Shelton. Wir haben hier ein paar Jahre glücklich zusammengelebt, und ich hab ihm geholfen, diese Pension hier aufzubauen.« Sie bückte sich nach dem letzten Laken und warf es über die Leine. »Aber der ist dann mit einer anderen abgehauen, und ich hab nicht eingesehen, warum ich in Deutschland allein versauern soll.« Sie grinste mich an. »Ist doch schön hier. Hier scheint immer die Sonne, und man kann hier für einen Appel und ein Ei leben! Und ab und zu kommt Shelton ja auch noch vorbei...« Sie schmunzelte zufrieden. »Mehr will man doch als Frau in unserem Alter gar nicht. Ich bin froh, dass ich den nicht immer an der Backe habe.«

An diesem Abend hatte ich einiges zu verdauen. Trotzdem beschloss ich, Kasun zu verzeihen und ihn endlich loszulassen. Zum ersten Mal hatte ich die Dinge wirklich aus seiner Sicht gesehen und nicht immer nur voller Selbstmitleid aus meiner.

Ein letztes Mal ließ ich mich vom Tuktuk zum Haus der Familie fahren.

Beim Aussteigen sah ich Kasun und Familie schon vor der Hütte sitzen. Wieder signalisierte ich, dass ich in friedlicher Absicht kam. Den Kindern hatte ich Plüschtiere und eine Dartscheibe mitgebracht.

Kasun begrüßte mich mit Wangenküsschen.

Die Familie begrüßte mich eher verhalten.

»So, hast du also jetzt einen Alten!« In Kasuns Augen glomm Eifersucht.

»Wie?«

»Na, du gehst spazieren mit deutsche Mann mit grüne Hut.«

»Ach, das ist nur der Günther.« Ich winkte ab. »Den hab ich hier erst vor ein paar Tagen kennengelernt.«

»Rose, du sollst nicht lügen. Den hast du doch aus Deutschland mitgebracht!«

»Aber nein, wo denkst du hin! Warum sollte ich lügen?«

Wir standen verlegen im dunklen Garten.

»Du immer lügen«, behauptete Kasun.

Jetzt musste ich aber lachen. »Nein, Kasun. ICH lüge nicht. Aber DU!«

»Alles klar, Kasun.« Ich gab ihm einen freundschaftlichen Stoß. »Wirklich, ich will mich nur noch von euch allen verabschieden. Und eigentlich hätte ich ganz gern noch den Baugrund gesehen, den ich euch geschenkt habe.«

Kasun fuhr ärgerlich herum. »Welche Baugrund?«

»Den ihr von meinem Geld gekauft habt. Das weiß ich von Brigitte.«

»Brigitte lügt auch, weißt du Rose. Sie nimmt Drogen.«

Die Eltern zeterten dazwischen, was wir zu bereden hätten, und Kasun erzählte es ihnen aufgeregt auf Singhalesisch.

Und das hier war einmal meine Familie gewesen! Ich war so stolz und glücklich gewesen, eine von ihnen zu sein.

Plötzlich schlug die aufgeheizte Stimmung um. Es lag etwas Unausgesprochenes in der Luft, das spürte ich deutlich.

Die Eltern und Brüder redeten auf Kasun ein, und ich hörte, dass mein Name fiel.

Wollten sie mir jetzt zum Abschied doch noch die Wahrheit sagen?

»Bitte Rose, kannst du mal zuhören?«

»Ja. Klar.«

»Kannst du etwas machen für uns?«

»Ähm …« Ich schluckte.

»Du lebst also nicht mit der dicke Deutsche zusammen?«

»Nein! Ich habe ihn hier erst kennengelernt. Er lebt in Berlin.«

Wieder steckten sie diskutierend die Köpfe zusammen. Die Mutter gestikulierte wütend, der Vater brummte mahnend.

Endlich ergriff Kasun wieder das Wort.

»Aber reg dich nicht auf, sag einfach Ja oder Nein, okay?«

Ich wartete.

»Kannst du machen ein Visum für Samir?!«

Mir verschlug es die Sprache. Also das ging jetzt einfach zu weit. Trotz meiner Gutmütigkeit platzte ich wie ein überstrapazierter Luftballon.

»Seid ihr verrückt?«, hörte ich mich schreien. »Was soll das denn jetzt? Glaubt ihr, ich hab euretwegen nicht schon genug Probleme? Soll ich jetzt auch noch Samir bei mir aufnehmen und den vielleicht noch heiraten oder was?!«

»Du lebst also doch mit der dicke Deutsche. Du lügst, Rose.«

Ich schnappte nur noch nach Luft. »ICH LÜGE?! IHR LÜGT mich hier die ganze Zeit an! ALLES, ALLES war gelogen, von vorn bis hinten. Die ganze HOCHZEIT war gelogen, und ein Elefant war auch nicht dabei!«

Ich fächelte mir Luft zu.

Wieder steckten sie die Köpfe zusammen.

»Nein, wirklich, wir lieben dich, Rose.«

Samir flehte mich an: »*Please Rosie, I'm not like my brother!*« Er sagte noch etwas, das ich nicht verstand, aber seiner Mimik und Körpersprache entnahm ich, dass er mich sehr glücklich machen wolle.

»Ihr habt doch alle ne Meise ...«

»Rose, hör mal nur zu, ja?«, redete Kasun nun eindringlich auf mich ein. »Bitte, Rose, du sollst nur Visum machen für Samir. Wenn Samir zu dir kommt, er bleibt nur eine Woche. Okay?!«

»Wie, nur eine Woche! Gerade wollte er mich noch heiraten.«

»*Relax, Rose.* Samir geht sofort weiter nach *Italy*. Du hast dann nix mehr damit zu tun. Er macht dir keine Probleme. Okay?«

»Wie jetzt, *Italy?* Was soll er denn da ganz alleine, wo du doch beim Militär in Jaffna bist?«

Ich kniff die Pobacken zusammen und zählte innerlich bis zehn. Ich würde sonst einen Schreikrampf kriegen.

»Ja, genau Rose. Ich bin in Jaffna bei Militär.«

»Dann zeig mir doch mal deinen Militärausweis, Kasun!«

Schlapphut-Günther hatte mir gesagt, ich solle den doch einfach mal verlangen. Denn selbst in ihrer Freizeit müssten Soldaten diesen Ausweis immer mit sich führen.

Kasun wandte sich abrupt ab und stapfte ins Haus. Aha. Holte er jetzt irgendeinen alten Schülerausweis, um mich damit zu veräppeln? Nein. Ich würde mir kein X mehr für ein U vormachen lassen.

»Spar dir die Mühe! Die Leute auf der Straße erzählen mir schon, dass du in Mailand arbeitest!«

Kasun kam wieder heraus. »Was läufst du durch die Straßen und fragst alle Leute nach mir?!«

»Tu ich ja gar nicht ...«

»Was willst du hier, Rose?«

»Frieden schließen, Kasun! Und ein einziges Mal die Wahrheit aus deinem Mund hören!«

Wieder ging die Mutter dazwischen. »*You take Samir. Buddha's will.*«

»Ich denke gar nicht daran, Samir mitzunehmen, und wenn es tausend Mal Buddhas Wille ist!« Ich warf die Hände in die Luft. »Schämt ihr euch denn gar nicht, Buddha für eure Zwecke so zu missbrauchen? Ihr seid eindeutig vom achtfachen Pfad abgekommen! Vor allem vom

Pfad der Ehrlichkeit. Das ist kriminell, was ihr da von mir verlangt. Und eine unheimliche Frechheit, nach allem, was ich wegen Kasun durchgemacht habe. Habt ihr immer noch nicht kapiert, was ich riskiert und verloren habe – nur aus Liebe! Ich sah Kasun eindringlich an. »Die Wahrheit, mein Lieber!«

Er wandte sich von mir ab. Die Familie starrte mich hasserfüllt an.

»Auf Wiedersehen«, sagte ich freundlich. »Ich wünsche euch alles Gute.«

Keiner wollte mir die Hand geben.

»Könnte mir jemand ein Tuktuk rufen?« Bittend sah ich Kasun an. »Früher hast du mich hier keinen Meter allein gehen lassen.«

Doch der tat es seinen Eltern nach und verschwand einfach wortlos im Haus.

Sie ließen mich allein auf der unbefestigten Straße im Dunkeln durch den Dschungel gehen! Merkwürdigerweise hatte ich gar keine Angst. Denn jetzt war ich zum ersten Mal richtig wütend.

Diese kaltherzige, berechnende Mischpoke! Wie blöd war ich eigentlich gewesen?! Ich dämliche, gutmütige Kuh! In Selbstgespräche vertieft, setzte ich tastend einen Fuß vor den anderen. Hier gab es Schlaglöcher und bestimmt alle möglichen Tiere, nicht nur Affen und Elefanten, sondern bestimmt auch giftige Schlangen, keine Ahnung. Meine Wut ließ mich tapfer weiterschreiten, bis meine tastende Hand gegen etwas Warmes, Weiches stieß.

Mein Herz setzte einen Schlag aus.

Es bewegte sich!

Es war riesig!

Es war behaart!
Ein Elefant?
»Na? Hastes jetzt endlich kapiert?«
Es war Günthers warme, weiche Brust.
»Was machst du denn hier?« Erleichtert sank ich an seinen umfangreichen Bauch.
»Ja jloobste, ick lass dir hier alleene im Finstan wandern?«
Er legte seinen Arm um mich, knipste eine Taschenlampe an und brachte mich zum nächsten Tuktuk.
Wir passten kaum nebeneinander hinein, und so zog er mich halb auf seinen Schoß.
»Kein Unglück ist zu groß, es hat ein Glück im Schoß«, murmelte ich gegen das Knattern an. Den Spruch hatte ich mal irgendwo gehört.
Vielleicht hatte das Universum mir Günther geschickt?
Damit ich endlich glücklich wurde?

28

BERLIN, 26.12.2004 – VIER JAHRE SPÄTER

»Wann jibbtsn Essen?«

Günther lag im Fernsehsessel in seiner Berliner Wohnung und zappte gelangweilt durch das Fernsehprogramm.

Es war der zweite Weihnachtsfeiertag, und wir beide frönten der Erotik des Alters: dem Essen.

Seit drei Jahren lebte ich jetzt bei Günther in Berlin, und aus anfänglich eher kumpelhafter Verbundenheit hatte sich eine Lebensabschnittsgemeinschaft entwickelt.

Günther hatte mich kurz nach unserem gemeinsamen Urlaub auf dem Dorf besucht und war gleich geblieben. Meine gemütliche Wohnung und die herrliche Umgebung hatten ihm gefallen. Ich hatte ihn bekocht und verwöhnt, und wir hatten es eng, aber gemütlich gehabt.

Dann war Vater im Altersheim gestorben, und Günther hatte mir sehr beigestanden.

Doch dann musste Günther zurück nach Berlin, weil er dort im öffentlichen Dienst eine Stelle hatte. Sein Aufenthalt in Sri Lanka und dann bei mir am Bodensee war einer längeren Krankschreibung zu verdanken. Günther war Diabetiker und hatte Rücken. Deshalb bat er mich, seinen »süßen Pudding«, wie er mich liebevoll nannte, mit ihm nach Berlin zu ziehen.

Henry lebte nach wie vor in seiner betreuten Wohngemeinschaft und fühlte sich dort sehr wohl. Er brauchte mich nicht mehr wirklich. Also sagte ich zu.

Ich hatte wirklich alles versucht, um über Kasun hinwegzukommen, und Günther hatte gemeint, ist so einer »jeilen Jroßstadt« wie »Ballin« würde mir das leichtfallen.

Schweren Herzens hatte ich Cindy an eine sehr liebevolle Familie mit Kindern verkauft, um noch einmal im Leben neu anzufangen.

Anfangs gingen wir noch viel »schwoofen«, ins Theater und ins Kino, »ooch bummeln am ollen Kudamm«, wie Günther sich ausdrückte. Aber die Großstadt machte mir oft Angst. Die vielen Menschen waren mir unheimlich, das Geld war knapp, und so blieben wir immer öfter zu Hause in seiner Dreizimmerwohnung im dritten Hinterhof. Günther war hier aufgewachsen, er kannte es nicht anders. Sein Hobby waren Computerspiele mit Action und Gewalt, Fernsehen mit Action und Gewalt oder Comics mit Action und Gewalt. Oder aber schlafen. Allerdings ohne Action und Gewalt.

Aber mein Herz litt. Es war kein Vergleich zu dem, was ich mit Kasun erlebt hatte: lodernde Leidenschaft, wilde Sehnsucht, tiefe Zärtlichkeit, Streit und Versöhnung.

Das mit Günther und mir war keine erotische, innige Liebe. Wir waren eher eine Zweckgemeinschaft. Günther versicherte mir zwar immer, wie sehr er »seine Trude« liebte, zeigte es mir aber viel zu selten.

Trude.
Rose.
What a difference!
»Machste Schrippen?«

»Nein, ich hab noch was von der Weihnachtsgans!«

Wenn er doch wenigstens zwischendurch mal den Abfall rausgebracht hätte!

Aber er lag faul in seinem Fernsehsessel und zog sich wieder was mit Action und Gewalt rein.

»Können wir nicht wenigstens heute Abend einen schönen Liebesfilm schauen?«

In meiner Küchenschürze pulte ich gerade das letzte Fleisch von den Knochen. »Schalt doch bitte mal um, was ist denn das schon wieder Ekelhaftes ...«

»Kiiek ma, det is Sri Lanka!«

»Was?« Mit offenem Mund starrte ich auf den Fernseher. Das WAR gar kein Actionfilm?

»Da is wat Schreckliches passiert.« Günther beugte sich vor und starrte in die Mattscheibe.

Grauenvolle Bilder von einer Riesenwelle und verschütteten Menschen prasselten auf uns ein.

»Stell mal lauter!«

»Det is Hikkaduwa!« Günther presste sich die Fäuste an die Schläfen und stellte auf volle Lautstärke.

Die aufgeregte Stimme der Nachrichtensprecherin schrie regelrecht auf uns ein: »Unzählige Tote, Vermisste und Verletzte. Ein Tsunami ungeahnten Ausmaßes ...« Ihre Stimme überschlug sich fast.

Immer wieder wurden Bilder von treibenden Autos, eingestürzten Häusern, umgeknickten Palmen und wehklagenden Menschen gezeigt. Leute hingen in den Bäumen, wurden von dem Riesentsunami erfasst, und da ...

»Das ist das Hotel *Namaste!*« Ich schlug die Hände vor den Mund. »Und das *Sunset Guesthouse!*« Beide waren zerstört, die Flutwelle hatte sie zum Teil mitgerissen, aber die

Grundfesten standen noch. Fensterläden hingen schief in den Angeln, Stühle und Tische trieben in den braunen Fluten, spitze Holzteile wurden von der schäumenden Gischt hin und her geworfen, dazwischen magere Kühe, Esel samt Karren, Tuktuks und Menschen.

Überlebende wurden vor die Kamera gezerrt, der Schock stand ihnen ins Gesicht geschrieben. Ein junger Deutscher berichtete ganz aufgeregt: »Meine Frau und ich haben hier gestern am ersten Weihnachtstag geheiratet! Mit vierzig Gästen haben wir hier barfuß gefeiert, und dann kam die Riesenwelle ...« Er zeigte hinter sich, seine Stimme brach. »Sie hat alles mitgerissen, auch meine Frau und viele Freunde, darunter zahlreiche Kinder ...«

Verzweifelt brach er in Tränen aus, und auch Günther und ich weinten jetzt mit.

Ich kroch fast in den Fernseher hinein, als ich im Hintergrund verstörte Einheimische hin und her rennen und nach ihren Verwandten suchen sah.

»Kasun!«, schrie ich fassungslos. »Kasun! Ich glaub, ich hab ihn erkannt!«

»Det is doch jetz janz piepejal.« Günther winkte ab. »Mit dem haste nüscht mehr am Hut!«

»Entschuldige, dass ich mich dafür interessiere, wie es ihm und seiner Familie geht!«, giftete ich ihn an.

Und ob ich noch was mit dem am Hut hatte! Es verging keine Nacht, in der ich nicht neben dem schnarchenden Günther lag und mich heimlich nach Kasun sehnte! Nach seinen glutvollen Augen, weichen Lippen und strahlend weißen Zähnen.

»Det ham die alle nich überlebt.« Günther machte sich auf den Schreck ein Bier auf.

»So nah, wie die dran waren mit ihrer maroden Hütte, is keen Stein uff'm andern jeblieben.«

Inzwischen wurden Spendenkonten eingeblendet, und Notfallnummern zogen auf dem unteren Bildschirm vorbei.

Aus der Küche roch es verbrannt, und ich rannte hin und stellte den Herd ab.

Die ganze Nacht hockten wir vor dem Fernseher und saugten jedes Bild, jede noch so kleine Information auf.

Ich konnte gar nicht mehr aufhören zu weinen. Wenn das das Ende war, war es einfach nur fürchterlich. Das hatte niemand aus dieser Familie verdient!

Günther versuchte zwar mich zu trösten, aber aus seinen Worten sprach doch eher die Eifersucht, dass ich mich so sehr um Kasun und seine Familie sorgte.

Als er endlich schlief, sprang ich aus dem Bett, suchte meine Lesebrille und rief eine dieser Notfallnummern an. Natürlich war stundenlang besetzt.

Die nächsten Tage versuchte ich es immer wieder. Bis mir ein Anrufbeantworter mitteilte, dass man auch E-Mails und Faxe ans *Sunset Guesthouse* schicken könne, die Leitung funktioniere jetzt wieder, und man würde dort Suchmeldungen aushängen.

Ich schrieb an Kasun folgenden Text:

Lieber Kasun,

ich habe mit Entsetzen die schrecklichen Bilder von der Tsunami-Katastrophe im Fernsehen gesehen. Was auch da passiert ist, tut mir unendlich leid. Ich bin mir nicht ganz sicher, ob ich dich und

eventuell einen deiner Brüder im Hintergrund erkannt habe. Vielleicht bilde ich mir das nur ein, weil ich dich einfach lebend sehen WOLLTE! Bitte sag mir, dass du wohlauf bist, dass ihr alle wohlauf seid!
Wenn ihr Hilfe braucht, werde ich alles tun, um euch welche zu organisieren. Ich möchte das jedoch nicht über das allgemeine Spendenkonto tun, sondern euch direkt zukommen lassen. Wie gehabt, Kasun. Ich bin für dich da und trage dir nichts nach. Bitte gib mir ein Lebenszeichen!
Mir selbst geht es so weit ganz gut. Ich lebe jetzt seit drei Jahren mit dem Deutschen namens Günther in Berlin. Bitte glaub mir, dass ich ihn erst bei meinem letzten Besuch in Hikkaduwa kennengelernt habe. Ich habe dich nie belogen und wünsche mir so sehr, dass auch du mir eines Tages die Wahrheit sagen wirst. So oder so, ich habe dir verziehen, und meine Gefühle für dich sind immer noch da.
Nun hast du meine Adresse, und ich hoffe sehr, du schreibst mir oder rufst mich an.

In Liebe
Deine Rose

29

BERLIN, 2. FEBRUAR 2005

»Trude! Kommste mal?« Günther hatte sich ächzend aus seinem Fernsehsessel erhoben. »Det is dein Kasun«, brummte er unwillig, als er mir den Hörer gab.

Mein Herz polterte wie die S-Bahn, die hier gerade unter dem Fenster vorbeisauste.

»Kasun!« Meine Stimme war genauso weich wie meine Beine.

»Musste ja nich gleich so rumzärteln«, brummte Günther beim Rausschlurfen.

Kasun erzählte, dass er gleich nach dem Tsunami nach Hikkaduwa gereist – von wo, ließ er unerwähnt – und entsetzt in den Trümmern herumgewatet sei.

Dort habe er mein Fax beim *Sunset Guesthouse* gesehen.

»Und da meldest du dich erst jetzt, ganze fünf Wochen danach?«

»Rose, keinen Druck, bitte. Ich hatte wirklich anderes zu tun.«

»Sag, wie geht es deiner Familie? Haben alle überlebt?«

»Meine Eltern, mein Bruder und seine Familie sind bei der ersten Flutwelle gleich in die Palme im Garten geklettert«, berichtete Kasun. »Aber meine Mutter hat es weggerissen, und sie haben sie stundenlang gesucht. Meine Familie hat das Schlimmste befürchtet, denn sie kann ja nicht schwimmen. Doch dann wurde sie gefunden, ohnmächtig tief im Dschungel, und kam schwer verletzt ins Krankenhaus …«

»O Gott, Kasun, das tut mir wahnsinnig leid …« Ich biss mir auf die Faust, um nicht schon wieder loszuheulen. Meine Beine zitterten wie Espenlaub.

»Was ist mit eurem Haus? Könnt ihr darin wohnen?«

»Nein Rose. Die ganze Familie schläft jetzt in dem Anbau, in dem wir unsere Hochzeitsnacht verbracht haben. Wir wechseln uns immer ab mit Schlafen, weißt du.«

»Ja. Aha. So ist das also.«

Ich merkte wie meine Stimme brach. Alle Gefühle, die ich noch für ihn hatte, waren von der gewaltigen Macht dieser Naturkatastrophe auf einmal wieder hochgespült worden.

In mein Schweigen hinein sagte Kasun plötzlich unendlich zärtlich: »Rose, du liebst mich noch.«

Ich biss mir auf die Unterlippe, suchte nach Ausreden, nach einem schlagfertigen Spruch.

Da Günther inzwischen wieder neben mir stand, konnte ich nur erstickt antworten: »Ja, ich glaube schon.«

Ich musste mir gegenüber ehrlich sein. Was nützte es, wenn ich meine Gefühle verleugnete? Und hatte ich Kasun nicht mehrfach versichert, ihn niemals anzulügen?

Günther brummte was in seinen Bart und ging in die Küche, um sich noch ein Bier zu holen. Mein Telefonat mit Kasun machte ihn sehr durstig.

Diese Minute nutzte ich, um hastig zu fragen: »Kasun, wie geht es dir? Bist du inzwischen verheiratet? Hast du eine nette junge Frau gefunden, die zu dir passt?« Ich hörte, wie Günther zischend seine Dose aufriss. »Hast du Kinder?«

Die nächste S-Bahn warf sich quietschend in die Kurve und ließ unsere Fenster klirren.

Den ersten Teil seiner Antwort konnte ich nicht verstehen, aber dann ...

»Ich habe sehr viel Arbeit und bin immer noch allein. Aber ich verdanke alles dir, Rose. Ohne dich wäre ich nicht da, wo ich heute bin.«

»Jetzt komm mal zum Schluss«, forderte Günther und legte besitzergreifend die Hand auf meine Schulter. »Det Jeschnulze reicht fürs Erste.«

Kraftlos ließ ich den Hörer sinken, den er energisch auf die Gabel knallte.

Der nächste Anruf Kasuns kam am zwölften April.

»Rose, was machst du? Ich muss immer an dich denken!«

»Ich sitze am Computer und schreibe unsere Geschichte auf!«

Unglaublich, dass er genau in dem Moment anrief, wo ich ihm gedanklich so nahe war! Ich saß seit Wochen Tag und Nacht am Schreibtisch, sehr zu Günthers Verdruss, und erlebte beim Schreiben noch mal alle Höhen und Tiefen meiner Beziehung zu Kasun. Meine Ängste und meine Verzweiflung, aber auch die erotischen Höhepunkte, und bei einem solchen war ich gerade: Kasun legte, nur in Boxershorts, die Kitaro-CD auf, während ich schon im Bett auf ihn wartete. Mit hochroten Ohren hatte ich das gerade in die Tasten gehauen ... und wunderte mich überhaupt nicht, dass unsere Telepathie immer noch funktionierte.

Ich hörte Kasuns sanftes Lachen. »Ja, mach das mal, Rose«, sagte er. »Schreib alles auf.«

»Ja, hast du denn nichts dagegen, dass ich unsere Geschichte vielleicht einmal veröffentliche?«

»Natürlich hab ich nichts dagegen, Rose. Aber warte mal ab. Du kennst ja das Ende noch nicht.«

»Nein? Ist der Tsunami nicht ein brachiales Ende? Ich meine, ich hab dich im Fernsehen gesehen und dir noch mal geschrieben. Ich bin so glücklich, dass du lebst, und ich bin immer noch dankbar für die Zeit mit dir ...«

»Nein, Rose. Wir müssen uns noch mal sehen.«

Ich saß da wie erstarrt. Die S-Bahn ratterte regelrecht durchs Wohnzimmer. Hatte ich mich vielleicht verhört?

»Ich will dir endlich die Wahrheit sagen, Rose. Und nie wieder lügen.«

Günther maulte aus der Küche: »Wer issn det?« Aber ich hörte nicht weiter auf ihn.

»Du willst mir die Wahrheit sagen?« Mein Gesicht glühte. »Die ganze Wahrheit? Alles über dein Verschwinden vor sieben Jahren?«

»Rose, der Tsunami hat mir gezeigt, dass ich noch eine Chance bekommen habe. Vom Leben, weißt du. Das Schicksal ist grausam, aber du warst es nie. Deshalb werde ich dir alle deine Fragen beantworten. Ich finde sonst keine Ruhe mehr, aber ich muss dabei in deine Augen schauen, ich kann das nicht am Telefon tun. Du bist Psychologin, du wirst das verstehen. Als meine Frau war es schwer für dich zu verstehen. Aber als Psychologin wirst du es verstehen.«

Günther kam zurück.

»Machste mir jetzt endlich wat zu essen, Trude?«

Er war seit Wochen wieder krankgeschrieben, bewegte sich kaum noch.

»Schreib alle deine Fragen auf, Rose. Und dann kommst du zu mir nach Milano, und ich sage dir die Wahrheit.«

»Du bist in Milano?« Ich scheuchte Günther weg.

»Ich helfe meiner Familie hier in Hikkaduwa noch, Ordnung zu machen, weißt du. Aber am zwanzigsten April fliege ich nach Milano, Rose. Ich habe alles für die Familie gegeben, und jetzt komme ich mal dran.«

»Wow, das erstaunt mich! Du hast doch immer gesagt, außer dir kann sich niemand um die Familie kümmern?!«

»Jetzt ist mein Bruder an der Reihe. Ich bin jetzt frei Rose. Und ich warte auf dich!«

An diesem Abend lag ich neben dem schmollenden Günther im Bett und starrte an die Zimmerdecke.

Es war nett mit meinem alten Kumpel. Aber es fehlte mir unendlich viel. Er jammerte den ganzen Tag und ließ sich zunehmend hängen. Mit seinen knapp sechzig war er einfach viel zu früh alt geworden. Und ich? Ich war mit ihm gealtert. Rasant! Beide waren wir aufgegangen wie Hefeklöße.

Anfangs war ich froh gewesen, ihn zu haben. Er hatte mich aus meinem Elend herausgeholt, und dafür war ich ihm unendlich dankbar. Aber reichte das? Um gemeinsam alt zu werden? Wenn wir uns berührten, dann um uns gegenseitig mit Rheumasalbe einzureiben. Danach warf er sich stöhnend auf die Seite und schnarchte.

Doch heute schnarchte er nicht.

»Det is doch nicht dein Ernst, dette zu dem fährst!«

Ich hatte ihm alles gesagt. So viel war ich ihm schuldig.

»Doch, Günther.«

»Du bist ja meschugge! Dat is doch klar, wat der will.«

»So? Was will er denn deiner Meinung nach?!«

»Jeld! Und denn belügt er dich wieder!«

»Nein. Ich bin mir ganz sicher, dass er mir diesmal die Wahrheit sagen wird.«

»Dette dem verjeben kannst ... Ick würd dem an deiner Stelle mit dem Hintan ins Jesicht springen!«

»Ohne Vergebung gibt es keine Menschlichkeit.«

»Papperlapapp.«

»Du musst daran glauben, dass sich jeder ändern, jeder bessern kann. Jeder kann neu anfangen, wenn er das will.«

»Sacht wer?«

»Martin Luther King.«

»Na, der musset ja wissen.«

»Vergebung geschieht nicht durch Worte, sondern durch gelebtes Vergeben. Ich werde Kasun wiedersehen, über sieben Jahre nach seinem spurlosen Verschwinden.«

»Und det icke in nem schrecklichen Zustand bin, det interessiert dir nicht?!«

»Doch Günther. Aber so kann es doch mit uns auch nicht weitergehen. Wir leben doch mehr oder weniger nebeneinander her. Ich erwarte Verständnis dafür, dass ich meine Fragen beantwortet haben will. Vielleicht kann ich dann wirklich endgültig mit der ganzen Geschichte abschließen. Das wünsche ich mir schon so lange.«

»Du willst doch nur mit deinem Kasun in die Kiste hüpfen.«

Ich musste lachen. »Du springst ja schon lange nicht mehr mit mir in die Kiste!«

»Nee, denn würd se zusammenkrachen, wa!«, musste Günther zugeben.

»Wir haben zugelassen, dass unsere Liebe sich heimlich

wieder verdrückt hat.« Ich strich ihm tröstend über die Schulter. »Die einzige Lust, die uns verbindet, ist das Essen. Aber mach dir keine Sorgen, ich glaube nicht, dass ich jetzt, nach sieben Jahren, mit Kasun schlafen werde. Dafür fahre ich auch nicht hin. Ich will endlich richtig mit ihm reden. Ohne die Mutter, die ihm den Text vorgibt. Allein das ist diese Reise wert. Denn Verdrängtes kehrt immer wieder – und das ist ungesund.«

Günther ließ meine Ausführungen nicht gelten. »Vajiss nich, Kondome zu besorgn«, murmelte er und schlief dann schnarchend ein.

30

MAILAND, MAI 2005

Quietschend hielt der Zug am Mailänder Bahnhof.

Ich stand schon im Gang und suchte das Gleis ab, aber Kasun war nicht da. Wieder einmal! Wie oft wollte ich mich vom Prinzen aus Sri Lanka noch an der Nase herumführen lassen?

Langsam ließ ich mich im Strom der Menschen in Richtung Bahnhofshalle treiben. Es war ein Kopfbahnhof, wenn er da war, musste ich ihm so zwangsläufig begegnen. Ich hatte ihm noch per SMS die genaue Ankunftszeit durchgegeben: 18 Uhr 35, und er hatte mit einem Kuss-Smiley geantwortet: ICH KOMME GANZ BESTIMMT, AUSSER ICH BIN TOT!

Mein Mund war ganz trocken. Die Leute verliefen sich eilig, Durchsagen auf Italienisch kamen aus den Lautsprechern, jemand rempelte mich an. Ich starrte in fremde Gesichter und kam mir schon wieder entsetzlich verlassen vor.

Er hatte mich doch nicht schon wieder angelogen?

Wozu denn? Um jetzt hier irgendwo hinter einer Säule zu stehen und sich über mich kaputtzulachen?

Andererseits: Ich hatte wirklich deutlich zugenommen, vielleicht hatte er mich gar nicht erkannt?

Suchend blickte ich mich noch einmal um, als er mit

ausgebreiteten Armen auf mich zueilte. Er sah umwerfend gut aus, schlank, aber muskulöser als früher. Er trug einen feinen grauen Anzug wie ein Model, mit weißem offenen Hemd und blankgeputzten Schuhen.

»Kasun!«

Ich sank in seine Arme, und er drückte mich ganz fest an sich.

»Rose. Meine Rose.« Er hielt mich von sich ab und musterte mich liebevoll.

Sein Gesicht war männlich. Das Weiche, Unsichere war aus seinen Zügen gewichen. Er war ein ganzer Mann geworden.

Uff. Meine Beine wurden zu Pudding. Und mit diesem Prachtstück war ich mal verheiratet gewesen! Er drückte mir einen Kuss auf den Mund und dann noch einen zweiten. Seine Augen funkelten spitzbübisch, aber auch warm und herzlich.

Es gab mir einen schmerzhaften Stich.

So hätten wir heute noch zusammen sein können, wenn nicht … Ja, was alles passiert wäre? Wenn sie ihn in der Schweiz hätten arbeiten lassen?! Wenn er seine Ayurveda-Ausbildung gemacht hätte?! Wenn seine Mutter ihm nicht all mein Geld abgeknöpft hätte? Wenn ich ihm nicht diesen dämlichen Zettel mit der Polizei geschrieben hätte? Dann wäre er vielleicht immer noch MEIN MANN! Die Leute drehten sich schon nach uns um. Wir standen mitten im Weg.

»Warum warst du nicht am Gleis?«, fragte ich tapfer, um nicht ohnmächtig in seinen Armen zusammenzubrechen.

»Entschuldige Rose, ich hab keinen Parkplatz gefunden.«

»Du hast ein Auto?«

»Komm mit, Rose, ich werde dir alles zeigen!« Er strahlte mich entwaffnend an, nahm mich bei der Hand und zog mich mitsamt meinem Koffer auf den Bahnhofsvorplatz hinaus.

Dort stand ein schicker BMW mit eingeschalteter Warnblinkanlage auf dem Bürgersteig. Eine italienische Politesse wollte gerade einen Strafzettel hinter den Scheibenwischer klemmen.

Kasun rannte lachend auf sie zu und erklärte ihr etwas in fließendem Italienisch, wobei er auf mich zeigte. Die Politesse setzte eine eiserne Miene auf, musste dann aber lachen. Sie zerriss den Zettel und schaute ihn so merkwürdig an.

Wehe, er sagte jetzt, dass er seine Mutter abgeholt hatte!

Aber nein, sie konnte ja sehen, dass ich völlig anders aussah als er.

Er flachste noch ein bisschen mit ihr, bedankte sich und schloss dann mit einem elektronischen Piepsen sein Auto auf.

Mir blieb der Mund offen stehen. Andächtig schritt ich um es herum.

»Ist das deines?«

»Das ist mein Dienstwagen, Rose. Bitte steig ein!«

Unter den neidischen Blicken der Politesse ließ ich mich auf den Ledersitz gleiten. Kasun beugte sich über mich und schnallte mich fürsorglich an.

Dann brauste er zielsicher durch die Mailänder Innenstadt, reihte sich mühelos in den dichten Verkehr ein und schlängelte sich schließlich durch eine Straße, die an einem Park endete.

»So, aussteigen, Rose! Wir sind da.«

»Ich träume das jetzt alles, nicht wahr Kasun?«

Er strahlte mich an, seine weißen Zähne blitzten so, dass ich fast geblendet war. »Ich möchte dir mein Leben zeigen, das ich nur dir verdanke, Rose.«

Mit einem siegessicheren Lächeln führte er mich zu einem modernen Gebäude mit blitzenden Messingschildern, auf denen zahlreiche Firmennamen verzeichnet waren. Mit einer Zahlenkombination öffnete er die Tür und führte mich zu einem verspiegelten Aufzug.

Mir blieb die Spucke weg.

Er grüßte ein paar Geschäftsleute in dunklen Anzügen, die den Lift gerade verließen, und wechselte mit ihnen auf Italienisch ein paar Worte.

Er drückte den Knopf für den zwölften Stock. Die Tür schloss sich geräuschlos, und dann glitten wir nach oben.

»Wohnst du etwa hier? Oder arbeitest du hier?« Mein Herz raste, als wäre ich die zwölf Stockwerke zu Fuß raufgegangen.

»Beides. Komm. Jemand möchte dir Hallo sagen.«

O Gott!, dachte ich. Bitte nicht die Mutter.

Er zog mich über einen Flur, von dem verschiedene Apartmenttüren abgingen, schloss die letzte auf und bat mich in eine Wohnung mit Ausblick auf den Park.

Sofort strömte mir der exotische Duft nach Räucherstäbchen und köstlichem indischen Essen entgegen. Mir wurden die Knie weich.

Was würde jetzt auf mich zukommen? Ich war mir immer noch nicht sicher, ob ich das alles nur träumte!

Ich befand mich in einem geschmackvoll eingerichteten Wohnzimmer. So viele Eindrücke prasselten auf mich ein!

Eine Tür ging auf, und Samir kam aus der Küche. Er

war auch erwachsen geworden und trug Anzug mit Krawatte.

»*Hello, Rose.*« Er lachte über mein verdutztes Gesicht und gab mir die Hand.

»Ich ... ähm ... bin überwältigt. Wie hat er es geschafft, nach Italien zu kommen?«

»Er ist jung und sieht gut aus!« Kasun feixte, und ich boxte ihm spielerisch gegen den Arm.

Kasun sagte etwas auf Singhalesisch zu seinem Bruder, und der wackelte zustimmend mit dem Kopf.

»Er hat nach dem Essen geschaut, aber jetzt muss er zur Arbeit gehen«, kommentierte Kasun diese unglaubliche Inszenierung.

»Er wollte dich unbedingt noch sehen.«

»Ja. Also dann ...« Mit offenem Mund sah ich, wie er augenzwinkernd die Wohnung verließ.

Kasun nahm meinen Koffer und brachte ihn ins nächste große Zimmer, das Schlafzimmer. Ein großes Doppelbett mit blauen Kissen und blauem Überwurf stand darin, beleuchtet von einer großen blauen Porzellanlampe.

Eine Glastür führte auf einen Balkon, auf dem verschnörkelte grüne Eisenstühle und ein zierlicher Tisch auf drei verspielten Beinen standen. Den Stühlen traute ich nicht, deshalb sank ich sprachlos aufs Bett.

Er verschwand für einen Moment in der Küche und kam mit zwei exotischen Drinks auf Eis wieder. »Willkommen in Milano, Rose!«

Wir prosteten uns zu, und ich trank völlig überwältigt das erfrischende Getränk, das nicht ganz ohne Alkohol war.

Kasun bückte sich, um mir sanft die Schuhe auszuziehen. Er verband es mit einer kleinen Massage. So hatte er mir früher immer die Füße massiert, so erotisch und … ähm … zielführend. In mir zog sich alles zusammen. Ich lächelte ihn scheu an, und er lächelte zurück, mit dem mir so vertrauten Lächeln, das für bestimmte Momente reserviert war.

Kasuns Gesicht kam langsam näher. Dann küsste er mich zärtlich. Ich schloss die Augen und ließ ihn gewähren.

Alles andere hätte ich sonst noch auf dem Totenbett bitter bereut.

Meine Hormone, die in Berlin schon ins Altersheim gezogen waren, rieben sich verschlafen die Augen.

»Kasun, ich …«

»Ich weiß Rose. Du hast ganz viele Fragen.«

Er half mir auf und zog mich in die modern eingerichtete Küche.

»Setz dich, Rose. Ich mach das hier noch schnell fertig.«

Überwältigt ließ ich mich auf einen Stuhl plumpsen und schaute zu, wie er in den Töpfen rührte. Auf dem bereits gedeckten Ecktisch standen Kerzen und Blumen, die Stoffservietten waren zu Schwänen gefaltet.

Ich nahm sie andächtig in die Hand und drehte sie hin und her. »Wie hast du das nur alles geschafft?«

»Mit deiner Hilfe, Rose!« Strahlend sah er mich an, den Kochlöffel in der Hand. »Und wenn du wissen willst, was ich arbeite: Ich bin die rechte Hand eines Großunternehmers aus der Modebranche.« Er nannte den bekannten Namen eines Luxuslabels, das ich mir nie hätte leisten können.

»Wie hast du den denn kennengelernt? Ich meine, wie hat er DICH kennengelernt?«

»Früher habe ich als Model für sein Label gearbeitet.

Heute bin ich sein persönlicher Chauffeur und Butler. Das hier ist meine kleine Eigentumswohnung in seinem Geschäftskomplex.«

Er machte eine weit ausholende Geste, und ich ließ meinen Blick durch sein exklusives Reich schweifen.

»Er ist uns übrigens gerade vor dem Aufzug begegnet, Rose. Hast du ihn nicht erkannt?«

»Ich ... ähm ... bin mit der Modebranche nicht so vertraut. Aber der Name sagt mir was ...«

»Ich habe den Führerschein, spreche inzwischen vier Sprachen und habe gute Umgangsformen. Das alles hat mir zu diesem fantastischen Job verholfen. Und wem habe ich das zu verdanken? Nur dir, Rose!«

Ich schüttelte fassungslos den Kopf. »Und Samir?«

»Der arbeitet hinter der Bar in einem Luxushotel. Deshalb musste er jetzt auch weg.« Kasun servierte mir die Vorspeise und schenkte gekühlten italienischen Weißwein ein.

»Ich hoffe, den magst du immer noch, Rose?« Seine samtbraunen Augen funkelten mich an.

Ich verlor mich darin ... und merkte, dass ich immer noch verliebt in ihn war.

»Nun stell deine Fragen, Rose. Ich werde sie dir alle wahrheitsgemäß beantworten. Nach dem Tsunami werde ich nie wieder lügen.«

Kasun legte den Kochlöffel beiseite und die Schürze ab. Dann setzte er sich neben mich.

»*Salute*, Rose! Auf uns.« Er legte den Arm um mich. »Auf unsere wunderbare Zeit.«

Wir prosteten uns zu und sahen uns so intensiv in die Augen, dass mir sofort die Tränen einschossen. Dass ich das noch einmal erleben durfte!

»Kasun …« Ich musste mich räuspern. »Ich will eigentlich nur eines wissen. Das, was mich seit sieben Jahren jeden Tag umtreibt und das ich unbedingt wissen muss, um meine Würde wiederzuerlangen …« Ich trank einen Schluck Wein. »Danach lasse ich dich endgültig gehen.«

»Rose, ich weiß, was du fragen willst.« Kasun sah mich zärtlich an. »Du willst wissen, ob ich dich aus Liebe geheiratet habe.« Seine Augen brannten sich förmlich in meine Seele ein. »Oder aus Berechnung.«

Ich nickte unter Tränen. Sprechen konnte ich nicht. Es war, als erlöste mich der Prinz aus Sri Lanka aus Ketten, die sich vor sieben Jahren um mein Herz gelegt hatten.

»Rose.« Er legte mir zwei Finger unters Kinn und hob sanft mein Gesicht.

»Ich habe dich aus Liebe geheiratet.«

Meine Lippen zitterten, meine Nase lief, und dicke Tränen tropften auf meine schöne Vorspeise. Ich nickte und schluckte einen riesigen Kloß herunter.

»Ich habe dich damals in deinem schillernden Sari im Hotel *Namaste* gesehen, dein freundliches Gesicht und dein herzliches Wesen, und zu Buddha gebetet, dass er mir die Chance gibt, dich kennenzulernen.«

Liebevoll fuhr er mir über die Wange, und ich musste mich leider in den Schwan schnäuzen.

»Und dann, auf dem Vollmondfest mit den Elefanten, wo du meine Kultur und mein Land so ehrfürchtig bestaunt hast, habe ich mich ernsthaft in dich verliebt.«

Ich heulte und lachte in meinen sterbenden Schwan hinein. »Ich mich auch in dich«, schluchzte ich. »Obwohl das wirklich nicht vorgesehen war!«

»Da war so ein Zauber zwischen uns, und du konntest

dich so unbändig freuen, warst so respektvoll zu Mensch und Tier ...« Jetzt wischte sich auch Kasun eine Träne aus dem Augenwinkel. »Da habe ich gedacht: Wenn ich jemals in meinem Leben mit einer Frau nach Deutschland gehe, dann mit dieser, denn sie hat Buddhas Lehren verinnerlicht.«

»Wirklich? Ist das wahr?« Ich zitterte am ganzen Körper.

»Weine nicht, Rose, ich werd dir alles erklären. Bitte sei nicht mehr böse auf mich, okay?«

»Aber ich bin doch gar nicht mehr böse ...« Ich schluchzte und lachte gleichzeitig und ließ mich dann einfach nur an seine Schulter sinken. »Ich benehme mich wie ein kleines Mädchen ...«

»Du warst immer eine starke Frau, weißt du. Aber auch ein kleines Mädchen. Diese Mischung war sehr betörend. Damals habe ich so eine starke Frau gebraucht. Ich war doch ein Niemand, konnte nix und hatte nix! Und dann hast du wirklich Wort gehalten und mich tatsächlich nach Deutschland geholt! Mir dein ganzes Leben zu Füßen gelegt ...«

»Ja, das habe ich Kasun. Und ich habe mich oft gefragt, ob das dumm von mir war.«

»Nein, das war großartig von dir! Ohne jedes Misstrauen hast du mich bedingungslos geliebt. Und das hat mich wirklich umgehauen.«

»Du hast mich auch umgehauen ...«, schniefte ich.

Er hielt mich von sich ab und sah mir fast gequält in die Augen. »Aber ich habe dich verletzt und enttäuscht, und das tut mir unendlich leid, Rose!«

»Warum bist du damals zu Astrid Vögele übergewechselt? Das hat mich so dermaßen verletzt ...«

»Oh, bitte nicht wieder weinen, Rose! Ich weiß, ich war das größte Arschloch unter der Sonne!« Er tupfte mir mit seiner Serviette die Tränen ab. »Aber bitte betrachte meine damalige Situation mal aus professioneller Sicht. Als Psychologin.«

Ich nickte tapfer.

»Du hast mir Geld für die Ausbildung mitgegeben. Du hast so an mich geglaubt! Und das Geld für den Rückflug. Und deine Kreditkarte – einfach alles. Vertrauen hundertprozentig.«

Ich nickte. »Ja, Kasun. Vertrauen ist das größte Gut, das man zu verschenken hat.«

Er biss sich auf die Unterlippe.

»Und dann kommt meine Mutter und sagt, ›Her mit dem Geld, wir brauchen das für das Grundstück, für ein neues Dach und Essen für die ganze Familie. Für Schulgeld und für Medikamente‹. Mein Vater war damals sehr krank. Die Familie hat wirklich gehungert, Rose. Das kannst du dir bestimmt nicht vorstellen, aber …«

»Ich versuche es.« Ich nickte tapfer. »Ich versuche wirklich, eure Sicht der Dinge zu sehen.«

»Danach war ich total blank, hatte keinen Pfennig mehr. Ich hab als Reiseleiter gearbeitet, verdiente aber nur einen Hungerlohn. Bis ich die Astrid und ihre Mutter getroffen habe. Die haben mir versprochen, mir einen Flug nach Deutschland zu bezahlen.«

Ich sah ihn mit brennenden Augen an. »Warum bist du nicht zu mir gekommen? Meine Tür stand dir immer offen!«

»Das wollte ich auch, Rose. Aber dann standen die Vögeles am Flughafen und … Weißt du, du warst damals so enttäuscht von mir. Du hast mich so beschimpft und mir ein Ultimatum gestellt ...«

»Aber wenn ich gewusst hätte, was da los ist, dann ...«

»Und dann dachte ich, es ist Buddhas Wille. Alles ist Vorsehung, alles ist Schicksal. Nur dass mich die beiden wirklich gleich zum Scheidungsanwalt geschleppt haben und mich die Astrid heiraten wollte.«

»Weil du mit ihr geschlafen hast. Wer würde dich danach nicht heiraten wollen.« Gegen meinen Willen musste ich grinsen.

»Das stimmt, Rose. Ich lüge nicht mehr. Ja, so ist es gewesen. Aber ich habe DICH geliebt und nicht Astrid. Deshalb bin ich zu dir zurückgekommen.«

»Ja.« Ich erinnerte mich an jede einzelne Sekunde. Daran, wie ich ihn nachts am Bahnhof in Radolfzell abgeholt hatte.

»Aber ich habe mich so beschissen gefühlt, Rose. Ich hatte dich verraten. Meine geliebte Rose, die alles für mich getan hat. Ich habe mich so geschämt, mich selbst nicht mehr gemocht. Ich dachte, wie tief bist du gesunken, Kasun! Das hat diese Frau nicht verdient. Und dann, als ich gerade angefangen hatte, dir einiges zu erklären, stand diese Astrid vor der Tür. An diesem Sonntagmorgen, als wir uns gerade wieder zum ersten Mal geliebt hatten. Und ich mich für dich entschieden hatte, dir die ganze Wahrheit sagen wollte. Die GANZE Wahrheit, Rose! Da stand sie da!«

»Aber du hattest ihr Liebe versprochen. Ich hab ja deine Faxe gesehen!«

»Das war das Einzige, was ich zu geben hatte, Rose!« Er stieß ein Geräusch aus, das wie ein Lachen und Weinen zugleich war. »Ich hatte doch sonst nichts zu bieten! Außer meine Jugend und mein gutes Aussehen! Was hättest du an meiner Stelle getan, Rose?«

Ich sah ihn ratlos an.

»Viele von uns haben nichts anderes zu bieten als ihre Jugend und ihr gutes Aussehen. Da kommen die Touristen und schenken uns Almosen, feilschen mit uns über Taxifahrten, Stoffe oder Andenken, und fahren dann wieder in ihre heile satte Welt. Und wir, wir haben nur eine einzige Chance, Rose! Unseren Körper! Unsere Jugend! Unsere Schönheit!«

Erschüttert starrte ich ihn an.

»Dann war das also nichts als Prostitution?!«

»Bei Astrid ja. Ich mochte sie, das will ich nicht leugnen. Aber DICH, Rose, dich habe ich geliebt.«

Sein Blick war aufrichtig. »Du hast mich aufgenommen, ohne Wenn und Aber. Du hast mich deinem alten Vater vorgestellt und deinem Bruder Henry ... Wie geht es ihnen, erzähl doch endlich!«

Während er den köstlichen Hauptgang servierte, schilderte ich ihm, was in den letzten sieben Jahren alles passiert war. Auch dass ich die Praxis hatte aufgeben müssen und jetzt mehr oder weniger glücklich mit Günther in Berlin lebte, wo ich mich im Grunde wieder gnadenlos ausnutzen ließ. Diese Selbsterkenntnis traf mich wie ein Keulenschlag.

»Meine Kinder nennen mich immer Mutter Theresa. Aber vielleicht bin ich nur sträflich gutmütig? Oder um es auf den Punkt zu bringen ... saumäßig blöd?« Ich lachte verbittert.

»Rose, das musst du nicht tun. Lass diesen Günther. Der Mann kann für sich selbst sorgen.«

»Und das aus deinem Munde? Der geläuterte Kasun?«

»Rose. Wenn er dir zu wenig zurückgibt, dann ist er deiner nicht wert. *Capisci?*«

Kasun zog mich sanft hoch und führte mich zurück ins Schlafzimmer. »Ich habe dir etwas zurückgegeben. Etwas, das dir sehr gefallen hat. Und möchte es jetzt auch tun.«

Wieder spürte ich dieses Prickeln. Sollte ich es mir noch einmal gönnen? Als furioses Finale? Warum denn nicht? Rosemarie, jetzt oder nie!

»Ich würde gerne kurz dein Luxusbad frequentieren.«

Er lachte. Während ich duschte, räumte er die gesamte Küche auf, und als ich fertig war, saß er in seinen Boxershorts einladend auf dem Bett. Ich war etwas verlegen in meinem asiatischen Seidenpyjama mit Vogel-Motiv und wusste nicht, wo ich hinschauen sollte. Aber was ich da hörte, kannte ich! Aus der Stereoanlage kam eindeutig Kitaro. Unsere Musik!

Er breitete die Arme aus und hob die Bettdecke: »Rose, darf ich dich noch einmal in aller Form um Verzeihung bitten?«

31

Später lagen wir dicht aneinander gekuschelt unter seiner blauen Decke. Er war mir so nah, und ich spürte, dass ich noch immer seine Frau war. Er war die ganzen Jahre allein mit seinen vielen Problemen und seinem schlechten Gewissen gewesen, hatte es aber geschafft, sich bis ganz nach oben zu kämpfen.

Das bewunderte ich, und gönnte es ihm von Herzen. Wenn man liebt, dann gönnt man, verzeiht man, freut sich mit. Liebe und Verbitterung gehen ebenso wenig zusammen wie Liebe und Besitzanspruch. Ich wusste, dass ich ihn mir vom Schicksal nur geliehen hatte. Und war dankbar für jede Stunde mit ihm. Erfüllt im wahrsten Sinne des Wortes. Reich beschenkt. Dennoch blieben bohrende Fragen.

»Warum hast du vor vier Jahren in Sri Lanka nur so verbohrt behauptet, du wärst in Jaffna beim Militär?«

»Meine Mutter hat uns allen befohlen, das zu sagen. Sie hat behauptet, sie hätte eine Eingebung von Buddha: Wenn du das hören würdest, würdest du bereuen, dass du dich von mir hast scheiden lassen und Samir heiraten, um ihn vor dem gleichen Schicksal zu bewahren.«

Ich lachte. »Was? Das sind abstruse Ideen!«

»Weißt du, Rose, wir sind von unserer Mutter zu gläubigen Buddhisten erzogen worden. Heute sehe ich das mit ihren ›göttlichen Eingebungen‹ kritischer.«

»Das klingt vernünftig.« Tiefenentspannt schmiegte ich mich an ihn. Wir schauten durch die weit offen stehende Balkontüre in den Park hinaus. Es dämmerte bereits der frühe Morgen. Draußen zwitscherten die Vögel, und alles stand in voller Blüte. Prickelnde Verheißung lag in der Luft, wie ich sie zuletzt als junges Mädchen gespürt hatte. Und dann noch mal, zu Beginn unserer Liebe. Dafür war ich Kasun ewig dankbar. Dass ich das noch einmal hatte spüren dürfen, heute zum letzten Mal.

Denn ich war inzwischen sechsundfünfzig Jahre alt und er vierunddreißig.

Bei mir hatte längst der Herbst Einzug gehalten, und er stand im Frühsommer seines Lebens. Plötzlich kamen mir die Tränen, und ich weinte bitterlich. Vor Freude über die wiedergefundene Liebe, aber hauptsächlich wegen der so lange sinnlos verlorenen Liebe.

Kasun nahm mich in die Arme und küsste mir die Tränen weg.

»Weine nicht, Rose! Bitte weine nicht! Schau mal …«

Er zog die Bettdecke von seinem Alabasterkörper und legte meine Hand auf seine glatte Brust. »Das Herz hier, Rose. Fühlst du es klopfen? Dass es noch schlägt, ist allein dir verdanken.«

»Wie meinst du das, Kasun?«

»Ohne dich wäre ich nicht hier, Rose! Ohne dich hätte ich das alles nicht geschafft! Ohne dich wäre ich während des Tsunami in Hikkaduwa gewesen und hätte unten am Strand als Kellner gearbeitet. Dann wäre ich von der großen Welle erfasst worden und würde jetzt nicht mehr leben.«

Ich starrte ihn unter Tränen an. Mein Herz schlug wie wild. So gesehen war meine Mühe doch nicht umsonst gewesen!

»Deine Liebe hat mich gerettet, Rose. Und das werde ich dir nie im Leben vergessen.«

Er küsste mich, und unsere Leidenschaft flammte wieder auf, sodass wir die innige Antwort unserer Körper auf unsere vielen Fragen genossen.

Danach sprang er auf und machte mir in seiner Küche ein sri-lankisches Omelette. Der Duft nach gedünsteten Lauchringen, Tomaten und Eiern mit indischen Gewürzen vermischte sich mit dem von Kaffee und zog verführerisch zu mir ins Schlafzimmer. Gott, könnte ich doch jeden Morgen so erwachen! Ich schaute gedankenverloren in den Mailänder Frühlingsregen hinaus. Mein ganzes Leid war also doch zu etwas gut gewesen: Kasun lebte. Und er lebte gut. Durch mich. Dieses Gefühl gab mir unendlich viel Kraft.

»Bleib, wo du bist, Rose. Ich bringe dir Frühstück ans Bett!«

Mein Prinz verwöhnte mich nach Strich und Faden.

»Jetzt musst du mir unbedingt noch eine letzte Frage beantworten.« Genüsslich verzehrte ich das herrliche Essen, das er mir mit Blumen und frischem Orangensaft auf einem Silbertablett serviert hatte. Er selbst schaute mir lachend beim Essen zu.

»Jede, Rose.« Er hatte das Kinn auf die Hände gestützt und ließ seine großen braunen Augen auf mir ruhen.

»Wie ist es damals weitergegangen – nach deiner plötzlichen Flucht aus meiner Wohnung?«

Ich hörte auf zu kauen und sah ihn erwartungsvoll an.

Er ging vor mir in die Hocke und machte ein reuevolles Gesicht.

»Ich habe die Panik gekriegt, Rose. Auf dem Zettel stand: Die Polizei kommt. Ich hatte Angst, dass sie mich ausweisen oder sogar einsperren. Ich wusste nicht, wo du warst, du hattest sogar das Telefon mitgenommen. Da bin ich Hals über Kopf zum Bahnhof geflüchtet und nach Hannover gefahren! Dort war gerade ein Bekannter von mir bei einem Deutschen zu Besuch.«

Mit großen Augen starrte ich ihn an und vergaß weiterzuessen.

»Rose, ich hab es einfach nicht gewagt, noch einmal auf deine Hilfe zu hoffen.«

»Und dann …?«

»Habe ich mir von ihm Geld geliehen. Er wusste, dass es in Italien Schwarzarbeit für Flüchtlinge gibt. Dort bin ich dann einfach hingefahren.«

Er sah ins Leere und gab sich seinen Erinnerungen hin: »Ich habe mir an der Grenze in Chiasso fast in die Hose gemacht vor Angst, denn ich wusste nicht, ob mein Heiratsvisum auch für Italien gilt! Als die schweizerischen und italienischen Zöllner mit Hunden in den Zug kamen, hätte ich mich am liebsten unter dem Sitz verkrochen! Aber sie haben mir meinen Pass wiedergegeben, mit den Worten: ›Gute Weiterreise!‹« Mit zitternden Händen zündete er sich eine Zigarette an und inhalierte tief. Er stieß den Rauch aus, als wollte er die Erinnerung für immer verscheuchen.

Kasun nahm meine Hand und küsste sie. »Du hast mir immer hundertprozentig vertraut, und ich habe dein Vertrauen missbraucht. Das werde ich mir nie verzeihen.« Er hatte Tränen in den Augen. Mir brach es fast das Herz.

»Dann bist du ja noch mal ganz nah an mir vorbeigefahren …«

»Ja, Rose.« Er drehte sich weg und schnippte die Asche auf den Balkon. »Es hat mir so wehgetan, aber ich musste das durchziehen. In Italien habe ich mich mit Bügeljobs, als Tellerwäscher, später als Barmann und schließlich als Model durchgeschlagen. Damit hat meine eigentliche Karriere begonnen.«

Er strahlte mich an. Als Mann würde ich mir jeden Anzug kaufen, aus dem er mich so anlächelt!, dachte ich. Kopfschüttelnd sah ich ihn an: »Warum hast du Astrid angerufen und nicht mich?«

»Ich wollte, dass Astrid aufhört, mich polizeilich suchen zu lassen. Ich habe ihr gesagt, dass ich nicht mehr in Deutschland bin. Damit sie die Anzeige zurückzieht.«

Er sah mich reuevoll an: »Und dich anzurufen hatte ich einfach nicht den Mut. Ich hatte dich zu sehr verletzt. Ich hab mich so sehr geschämt. Bei dir hatte ich es so gut. Und dann war ich so allein, hab so gefroren und so großen Hunger gehabt.«

Okay. Das musste ich alles erst mal verarbeiten. Ratlos strich ich über die Serviette. »Aber zwei Jahre später, als wir geschieden waren, als ich all meinen Mut zusammengenommen habe, um noch mal nach Sri Lanka zu fahren, weil ich dir und deiner Familie vergeben wollte – warum hast du mich da so schlecht behandelt?«

Kasun senkte den Kopf. »Wie gesagt, meine Mutter hatte diesen Plan, dass du die Scheidung bereuen und meinen Bruder heiraten sollst. Dann hätte er nachkommen können, zu mir nach Mailand. Ich musste dich einfach weiter belügen, meiner Familie zuliebe.«

»Du bist also extra aus Mailand eingeflogen damals?«

»Ja.« Er drückte seine Zigarette aus. »Das war eine Aufregung! Meine Eltern hatten solche Angst, du könntest mir Schwierigkeiten machen! Ich war nach der Scheidung lange ohne gültige Papiere hier. Sie haben darauf bestanden, dass du mich leibhaftig siehst und glaubst, ich wär in Sri Lanka. Das Geld für den Flug hat mich alle meine Ersparnisse gekostet. Deshalb war ich auch nicht gerade gut auf dich zu sprechen.«

»Aber ich hätte dir niemals Schwierigkeiten gemacht …«

»Meine Mutter hat behauptet, Buddha hätte ihr was anderes gesagt. Und als sie dann gemerkt hat, in welch friedlicher Absicht du gekommen bist, hatte sie gleich den Plan, dich als Schleuserin für Samir zu benutzen.« Er seufzte. »Sei ihr nicht böse, Rose. Sie wollte nur das Beste für ihre Söhne.«

»Das tut mir aufrichtig leid, Kasun. Du kennst meinen Wahlspruch: Vertrauen ist immer hundertprozentig. Verzeihen auch.«

Zwei Tage später saß ich wieder im Zug. Kasun hatte mir noch Mailand gezeigt: den prächtigen Dom; die glamouröse Mailänder Scala, in der die weltbesten Operndiven auftraten; außerdem prächtige Einkaufspassagen mit unbezahlbarer Designermode. Dann hatte er mich auf den teuersten Cappuccino meines Lebens eingeladen, für achtzehn Euro. Stolz hatte er mir gesagt, dass er sich das jetzt leisten könne. Und immer wieder betont, dass er das alles mir verdanke.

Ich hatte ihn scheu noch mal gefragt, ob es wirklich keine neue Frau in seinem Leben gebe.

Erst hatte er abgewinkt, sich dann aber doch an sein Versprechen erinnert, mir nur noch die Wahrheit zu sagen.

Ja, es gebe da eine junge italienische Frau, die ebenfalls in seiner Branche arbeite. Dreiundzwanzig Jahre alt.

Aber sie wisse noch nichts von seiner Zuneigung. Er habe erst mit mir, Rose, reinen Tisch machen müssen.

Und das glaubte ich ihm sogar.

Ich gönnte ihm das junge Mädchen von Herzen. Hatte ich ihm nicht immer gesagt, dass ich ihn freigeben würde, wenn eines Tages eine junge hübsche Frau in sein Leben träte?

Und das tat ich hiermit. Voller Dankbarkeit und Liebe.

Ich lehnte den Kopf an die Scheibe des Zuges. Draußen rauschte schon die Schweiz vorbei. Es war eine märchenhaft schöne Rückfahrt, wie das Erwachen aus einem wundervollen Traum. Der Zug schlängelte sich am Comer See, am Luganer See, am Vierwaldstättersee und schließlich am Zürichsee entlang. Im Hintergrund zeichneten sich die immer noch schneebedeckten Berge ab, und im Vordergrund blühten Wiesen und Bäume.

Ich achtete nicht weiter auf mein Spiegelbild in der Scheibe und schaute gedankenverloren hinaus.

Durch die Gespräche mit Kasun und mein letztes Liebeserlebnis konnte ich endgültig einen Schlussstrich ziehen. Und hatte außerdem einen Entschluss gefasst:

Ich würde nicht mehr nach Berlin zurückkehren. Das konnte ich nach dieser Begegnung mit Kasun nicht mehr. Es wurde Zeit, dass ich mich wieder um mich kümmerte. Ich hatte noch ein paar gute Jahre vor mir. Und die wollte ich selbstbestimmt leben.

Stattdessen wollte ich wieder in meine geliebte Heimat zurückkehren.

»Was vergangen, kehrt nicht wieder, ging es aber leuchtend nieder, leuchtet's lange noch zurück.«

An diesen Satz musste ich denken, während das schöne Tessin vor meinen Augen vorbeizog.

Vorbei an einer kleinen Kirche ganz oben auf einem Hügel. Wir fuhren in einen Tunnel und als wir wieder herauskamen, stand dieselbe Kirche auf der anderen Seite des Zuges. Zu meinem großen Entzücken spannte sich ein Regenbogen darüber. Da begriff ich, dass wir im Tunnel einen Bogen beschrieben hatten.

Ein Kreis hatte sich geschlossen. Nun konnte ich endgültig in die Zukunft sehen und neu anfangen.

Ich hegte keinen Groll. Nur Liebe und Dankbarkeit.

Die Erinnerung, die ich in meinem Herzen trug, konnte mir niemand mehr nehmen.

Und während der Zug in den Abend hineinfuhr, gestattete ich mir doch noch einen Blick auf mein Gesicht, das sich in der Scheibe spiegelte. Es war das Gesicht einer Frau, die gelebt hatte mit allen Sinnen. Ohne eine Spur der Verbitterung, dafür mit tausend Lachfältchen.

Nachwort der Protagonistin

Das Gute, das wir tun, ist nie umsonst. Und oft kommt der Dank von einer ganz anderen Seite, als wir denken.

Dieses Buch ist eine wundervolle Bestätigung dafür.

Ich habe Hera Lind im Juli 2016 im »Kölner Treff« im Fernsehen gesehen und mich sehr gefreut zu hören, dass sie mit großem Erfolg glaubwürdige und spannende Tatsachenromane schreibt. Sofort schickte ich meine Geschichte an den Diana Verlag. Schon vier Wochen später rief Hera Lind mich an. Ich konnte es kaum fassen, dass sie alles mit Begeisterung gelesen hatte und nun alles mit ihrem Verlag besprechen wollte.

Im Dezember lud mich der Diana Verlag dann nach München ein. Es war ein anregender Nachmittag mit der Verlagsleiterin Frau Hansen und Hera Lind, gefolgt von einem wunderbaren Essen. Hera und ich haben am gleichen Tag Geburtstag, wir sind beide Skorpione, und ich als Ältere habe ihr sofort das Du angeboten.

Nach Weihnachten fing Hera mit dem Schreiben an, die E-Mails flogen nur so hin und her. Hera hat es phänomenal verstanden, die Stationen dieser außergewöhnlichen Liebe lebendig zu machen, sodass ich oft mit zitterndem Händen und Tränen in den Augen dasaß und dachte: Das Ganze geschieht im Hier und Jetzt. Hera war mir ein echter Fels in der Brandung bei der Aufarbeitung dieser Geschichte. Sie gab mir in schweren Situationen Halt und brachte mich trotz mancher Tränen des Selbstmitleids wieder zum Lachen. Ich werde die Achterbahn der Gefühle und die intensive, bereichernde Zusammenarbeit mit Hera nie vergessen!

Oft hatte ich beim Lesen Angst, die Leserinnen könnten kopfschüttelnd sagen: Selber schuld. Wie kann sie nur so naiv sein! Auf einmal sah ich mich mit ganz anderen Augen. Durch dieses Buch kam ich gar nicht umhin, mich das selbst zu fragen: War ich hummel-dumm?

Aber so dumm sind Hummeln doch gar nicht! Die gutmütige Hummel fragt nicht, ob sie wirklich fürs Fliegen gemacht ist mit ihrem runden Körper und ihren kurzen Flügeln. Sie fliegt einfach und brummt zufrieden vor sich hin.

Bestimmt war ich naiv, aber was soll's!

Ich habe einfach auf mein Herz gehört. Liebe schließt Vertrauen mit ein. Sonst wäre es ja keine Liebe. So einfach ist das! Lieben heißt geben, nichts erwarten und immer wieder verzeihen. Zu hundert Prozent.

Meine Liebe zu Kasun war die beste und intensivste Zeit meines Lebens. Ich bereue nichts.

Ich habe ihm die Weichen gestellt, dafür gesorgt, dass er sein Leben aus eigener Kraft verbessern konnte. Dafür hat er mich aus einem langen Dornröschenschlaf wachgeküsst und mich liebesfähig gemacht.

Die ganz großen Gefühle haben sich durch ihn in meine Seele gesenkt, und da sind sie immer noch.

Heute geht es mir bestens! Zwölf Jahre nach meinem Besuch in Mailand habe ich wieder Schmetterlinge im

Bauch. Beim Seniorentanztee habe ich jemanden kennengelernt, der mich auf Händen trägt, mir viel Respekt entgegenbringt und mich zum Lachen bringt.

Wir haben getrennte Wohnungen und teilen nur die schönen Momente miteinander.

Kasun hat inzwischen eine leitende Stellung in einem Hotel in einer großen deutschen Stadt inne. Er schickt mir regelmäßig Fotos. Er ist mit einer hübschen jungen Frau verheiratet und hat drei entzückende kleine Kinder. Auf den Fotos strahlen sie mich alle mit Kasuns dunklen Augen an. Genau das habe ich ihm immer gewünscht.

Radolfzell, im Februar 2017
Rosemarie Sommer

Nachwort der Autorin

Immer wenn ich auf Reisen bin, habe ich einen ganzen Koffer mit Lebensgeschichten im Gepäck. Sie sind ein wahrer Schatz, den ich sorgfältig hüte – Zeile für Zeile, Wort für Wort.

Ich lese sie aufmerksam und beantworte wenn möglich alle Einsendungen persönlich und ausführlich, auch wenn eine Geschichte sich nicht für eine Veröffentlichung eignet.

Aber irgendwann springt plötzlich der Funke über, und ich möchte bestimmte Geschehnisse mit meinen Leserinnen teilen. So erging es mir auch mit dieser Geschichte voller Liebe, Vertrauen und Hingabe. Sind das nicht unsere wertvollsten Gaben?

Von Anfang an hat mich Rosemarie mit ihrem Mut und ihrer inneren Stärke in den Bann gezogen: Dass sie sich ohne Englischkenntnisse nach Sri Lanka traut und dann die touristischen Pfade verlässt, um sich wirklich für die Menschen und ihre Schicksale zu interessieren. Dass sie sich auf einen jungen Mann einlässt, mit dem sie sich kaum verständigen kann. Dass sie einfach nur helfen will, obwohl sie selbst nicht in Geld schwimmt. Dass sie an das Gute im Menschen glaubt. Dass sie sich rettungslos verliebt in ihrem Alter, als Mutter und Großmutter. Dass sie das Leben beim Schopf ergreift und eben einfach fliegt, obwohl sie »nur« eine Hummel ist und keine »flotte Biene«.

Ich habe mit ihr geliebt, gehofft, gebangt, gelitten und bin am Ende mit ihr gereift. Zwischendurch habe ich mich auch an den Kopf gefasst und mich gefragt, was sie sich denn noch alles gefallen lassen will von diesem Mann, von dieser Familie.

Schieß ihn in den Wind, Rose!, habe ich oft gedacht. Vergiss Kasun! Tu dir das nicht weiter an! Aber ich war ganz bei ihr und musste ihre Geschichte unbedingt aufschreiben.

Ich habe sie mit meiner Fantasie gefüllt, mit erdachten Personen und Dialogen und zwischendurch richtig Wut auf diesen Kasun gehabt.

Aber Rosemarie hat mir ungeheuer imponiert – eben weil sie ihn NICHT in den Wind geschossen hat. Wie Astrid, die ihn sofort verklagt hat. Denn dann wäre Rosemarie heute eine verbitterte alte Frau, die sich um ihr Leben betrogen fühlt.

Solche Zuschriften bekomme ich immer wieder, bei denen Verbitterung, Selbstmitleid und Rache der eigentliche Antrieb sind. Geschichten voller Pech und Elend, an dem immer nur die anderen schuld sind. Diese Stoffe will ich nicht bearbeiten und auch nicht veröffentlichen, weil sie uns nur mit negativer Energie anstecken.

Was wir meiner Meinung nach von Rosemarie lernen können, ist ihr positives Denken, die Unumstößlichkeit ihres Glaubens an das Gute im Menschen, ihre Liebesfähigkeit und ihre Dankbarkeit. Was ist Liebe nur für ein unerschöpfliches Füllhorn, das sich immer wieder von selbst füllt!

Das hat wirklich Seltenheitswert und den von mir so gewünschten Vorbildcharakter, den ich meinen Leserinnen bieten will.

Ich weiß noch, wie ich versucht habe, meine langjährige Verlagsleiterin und Lektorin Britta Hansen für diesen Stoff zu erwärmen. Nach unserem Tatsachenroman über die Zweitfrau im Oman, Nadia Schäfer, der unmittelbar vorher erschienen war, hatte ich Angst, sie könnte Bedenken haben. Vielleicht würde sie sagen: Schon wieder eine Frau, die zu viel liebt? Sollen wir nicht endlich mal eine eiskalte Rachegöttin ins Feld schicken?

Deshalb schlug ich ein gemeinsames Mittagessen vor. Britta sollte sich selbst ein Bild von Rosemarie machen! Und so skeptisch sie am Anfang war, so rasch hat die temperamentvolle, entwaffnend ehrliche Frau ihr Herz erobert. Ja, wir wollten ihre Geschichte machen!

Nun wollten Britta und ich unbedingt auch noch Kasun kennenlernen. Inkognito buchten wir uns in dem Hotel ein, in dem er als Restaurantchef arbeitet. Schon morgens um halb sieben wurde ich von einer sanften Männerstimme geweckt, denn er stand direkt unter meinem Fenster und scherzte mit seinen Kolleginnen. Ganz unverkennbar Kasun! Silberfäden im schwarzen Haar, selbstbewusst in seiner Führungsposition und herzerfrischend charmant!

Später beim ausführlichen Frühstück baten wir ihn an unseren Tisch und stellten ihm viele kritische Fragen. Ob es für ihn okay sei, das Buch zu veröffentlichen. Er freute sich aufrichtig für Rosemarie und gönnte ihr diesen Erfolg von Herzen.

Dann zeigte er uns stolz Fotos von seiner Familie, von seinen drei bildhübschen Kindern und seiner jungen Frau.

Rosemarie, sagte er mit strahlend warmem Lächeln, habe ihm den Weg in sein jetziges Leben geebnet. Er habe sie auf seine Weise geliebt und liebe sie auch jetzt noch. »Sie ist eine gute Frau. Ich verdanke ihr alles, was ich bin.«

Ich hoffe, sie hat auch Ihr Herz erwärmt, liebe Leserinnen und Leser.

Denn nichts anderes versuchen wir mit unseren wahren Geschichten zu erreichen.

Salzburg, im April 2017
Hera Lind

LESEPROBE

Der Zauber des Orients – oder warum ich seine Zweitfrau wurde

Die wahre Geschichte einer Frau, die sich entscheidet,
für die Liebe nach den strengen Regeln des Islam zu leben

ISBN 978-3-453-29186-7
Auch als E-Book erhältlich

DIANA

Über den Roman
Nach ihrer Scheidung genießt Nadia Schäfer die Unabhängigkeit. So lernt sie Karim kennen, einen gläubigen und gebildeten Moslem. Sie lässt sich auf ihn ein, heiratet ihn sogar, weil der Islam Liebe ohne Trauschein verbietet. Dass Karim bereits Frau und Kinder hat und die Ehe fortbesteht, nimmt sie in Kauf, denn er trägt Nadia auf Händen. Sie ziehen in den Oman, wo Nadia nur tief verschleiert aus dem Haus gehen darf. Sie tut es für Karim – ein fürsorglicher Ehemann, der sich auch noch um seine erste Frau kümmert. Bis er eines Tages Ehefrau Nummer drei mit nach Hause bringt …

1

Fürth, Oktober 1995

Nebenan klingelte das Telefon.

»Jan?«, schrie ich über die Schulter. »Bist du da?«

Nein. Offensichtlich nicht.

Ich war gerade dabei, mir die Fußnägel zu lackieren, und rappelte mich nur ungern vom Bett auf. Jan war mein Mitbewohner in unserer etwas ungewöhnlichen WG – ein attraktiver Holländer und fünfzehn Jahre jünger als ich. Zwischen uns lief nichts. Aber wenn die Leute etwas anderes dachten, sollte es mir recht sein. Dann war es höchstens schmeichelhaft. Ich war vierundvierzig, geschieden, sportlich, attraktiv und lebensfroh. Meine weiblichen Rundungen saßen an den richtigen Stellen.

Mit Wattebäuschchen zwischen den Zehen stakste ich ins Wohnzimmer, wo das schnurlose Telefon zwischen Kissen und alten Zeitungen in der Sofaritze vor sich hin wimmerte.

Jan mal wieder. Wir hatten doch vereinbart, dass es im Ladegerät zu stecken hatte!

»Nadia Schäfer?«

»*Hello, I'm Karim*«, sagte eine tiefe, angenehme Stimme auf Englisch. »Du kennst mich noch nicht. Aber ich hoffe, wir werden uns bald kennenlernen!« Ein melodisches Lachen ertönte.

»Äh, woher haben Sie meine Nummer?«

»Abu Omar hat mir von dir erzählt. Ich würde mich gern mit dir verabreden.«

Der sanfte Bariton des gut gelaunten Anrufers umschmeichelte mein Ohr wie warmer Wind an einem lauen Sommerabend. »Abu Omar? Ich weiß jetzt gar nicht ...«

»Der Vater eines gemeinsamen Bekannten!«

Ein Fremder begehrte mich zu sehen. Ein ausgesprochen sympathischer Fremder, wie es schien. Mein Herz machte einen nervösen Hopser.

»Warum?« Ratlos presste ich den Hörer ans Ohr. Nichts gegen nette neue Kontakte, dafür war ich gerade empfänglich. Aber dass ein wildfremder Araber mich einfach so kennenlernen wollte, ging mir jetzt irgendwie doch etwas zu weit.

Seit meiner traumhaften Türkeireise mit meinen beiden Freundinnen Conny und Siglinde letzten Sommer, in dem mein Mann Harald nach zwanzig Jahren Ehe ausgezogen war – er hatte längst heimlich eine Freundin und meinen Segen dazu –, hatte mich der Orient in seinen Bann gezogen. Istanbul! Die blaue Moschee! Die alten Sultanspaläste! Welche Geheimnisse sie wohl bargen? Aber auch das heutige Leben, das so unverfälscht und intensiv war: die exotischen Gewürze, das Gewimmel der Menschen auf den Basaren, der Lärm – und dagegen die stille Pracht der Moscheen, in denen so ein heiliger Friede herrschte.

Gemeinsam mit meinen Freundinnen hatte ich die Fremde genossen, den pulsierenden Orient. Harald, mein damaliger Noch-Ehemann, wäre sowieso nicht mitgefahren, er hegte keine Sympathien für die islamische Welt.

Musste er auch nicht, wir gingen nun getrennte Wege. Ich war frei und konnte tun und lassen, was ich wollte.

Und so besuchte ich nach der Reise aus Neugier arabische Kochkurse, interessierte mich für die faszinierende orientalische Welt, versuchte sogar, Arabisch zu lernen, was wirklich ein abenteuerliches Unterfangen war, und hatte mich mit Ali, meinem Volkshochschullehrer und dessen deutscher Frau

Moni angefreundet. Letztes Wochenende waren wir spontan zu irakischen Freunden von Ali nach Holland gefahren, um die Sprache zu üben und die sprichwörtliche orientalische Gastfreundschaft zu genießen. Omar hieß der Freund, und er und seine Familie überschlugen sich fast vor Freude, mich fröhliche Blondine aus Fürth kennenzulernen. Sie trugen die köstlichsten Speisen auf und fragten mich aus, als ob ich vorhätte, in ihre Familie einzuheiraten.

Alles in allem war es ein spannendes und interessantes Wochenende gewesen. Nicht mehr und nicht weniger. Außer einem Kilo Übergewicht nach all den Delikatessen hatte ich einfach nur das Gefühl zurückbehalten, nette Menschen getroffen zu haben. Zum ersten Mal seit Jahren hatte mich eine Ahnung von Glück angeflogen. Mir war leicht ums Herz gewesen, und diese Stimmung hielt immer noch an.

Und jetzt wollte mich also ein gewisser Karim kennenlernen. Karim mit der elektrisierenden Wahnsinnsstimme. Weil der Vater des Gastgebers ihm von mir erzählt hatte. Mein Herz klopfte ziemlich unrhythmisch in diesem Moment.

»Warum?« Diese Frage stand nach wie vor im Raum. Warum wollen Sie mich kennenlernen, Sie fremder arabischer Mann?

Doch der Anrufer schien darüber nicht mit mir diskutieren zu wollen.

Wieder ließ er sein bezauberndes, glucksendes Lachen hören, als wolle er mir klarmachen, dass ich ziemlich schwer von Begriff sei.

»Nadia. Hol mich bitte morgen Nachmittag um vier vom Nürnberger Bahnhof ab. Ich komme mit dem Intercity aus Amsterdam. Bis morgen, ich freu mich!«

»Entschuldigung, aber ich glaube, da liegt ein Missverständnis vor ... Sind Sie noch dran?«

Ratlos starrte ich den Hörer an. Der hatte doch nicht aufgelegt?

Mein Herz klopfte lauter. Hallo? Der war doch nicht ganz dicht! Bestellte mich zum Bahnhof, um ihn abzuholen! Wir kannten uns doch gar nicht! Waren das deren Sitten? Dass man sich mal eben bei Fremden ankündigt? Wollte der womöglich bei mir übernachten? Verwirrt raufte ich mir die Haare und starrte auf meine gespreizten Zehen.

Im selben Moment hörte ich die Wohnungstür ins Schloss fallen.

»Jan?!«

»Hallo, Nadia. Ich war nur gerade beim Bäcker. Wie siehst du denn aus? Alles okay?«

»Mich hat gerade ein fremder Araber zum Bahnhof bestellt.« Ich versuchte zu lächeln.

»Verstehe.« Jan sah mich fragend an.

»Ich soll ihn abholen, und ich glaube, er will – mit zu mir nach Hause kommen.«

»Oh.« Jan kratzte sich am Kopf, Besorgnis stahl sich in seinen Blick. »Mit welchen Leuten hast du dich denn da eingelassen?«

»Keine Ahnung! Ich war doch nur bei Freunden von Ali in Amsterdam, letztes Wochenende, du weißt schon.«

Jan seufzte. »Nadia, Nadia. Und was gedenkst du zu tun?«

»Na ja – stehen lassen kann ich den ja schlecht. Oder?« Hilflos wackelte ich mit den Zehen.

»Was will der Typ denn von dir?« Jan ließ sich in einen Sessel fallen und biss in ein Croissant, das er aus der Tüte gezogen hatte. Ich musste mich zwingen, ihm keinen Teller unterzuschieben.

»Ich habe nicht die leiseste Ahnung.«

»Na, so, wie du von deren Gastfreundschaft geschwärmt hast ...« Jan kaute hungrig auf seinem Gebäckstück herum. »Da erwarten die von dir bestimmt auch so einen Service.«

Nachdenklich sah ich ihn an. Er war ein bildhübscher junger

Kerl, blond, blauäugig, durchtrainiert. Leider waren wir kein Paar. Oder, besser gesagt, zum Glück. Ich hätte sofort angefangen, ihn zu bemuttern. Seine Freundin war vor einem Jahr mit nur einunddreißig Jahren an Krebs gestorben, wie ich von meinem Bruder erfahren hatte. Jan war mal sein Klarinetten- und Saxofonschüler gewesen, fast so eine Art Ziehsohn.

Wir waren beide gerade in einer Art Übergangsphase. Und da hatte sich das mit der gemeinsamen Wohnung einfach so ergeben.

»Meinst du?« Ich biss mir auf die Lippe. »Bestimmt braucht der nur für eine Nacht ein Zimmer oder so. Und wir haben ja bei denen auch gepennt. Die sehen das einfach nicht so eng wie wir.«

Jan grinste. »Ich bin morgen sowieso nicht da.«

»Auf Freiersfüßen?«

»Nichts Festes.«

»Also könnte der Ara… ähm … der Gast zur Not in deinem Zimmer schlafen?«

»Wenn du danach mein Bett wieder frisch beziehst …«

Ich lachte erleichtert. »Aber natürlich, Jan. Ist doch selbstverständlich.« Ich erledigte sowieso seine Wäsche und bügelte sie, dafür machte Jan sich handwerklich nützlich. Der blonde Hüne stand auf. Mit einem Blick auf meine nackten Beine und die frisch lackierten Zehen grinste er anzüglich.

»Na dann viel Spaß mit dem feurigen Araberhengst.«

»Jan!«, schrie ich entrüstet. »Was denkst du denn! Die sind alle voll religiös und anständig!«, wollte ich noch hinterherschicken, aber da war Jan schon wieder verschwunden.

2

Nürnberg, Oktober 1995

»Auf Gleis drei fährt ein: der ICE aus Amsterdam. Bitte Vorsicht bei der Einfahrt!«

Der silbergraue Eisenbandwurm schob sich lärmend heran, und ich musste bestürzt feststellen, dass mein Herz schon wieder wummerte wie ein Presslufthammer. Was machte ich überhaupt hier? Was für eine aberwitzige Situation! Da ließ ich mich von einem wildfremden Menschen, der keineswegs akzentfreies Englisch mit mir gesprochen hatte, zum Bahnhof bestellen, um ihn abzuholen? Noch konnte ich einfach gehen. Der Zug hielt quietschend, und Schatten drängten zu den Ausgängen.

Die Türen öffneten sich zischend, und sofort quollen überall Leute mitsamt ihren Gepäckstücken heraus, um sich zu einem Strom gehetzt wirkender Reisender zu vereinen, der rasch dem Ausgang entgegenstrebte. Ich fühlte mich regelrecht davon überrollt, wich den lärmenden Menschentrauben aus und verharrte im Schutz einer mächtigen Säule.

Ach was, ich verzieh mich jetzt auch auf die Rolltreppe, dachte ich kurz entschlossen, und lass mich aus der Gefahrenzone tragen. Ich spinn doch nicht! Wenn der Typ irgendwo schlafen muss, kann er sich ein Hotel nehmen. Andererseits – die viel gepriesene Gastfreundschaft ... Ich wollte nicht unhöflich sein. Und dann war da noch dieses aufgeregte Kribbeln im Bauch.

Zögernd überflog ich die nun schon spärlicher fließende Menge. Überall Menschen, die grüßten, begrüßt wurden, auf Schultern klopften, umarmt wurden, riefen, winkten oder zu Anschlusszügen hetzten. Türen schlossen sich. Nur noch ein paar vereinzelte Gestalten liefen in Richtung Ausgang.

Oh. Da! Da war einer, der sich wie ich suchend umsah. Langsam kam er auf mich zu. Groß, muskulös, korrekt gekleidet, Typ Geschäftsmann mit Aktenkoffer: hellblaues Hemd, Krawatte, Tweedsakko, Bügelfaltenhose und blank geputzte Schuhe. Mein Blick glitt wohlwollend an ihm hinunter. Und wieder hinauf.

Ein dichter, gepflegter Vollbart, schwarz-grau meliert.

Beim Barte des Propheten! Er war ein gläubiger Moslem. Natürlich. Was hatte ich auch anderes erwartet? Sein Gesicht war von orientalisch geprägter Intensität, und mir wurde ganz anders. Reiß dich zusammen, ermahnte ich mich und trippelte nervös auf ihn zu.

Der Mund in der Mitte des Bartes lächelte gewinnend, und schöne ebenmäßige Zähne kamen zum Vorschein.

»Nadia?« Seine samtene Stimme zog mich sofort wieder in ihren Bann.

»Ja?« Jetzt gab es kein Entkommen mehr.

Als sich unsere Blicke trafen, machte es klick! Sofort wusste ich, dass dieser ungewöhnliche Mann noch eine wichtige Rolle in meinem Leben spielen sollte. Eine Hauptrolle.

»*I'm Karim. Thanks for picking me up.*« Ein fester Händedruck, warme weiche Hände.

Das war derselbe melodiöse Bariton wie gestern am Telefon.

Warum zitterten meine Beine nur so? Wie sollte ich jetzt von hier wegkommen?

»*You are welcome*«, hörte ich mich artig sagen. »*How was your trip?*«

Oje, jetzt würde ich die ganze Zeit Englisch mit ihm reden

müssen. Nicht dass das ein Problem für mich war, aber mein Schulenglisch war durchaus ein wenig verstaubt.

Ich schenkte ihm einen freundlichen, aber auf keinen Fall allzu vertraulichen Blick. Eher so wie eine Reiseleiterin: neutral, aber stets zu Diensten.

Seine braunen Augen wiesen karamellfarbene Sprenkel auf, und ich drohte förmlich dahinzuschmelzen. Ich wandte den Blick ab und schritt tapfer voran.

Der geheimnisvolle Fremde stand hinter mir auf der Rolltreppe, und ich spürte seinen warmen Blick im Nacken. Hastig strich ich mir über den Hinterkopf. Nichts ist peinlicher, als wenn die Haare dort platt gedrückt sind oder der Haaransatz dunkel hervorblitzt.

Natürlich hatte ich mich vorhin zu Hause mit Rundbürste und Seidenglanzhaarspray noch ein bisschen zurechtgemacht: Wie du kommst gegangen, so wirst du auch empfangen, pflegte meine Mutter stets zu sagen.

Ach. Umgekehrt. Ich empfing ja ihn! Warum eigentlich? Weil er einfach umwerfend war?

»My car is parking in the garage.« Angestrengt wies ich ihm den Weg durch die Menge. Hoffentlich merkte er nicht, wie zittrig mir zumute war. Ich wollte seine Gesellschaft. Aber ich wollte mich nicht überrumpeln lassen. Gleichzeitig wollte ich nichts falsch machen.

Es war kurz nach vier, Berufsverkehr hatte eingesetzt. Grau und bleiern hing die regenschwere Luft über der Innenstadt.

Der geheimnisvolle Fremde stieg bei mir ein. Während ich den Wagen aus der Parklücke manövrierte, riskierte ich einen Blick auf seine Hände. Sie gefielen mir. Kräftige gepflegte Männerhände, die kurzen Nägel waren rund und glatt wie orientalische Halbmonde. Mein Blick fiel bei Männern immer sofort auf die Hände. Nägelkauer hatten bei mir keine Chance. Auch die Ohren wurden gleich kontrolliert. Wären Haarbüschel daraus hervorgequollen, hätte ich ihn schon an der nächsten Ampel rausgesetzt. Aber er sah tadellos aus. Und er roch gut. Dezent, aber sehr orientalisch. Männlich süß. Eine seltsame Mischung, die ich noch nie zuvor gerochen hatte. Anziehend. Ich spürte, dass ich mich mit ihm in meiner kleinen Schüssel sehr wohlfühlte. Kein bisschen bedrängt oder so.

Es war eine Vertrautheit, die mich ruhiger werden ließ. Ich nahm die Autobahn und fuhr nach Fürth. Wir machten etwas Small Talk, und er ließ mehrmals sein warmes Lachen hören. Er platzte nur so vor Lebensfreude. Oder war er auch ein bisschen nervös?

Nach zwanzig Minuten hielt ich schwungvoll in unserer Einfahrt. Mit einem unauffälligen Seitenblick stellte ich fest, dass Jans Auto tatsächlich nicht da war. Sturmfreie Bude!

»Hier wohne ich.«

Wir stiegen aus. Karim holte seinen Aktenkoffer aus dem Kofferraum. Da passt unmöglich Kleidung für mehrere Tage hinein, beruhigte ich mich. Der wird sich schon nicht bei dir einquartieren! Hoffentlich stand keine Nachbarin am Fenster und beobachtete uns.

Der glutäugige Araber betrachtete mit freundlichem Interesse das weiße Mietshaus mit den blumenbewachsenen Balkonen und dem gepflegten Vorgarten. Ein Dreirad und ein Kinderwagen standen im Treppenhaus. Deutsche Spießigkeit.

»Erster Stock links, bitte.«

»Nach dir.« Höflich bedeutete er mir vorzugehen. Wie immer roch es sauber und frisch. Wir hielten alle unsere Kehrwoche ein. Wir waren ein ehrenwertes Haus. Schon wieder musste ich vor ihm hergehen, diesmal hatte er sicher ausreichend Gelegenheit, mir auf den Hintern zu schauen.

Es war nichts geschehen, dennoch fühlte ich mich jetzt schon unter Druck. Ich wollte doch meine Freiheit! Aber er war so männlich, anziehend und charmant! Ich spürte seinen Atem in meinem Nacken, während meine Hand zitternd den Schlüssel ins Schloss steckte. Gott!

»So bitte. Hier geht's lang.«

Ich machte Licht im Flur. Als ich mich zu ihm umdrehte, sah ich so etwas wie Entsetzen in seinem Blick. Die Sprenkel in seinen Augen schienen zu explodieren.

»Ist alles in Ordnung?«

»Wohnst du nicht allein, Nadia?«

»Wie? Ach so, du glaubst ... Nein, ich wohne mit einem Freund zusammen.«

Seine Lippen wurden zu einem schmalen Strich. Jetzt, nachdem die Wohnungstür hinter uns geschlossen war, setzte Unbehagen bei mir ein.

»Jan ist nur ein guter Freund, eigentlich der Freund meines Bruders, es hat sich so ergeben. Er ist Holländer und kommt zufällig auch aus Amsterdam! Wir sind kein Paar, wir sind nur eine Art Zweck-WG. Vorübergehend«, schob ich hinterher. Als wenn ich ihm eine Erklärung über meine Wohnverhältnisse schuldig wäre! Er zog die buschigen Augenbrauen hoch und runzelte die Stirn. Ich merkte, dass er mir kein Wort glaubte. Sein Blick glitt unwillig über Jans Klamotten an der Garderobe, seine Turnschuhe, den Hockeyschläger und die Sporttasche, auf der ein Männerdeodorant lag.

Warum legte ich hier überhaupt Rechenschaft ab? Ich konnte doch wohnen, mit wem ich wollte! Ich konnte auch schlafen, mit wem ich wollte, das ging den doch gar nichts an! Schwungvoll öffnete ich die Tür zu Jans Zimmer.

»Hier kannst du schlafen, Karim. Fühl dich bitte wie zu Hause.«

Zögernd trat er ein. Sein Blick glitt über die Fotos auf Jans Nachttisch: Jan mit seiner Freundin, Jan beim Bergsteigen, Jan beim Skifahren, Jan beim Fallschirmspringen, Jan beim Saufen mit seinen Kumpels.

»Und wo schläfst du?«

»Am anderen Ende des Flurs. Und in der Mitte ist das Wohnzimmer.« Ich bemühte mich um ein Lächeln.

»Hm, das riecht aber gut.«

Endlich glätteten sich die Züge meines Besuchers wieder. Ich öffnete die Küchentür. »Möchtest du eine Tasse Tee?«

Er nahm meine Hand. »Gern«, sagte er, und ich spürte seine Wärme, spürte, wie mein Körper ihm fast sehnsüchtig entgegenstrebte. Spinnst du, schlug eine innere Stimme Alarm. Hastig entzog ich ihm meine Hand und hielt sie in der Küchenspüle unter kaltes Wasser.

»Du kannst gerne hier auf der Küchenbank sitzen. Ich bereite nur noch schnell den Salat vor.«

Das ließ sich mein faszinierender Besucher nicht zweimal sagen. Nach einem kurzen Abstecher ins Bad zum Händewaschen ließ er sich wohlig seufzend auf der Eckbank nieder. Sein Blick glitt interessiert durch mein akkurates Hausfrauenreich.

Ich hatte Arabisch gekocht, so, wie ich es mir bei unseren gemeinsamen Bekannten in Holland abgeschaut hatte.

»Magst du Bamia?« Stolz nahm ich den Deckel von der Pfanne, in der Okraschoten mit Lamm und Knoblauch in Olivenöl brutzelten. Ein betörender Duft breitete sich in der Küche aus, und ich sah, wie meinem Gast das Wasser im Munde zusammenlief. Er strahlte mich dermaßen entwaffnend an, dass ich mich verlegen an meinen Töpfen zu schaffen machte. Geschäftig warf ich meine schulterlangen Locken nach hinten. Ich musste das Ganze nur noch mit Brühe aufgießen, Tomatenmark unterrühren, etwas köcheln lassen und mit Zitrone abschmecken.

»Du kannst arabisch kochen, Nadia!«

Lachend sah ich ihn an. »Na ja, ich versuche es.« Verdammt, ich wurde doch nicht rot?

»Bist du verheiratet, Nadia?«

»Nein. Das heißt, ich war es mal. Ich habe eine erwachsene Tochter, Diana. Sie lebt mit ihrem Freund Tobias in Nürnberg. Und du?«

»Ich habe eine Frau und drei Kinder. Sechzehn, zehn und sechs.« Das kam zögernd, entschuldigend, fast traurig. So als wollte er zum Ausdruck bringen: Ich Armer! Ich möchte dich nicht damit belasten, aber ich kann mich leider nicht trennen – wegen der Kinder und weil meine Frau von mir abhängig ist.

Erleichterung durchflutete mich. Das wäre also schon mal geklärt.

»Hier, probier mal!« Auf einmal war ich dermaßen entspannt, dass ich gar nicht merkte, welche Vertraulichkeit ich mir herausnahm: Im Nu hatte ich ihm den hölzernen Kochlöffel zwischen die Barthaare gesteckt.

Hallo, Nadia? Geht's noch? Füttere ihn doch gleich, leg ihn trocken und bring ihn ins Bett!

»Absolut köstlich!« Karim strahlte mich begeistert an, und ich stellte fest, dass die Sprenkel in seinen dunkelbraunen Augen rehbraun waren. Nicht karamellfarben. Wie elektrisiert werkelte ich an meinem Salat herum, der aus gewürfelten kleinen Gurken, Tomaten und viel Petersilie bestand.

Dann zauberte ich noch ein weiteres Gericht aus dem Backofen hervor, das ich, falls Plan A nicht munden sollte, als Plan B warm gehalten hatte: Safranreis mit gebratenem Huhn und gerösteten Mandeln. Seine Begeisterung wuchs ins Unermessliche.

»Oh, Nadia, du bist eine begnadete Köchin.« Selig kostete er von allen Speisen, die ich appetitlich auf flachen Tellern angerichtet hatte, und kaute schließlich mit vollen Backen.

»Ja, kriegst du denn zu Hause nichts zu essen?« Lachend goss ich ihm einen Fruchtsaft ein und setzte mich zu ihm. Mit einem Glas Wein konnte ich dem nicht kommen. Er war schließlich gläubiger Moslem.

»Doch, aber – nicht mit so viel Liebe gekocht.«

Im weiteren Verlauf der Mahlzeit hüllte Karim sich in Schweigen. Beziehungsweise in andächtiges Genießen. Zwischen zwei Bissen sagte er immer wieder: »Das hätte ich nicht gedacht, dass du so wunderbar kochen kannst, Nadia.«

Er war einfach selig, und ich freute mich, dass er sich so freute. Natürlich erfüllte es mich auch mit Stolz, so ins Schwarze getroffen zu haben. Die Kochkurse waren also ihr Geld wert gewesen. Ich grinste. Ich wäre sicherlich genauso begeistert gewesen, wenn mir jemand in Kairo aus lauter Gastfreundschaft ein perfektes Wiener Schnitzel mit Preiselbeeren vorgesetzt und als Alternative noch eine Martinsgans mit Rotkohl und Kartoffelklößen aus dem Ofen gezaubert hätte. Wobei, bei den dortigen Temperaturen …

Irgendwann schob mein Gast zufrieden seinen Teller von sich.

»Das war vorzüglich Nadia. Vielen Dank für das großartige Essen.« Dezent betupfte er sich mit der Serviette die Mundwinkel, damit nichts in seinem gepflegten Bart zurückblieb.

»Wollen wir uns rübersetzen?« Ich nahm das Tablett mit der Teekanne und wies ihm den Weg ins Wohnzimmer.

Karim setzte sich etwas verlegen aufs Ledersofa, die Hände unruhig in seinem Schoß.

Ich musterte ihn abwartend. Was jetzt?

»Darf ich mir die Schuhe ausziehen?«

»Aber natürlich!«

Mit Wohlwollen betrachtete ich seine frisch gewaschenen schwarzen Socken.

»Hast du etwas dagegen, wenn wir uns auf den Teppich setzen, Nadia? Du hast gesagt, ich darf mich wie zu Hause fühlen!« Er sah mich entwaffnend an, und wieder erklang diese gütige Stimme voller Herzenswärme, in der diesmal auch ein bisschen Schalk mitschwang.

Wer Adoption sagt, muss auch B sagen

Hera Lind, *Hera Lind*
ISBN 978-3-453-35944-4 · Auch als E-Book

Die Zwillinge Sonja und Senta fallen aus allen Wolken, als sie erfahren, dass sie beide unfruchtbar sind. Doch dank ihrer Männer stehen sie den endlosen Adoptionsmarathon durch, und so finden nach und nach zehn Kinder zu ihnen. Jedes hat einen anderen erschütternden Hintergrund – traumatisierte Kinderseelen, die Halt und Liebe brauchen. Die Zwillinge öffnen Haus und Herz, lieben bedingungslos und gründen eine turbulente Großfamilie, die stark genug ist, alle zehn Kinder aufzufangen …

Eine berührende Geschichte über den unerschütterlichen Glauben an die Kraft der Familie

Leseprobe unter diana-verlag.de
Besuchen Sie uns auch auf herzenszeilen.de